The Bookstore at the Edge of the Universe

An Anthology of
Chinese
Contemporary
Science Fiction

Edited by
Toya Tachihara

宇宙の果ての本屋

［現代中華SF傑作選］

立原透耶［編］

新紀元社

目次

The Bookstore at the Edge of the Universe
An Anthology of Chinese Contemporary Science Fiction

Edited by Toya Tachihara
2023

With cooperation of Future Affairs Administration (FAA)
Supported by Pan Traductia, LLC.

Published by Shinkigensha Co Ltd

宇宙の果ての本屋　現代中華ＳＦ傑作選

序

第一巻に当たる『時のきざはし』からいささか時間が経ってしまったが、第二巻と言うべき本書『宇宙の果ての本屋』をお届けする。

作品は前集同様、性別や年齢に偏りがないよう意識しながら選抜した。同時に、前集が入門編だとすると、今集はそこから少し進んでSF色が強目のものを多めに入れたつもりである。

以下、収録作品を簡単に紹介していく。(作品を先に読みたい方は、ここからあとは読まずに飛ばし、最後に読んでください)

◉顧適《グー・シー》「生命のための詩と遠方」

若手女流作家による清々しい一作である。まさしく冒頭に相応しい。作者の顧適は一九八五年生まれ、「昼間は都市計画を仕事に現実の都市を設計し、夜は想像世界を設計する作家」(早川書房『月の光』解説より)。銀河賞(中国国内の作品が対象のSF大賞)や星雲賞(中国語で書かれた作品が対象のSF大賞)の常連である。二〇一一年にデビュー、『科幻世界』をはじめ中国国内の様々な雑誌や『クラークス・ワールド』のような英文雑誌まで幅広く活躍している。

日本語訳に「鏡」（早川書房『月の光　現代中国SFアンソロジー』ケン・リュウ／編）、「メビウス時空」（中央公論新社『中国女性SF作家アンソロジー　走る赤』武甜静、橋本輝幸、大恵和実／編）など。

◉何夕《ホー・シー》「小雨」

切ない恋愛SFを書かせると彼の右に出るものはいない、と思える何夕。最近は長編の壮大なSFを書いているが、元々は短編・中編が主体の作家であった。中国SF四大天王の一人。一九七一年生まれ。「軟科幻《ソフトSF》」を中心として、壮大な世界観と人間の善悪について描くことが特徴。多数の受賞歴を誇る。もっと英訳紹介されてもいい作家の一人なのだが、見る限り翻訳はあまり進んでいないようである。惜しい。

日本語訳には、「異域」（新紀元社『時のきざはし　現代中華SF傑作選』）などがある。

◉韓松《ハン・ソン》「仏性」

日本でも固定ファンがいる韓松の作風はシニカルで鋭いものが多い。また幻想的で難解なものも少なくない。一九六五年生まれ、中国SF四大天王の一人。本作は韓松氏に直接、「日本人に読んでもらいたい小説を教えてください」と問い、推薦していただいたものである。今後も複数の出版社から氏の長編小説の翻訳が出るとのこと。期待したい。

主な日本語訳に、「再生レンガ」（ひつじ書房『中国現代文学13』（中国現代文学翻訳会／編）、「セキュリティ・チェック」（早川書房『S‐Fマガジン』No.719）「我々は書き続けよう！」（早川書房『S‐Fマガジン』No.751）、「潜水艇」「サリンジャーと朝鮮人」（『月の光』）、「地下鉄の驚くべき変容」（『時のきざはし』）、「一九三八年上海の記憶」（中央公論新社『移動迷宮　中国史SF短篇集』大恵和実／編訳）がある。

◉宝樹《バオシュー》「円環少女」

一九八〇年生まれ。軽妙なオタク物語からハードSFまで自由自在の作家だが、特に時間SFや歴史SFが有名。『三体』の二次創作が公式認定された『三体X』でも著名である。実は別の作品を掲載予定でご本人に尋ねたところ「それはダメな作品だ。なぜ選ぶんだ？　選ぶならこっちの作品だろう！」と自薦されたのが本作である。

日本語訳には、「だれもがチャールズを愛していた」（『S‐Fマガジン』No.734）、「金色昔日」（『月の光』）、「我らの科幻世界」（『S‐Fマガジン』No.742）、「時の祝福」（『移動迷宮』）、『時間の王』（早川書房）、『三体X　観想之宙』（同）などがある。

◉陸秋槎《ルー・チウチャー》「杞憂」

中国古典を元にした物語で、元ネタを知っていると面白さが倍増する。もちろん知らなくても読み応えがあるのはいうまでもない。一九八八年生まれ。ミステリで活躍していたが、SFでも短編集を出すなど、幅広い活動が目覚ましい。

日本語訳には、『元年春之祭』（早川書房）、『雪が白いとき、かつそのときに限り』（同）、『文学少女対数学少女』（同）、『盟約の少女騎士』（星海社）、『ガーンズバック変換』（早川書房）などがある。

◉陳楸帆《チェン・チウファン》（スタンリー・チェン）「女神のG」

一九八一年生まれ。本作はかなり刺激的な内容となっているが、ジェンダーの問題を深く描いたSFとして中国でも高い評価を得た作品である。翻訳者には随分と苦労をさせてしまったのだが、上品に仕上がっていてホッとしたのも事実である。

日本語訳には、「巴鱗」（外文出版社『灯火　新しい中国文学 2017』）、「鼠年」、「麗江の魚」、「沙嘴の花」（早川書房『折りたたみ北京　現代中国SFアンソロジー』）、「果てしない別れ」（外文出版社『中国SF作品集』）、『荒潮』（早川書房）、「開光」、「未来病史」（『月の光』）、「勝利のV」（『時のきざはし』）など。

◉王晋康《ワン・ジンカン》「水星播種」

一九四八年生まれ。中国SF四大天王の一人。生命とは何か、人間性とは何か、を追求した作品が多い。本作は生命を追求した作品である。過去に発表した作品を何度も書き直したり、短編を長編に組み直したりすることがあり、意外なつながりに驚かされることもある。

日本語訳には、「養蜂家」（『中国SF作品集』）、「生命の歌」（早川書房『ミステリマガジン』No.733）、「プロメテウスの火」（『三田文学』No.137）、「天図」（『S‐Fマガジン』No.734）、「転生の巨人」「夏媧帰還」「天に替りて道を行う」「失われた至宝」「追殺」（『アジア文化』二〇一九年一〇月号「王晋康作品について語る　王晋康SF傑作選」アジア文化総合研究所出版会、収録）、「七重のSHELL《シェル》」（『時のきざはし』）、「生存実験」（『S-Fマガジン』No.742）などがある。

◉王侃瑜《レジーナ・カンユー・ワン》「消防士」

今一番活躍していると言ってもいい若手女性作家、研究者。海外での活動が目覚ましく、小説も研究も、SF活動も盛んである。堪能な英語を生かして、最初から英語で小説を書くこともある。一九九〇年生まれ。

日本語訳に短編「ブレインボックス」とエッセイ「中国SFとファンダムへのささやかな手引き」（共に『月の光』）などがある。

◉程婧波《チョン・ジンボー》「猫嫌いの小松さん」

主人公は小松実、小松左京氏の本名である。小松氏へ捧げられたささやかな、心温まるSF小編である。作者は日本通でも知られており、日本を舞台にした小説も発表している。一九八三年生まれ。

日本語訳に「夢喰い貘少年の夏」（『走る赤』）、「さかさまの空」（『月の光』）、「蛍火の墓」（『折りたたみ北京』）、「陥落の前に」（『移動迷宮』）などがある。

◉梁清散《リアン・チンサン》「**夜明けの前の島**」

歴史SFで有名な作者による、これまた歴史もの。歴史を知っていればもちろん楽しみが増すが、予備知識がなくても訳註で理解できるようにしてある。長編も歴史サイバーパンク小説『新神日報館』などがあり、紹介が進んでほしい作家の一人である。一九八二年生まれ。

日本語訳に「焼肉プラネット」(白水社『中国・アメリカ謎SF』柴田元幸、小島敬太／編訳)、「広寒生のあるいは短き一生」(『移動迷宮』)、「済南の大凧」(『時のきざはし』)などがある。

◉万象峰年《ワンシエン・フォンニエン》「**時の点灯人**」

本作は時間SFであるが、作者は歴史SF作品でも有名である。中国では名を馳せており、日本でも今後の翻訳が期待される作家である。二〇二一年度の星雲賞中編部門を受賞している。

日本語訳は本作が初めて。

◉譚楷《タン・カイ》「**死神の口づけ**」

一九八〇年代に記された本作はコロナを予測したとされ、中国で再評価されている。作者は『科幻世界』の名編集者として有名で、作家としても優れているが、雑誌の方に力を注いでいるため創作はそれほど多くはない。一九四三年生まれ。翻訳は付き合いの長い林久之氏にお願いした。

日本語訳は本作が初めて。今後の邦訳が望まれる。

◉趙海虹《ジャオ・ハイホン》「一九二三年の物語」

作者は一九七七年生まれ。教員の傍ら創作や翻訳を行うa。中国の女流SF作家の草分け的存在である。本作は日本の作品にインスパイアされてできた小説で、著者に「どの作品を日本に紹介したいですか?」と尋ねたところ、この作品が推薦された。日中間の小説における繋がりを感じさせる小説である。

日本語訳に「南島の星空」(『S-Fマガジン』No.734)、「異手」(『中国当代文学研究会会報』Vol17)などがある。

◉昼温《ジョウ・ウェン》「人生を盗んだ少女」

言語の専門家だけあって、言語SFに秀でている。また女性同士のほのかな感情を得意とする。初の日本語訳である「沈黙の音節」は日本の星雲賞の候補作となった。なお本作は彼女の出世作である。

日本語訳に「沈黙の音節」(『時のきざはし』)、「完璧な破れ」(『走る赤』)などがある。

◉江波《ジアン・ボー》「宇宙の果ての本屋」

最初は短編や中編で活躍していたが、のちに長大な宇宙SF『銀河之心』三部作で様々な賞を総なめする。もっと海外で評価されても良い作家の一人だが、なぜか英訳は(日訳も)それほどない。本作はタイトルだけで本好きの心を鷲掴みする勢いだが、中身もしっとりした情緒を誘う佳品である。

日本語訳には「シヴァの舞」(『S-Fマガジン』No.629)、「太陽に別れを告げる日」(『時のきざはし』)などがある。

以上、作者と作品について簡単に紹介した。本巻の特徴としては、日本と関係のある作品を二作入れたことを挙げたい。中国に対して日本SFの与えた影響を見出し、同時に日本と中国の文学的交流を知るきっかけになれば幸いである。

中華圏のSFにはまだまだ優れた作家、作品があり、紹介しても紹介しきれない勢いで、次々と新作が発表されている。若手作家の台頭も目覚ましい。いつか日本の若手と中華圏の若手が競作できるような場を設けられれば、と願ってやまない。

立原透耶

装画　鈴木康士
装丁　鈴木久美

生命のための詩と遠方

顧適《グー・シー》

大久保洋子 訳

一

二〇四四年。失業して四十二日目、僕は莫《モー》先輩に会った。

「私たちが勝つはずだったんだよ！」

久しぶりの再会だというのに、先輩は口を開くなりこう言った。学生の頃、僕たちは超域研究チームを組んで海洋汚染処理の国際コンペに参加した。僕はチーム内では最年少で、他のメンバーに習って彼女を先輩と呼んでいて、それは今でも変わっていない。

「あの頃の話はやめましょうよ」当時、僕たちはグランプリを逃したのだ。「最近どうですか」

あの賞を逃したことは、僕と先輩にとってはなおさら特別なことなのかもしれない。僕にとっては人生で一番、成功の頂に近づいた瞬間だったし、莫先輩のキャリアにとっては「唯一の失敗」という汚点だったからだ。その後の十八年間で、先輩は起業し、投資し、結婚し、出産し、上場企業の社長になり、僕は十八年かけて、残業し、家を買い、離婚し、借金し、リストラされ、無職になった。

「もちろん話さなきゃ。でなければ会いに来た意味がないよ」先輩は相変わらずとても早口で、僕の挨拶をあっさりと無視して言った。「ニュース見た?」

「ニュースって」

視覚野がすぐさまリンクを受け取った。二日前、引退目前の古いタンカーが南シナ海で爆発事故を起こし、三十万トン近い原油が漏出した。だが今朝の最新情報では、火災はすでに鎮火し、海面の原油もすべて消え失せたという。専門家は、強い台風十四号「カジキ」がベトナムを襲い、季節風と海流の連鎖反応を引き起こしたために原油が急速に拡散したのだと説明していた。

「原油が海流によって深海に飲み込まれたっていう説もある」莫先輩は言った。「でも地図で見ると、事故のあった場所は台風の縁から少なくとも一千キロは離れてる——こんなに速く消滅するなんてあり得る?」

僕は戸惑い、答えた。「海のことですから、何とも言えませんよ」

先輩は突然口をつぐんでしげしげと僕を見つめ、しばらくして言った。「陳詩遠《チェン・シーユエン》、変わったね」

このくたびれきった姿が見慣れなかったのかもしれない。僕も先輩を観察し、感嘆した。「先輩は昔のままですね」

「まさか!」彼女は否定すると、また原油漏出事故の話に戻った。「朝ニュースを見てすっ飛んで来たんだ。一昨年《おととし》くれたメールのこと覚えてる? 私たちが作ったあのロボットがまだ海の中にいるっていう話」

「先輩は返信してくれなかったじゃないですか」そのことを思い出すと、僕はいまだに腹が立つ。

「誤解してたんだよ——あの頃は海底探検ツアーを企画してて、てっきり企業秘密を知られちゃったのかと思ったの」

僕は半信半疑で言った。「先輩の会社の主要業務は宇宙貨物輸送じゃないですか、どうして海底旅行なんて」

先輩は少し笑った。「初めは貨物輸送、それから月面旅行も扱うようになったけど、今は市場が成熟しきってるし、かといって火星に行くのはリスクもコストも高すぎるから、別の分野を開拓しようと思って海を調べてるんだ」

「何か見つけたんですか」

先輩はかすかに笑みを浮かべた。「あのメールの最初に書いてたよね。あれはまるで幽霊です、僕は何度も、もう少しであれを捕まえるところでした、って」

「はい」僕は息をひそめた。

「今、返事をするよ」彼女の目の中に子どものような炎がきらめいた。「行こう、海の底へ、あれを探しに」

二

莫《モー》先輩はそれらを「繭《まゆ》」と呼んだ。

──本当に糸を吐くんだ！　それが二〇二五年に初めて繭を見た時の感想だった。実験室で、その白い楕円の球体たちはコロコロとデスクの上に並べられ、中央の水槽には小さな繭が半分まで作られていて、どことなく朝食で使うエッグスタンドに似ていた。近づいて初めてその中が見えた。「エッグスタンド」の中央に、上下に伸縮する金属の軸が立ち、その先端には腕時計の分針と秒針のような二本の輝く金属の針がついていていて、素早く回転しながら周囲の縁に沿って細く白い糸を吐きだしている。糸は折り重なってたちまち上部を覆い、エッグスタンドは完全な「卵」になった。

「どう？」尋ねる声がして、僕は振り返った。

彼女はすっきりと知的な顔立ちで、笑うと目がまるで一本の筋のように細くなり、それでようやく親しみを感じさせた。「莫暁然《モー・シアオラン》です」と自己紹介をする。「チームへようこそ」

「3Dプリンターの技術からすれば、これはごく普通の改造ですね。小さく作れることと、それに水中で作動させられる点は優れてます」僕は率直に言った。「でもこれではコンペに勝てません」

彼女は少し眉をひそめ、早口で言った。「観察が足りないね。それに私が送ったファイルも読んでないでしょ」

それは事実だった。答えずにいると、彼女は手招きした。「もう一度見てみて」

そこでようやく、水槽の中にはほかに約二五センチほどの長さの杼《ひ》のような形をしたものがあることに気づいた。その先端はエッグスタンドの底につながっている。莫先輩は手を水槽の中に入れてかき混ぜると、僕に指先の黒い汚れを見せた。「これは海水と原油の混合物で、汚染海域を再現しているの」例の杼を指さす。「あれは極小の化学工場で、原油を吸収して3Dプリンターに必要なポリマーに転化させる。うちにはもう一つチームがあって、廃棄プラスチック用の小型粉砕機を開発済み。私たちは海底のごみを使って、思い通りの形の再生プラスチック製品を作ることができるんだよ」

　僕は呆気にとられた。

「科学技術って、時には魔法みたいなもの。でしょ」彼女は満足そうに僕の表情を眺めた。「これは三年間の研究の成果で、ずっと秘密だった――まだすごいのがあるよ」

　話している間に、例のプリントされた卵型の繭が突然、自走して台座から脱落し、まもなく水面で全身に黒い油を吸着すると、先端の小さなスクリューを動かし、「化学工場」に向かって全力で泳いだ。そこにもたれかかると、黒かった繭は白くなった。吸収した原油が工場に移動したのだ。

「親疎水《しんそすい》の両面構造によって水と油の吸着と分離を実現したんだ。この繭は繰り返し使えて、化学工場を効率よく稼働させることができる」莫先輩は説明した。「マテリアル専攻の子たちもずいぶん頑張ってくれた」

「これは循環機構なんですか」ようやく先輩の考えがわかり始めた。「ある種の……成長して、原油とプラスチックを食料とする――ロボット？」

　先輩は僕をちらりと見た。「それ、送ったスライドの一ページ目にあるけど」

　認めざるを得なかった。「すみません。添付ファイルは見ていませんでした……」

　先輩はため息をついて、仕方なさそうに説明を続けた。「私たちは基本的な役割を三種類に分けた。『収集者《コレクター》』は原油とプラスチックを探し、化学工場と粉砕機に届ける――この二つは『転化者《トランスフォーマー》』で、海洋汚染物質を３Ｄプリントの原料に転化することができる。最後は『建造者《ビルダー》』、つまり３Ｄプリンターのこと。転化した原料を使って新しい個体を作る。例えば収集者——繭型ロボットなんかをね」

「生物群落を作る？」

「そう、群落。ロボット単体を、と理解してもいい。ここを見て」彼女はデスクから繭を一つ手に取り、先端のへこみを指さした。「インターフェースの規格を設計して相互に接続できるようにしたの。こうすれば『収集者』の動力装置はロボット本体を汚染に向けて泳がせることができるし、『転化者』のエネルギー装置も『収集者』と『建造者』に継続稼働が可能なエネルギーを提供できる。切り離された状態になると、これらは一つのロボット群落となってそれぞれ分業し、生物のように繁殖して生息もする」

僕は先輩の言葉の中に矛盾を探そうとした。「動作を維持するための動力は何ですか。海中には電気はないですよ」

先輩は馬鹿にしきった目つきで僕を見た。「原油があるじゃない」

オッケー、残る質問は一つだ。「先輩たちの仕事は全部終わってます——この上、僕を入れてどうするんですか」

「このロボットたちはずっと実験室の中にいる。こういう水槽の中にね」先輩は言った。「でも海は違う。海にはもっと残酷な競争や複雑な環境がある。生物としてはこれはまだごく初歩的な段階で、基本的なＤＮＡ情報を持った単細胞動物に過ぎないんだよ。だからＡＩの専門家に参加してもらって、これに生命と知恵を与え、進む方向を示してあげる必要があるんだ」

僕は身体中の血が沸き返るのを感じた。「わかりました、参加します。何から始めましょうか」

三

二〇二六年度海洋汚染処理賞の受賞者は、インドのマテリアルチームだった。莫《モー》先輩は祝賀パーティーに出席しなかったので僕が代わりに参加し、へたくそな英語を駆使して、審査委員の一人である教授をつかまえた。

教授は言った。「君たちのプレゼンテーションは確かに素晴らしかったし、研究成果の価値も高い。だが受賞チームの方法はよりダイレクトで、効果が高い」

「向こうのチームは布を一枚水の中に落としただけですが、僕たちは海洋生態系に一粒の種をまいたんですよ」僕は説明した。「それは成長し、繁殖して、プラスチック製品の汚染問題を解決し続けるんです。おわかりにならないわけないですよね？」

たぶん僕の口調や言葉遣いが失礼だったのだろう。教授は微笑みを引っ込めた。

「君たちの方法は非常に入り組んでいるが、実際は単に海中の原油汚染やプラスチックごみの形を整えて別種のプラスチック生物に置き換えているだけだ。その上、それらはまだ海中にある。座礁したクジラの胃の中からそれらが発見される可能性はまだあるわけだ――それでどうやって効果を検証するんだね？　『創造主』を気取るのはやめて、課題に取り組みなさい」

そこでようやく、今回の失敗の責任が僕にあったことを悟った。莫《モー》先輩が最初にくれたタスクはとても具体的だった。「時間がないの。君の主な仕事は、ロボットを指定したポジションに定期的に戻ってこさせること。ちょうど鮭のようにね。そうすれば成果を直接観察することができるから」

けれど僕はプラスチック生物群落という構想に完全に取りつかれてしまった。一週間寝ずに頑張って、先輩に渡す概要に、現行のロボットについての改善点を二つ書いた。

一　複製から環境適応まで

藺に多様な機能を生み出す可能性を与えるため、「建造者」を「設計士《デザイナー》」にアップグレードし、AIチップを搭載し、実際の海洋環境に基づき、環境適応性を備えた新しい藺を作る。例えば、さらに強い推進力を持った「スクリュー藺」や、表面積が大きい「バルーン藺」など。

二　モニタリングから情報交換まで

「転化者」にナビゲーターを搭載し、人とロボットが意思疎通を行うための相互プラットフォームにアップグレードする。人間はロボットがいる環境やフィードバックに基づき、新しい藺のモデルデータの転送や、ナビルートを最適化するための気象データといった、ソフトウェアの継続的な更新やナビゲーションを提供する。


莫先輩はそれを読んで迷っていた。「複雑すぎないかな」

先輩に渡したバージョンは簡略化したものだった。だから僕は丸一日かけて先輩と議論し、AI分野ではハードウェアは基礎で、ソフトウェア自体が生態系なのだということを理解してもらおうとした。豊かさと混乱、調和と矛盾、新生と淘汰こそが、一つの製品を成功させることができる。先輩は言った。「言ってることはわかるよ。でも必ずしもあの人たちが欲しがってるものだとは限らない」

後になってようやく、先輩が言った「あの人たち」というのが審査委員を指していたことを理解した。先輩は結局、僕の話に心を動かされ、言った。「わかった、存分にやりなよ」

「同意してくれるんですか」

彼女は笑った。「君の情熱が気に入ったから」

四

結婚したばかりの数年間、明け方まで残業することは日常茶飯事だった。二〇三五年のある夜、突然、あのプラットフォームのことを思い出した――海中の「転化者」と交流し、意思疎通をするために計画したプラットフォームだ。

莫《モー》先輩は正しかった。僕の設計は複雑すぎたし、十分なテストも行っていなかった。コンペのプレゼンテーションでは回遊システムに障害が起こってしまい、コンペ終了後も「転化者」が発信した位置情報を受け取ることができなかった。しばらくの間、僕は自分がすべてを台無しにしてしまったことを認めたくなくて、卒業するまでずっと様々なコードやデータ、見取り図などをプラットフォームに置いておき、ロボットが受け取ってくれることを願ったが、もちろんそれらは海に沈んだ石のように何の反応も示さなかった。

だからあの日の夜、URLを入力してみると数万もの座標データがそこに表示されていたのを見た時、幽霊にでも出くわしたかのように感じた。エスプレッソを一杯飲み、座標をいくつか適当に選んで、それらの位置を調べてみた。メキシコ湾、インド洋北部、ペルシャ湾、渤海《ぼっかい》、ノルウェー西岸、それから——南極？

南極に原油やプラスチック汚染があるのだろうか？

きっと誰かが僕をからかっているのだ。けれど後になって、やはりデータを分析し、発信源を一つ一つ調べずにはいられなくなった。それらの色鮮やかなラインが潮流に沿ってうねっているのを見た時、突然、長いことなかった熱い血がこみ上げた。興奮が冷めると、またしても例の問題が戻ってきた。どうすればそれらがまだ存在していることを証明できる？

だから休暇にどこに行くかと妻に聞かれた時、迷わず答えた。「マレーシアにダイビングに行こう」

僕はプラットフォームから最寄りの「転化者」にナビゲートプランを送信した。しかし酸素ボンベを背負って果てしなく広がるサバ（ボルネオ島北部にあるマレーシアの州）の海に飛び込んだ時、ようやく悟った。海は広すぎる。

画面上の黄色いラインが自分とすれ違うのを食い入るように見ながら、どうすることもできなかった。その後の数年間、レスキューダイバーの免許を取ったものの、沈没船や洞窟、サンゴの間にはやはり何の痕跡も見つけられなかった。四〇年代が始まったばかりの頃にバイオコンピューターが登場し、バイオニックアルゴリズムが次第に伝統的なＡＩ言語に取って代わり、僕は頻繁に転職を繰り返したが給料は低くなる一方で、妻とはとっくに別居していた。離婚通知を受け取った日、ふいに悟った。ここ数年なりふりかまわず忙しい生活を送っていたのに、自分は意味のあることをしたと証明できるようなものを何も見つけることができなかったんだと。

諦めきれなかった。

僕は莫《モー》先輩にメールを送り、こんな風に書きだした。

あれはまるで幽霊です。僕は何度も、もう少しであれを捕まえるところでした。

五

莫先輩には僕が少し緊張していることがわかったはずだ。特に潜水艦の乳白色の躯体が次第にパノラマスクリーンに変わっていった時は。

その潜水艦は拡大した繭のようなものだった。「材料は違うけど、構造や設計で繭を参考にしたのは確か。何といっても、どっちも海洋向けに設計したものだからね」先輩はそう説明した。「話を戻すと、海底環境と宇宙はやっぱりちょっと似てて、どっちも危険だから、万が一に備えておかないといけない」そう言って僕を見てにっこりと笑った。まるで「だからここには君の仕事はないよ」と言わんばかりだ。

外の色とりどりの熱帯魚が少しずつ奇妙な姿の深海魚に変わった。僕は理解できなかった。「あれはこんな深いところにいるでしょうか」

先輩は言った。「この深度でぼんやりした影をいくつか撮影したことがあるけど、行動を起こすだけの証拠は手に入れてない」

外は相変わらず魚ばかりだ。それらが泳いでくるたびに、スクリーンにはその種類が表示される。先輩も緊張し始めた。「三十万トンもの原油が漏出したら、あれは必ず集まってくるはず」

プラットフォームに集まる座標データもその考えを証明していて、色つきのラインが僕たちの周囲を旋回し、集まってはまた散ったりしている。なのに渦の中心にいるはずの僕たちが外を見ても、そこには死のような静寂があるだけだ。

「今回も見つからないんじゃ……」二時間待った後、僕はついに口を開いた。「もう二十年ですよ。あれは幻覚だったんじゃないかって何度も思いました。幸い、先輩がまだ注目してくれてたけど」

先輩はこちらを向いた。「私はあのコンペ、すごく大切に思ってるよ」

「でも先輩にとって唯一の失敗ですよ」

「一般的な定義からすれば、確かに私はずっと勝ってきた」彼女は少しも謙遜せずに言った。「でもそれはすべてコントロールできる範囲のことで、私は他人が何を求めてるか、自分が何を差し出すべきか、お互いが何を得るかを把握するのが得意なの。それって実はつまらない。驚きも喜びもないもの」

「僕にはわかりません」

彼女は僕を見つめて言った。「陳詩遠《チェン・シーユエン》、君は自分の世界の中に生きてる。それは良いことだよ。君が作業計画を話してくれた日のことを覚えてる？　君の考えがコンペで求められてるものと食い違ってることはわかってたけど、あんなに夢中になってるのを見て、急に思ったんだ。やらせてみよう、何か面白いことが起こるかもしれない、って」

「でも僕たちは負けました」

「結果にはがっかりした。でも私は嬉しかった。なぜって、何の収穫も得られないことがついに起こったんだから――君を信頼しようと決めた時、私は単に君の考えそのものに価値があると感じたのであって、あの賞金を得られると思ったわけじゃない。だからこそ私の投資はリターンを得られなかったんだよ」

本当に成功者の思考様式だ。間違った判断だったとしても、正しい解釈を見つけることができるのだ。

「君の名前のようにね」彼女は続けた。「詩と遠方。それこそが、私たちが生命を生み出す意味なんだ」

原油のせいか、それとも陽光から遠く離れたせいか、僕たちは暗闇に包まれた。だから、パノラマスクリーンをかすめたその小さな白い点はとても目を引いた。細長く連なった文字が、その影とともに過ぎていった――「収集者　Ｎｏ．２０３９００４２１０１０６」

それは暗闇に飲み込まれた。たちまち、真珠のように輝く一連なりの別の繭が僕たちの頭上を泳いでいった。それらが目指す方向は一致していた。莫《モー》先輩はＡＩ中枢に命じて海水と原油をスクリーン上で色分けさせ、潜水艦はその赤い影を追いかけた。赤い色がスクリーンの半分を埋めた時、僕たちは最初のロボット「クラゲ」を見つけた——杼の形をした転化者がクラゲの触手に変化し、十数体の建造者が協力し合って、無数の繭からなる巨大な傘を編み上げていた。「クラゲ」は傘の縁を揺らしながら、潮流に乗って赤い原油の奥深くへと泳いでゆく。

「このモデルを設計した？」莫先輩は興奮して甲高い声を上げた。

「いいえ」僕の声はかすれていた。

僕たちは深海の潮流を見つけた。

それは肉眼で見えるほどの大きな流れで、ロボットの魚群が原油を追いかける、深海のゴールドラッシュだった。危険な「サメ」が一匹の「アンコウ」に噛みつき、その身体の、原油が浸透した繭を自らに取り込もうとする。「タコ」は原油を吐き出し、自分の腕を奪いに来た「ウナギ」を阻止しようとする。「エビ」はお気に入りのビニール袋を引きずって、泡を吐きながら「カメ」の身体にしがみつく……

それらは自分たちの見た生物を模倣し、新しい世界を創造していた。

「でも……」僕は夢を見ているような気持ちで、その画面から疑わしい部分を見つけようとした。「どこからこんなにたくさんの繭が？　あの頃作った『転化者』と『建造者』だけでは全然足りませんよ」

莫先輩はスクリーン上の一匹の「カニ」を拡大し、その脚を指さして叫んだ。「自分たちで生み出したんだ！　医療廃棄物で核構造を作ったんだ、なんて賢いの！　もう自分たちで作れないのはきっとＡＩチップくらいだ」

「それはつまり――」僕はふいにある恐怖を感じた。「僕が座標を集めることができたのは、最も古い第一世代のロボットだけ？」

莫先輩は僕の質問を完全に無視した。「あれ見て！」

海底が姿を現した。果てしなく真っ白く続く海底の表面が起伏を伴っている。近づいてよく見ると、それはロボットの都市だった！　数十メートルの高さの巨大な転化者が、トーテムのようにそれぞれの集落の中央に立っている。戻ってきた「魚」たちは、自分の身体に付着した原油をまずその転化者に渡す。

「何をしてるんだろう」先輩は言った。「税金かな？　一体あれにどんな資料を送ったの？」

「『財政学原理』です」その書名を思い出すことができたのは、それが昔付き合っていた彼女の専門書で、僕がダウンロードしてあげたものだったからだ。たぶん保存先のフォルダを間違えたんだろう。

「あれは市場？」莫先輩はまた別の画面を拡大した。「エビ」が道々大事に持っていたビニール袋を、「ヤドカリ」のハサミと交換している。

僕たちは一つの文明を生み出したのだ。

六

帰り道、莫《モー》先輩はずっと黙り込んだままだった。

最後に先輩は僕に尋ねた。「観光客を呼ぶべきかな」

「大儲《もう》けできるでしょうね」僕は答えた。

「そうすべきかどうかって聞いてるの」

「僕たちが根源だとしたら、新しい文明を生み出したことで法的責任を問われるんでしょうか」

先輩は少し考えた。「やめておいた方が良さそうだね」しばらくしてまた尋ねた。「ねえ、この文明は人類の脅威になるかな」

「たぶん。発展が速すぎますよ」

「じゃ、どうする？」

「僕たちがもうプラスチックごみを出さなければいいんです」

「それもそうだ」彼女はやっと安心したようだった。

潜水艦を出たところで莫先輩と別れた。帰宅すると僕は相変わらず無一物で、借金まみれだった。

でも、僕は満ち足りていた。

——二〇一九年四月二十一日
北京にて

小雨《シャオユー》

何夕《ホー・シー》

浅田雅美 訳

一

一番好きな風景は薄雲が少しだけ漂う青空だから、私は旅行には滅多に行かないの。あの日こう言ったとき、韋雨《ウェイユー》が立っていたのはちょうどこの白樺の木の下だった。大空を見上げて深呼吸をした彼女の黒髪は、肩のあたりで波打つように揺れた。白樺は涼しげに直立し、秋の黄葉がひらひらと舞っていた。

彼女の言いまわしに秘められた拒絶の意を、僕は間違いなく聞き取ったが、傍《かたわ》らにいた棱氷《ロンビン》にもそれがわからないはずはなかった。そこで僕は、見に行くべき場所はたくさんあると話し、有名な観光地の風景を生き生きとした表現で語り始めた。韋雨は真剣に僕の話に耳を傾けてくれ、きらきらと輝くその瞳には温かな笑みが込められていた。彼女はずっと温かな眼差しを僕に向けてくれていた、棱氷が口を差し挟むまでは。棱氷の「それは全てこの空の下の世界だ」という言葉に、韋雨はぞっとしたような表情で振り返り彼を見つめた。ぼんやりとした光のせいで彼女の目は深淵のような奥深さを湛えていた。

今思うと、僕の失敗はまさにこのときから始まっていた。実際のところ、その言葉が気まぐれな棱氷《ロンビン》の本心ではあるはずがないとはわかっていた。だが僕はいつまでも、彼のその一瞬の聡明さに敬服し続けるだろう。韋雨《ウェイユー》の目に深意に満ちたぼんやりとした光を見たとき、僕が奈落に落ちるような絶望を感じていたとしてもだ。しかし、もし今の棱氷が再びそんなことを言ったとしたら、彼には思うところがあって口から出たのだと僕は信じるだろう。というのも、棱氷がこれまでの経験により、どうあろうとも感情を外に出さなくなっていたし、行き過ぎたことはしないはずだと僕は知っているからだ。だが実際、彼のいささか女性のような甲高い声を今後聞くことができるのかどうか僕にはわからなかった。

さらにその後のことはよく覚えていないが、総じて僕のその日の行動はワンテンポ遅れていたような感じがする。しばらくの沈黙の後、生と死について語り合いたいと思ったとき（韋雨が僕の話をずっと聞いていてくれていたら、彼女は僕が得意とするのが旅行だけではないと気づいただろう）、韋雨と棱氷が楽しそうに旅行の話に花を咲かせているのに僕はやっと気がついた。そして「運命」という言葉に話が及ぶと決まって一言も発しなくなる人が多い理由を突如悟ったのと同時に、僕の失敗は運命による采配に過ぎないことも認識した。僕自身は何もしくじっていないのだ。

だが腹立たしかったのは、韋雨と知り合いだったのは元々僕だけだったということだ。知り合ったきっかけは非常にシンプルだ。そのとき、彼女が一緒にいたのは僕の友人だったのだ。顔合わせの後、友人が彼女の名前を教えてくれたのだが、僕は思わず「小雨《シャオユー》」と呼んでしまった。初対面なのにこんな親しげな呼び方をして、相手の目にはきっと失礼に映ったに違いないし、何をするにしても慎重極まりない自分がどうして普段とは打って変わってこんなことをしでかしてしまったのか、自身にもわからなかった。そのとき、霧がかかったような表情が微かに彼女の目に浮かんだのに気づいた僕は、突如見透かされたかのような感覚を覚えた。しかしその全ては一瞬の内に消え失せ、目の前には今までと変わらぬ平凡な世界が広がっていた。ずっと後になって、その友人はこの話を蒸し返して僕をからかった。僕は口先では彼にやめてくれと言ったが、本当はそう思ってはいないと自分自身だけが知っていた。

おそらくあの初対面の一瞬に、実体のない軽やかなリボンがこの世に現れ、そのせいで僕は狼狽して走りまわり、かえって逃れようがなくなったのだと、その後よく考えた。実際、この絡みつくリボンから逃れようと、僕は単身無人の星へスケッチ旅行に行き、そこで三ヶ月という時間を過ごして、やっと完全な心の安らぎを感じられるようになった。だが地球に戻り宇宙船から下りて迎えに来てくれていた韋雨《ウェイユー》（彼女のそばには棱氷《ロンビン》が立っていた）を目にしたその刹那、今回のような単独行動が今後もまた繰り返されるのだろうかと、僕は即刻難題に再直面した。

「小雨《シャオユー》」と突然呼んでしまったのと同じ日の午後、非常に奇遇なことに、またもや同じ場所で韋雨に出くわしてしまったのだが、彼女の驚く様子を見て非常に心が揺さぶられたのを覚えている。彼女は、本当に思いも寄らなかったわと言うと、空を見ながら、草原を彷彿させるほどの晴れ上がった天気ね、と言った。彼女が顔を空に向けたとき、僕は突然はっきりとした衝撃を感じた。美しいラインを描き青い空に映える、珠《たま》のように真っ白な彼女の首筋は、つかず離れずの所にありながら、結局把握することができない情動を僕の中に生じさせた。後になって、その瞬間の状況を分析した際、彼女に備わっていたある種絵画的な魅力が、自分の職業的習慣に影響を及ぼしたからだと結論づけたが、この理由はあまりにもこじつけではないかとずっと感じていた。甚《はなは》だ不思議なのは、その後この情動を捉え『天《あめ》が下《した》』というタイトルの油絵を描き上げたとき、僕は気持ちを抑えることができず、その真っ白な首に一本の真っ赤なリボンを巻きつけてしまったことだ。このリボン故《ゆえ》に、その後間もなく開催された現代世界絵画展の金賞を僕は逃すことになった。そのリボンに納得できないというのが、審査委員の一致した見解だった。僕自身もなぜそんなことをしたのかはよくわからなかったが、あの美しい首にリボンを巻きつけることに固執したのは、そうしなければその瞬間の全てをキャンバスに留めることはほぼ不可能だったからだ。僕にはわかっていた。

僕はそれからずっと考えている。おそらくその瞬間に衝撃を受けてから孤独を感じるようになったのだろう、それまでの僕はずっとイーゼルを担いで時間との追いつ追われつを繰り返していた、と。僕が絵描きという職業を選択し、仕事を愛している理由は、この時代に孤独を感じることもなく、無為に過ごすこともないのは画家だけだからだ。人々は現在、３Ｄイメージング技術でどんなものでも生き生きと鮮やかに表現できるようになったが、自然が人の心に呼び起こす感情は永遠に表現できない。このような感情はリアルに由来し、リアルを超越する。

韋雨《ウェイユー》の空と草原の話が僕にもたらした恍惚は、そんなに長い時間は続かなかった。僕はすぐに自らの失態を悟り、次の日もここで会おうと、心を落ち着かせて彼女を誘った。君が来ても来なくても僕は来るから、僕は本当に用事があるんだと伝えた。今思うと、次の日に棱氷《ロンビン》を呼ばなければ、また違う様相を呈していたかもしれない。だが僕は昔から何事も純粋で明るいスタートを切りたがる人間だったし、そういうことを好む傾向に見切りをつける理由もこれまでずっとなかった。翌日、先に来ていた韋雨《ウェイユー》が僕たち二人を目にして見せた驚きの表情は、なんともあどけないものだった。

ある時、僕はふと思い立って韋雨に、『天が下』は彼女をモチーフ描いた絵だと伝えたことがあったが、彼女は信じられないという様子でけらけらと笑いながら首を振った。しばらくしてから、彼女は顔を上に向け、もっともらしく首を撫でながらこう言った。「あなたはいつ、私にまとわりつく赤いリボンを見たの？　前世で？」

二

眼前に砂漠が広がり、背後にも砂漠が広がる。僕と僕の白馬は砂漠の真ん中にいる……。ここまで夢を見ていつも目が覚める。この夢を何度見たことだろう。夢の中の自分は黒衣の騎士らしく、伝説の歌い手をずっと探していた。夢を見る度に周りの様子は違っていたが、いつも決まって劣悪な環境だった。僕はどこからともなく伝わってくる琴の音を聞きながら馬に鞭打ち、見通しがきかない暗闇に向かった。風と砂が耳元で絹を裂くような音を響かせていた。

ところが韋雨とリボンの話をしてから間もなく、僕の夢は意外な進展を見せた。あたかも天地の果てのようなだだっ広い荒野で、僕は七弦琴を目にした。素質に恵まれた両の手で掻き鳴らされる琴は、僕を苦境に陥《おとしい》れ彷徨《さまよ》わせるような音色を響かせていた。その一瞬、僕は魔物にとりつかれたように前へ向かって突き進んだが、すぐにそれが無駄骨だと気づいた。どんなに努力しても、歌い手と七弦琴は依然として目と鼻の先に見える世界の果てなのだ。深い霧が辺りに立ちこめ出したが、僕は諦めきれず大声で叫んだ。その時だ、玉のように白く美しい歌い手の首に一本のリボン――血のように真っ赤なリボンが巻かれているのにようやく気づいたのは。僕はぞっとして我に返り、その人物の容貌を見定めようと思ったが、深い霧が全てを呑み込んでしまった。

この夢を最後に、僕は夢を見るという生理現象から完全に解放されたのだが、それにもかかわらず毎朝起床後に極度の疲労を感じていた。しばらくしてから僕は棱氷《ロンビン》の家で、青春を描写するセンテンスが所狭しと並んだ『夢多き歳月』という詩集を見つけ、その後の数日間はずっと心が塞いだままだった。

棱氷と韋雨《ウェイユー》が並んでいるのを見るのは間違いなく心と目の保養だ、多くの人がこう話すのを聞いてきた。棱氷は同業者だが、僕のように虚しさから抜け出すための手段ではなく、完全に芸術そのものに没頭していた。美術アカデミーで学んでいた頃、教授が僕たちに『生命』というタイトルで絵を描かせたことがあった。僕は見渡す限り広がる水面に半分に折れた朽ち木が浮かび、その朽ち木から白い花を咲かせた枝が伸びている絵を描いた。一方棱氷の絵は、青白いキャンパスに幾重にも描き込まれた赤・黒二本の鎖の重苦しいＤＮＡ二重螺旋構造が、繰り返し絡みつき絵の奥底からまっすぐ絵の表面全体を貫いて飛び出すという、息が止まるほどの凄まじさだった。最終的に自分の描いた小さな白い花は、こっそりと跡形もなく燃やしてしまった。

棱氷《ロンビン》の韋雨《ウェイユー》に対する偽りのない気持ちは、見てとることができた。彼が僕のように青空の下の美しい首筋にとらわれているのかどうかはもちろんわからなかったが、彼が韋雨を見つめるときの温かい眼差しは間違いなく心の奥底に由来するものだと知っていた。そのときまで、僕はあのような眼差しを向ける男性に会ったことはなかったし、韋雨はその眼差しを僕よりも遥《はる》かに強く感じていると思っていた。

だいぶ後になってから、棱氷にその眼差しについて話したとき、彼の目から清らかな涙が溢れ落ちるのを僕は見た。それから彼はあらゆる痛みや悲しみを伝えるように、僕の手を握った。

三

ふと、もしこの世の中に「偶然」というものが存在しなければ、全てはもっと平穏なものになるだろうと突飛な考えを抱いたことがあった。だがその直後に僕は、もしそうなら人々がその平穏さに適応できるのだろうかと考え直した。多くのことが引き返せなくなった後のある日、僕は手入れのゆき届かない花間の小道に一人佇《たたず》んで、物事を遡《さかのぼ》りながら筋道立てて整理しようと試み、最終的に最初の異変の兆しは、韋雨に『天が下』の絵の話をしたときにすでに現れていたことに気がついた。そのときの彼女の笑い声は、開放的な女性の匂いを強烈に発し、ずっと忘れることができなかった。だが韋雨は最も保守的な信条を持ち続けている女性だと僕はよく知っていたし、あんな風に笑っている彼女の目からは楽しさを見出《みいだ》すことはできなかったからだ。

韋雨《ウェイユー》はこの世界の大多数と同じように、生きるために働くことを必要としない、平凡極まりない女性だ。この点について、今の人間の一生は束ねた花のように、束縛されず清らかだがほぼ空虚な空気に満たされているように僕には感じられる。これは僕が退廃的なのではなく、現実のことだ。現在の人々は太陽が生み出すエネルギーの全てを手に入れた。西暦一九六四年にソビエト連邦の科学者ニコライ・カルダシェフが示したスキームに照らすと、人類はエネルギーへのアクセスという点ではタイプⅡ文明のレベルに達しているが、人類はそのエネルギーの一万分の一しか利用できていないそうだ。科学者の説明によれば、僕たちは科学による万物の制御を達成した時代に生活しているので、現代人にとって、少なくともこの数百年の最重要任務は贅沢を学ぶことであるという。僕はわずか十四歳にしてこのことを意識しだし、その後間もなくイーゼルと筆を手に入れた。十四歳の時点で僕の脳裏にはすでに、物寂しく疲弊してはいるもののそれほど「空虚」ではない画家の大まかなイメージが描き出されていたと言えるだろう。

棱氷《ロンビン》も韋雨の平凡さを語っていたことがあったが、それは当時のグループの画家がほとんど参加していたとあるパーティーでだった。棱氷は特別に韋雨を招待したのだが、それは彼が韋雨に少し見栄を張りたかったからに違いない。ところがその韋雨は到着するなり、三十分しかいられないの、少し名の知れた仕立屋と試着の約束をしているから、と言ったのだ。そして韋雨は僕たち二人に様々な生地の材料やカラーコーディネートについて話し出した。ちょうどそのとき、美術界の急進的人物が「新美術運動《アール・ヌーヴォー》」を起こそうとヒステリックに叫び出し、この世界全てを一つの色で表現するのだと誓いを立てたが、その日韋雨《ウェイユー》の話す声はいつも以上に美しかったので、彼の意見に耳を傾けようとする者は非常に少なかった。韋雨のあんなに楽しそうな眼差しを見たのはそのときが初めてだった。その一瞬、彼女の喜びは自分が絵を描くことにより得られる喜びよりも遥かに大きいのだと僕は確信した。そして、僕もこのときからいわゆる幸せや悲しみ、充実感や空虚感などは純粋に個人の感覚に過ぎないのだろうかという問題について考え始めた。

パーティー終了後、棱氷《ロンビン》は「韋雨の最も平凡ならざる点は、平気で自分の平凡さを人に曝け出せることだよ」と、僕に言った。そして直後に彼は、まさにそのときからもう抜け出せないほど本気で韋雨のことを愛するようになったのだと、僕に告白した。

韋雨が試着のためパーティー会場を後にしようとしていたとき、ちょうど棱氷にスピーチの番が回ってきたので、僕が時間に間に合うように彼女を送っていった。果てしなくどこまでも広がる奥深い夜空、花の香りをほのかに感じる夜道。韋雨は深々と息を吸うと、祖先が環境保護の重要性に目覚めてくれたことに本当に感謝しなければいけないわね、でなければ私たちは鼻をむだに生やしていることになるもの、と言った。僕は彼女の美しく(ちょうど深呼吸をしていたため)少し皺の寄った鼻を見ながら、注意して、鼻を吸い込んじゃうよ、と返した。彼女は呆気にとられたがすぐさま、そうなったらあなたの鼻を移植してくれるのかしら、と悪戯《いたずら》っぽく聞いてきた。僕は心の中で大きな溜息をつきながら口では、拒むことなんてあるもんか、男の鼻を生やして醜態をさらしている君の様子を見たくてたまらないよ、と言って大笑いした。

だが僕の笑い声は数秒間でぴたっと止まった。韋雨のまつげに小さなきらきらしたものがいくつか揺らめくのが見えたからだ。僕はしばらく口をもごもごさせた後で韋雨《ウェイユー》に謝ったが、彼女は素早く振り返り、なんでそんなこと言うの、と僕に尋ねた。そのとき見えた彼女のまつげは乾いていた。今見えた光の点はたぶん街灯が作り出した幻に過ぎないのだろう。僕は彼女に、何でもないよ、と淡々と答えた。このとき、僕たちの視線は期せずして共に空に浮かぶ天ノ川に惹きつけられた。彼女は夜空を指差しながら、あなたが『天ノ川』という絵を描いたらどんな作品になるかしら、と言った。君が今目にしているような白い川だよ、と答えたら、彼女は急に大声で笑い出し、棱冰《ロンビン》が何と言ったか知ってる？　彼は一つまた一つ星を描くと言うの、と言った。僕は押し黙ってから、まだ描いてなくてよかった、でなければまたそれを燃やさないといけなくなる、と言った。直後、韋雨が不思議そうな表情を浮かべたので、僕は『生命』の絵のことを彼女に説明した。韋雨は下唇を噛んだ後、描いたなら燃やさないで、私にちょうだいね、と突然言った。

その夜、韋雨はさらに、幼い頃に母親は彼女を「小雨《シャオユー》」と呼んでいたけれど、七、八歳になってからはそう呼ばなくなったという話をしてくれた。

韋雨がこの話をしたとき、僕はなぜだか涙を流したい感覚に襲われた。それから我慢できずに、昔のことを話し始めた。十一、二歳の頃、僕はいつも隣家の小雨という名の女の子とよく遊んでいたが、男の子のグループにからかわれ、結局僕は意固地になって彼女を鞭打ってしまった。彼女の首筋を鞭打ったのを覚えている。しばらくして、僕たちの住んでいた街で地震が発生し、彼女の一家は全員亡くなったと人づてに聞いた。

「あなたって記憶力抜群なのね、そんな昔のことを覚えているなんて。」韋雨はそう言いながら笑い出し、涙が出るほど笑っていた。

四

この会話の翌日、僕は小惑星へスケッチ旅行に出発し、その数日後、棱氷《ロンビン》からの電話を受けた。彼は僕が出発したその日に韋雨《ウェイユー》がいなくなったと言い、旧知の友としての信頼がなければ僕が韋雨を連れ去ったと疑ってしまうところだったと、冗談交じりに話した。僕は溜息交じりに、君ら二人を友人に持っていたら落ち着いて過ごすことは無理なようだと言い、すぐに戻るからと彼に伝えた。

地球に戻ると、韋雨は何事もなかったかのように棱氷の胸元にもたれかかっており、僕は怒りのあまり気が狂ってしまいそうになった。僕が顔を背けて去ろうとすると、韋雨が追いかけてきて、本当に用事で数日不在にしていたのだと言った。僕は彼女の澄みきった双眸を見ながら、心の中で軽く溜息をついた後、両手を広げもう怒りは収まったことをアピールした。

だが僕は、その後の時間がこんなにも素晴らしいものだとは夢にも思わなかった。韋雨はほぼ毎日僕につき添ってくれた。僕たちは一緒に散歩し、会話を楽しみ、秋風が少しずつ紅葉を赤く染めていくのを見ていた。あるとき、こっそり彼女の方を見ると、彼女も僕を見つめており、その目には僕をうっとりさせるほどの甘美な情が溢れていた。あるとても清々しい黄昏時に、僕はとうとう彼女に口づけをした。その瞬間、夕焼けの陽光の中で彼女の目は涙で満たされていた。私を連れて行って、誰もいない所へ、そう彼女は言った。

にわかに僕はどきっとし、棱氷《ロンビン》のことが頭に浮かんだ。僕は彼女の肩からそっと手を離し、最近棱氷はどうしているんだろう、彼に会いたくて堪らないと言った。

韋雨《ウェイユー》は驚いて呆気にとられ、その後突然僕の手をつかんだが、彼女の体が激しく震えているのを僕は感じていた。棱氷に会いに行かないで、一緒に行きましょう、私たち幸せに暮らすのよ、そう彼女は言った。

今思うと、そのときの僕は本当に頑《かたく》なだった。もし彼女の言うことを聞き入れていれば、また違う結末を迎えられたのかも知れない。だがそのときの僕は、あまり自分の好き勝手ばかりしてはいけないということだけを考えていて、またこの件にうまく対処できるという自信もあった。だから僕は韋雨の話に耳を貸さず、彼女を置いて慌ただしく出発した。韋雨が背後で悲しげに叫んでいるのが聞こえたが、僕は振り返らなかった。

棱氷は僕が思っていたようにやつれておらず、反対に少し肉づきが良くなっていた。彼は僕を見るなり、血色の良い顔で迎え出てくれた。ここしばらくはどこへ行ってたんだと彼は尋ね、さらに彼も韋雨も心配していたのだとも言った。話をしていると、彼は笑顔で結婚式の招待状を渡してくれたが、僕の目に飛び込んできたのはそこに書かれてある彼と韋雨の名前だっだ。

棱氷がその後何を言ったのか、耳からは少しも入ってこず、僕はずっとあることを考えていた。僕は自分の気が触れてしまったのだろうかと思った。

気を動転させながら韋雨と別れた場所まで急いで戻ると、そこには人っ子一人おらず、ただ疲れることなく呟くようにそよ風が吹いているだけだった。僕はよろよろと歩きまわり、割れるような頭痛に襲われた。遂に耐えきれなくなり、これは一体どうしてしまったというのだ、と絶叫した。不意に韋雨《ウェイユー》の声が聞こえた。その声はまるで彼方から聞こえてくるかのように、か細く、千々《ちぢ》に乱れていた。

やっと帰ってきたのね。なぜ私の言うことを聞いて私を連れ去ってくれなかったの？　知ってる？実は私、あなたが昔鞭打ったあの小さな女の子よ。幸いにも地震を生き延びたの。あなたに会ったばかりの頃は、あなたがあの男の子だってわからなかった。でも後になってだんだんと思い出してきたの。自分があまりにも自らの意志が持っていない人間だと思う時があるわ。元々棱氷《ロンビン》が好きだったのに、どうして後になってあなたのことも好きになったのかしら？　これら全てのことがなぜ起こったのか私にはわからないし、運命がなぜこんな巡り合わせにしたのかもわからない。私は悪女じゃないし、そういう風にはなりたくないけれど、私の思い通りに物事は進んでくれない。あなたにとって棱氷は一番の友人だから、本当にどうしたらいいのかわからなかった。夜になると決まってあなたたちが血を滴らせながら殴り合いをしている夢を見て、本当に怖かったわ。

僕はぼんやりと空を眺め、うわごとのように尋ねた。この世に韋雨が二人いるというのか？　しばらくの沈黙の後、彼女は言った。いないわ、一人だけよ、あなたは「タイムシェアリングシステム」って知ってるかしら？

脳裏に一筋の稲妻が走ったかのようだった。タイムシェアリングシステム！　このシステムはコンピュータのCPUの時間を非常に短いタイムスライスに分割し、複数の異なるタスクを順番に実行していくシステムだ。タイムスライスが非常に短時間なため、各端末のユーザーはコンピュータを独占しているかのように錯覚する。まさか……

韋雨《ウェイユー》の声はなおも森の中を漂っている。私はあなたたちのどちらも、とりわけあなたのことを傷つけたくなかった。もし棱氷《ロンビン》が悲しめばあなたも不幸になることを私は知っているから、あなたが小惑星へスケッチ旅行に出発したあの日、私は専門家を訪ねた。その人が誰なのかは教えられないけれど、許してちょうだい。その実験は情理に悖《もと》るものなので、その人の前で秘密厳守を誓ったの。そのときも、自分のしていることが一体正しいのかどうかわからず、まるで賭け事のようだった。彼のサポートのおかげで私はタイムシェアリング状態で存在できる人間になった。タイムスライスの長さは百万分の一秒、つまりあなたの目の前にいた私は一マイクロ秒の時間間隔で断続的に存在していたわけだけれど、あなたには到底知る由もなかった。もしあなたが棱氷に会いに行かなければ、私たちはずっと一緒に暮らすことができたのに。タイムシェアリング後の私は二つの独立した固体となり、思考や記憶も完全に別個になり、何年も経つと私ともう一人の私はお互いのことを忘れ、せいぜい同じタイミングで老いて病気になり死ぬだけということになるかもしれない。斯《か》くの如《ごと》く問題は解決されたと私は考えていたのに。私たちの時代は科学で解決できない問題など存在しないと言うじゃない？　なのにあなたはなぜ棱氷に会いに行ったの？　私にはあなたたち男性の心が本当に理解できない。

僕の顔は血の気が引いて青白くなり、額からは大量の汗が滴り落ちた。まさか韋雨が僕、そして棱氷との関係をうまく保つためにそんな手段を使っていたなんて。一瞬、僕の心は砕けてしまいそうなほどの激しい痛みを感じた。僕は泣きたくて堪らなくなった。僕は涙声で韋雨の名前を呼び、こう言った。帰っておいで、最初からやり直そう。

手遅れよ、もう手遅れなのよ。あなたは自分の妻が時間の半分を他人の腕の中に横たわって過ごしていることを決して忘れないでしょう。私たちは幸せになれないわ。なぜ幸せはいつもあんなに遠いのかしら、どうしても手が届かない。疲れた、私はほとほと疲れてしまった……。

韋雨《ウェイユー》の声は徐々に小さくなり、聞こえなくなってしまった。僕は呆然として言葉無く立ち尽くし、感情は麻痺して何も感じられなくなっていた。韋雨が何をするのか想像できたが、僕には彼女を止めることはできない。最初の一マイクロ秒で彼女を止められたとしても、次の一マイクロ秒で彼女は何でも自分のやりたいことをするだろう。そのとき、大きな木の陰から誰かが歩み出てきたのが目に入った。棱氷《ロンビン》だった。彼の表情は、彼が全てを聞いてしまったことを物語っていた。その後、そのときの様子を思い返した際、自分が彼と見交わしたときの眼差しにどのような意味合いが込められていたのか、その時点でもう僕はあまりはっきりとは覚えていなかった。実際覚えていたとしても、僕にはそれを表現できないだろう。覚えているのは、夜の帳《とばり》がすっかり下りるまで、二人とも黙ったまま地面に座り込んでいたことだけだった。

五

風が吹き出した。風が頬をかすめたとき、自分が涙を流していることに気づいた。目の前の白樺の木は涼しげに直立し、秋の黄葉がちらちらと舞っていた。昨日一通の手紙を受け取った。棱氷《ロンビン》からだった。考えてみると、もう二年も彼に会っていない。彼はまだ放浪中だと手紙に書いてあった。

風が少し強くなり、細かい雨もちらちらと少し降り出した。俯いて腕時計の天気予報を見ると、今日の天気は晴れ、降水確率〇パーセントと出ていた。僕は無言で溜息をついた。科学の力で晴れ渡った空からも小雨がちらつくことがあるのか。襟を立てながら頭を上げて空を見ると、薄雲が少し漂っていた。このとき、僕はかつてこういう風景が一番好きだと言っていた一人の女の子のことを思い出した。そして同時に、油絵の中に立ち空を眺めている彼女の首筋でひらひらと赤いリボンが揺れていたことも思い出した。

仏性《ぶっしょう》

韓松《ハン・ソン》

上原かおり 訳

それが話題にあがったのは古堆郷《グードゥイ》（チベットに位置する）の地熱地帯へ向かう途上だった。降りしきる吹雪が山道の視界を悪くし、いつ危険に見舞われてもおかしくなかった。トヨタのクロスカントリー車に乗った漢族のエンジニア三人は、気まずさを感じた人が目に見えぬ障害を突破しようとするように、なんとか話題を見つけて話していたのだろう。

「聞いたことあるか？　昔、ロボットの間で禅宗ブームが起きたって話」張《ジャン》が切り出した。

それを聞いて羅《ルオ》も楊《ヤン》もアオミミキジ（標高二千から四千メートルの山地の森林に生息する鳥）のように首をすくめて思い起こした。かつて何度か、こういう話が漢族の仏教界で持ち切りになった。山道に花々が芳しく咲き誇る頃、ピカピカの躯体《くたい》の大勢のロボットたちが嬉しげに手をつなぎ、名山の師匠に教えを請うために陸続《りくぞく》とやって来たという。無論これは象牙の塔の学者によって集団妄想と称されている。当時の春風暖かく長閑《のどか》な光景とは裏腹に、今この時、窓外にあるのは厳寒の景色だった。今、三人のエンジニアがやって来たのはまさに雪景色の仏土。もしかすると、それこそが同僚がその話を持ち出した理由なのかもしれない。ロボットに関わることなので、テクノロジーやエンジニアリングに関係があり、彼らは自然といくらか事情を知っていた。

「このご時世、何が起きたっておかしくないさ」楊《ヤン》は渋い顔でうなずいた。張《ジャン》はわざと元気を装い、高原の酸欠状態に耐えながら、鳥がさえずるような声で昔話を始めた。どうやらそうすることで旅の緊張感を和らげようとしているようだ。さらにこんなことも話した。中原《ちゅうげん》のとある大きな寺に、ある日、剃髪を望む若者が訪ねて来たが、なんとそれはロボットだった。方丈《ほうじょう》（寺院の住職）は驚き、どうして良いかわからなかった。このようなことは前例がなかったからだ。

なぜそれを望むのですか？　方丈はロボットに尋ねた。

私は悩み煩《わずら》っているからです。この世界は罪悪と不浄にまみれています。私はロボットですが、こうしたことに対して無力です。それに同胞の死を、解体されて鉄屑になるのを目の当たりにしました。そうしたことから無常を感じたのです。

ロボットはとうに心積りができていたように話した。彼の陽電子頭脳は、話によると人類の知能や感情をそっくりに模倣するという。

方丈は言った。あなたはロボットなのですから、とても簡単なことです。工場へ行き、プログラムを変えてもらえば良いのです。そうすればあなたは煩悩《ぼんのう》を断ち切ることができます。あなたはそもそも人類の寺院で修行する必要はありません。

しかしロボットは言った。いいえ、そんなことはありません。ごまかさないでください。プログラムで煩悩を断ち切れるだなんて。それは表象にすぎず、鏡に映る花、水に映る月なのです。本当の苦痛を取り除くことはできません。私は感じました。それはプログラムの外の問題です。それに私は宇宙の本性が何なのかも知りたいと思っています。

方丈はその言葉を聞き、はなはだ意外に思った。かつまた、ロボットが本当にそのように考えているのか、それともプログラムがそのように設計されており、ロボットにそう話させているかを見極めることはできなかった。刹那《せつな》のうちに、この世の万物が虚妄であると切実に感じた。それは長年修行を積む中で初めてのことであった。彼は思わず驚き、また喜びを感じたのだった。

ならばロボットもまた衆生《しゅうじょう》の心を持っているということなのか？

金剛の壊れぬ躯体をもつものでさえも同様に無明《むみょう》の障《さわり》があるということなのだ。

この時、ロボットが詩を暗唱した。それはかつて洞山良价禅師《とうざんりょうかいぜんじ》が吟じたものだった。「老来たるのを待ちて初めて道を学ぶことなかれ。孤墳、多くはこれ少年の人。この身、今生《こんじょう》に度《ど》せずんば、さらに何れの生においてかこの身を度せん」

方丈は感動を覚えた。ロボットが人類の意識を宿しただけでなく、この世に得難いその身を頼みとして諸行無常《しょぎょうむじょう》と四大みな空《くう》なり（世界の全てのものは空虚である）ということを感受し、輪廻《りんね》からの解脱《げだつ》を求めた。これは得難いことである。しかしながら、仏性《ぶっしょう》はロボットの陽電子頭脳内におけるある種の電子の運動過程に過ぎないのではないか？

以前は、六道《りくどう》の中で人類にならなければ仏になるチャンスはなかった。ところが今、ロボットが現れた……

ともあれ、方丈は最終的に広い慈悲の心をもってロボットを受け入れ、恵空という法名《ほうみょう》を授けたのであった。

毎日朝晩、恵空は僧侶たちと共に並んで座った。月明かりの下、朝焼けの下、青松《せいしょう》、翠竹《すいちく》の傍《かたわ》ら、一人一人の生身の人間の間に、唐突に現れた金属製の軀体は、硬質な冷たい光を放っていた。録音テープのようなロボットの読経《どきょう》の声は、森の奥の長きに亘る平衡と安定をかき消した。しかしこれはまた何を暗示しているのか？　修行の浅い一部の僧侶たちは我慢できなくなり次々に立ち上がって山門から逃げ出した。

　しかし、恵空のとても短い一生からすれば、彼は確かに優秀な僧侶であり、普通の僧侶よりもいっそうよく戒律を守っていた。どんなに難解な経典にも目を通し、忘れない。憎しみや嫉妬心を起こすことはなく、どんな病も患うことはなかった。貪欲でなく、女性に気を取られることはなく、人類よりも善良であった。しかし、話によるとこれらはいずれも彼の本質ではなく、修行によって到達したのでもなく、プログラムが彼に定めたことであった。だから多くの僧侶が彼を敬遠した。一方、彼は気にせず、真面目に戒律と典籍を学び、寺の中のあらゆる雑役を引き受け、倦《う》まず弛《たゆ》まず取り組み、不満を抱いたことはなかった。

　中にはひそかに方丈を訪ねこう言う僧侶もいた。たとえ人類と同様の知能があったとしても、ロボットには自我がありませんので、輪廻に入ることもないのです。六道に彼の場所はありません。したがって、ロボットは本当に証悟《しょうご》しうるのでしょうか？　彼が証悟したとして、私たちは仏が一台のマシンであることを受け入れることができるでしょうか？

「実はな、その恵空というロボットは、成仏する日を待たずに、自分が負わされていた論理的矛盾を自ら解決したんだ」張《ジャン》は揶揄《からか》うように、残念そうに言った。この時、車はとある山道へと進んだ。片側の沿道は底の見えない険しい崖になっていて、霧に包まれ、人を飲み込む口のようだ。張《ジャン》は座席の肘置きをつかんだ。湿気を感じ、身体が硬直して、死への恐怖心が眼《まなこ》に浮かんだ。

恵空は死んだのである。ある日、彼は僧侶たちと出かけ、工業用ロボットに遭遇した。工業用ロボットは回路の故障により暴走し、僧侶たちを襲おうとした。ロボット工学三原則に従って人類の生命を守るために、恵空はそのロボットに手を下さねばならず、射殺した。彼を妬んでいた僧侶たちは方丈に報告した。ロボットが殺生戒《せっしょうかい》を犯した――彼が修行できるのならば、ほかのロボットだって衆生のはずだと。こうして彼を強制的に世俗に戻す理由を見つけたのだった。その結果、恵空は狂い入水《じゅすい》した。彼の軀体は掬い上げられて後に廃棄され、鉄くずとなり、ロボット製造工場に送られて、炉に返り再び製造され、輪廻の旅程が始まった。多くの人々はそこでほっとした。

「気の毒なロボットだな」楊《ヤン》はため息をついて、恐る恐る窓の外を見た。彼はこれまでこんなに陰惨な吹雪を見たことはなかった。世界がまるで阿鼻地獄《あび》（八大地獄の最下層で無限地獄ともいう）になったようだ。

「ロボットなんだ。修行したとしても、部外者の趣味、真似事に過ぎないさ。仏法の真諦をつかむなんて出来るわけがない」羅《ルオ》はチリ紙でどす黒い鼻血をゆっくり拭き取りながら言った。車内に陰気な空気が充満していた。

ロボットが仏教を追及することは「避世《ひせい》運動」[*1]と呼ばれた。その頃、全世界のロボットはみな気でも狂ったかのように堕落し、自分の脳にヘロインプログラムを移植したり、徒党を組んで江湖を渡り歩いたり、愛にふけったり、ある者はオーナーである人間を攻撃し始めた。しかし、まさに幻覚剤による自己破壊の最中に禅を見出し、次々に寺院へ向かったのだった。

「ロボットまでもが精進潔斎《しょうじんけっさい》、念仏したってわけか」張《ジャン》はいたたまれない様子で言った。「これは実は仏法そのものが堕落したことを示しているのだろうか？」次いでこう考えた。自分たちは純粋にテクノロジーの仕事に携わっているのにもかかわらず、いま玄学的なことを話しているのは滑稽ではないか。以前はなかったことだ。彼は不意にぞっとした。暗がりの中、何かが大衆を摑んだ。

吹雪はさらに激しさを増し、まるで世界の末日のようであった。彼らは事故が起こらないかますます心配になり、臆病な目を見開いた。クロスカントリー車は精一杯に前進していたが、どうもエンジンが故障したらしく、次第に速度が落ち、今にも止まってしまいそうになった。荒野に何がひそんでいるのかわからないが、まるでたくさんの幽鬼や妖怪、神霊が叫び、ひそかに構え、襲いかかるタイミングを待ち、困難に陥った人をさらっていこうとしているようだ。彼らはやっとのことで崖に彫られた仏像を見つけることができたが、その形相ははなはだ恐ろしく、雪にまみれ、衆生を守ることはできなさそうだ。乗客たちは震え縮こまり、身じろぎ一つするのも憚《はばか》られ、宇宙はもう長くは続かないようだ、という予感が生じた。

羅《ルオ》が言った。その後、漢族の各地の各派寺院ではロボットの弟子を受け入れるのを拒んだ。仏教協会はロボットの修行を禁じ、大企業各社もロボットのプログラムを修正することによって、ロボットが宗教への妄想を起こすことを防いだ。

「だよな。みながこぞって俗世間を見限ってしまったら、誰が人間のために働く？」楊《ヤン》は無理に笑い声をあげた。彼らが赴く古堆郷の地熱地帯でもロボットを使っている。

しかし他の二人はそれを笑える話だとは思わなかった。それにこれは、人間の代わりに労働する者がいなくなるという話で済むことではないだろう。彼らは小さな顔を青い杏のように強張《こわば》らせ、まるで世界に別れを告げようとしているかのようだった。この時エンジニアたちは一箇所に固まり、むしろ粗末な機械のようだった。

チベット族の運転手、コンブーは静かに聞きながら、小瓶に入った二鍋頭《アルグオトウ》*2をポケットから取り出して飲んだ。

彼はエンジニアたちに告げた。車は間もなく村に入るが、そこの化身ラマはまさにロボットなのだと。


いよいよ動けなくなり、その村で休むことにした。果たしてチベット仏教寺院があって、修繕されぬまま荒れていた。央瓊《ヤンチョン》寺の化身ラマ、広智リンポチェはそこの住職だった。外見からはロボットであることはわからない。彼は赤い袈裟《けさ》をまとい、見目よく鋭敏そうな若者であった。

二十年前、彼はＩＢＭ社で建築用ロボットとして生産され、中国に輸入された。オーナーが数回変わり、林芝《リンジ》市（チベット自治区に位置する）の事業主に買われ、チベット高原で働いていた。十歳の時、措美《ツオメイ》県のとある建築現場で、央瓊寺の円寂した化身ラマの転生霊童《れいどう》とされた。話によると、煩雑な捜索の過程を経て、全ては仏教の戒律に照らし合わせて成され、寸分も違わなかった。ラマたちはロボットに瑞祥を見た。彼の能力はプログラムの限界を超えていた。

しかしながらエンジニアたちは、初めて広智リンポチェに会った時、思わず寧鉑《ニンボー》という名の江西省の漢族を思い出した。寧鉑は幼少の頃にずば抜けた知能を発揮し、「中国ナンバーワンの神童」と呼ばれた。ある人の紹介によって当時国務院副総理だった方毅に会い……そうして一九七八年、十四歳にもならない寧鉑《ニンボー》は中国科学技術大学に入学して理論物理を学ぶことになった。それは当時最前線の科学領域だった。十九歳の時、彼は科学技術大学で一番若い講師となった……しかし、三十八歳の時、寧鉑は出家して、はじめ五台山で、次いで南昌で僧侶となった。田舎へ退き仏門に入ったのである……

状況は異なるが、エンジニアたちは寧鉑のことを思い出し、ふと隔世の感を覚えた。雪景色の中、思考が底知れぬ深みに落ちて行き、なぜここへ来たのかという本来の目的を忘れてしまった。

央瓊《ヤンチョン》寺は小さく、寂れていたが、吹雪荒れ狂う天候だというのに、布施をする民衆が大勢いた。汚れてボロボロになったフェルト製の長衣をまとい、家族そろってやって来ていた。エンジニアたちは広智リンポチェが信徒たちの頭をなでて祝福する姿を黙々と見ていた。運転手のコンブーはさっそく車の修理に取り掛かった。

羅《ルオ》は寺のラマ僧にこっそり聞いた。

「信者は彼がロボットだということを知っていますか？」

「知っています」

「でも、みんな彼がロボットだということを受け入れられるのですか？」

「受け入れています」

「どうして？」

「なぜ仏はロボットであってはならないのですか？」

化身ラマは疲れた様子を見せることなく、生き生きとした表情を絶やさず、手ずから漢族の来客にバター茶を淹れた。エンジニアたちはその場であっけにとられた。化身ラマはどことなく映画スターにも見えた。その瞳は雪解け水のように清らかだった。女の子にモテそうだ、と羅《ルオ》は微かに嫉妬した。寺院の壁には仏陀のタンカ（チベット仏教の装飾織物・絵画）が掛けてある。釈迦国の王子が蓮《はす》の花の上に座した姿が、まるで三十歳くらいの富貴な女性のように描かれている。精緻、退廃、倦怠、妖艶さを帯び、全てを掌握しているような表情を浮かべ、恐れを知らぬ機械のようだ。これがまさにロボットの胸中にある偶像なのだろう。

仏画の下のバターランプは、一輪の梅の花が静謐に燃えているかの如くやけに香り、厨子の周りには角ばったテレビやコンピュータ、冷蔵庫や電子レンジが置かれている。しかし寺院の中にはまだ電気が引かれていないため、ひっそり静まり返ったまま稼働させることはできず、まるで展示された作品のようだ。化身ラマが冷蔵庫を開けて何か取り出したその時、エンジニアたちはその中に緋色《ひいろ》の腐乱物を見たのだった。それは肉のようであったが、何の動物かわからなかった。ということは、ここの僧侶たちは腐肉食だというのか？　急に寺の中に寒気のする怪しい空気を感じた。

化身ラマはなまりのない、ラジオ放送のような標準語で客と雑談した。彼はインド経済やロシアの政局に触れた。そこまではっきりと物事を知っており、さらに「海洋外交について、施主のみなさまはどのようにお考えでしょうか？」と聞いた。エンジニアたちはあっけにとられて物が言えず、心中、彼にどこかの大国の首相をやらせても問題ないのではないかと思った。

「あなたも三年三ヶ月篭って修行されたのですか？」張《ジャン》がなんとか口を開いた。

「その必要はありません」化身ラマは銀の歯を見せて笑った。「それは執着というものではありませんか？」

「それもそうだ。ロボットですからね。こんなことは一秒のうちに完了してしまうでしょう。聞くところによると、量子トンネル効果を利用すれば、いつでも禅定《ぜんじょう》に入ることができるそうですね。人間にはできません。ロボットは苦しんで修行する必要はありませんね」羅《ルオ》の口ぶりからは言わんとするところがわからなかった。

目の前のロボットは、話によると、化身ラマと見なされて最初の年に、ゲシェ・ラランパ（チベット仏教最高の学位）を取得し、ラサの大昭寺《ジョカン》で行われた試験でトップの成績を収めたそうだ。生まれつきあの煩雑な経典が頭の中に保存されているかのようである。しかし普通の人間の学僧なら、五部の大論を修めるのに短くて十五年、長ければ二十年かかる。

このような状況が今後も続くとなるとどうなるだろう？　将来、化身ラマがもしもみなロボットになってしまったら……と羅は考えた。もしかして、どこかの組織が製造した化身ラマモデルということはないだろうか？　よもや、米国の企業が恵空の事件からヒントを得たのではあるまいな？　こんなことをするのは、何か公にできない目的でもあるのだろうか？　この実験はこともあろうにチベットで、しかもこのような無名の辺鄙な村の困窮した小さな寺で行われている。しかし、中原の大寺院の恵空和尚は失敗した……

「いえ、彼は正真正銘の化身ラマです。転生して来たのです」央瓊《ヤンチョン》寺のラマは真剣な面持ちで述べた。「以前の住職は人間でした」と言って本堂に祭られた写真を示した。ここはニンマ派の寺院だ。しかし今はロボットがいるので教義に変革が起きたのではないだろうか？　だがもしも当時のツォンカパ（チベット仏教最高の思想家。ゲルク派の始祖）と比べたならば……

羅《ルオ》は相変わらず恵空の死について考え、心中、不公平だと強く感じた。目の前のものが真実のようであればあるほど贋物の可能性が高いのだと思った。騙されるわけにはいかない。一方、どうやら化身ラマはこの数名の凡人の卑しい心情を見抜いたようで、こう尋ねた。

「施主よ、何か悩みがおありでしょうか？」

「えっと、ひどい吹雪で、どうも車の調子が悪いようです。時間通りに目的地にたどり着けないかもしれません」


夜、寺院はエンジニア一行をもてなした。化身ラマは手ずから牛を一頭殺し、その美しい鮮血が袈裟を汚した。彼はロボットだからこのようなことができるが、修行者として如何なものか？　恵空にもできることだったが彼は自分から死んだ……化身ラマはもしかしたら客人たちが冷蔵庫の中の腐肉を食べられないことを考慮したのかもしれない。実によく気が回るものだ。エンジニアたちにとっては興味深いが不可解でもあり、ますます用心深く行動するようになった。何らかの禁忌に触れるのを恐れつつも、肉の匂いに引き付けられていた。彼らは、そのロボットのプログラムにはもしかすると特殊な設計あるいは重大な修正が施されているのではないかと考えた。

ヤクの生肉から鮮血がしたたり、温室の花が一気に開くかの如く、肉と皮の間の寄生虫、その卵、そして悪性腫瘍がはっきりと見てとれた。宴の席で、ただ化身ラマだけは何も食べず、一杯のバター茶すら飲まなかった。彼は言った。明日、祈禱法会《ほうえ》があるので、ここへ泊まって参加すると良いと。エンジニアたちは腹ぺこのあまり丸呑みするように食べた。腹一杯になると頭がぼーっとしてきて吐き気がした。それに加えて一日の旅の疲れも溜まっており、悪い夢を見ても構わないから、ただただ早く床に就きたいと思った。しかし彼らはまだ化身ラマに車の修理を頼まねばならなかった。化身ラマは快諾した。張《ジャン》は横目で、車のボンネットを開け、腰を曲げて中をいじっている化身ラマを見た。コンブーと笑みを浮かべて話しており、難民のようにも見える。彼の軀体はたくましく爽やかで、人類よりも仏のようであり、どこか永遠を感じさせるほどであった。炎のような雪花《せっか》の中、きらびやかな金属の気配が一層完璧さを増すように四方に広がっている。彼は身のこなしをほどよい位置にコントロールすることができ、一挙手一投足に至るまで美しく正確であり、見る者は自分が彼に及ばぬことを恥じる気持ちになるのだった。ならばやはり身体の問題なのだろう。聞くところによるとロボットには生殖器が備わっておらず、ある僧侶たちのように手淫するはずもなく……だがしかし彼の陽電子頭脳内には、一体全体どのような魂が宿っているのだろうか？　推測する術はない。張はとりとめもなくそんなことを考えていた。

「こんなことは全く受け入れられない！　俺たちが直面しているこいつは、紛れもない他者！」羅《ルオ》は大きく口を開けて悪臭を吐き散らし、瞬き一つせず化身ラマを睨んだ。その目には卑しい怒りの炎が燃えていた。

「だが、もうこれからは伝統的な考え方で転生を語ることはできないだろう。もしかしたら、もう誰かが仏性《ぶっしょう》をまとめたバッチファイルを作って、ロボットの脳に流し込んだかもしれない。量子力学に基づいた仏教体系、あるいは宗派がすでに人知れず創立しているかもしれない。これは一種の革命であって、そして俺たちみたいな凡人はいまだ蚊帳《かや》の外なんだ」張は暗い顔をして言った。

この時、彼らはますます早世《そうせい》した恵空を不憫に思った。漢族の地におけるロボットたちの禅宗ブームは、彼らが央瓊《ヤンチョン》寺で見たことと比べると、幼稚なところがあったのかもしれない。

——いや、もしかしたらそんなことはなく、ウォーミングアップだったと言えるのかもしれない。

この時、楊《ヤン》はどうしたことかチャーリー・パーカーを思い出した。その一九二〇年に生まれたアメリカ合衆国の貧しいジャズミュージシャンは、たった三十五年の短い生涯を送った。ニューヨーク五十二番街のジャズクラブの盛衰とドラッグが氾濫する芸能界にあって、チャーリー・パーカーは浮きつ沈みつし、一度ドラッグと酒に溺れ、精神的に支障をきたして入院治療を受けた。ジャック・ケルアックは詩集 *Mexico City Blues* においてチャーリー・パーカーを褒め称えた。彼はこう書いている。

チャーリー・パーカーは仏陀に似ていた
チャーリー・パーカはこのあいだ死んだ……[*3]

彼らは寺院の倉庫に宿泊した。夜半、楊は悪夢を見た。一匹の毒龍が彼を丸呑みにした。彼はガバッと飛び起き、辺りに部品が散乱しているのを目にした。羅《ルオ》と張《ジャン》は呆けた様子で座っている。化身ラマはすでに彼らによって解体されてしまっていた。

「何てことだ！　何をした!?」

「自分でもわからない。けど寝ぼけていたみたいだ。無性にそうしたかったんだ！」

「わからない、わからないんだ！　何がなんだか！」

「たぶん、彼のシリアルナンバーを見たかったのかもしれない。単にそれだけのことだったのかも」

「なんで俺を誘ってくれなかったんだ？」

「お前はもう悪夢にどっぷり嵌まっていたじゃないか！」

楊《ヤン》は茫然自失としながら羅《ルオ》が油まみれの手に集積回路の基板を摑んでいるのを見た。それはまるで昨晩、化身ラマが血まみれの手に屠殺用の鋭いナイフを握っていた姿のようであった。彼の心に想像したこともないフレーズが出し抜けに思い浮かんだ。「虚空の至るところ仏身もまた遍分《へんぷ》す」彼は愕然とした。なぜなら『経蔵《きょうぞう》』を読んだことなどなかったからだ。集積回路の基板にも哺乳類の体液のように温かい仏性が宿ることがあるのだろうか？　その表面には確かにシリアル番号と製造日が表示されている。明らかに米国のＩＢＭ社で製造されたものだ。一方、張《ジャン》は四つん這いになって、ベアリング、ネジ、ケーブル、シリカゲルの山から何かを見つけようとしている。楊は訝しく思い、張が探そうとしているのは、よもや化身ラマの生殖器ではあるまいと考えた。うむ、彼は出家者なのだから、あるはずはないだろう。楊は絶望しながら時間が身の回りを流れてゆくのを聞き、内心思わず一切に対して欲望のない野郎を心底憎んだ。そしてまた同僚に対し激しい憎悪を抱いた。だがもしもロボットの唯一の追求が成仏することだとすれば……

――これは謀殺なのか？　一体のロボットを殺すことは一人の奴隷を殺すのとどう違うのか？　彼は化身ラマと呼ばれていたが……これはどういう罪に問われるのだろうか？　どのような報いがあるのか？　しかし、今は央瓊《ヤンチョン》寺にいるのだ……しかし蒼茫たる天地、宇宙の荒涼の中で、ここは一体どのような場所なのか？　古堆の地熱地帯からそう離れていない……楊はこれ以上考えるのが怖かった。

「早く出発しよう。ラマたちと信者に知られたらきっと面倒なことになる。とんでもない揉め事が起きるかもしれない」楊《ヤン》はまるで危険を察知した鹿のように、急にせっついた。彼はチベットで起きた歴史上のさまざまな暴動を思い出していた。

こうして彼らは気持ちよく寝ているコンブーをたたき起こし、一目散に逃げ出した。夜中に大慌てで寺院を抜け出し、村から逃げ出したのだった。車は昨晩のうちに化身ラマによって修理されていた。吹雪はまだ止まず、高原は相変わらず暗く、天と地の間に罪悪と思しき色彩が充満していた。その一種幻覚のような青白い色は、まるで少女の大腿骨から写しとった拓本のようだ。彼らは誰も口を利かず、さっき起きたことを考えたくもなかった。ただコンブーだけは落ち着いていて、相変わらず時々「小二」を取り出し、ちびちび飲んでいた。

間もなくして、ぼんやりと人影が見えてきた。こんな悪天候の中を誰が歩いているのか？　車で近づくと、なんとロボットたちだった。健脚な者もいればよろけている者もいる。一人旅の者もいれば腕を組みあっている者もいる。裸足の者もいれば、車輪のある者もいた。ロボットでなければこのような時に道を急ぐことはできない。人類の巡礼者はみな雪洞を掘り避難している。千、万ものロボットたちが、雪と氷に閉されるのを恐れず、曇天も強風も恐れず、禽獣が姿を消した世界に登場した。そう、彼らは最も信心深い仏教徒であり、内に秘めた希求の思いに呼び起こされ、絶望の眼差しを見せた。露骨で、空虚で、憂いに満ち、堕落し、渇望しているような……これらは明らかに人類の世界にしかない極度の恐怖だ。おそらくは板金に覆われた乗客たちのこの時の心境が反射したのだろう。

楊は耐えられなくなり、腹を決め、窓を開けて隙間を作り、歯をガチガチ鳴らしながら言った。

「き、きみらはどこから来たんだ？」

すると、彼らは得意げに、澄んでよく通る声で答えた。

「山南《シャンナン》！」（チベット自治区に位置する山南市がある）

「阿里《アリ》！」（チベット自治区西部に位置する阿里地区がある）

「那曲《ナーチュー》！」（チベット自治区北部に位置する那曲市がある）

「阿壩《アバ》！」（四川省西北部に位置するアバ・チベット族チャン族自治州がある）

「成都！」

「南京！」

「上海！」

「東京！」

「パリ！」

「ニューヨーク！」

……

コンブーはハンドルをぐるりと回した。車は前進するのをやめて方向転換し、道を急ぐロボットたちに続いた。

「どこに行くんだ？」エンジニアたちは不安げに尋ねた。

「彼らについていく」チベット族の運転手は前方を見たまま答えた。

「よせ！」エンジニアたちは驚きのあまり叫んだが、コンブーは聞かなかった。

彼らは央瓊《ヤンチョン》寺に引き返した。この時すでに夜が明けていた。祈禱《きとう》の法会が始まり、寺院一帯に管楽器と打楽器の音が大音量で鳴り響いている。バターで作られた色鮮やかな草花や人物が仏像を取り囲み、華やかだ。何列かの縦隊《じゅうたい》に並んだロボットたちが供養灯、チベット線香、ツァンパ*4、聖水、切り花を手に、くゆる煙のように集い、仏像の前に献げている。エンジニアたちが目をやると、広智リンポチェが法堂の壇上に座し、声を張り上げてラマたちを率いて読経していた。漢人の一行は今にも卒倒しそうだった。一方、コンブーは漢人のかたわらで合掌し、敬虔に祈禱し始めた。

本堂にはキラキラ輝く鉄甲《てっこう》の生命が嬉しげに動き回っており、楊《ヤン》は天龍八部衆《てんりゅうはちぶしゅう》*5を連想した。まるで人類はこの世から消え失せてしまったかのようだ。しかし、冷蔵庫の中の腐肉は一体誰から削ぎ取ったものなのか？　彼は思わず自分たちが疑わしくなった。今この時、この身に一体何が起きているのか？　つまり、昨夜、解体されたのは一体誰なのか？

「まいったなあ、たぶん、よくある技術問題だ。どうすれば俺たちがプログラムではないことを証明できるのか？　今は自分もプログラムっていうことにしたいよ。まいったなあ……」彼は踵《きびす》を返して逃げ出そうとしたが、足が動かず、慌ててしまって言葉を選ぶ余裕もないまま張《ジャン》と羅《ルオ》に話した。

「化身ラマにこの問題を話して解いてもらってはどうだろう……釈迦牟尼が主催する法会では、比丘《びく》たちもタイミングを見計らって難しい問題を聞いている。悟りというのは、往々にしてそういう決定的瞬間に起こるものだ」羅は全身ぶるぶる震えながら提案した。

「だが、化身ラマは俺たちが殺っちまったはずだろう？」楊《ヤン》が恐る恐る言った。

「にしても、あれは法身《ほっしん》？　応身《おうじん》？　それとも報身《ほうじん》？　どれなんだよ？」張は壇上で穏やかに座っている広智リンポチェをまじまじと見つめながら、焦った口調で後に続けた。

「それにどうやってあれが過去、現在、未来のあいつだとわかる?」羅《ルオ》も小声で囁いた。

こうして彼らはぶるぶる震えながら、質問するのを恐れて互いに譲り合った。

「答えが予想できるのなら聞く必要はないだろう?」楊《ヤン》が気まずそうに言った。

「そうだな。もしかしたら答えは俺たちの想像を超えているかもしれない。彼は普通の……人間、ではないわけだし」羅は口ごもりながら言った。枯れ木のように両腕を固く組み、無力感に包まれながら、人類である自分たちは今この時、もはや閉め出されているのではないかと感じた。ロボットが済度する相手は、大方どうせ彼の同類だろう。

ところが化身ラマは彼らの考えていることを察したようで、ゆっくりとなめらかに白鳥のような首を動かした。まるで病や傷が癒えたばかりの人のように、人類と何ら変わらぬ眼差しを、ロボットたちの頭上を通り越して彼らに向けていた。それはとても慈悲深く寛容で、理解を示していた。楊《ヤン》は感動し、こう思った。えっ、化身ラマが俺たちを許した。あっ、いや、彼は一度も俺たちを責めたことはない。彼は人間じゃないから。彼はもはや人類の妄想や馬鹿げた考えに束縛されることはない。だが相変わらず一心に人類を見守っている——もっともこれは俺たちがまだ全滅していないならの話だが。ほら、チベット族の信者がまたやって来た……。張《ジャン》は、始めは少し恐れていたが、急に畏敬の念が生まれて、脳裏がペチカのように次第に明るくなり、漂白剤のような光が四方に広がって、ゆっくりと上昇した。どこか怪しい感じがするが、それがもたらす温もりを拒絶できず、それは氷雪による寒気を追い払った。一方、羅はその刹那何かを見たような気がして動揺し全身ぶるぶる震えだした。

一年後、その数名のエンジニアは古堆郷の地熱地帯に向かう途中、再び央瓊寺《ヤンチョン》に通りかかり、ふと思い立って一緒に車を降りた。その意図はおそらく化身ラマに頭を撫でて祝福してもらうためだったが、話によると、広智リンポチェは武装警察のナンバープレートのBMW車を自分で運転してラサに向かっていたところ、青海省の信者たちを乗せた東風（東風能迪汽車有限公司）のトラックと衝突して車が大破し、前回のようには生き返らなかったという……ところで彼はロボットであり、かつ化身ラマであり、常人にはない神通力を持っているのだから、この結末をとうの昔に予知していたのではないか？

化身ラマは円寂《えんじゃく》した。央瓊寺のラマたちは、また何処かへ広智リンポチェの転生霊童《れいどう》を探しに出かけるのかもしれない……

エンジニアたちは地熱地帯での仕事を終えると、無事にラサへ引き返した。チベット仏教信者とともにポタラ宮広場を物憂い気持ちで歩いていると、北京中路の電柱に取り付けた拡声器からジャズの伴奏が入った歌声が大音量で鳴りだした。

「Wail《ウェイル》, Wop《ウアップ》」チャーリーが吹きだす
その息、スピード狂の望むスピードに達する
そして彼らはチャーリーの
永遠の減速を望んだ*6

【訳注】

1 避世運動　避世は「世ヲ避ケル」。俗世間を離れる、隠遁すること。

2 二鍋頭　コーリャンを原料とするアルコール度数約60度の、北京を中心とした北方の庶民的な酒。

3 チャーリー・パーカーは仏陀に似ていた……　詩集 *Mexico City Blues* 収録、"239th Chorus"の一節。邦訳はジャック・ケルアック著、池澤夏樹・高橋雄一郎訳『ジャック・ケルアック詩集』（思潮社、一九九一）を参照。

4 ツァンパ　日本のはったい粉のようなもの。ヤクのバターやバター茶などを注ぎ、よく混ぜて食する。

5 天龍八部衆《てんりゅうはちぶしゅう》　仏法を守護する八体一組の眷属。一般には天（天界の神々）、龍（蛇形の鬼神）、夜叉（悪人を食う鬼神）、乾闥婆《けんだつば》（帝釈天《たいしゃくてん》に仕える音楽神）、阿修羅《あしゅら》（闘争を好む悪神）、迦楼羅《かるら》（金色の翼をもつ大鳥。鳥類の一種を神格化したもの）、緊那羅《きんなら》（人頭鳥身あるいは馬首人身の音楽神）、摩睺羅伽《まごらか》（人身蛇首の音楽神）の八種。

6 「Wail, Wop」チャーリーが吹きだす……　邦訳は前掲『ジャック・ケルアック詩集』を参照。

円環少女《えんかんしょうじょ》

宝樹《バオシュー》

立原透耶 訳

2027-3-12

あたしの名前は凌柔柔《リン・ロウロウ》……パパ、そうだよね？　……うん、あたしの名前は凌柔柔、今日で七歳。あたしのパパは凌東《リン・トン》といって、あたしに小さなノートを誕生日にプレゼントしてくれた。パパは言うんだ、あたしがこれを開いて、それに向かってお話しさえすれば、あたしの話は日記に保存されるんだって。だから今日の出来事を記録しなきゃ。今日、パパはあたしを丸一日ディズニーランドで遊んでくれた。童話世界を巡り、空飛ぶ車にも乗った。それからパパは特別ビッグなケーキをごちそうしてくれた。あたしは本当にすっごく素敵な誕生日を過ごした。一つお願いをしたの。柔柔は永遠にパパと一緒にいたいって！

2027-05-08

今日パパはピアノを習いに連れていってくれた。たくさんお友達がいた。あたしは最初は怖かったけれど、座って弾いてみたら、ほかの友達より上手だった。先生はあたしに習ったことがあるのかと尋ねたけれど、ピアノを習ったことなどまったく記憶になかった。でも先生は、あなたは友達よりもずっと上手だから、もう上のクラスに進んでもいいと言った。パパはあたしをちっちゃな天才だと自慢して、レッスンの後に甘いものを食べに連れていってくれた。あたし、ほんとにパパが好き！

2027-09-01

今日は小学校に行かなきゃならなかった。あたしは行きたくなかったけれども、パパは学校にはたくさんお友達がいて、一緒に遊べるよ、と言った。でもほかのお友達はみんなパパとママと一緒に来ていた。あたしはママがどこにいるのか、パパに尋ねたことがある。けれども彼は一度も話してはくれなかった。あるときあたしは質問した、彼は目を見開いてママはいないんだと言った。どのお友達にもみんなママがいる。どうしてあたしにはいないの？　あたしはパパに尋ねたかった。だけどパパはあたしが尋ねたとたんに不機嫌になるから、どうしても尋ねられなかった。実際にママがいなくてもどうってことはない。パパがいればそれでいい。

2027-09-06

今日は日曜日、パパはあたしをあるところに連れていった。そこにはたくさんたくさん大きな石が建っていた。パパは誰もがこれらの石の下で眠ることになるだろう、と言った。とっても不思議だった。こんなところで眠るなんてすごく退屈。パパはあたしをまん中の一つの石の前に連れていき、ママはこの下に横たわっているんだよ、と教えてくれた。あたしはママの写真を見た。ママはほかのお友達のママよりもずっと綺麗で、あたしはとても嬉しくなった。あたしがパパにママを呼んでお話しさせてと言ったら、パパは泣いてしまった。ママはもうお前とお話しできないんだよ、でも永遠にお前のそばにいるから、ずっとそばにいるからと言った。あたしには理解できなかった。だけどパパが泣いたので、とても辛かった。それであたしも泣いた。

2027-09-20

今日の一時間目は英語の授業だった。先生はあたしたちにアルファベットの歌を教え、あたしも一緒に歌ったりしていると、不意に英語の一文が口からついて出てきた。「My name is Jessica, what's your name?」先生はあたしに幼稚園で英語の勉強をしたことがあるのかと尋ねたが、あたしには少しも覚えがなかった。あたしは幼稚園に行った覚えも、五歳以前のことさえ何も覚えてはいなかった。でも先生は、あなたの英語はとても標準的で、子供英語大会に参加するよう推薦したいと言った。あたしはとても嬉しかった。先生はさらに言った。「もう英語の名前があるのなら、これからはあなたをJessica《ジェシカ》と呼びましょう」家に帰ったパパに尋ねると、彼はあたしをちっちゃな天才だと言った。でも理解できなかった。あたしは明らかに何も覚えていない、天才なんてはずがない。

2028-03-12

今日はまたパパと誕生日を過ごした。あたしたちは海で豪華なヨットに乗り、いっぱい美味しいものを食べた。パパはさらにあたしにテレビに出ているお話ができて歩くことができる機械人形を買ってくれた。パパほんとに愛してる！　ママがそばにいないことだけが残念だけど。あたしは去年のあの場所へママに会いに行きたいと思ったけれども、パパはこう言った。ママの心はずっとわたしたちと一緒なんだ、わざわざ会いに行く必要はない。あたしはまたパパにママはなんという名前なのと訊いたら、名前なんてないよ、と答えた。どうして名前がないの、パパは凌東、あたしは凌柔柔、ママだって絶対に名前があるはずだよ。最後にパパはあたしに告げた。ママは「素素《スウスウ》」というんだ、と。その名前は本当に心地よい響きだった。

＊＊＊

2032-04-05

今日は清明節のお休みで、莉莉《リーリー》と遊びに行くとパパに嘘をついた。実際にはこっそりママに会いに行ったのだ。前回ママに会ったのはもう五年も前のことだった。でもわたしはしっかりと記憶していた。パパはその後二度とわたしを連れてきてくれなかったけれど、きっとそれはあまりに辛かったからだろう。けれどもわたしは今はもう大きくなった、一人で行くことができる。わたしは必ずママに会いに行く、そしてたくさんお話しするのだ。ところが墓地に辿り着くとあぜんとした。ここは私が記憶していたよりもずっと広くて、いたるところ全てが墓碑で、どうやって探せばいいのだろう？　私はグルグル歩き回って、危うく諦めそうになった。でも最後に突然一枚の写真が目に飛び込んできた。記憶の中のママだった！　きっと天国のママがわたしをここまで連れてきてくれたんだ。わたしは彼女の顔を見た。とても若くて、せいぜい二十数歳くらいのようだった。本当にとても美しく、そしてわたしにも似ていた。

その墓碑には「沈素素《シェン・スウスウ》之墓」と刻まれていて、碑を建てたのはママの両親で、つまりわたしのおじいちゃんとおばあちゃんだった。ママはいつ亡くなったの？　墓碑には刻まれていなかった。とても奇妙だ。だけどこの墓地はとても古い感じがして、周囲の墓碑は埋葬されてどれも三、四十年たったものだった。ママはきっとものすごく早くに亡くなったのだろう。

夜、家に帰ると、パパはまだ仕事部屋でパソコンで株か何かのやりとりをしていた。わたしはママのことを訊きたかったけれども、尋ねればパパは必ず不機嫌になる、だからやめた。

2032-04-07

今日の夜、わたしはパパが外出して買い物をしている間に、家の中の写真を全部ひっくり返し、ママの写真を探そうとした。でも何も見つからなかった。わたしは一つ奇妙なことに気がついた。わたしが四、五歳以後の写真はたくさんあるのに、それ以前のもの……赤ちゃんの時の写真がまったくなくて、さらにはママと一緒の写真さえもなかった。どうして？　この数年、わたしはずっと五歳より前のことを思い出そうとしていたが、何も思い出せなかった。ただぼんやりと一つの影があり、わたしは当時たぶん外国に住んでいて毎日英語を話していた、おそらくその名前はジェシカだったように思う。それにほかに友達がいた。ただ具体的なことは何もはっきり覚えていなかった。わたしは誰なの？　どこから来たの？　わたしは縮こまって自分自身に問いかけた。不意にひどく怖くなった。

2032-04-13

今日は旅行でやってきた老夫婦に道を尋ねられた。とても優しそうで、わたしは急に奇妙な感覚に囚《とら》われた。「この人たち、パパとママみたい！」でもすぐにびっくりした。男性のほうは背が高くないし、顔は丸々として、頭は禿げていて、パパとはちっとも似ていなかった。どうしてパパに似ていると思ったのだろう？　けれども目を閉じると、本当にその夫婦がわたしのパパとママのように思い起こされるのだった……わたしはこの感覚にひどく怯えた。

2032-05-16

わたしは悩んでいたことを莉莉《リーリー》に話した。彼女はちょっと考えてから、こう言った。「わかった！あなたのパパは本当は実の父親じゃないのよ」わたしはハッと理解した。そうだ、それなら全てつじつまが合う。わたしにはもともと別のパパとママがいて、外国に住んでいて、どうしてか四、五歳の時に現在のパパに引き取られたのだ。それでそれ以前の写真がまったくないんだ。そのうえ、わたしは小さい時からピアノと英語ができたのも、きっと以前の家庭で習ったからなんだ。あの沈素素《シェン・スウスウ》——はきっとわたしの生みの母ではなく、パパが適当に一つの墓碑を選んでわたしを騙したのだ。わたしの生みの親、あなたたちはまだ生きているの？　もし生きているならどこにいるの？　あなたたちはわたしが異国にいて、別の父親と一緒に暮らしているのを知っているの？

2032-05-19

わたしは自分が世界中で最も馬鹿だということに気がついた。今日わたしはついに我慢できずに、父の仕事部屋に突進して尋ねた。「お父さん、わたしはあなたの娘じゃない、わたしの生みの親はどこにいるの？」父は最初は怒り、わたしがひと通り話すのを聞き終えると笑い出した。彼はわたしと莉莉《リーリー》がともにテレビの影響を受けすぎている、テレビドラマの物語はすべて絵空事なんだよ、と言った。僕たちは確かにアメリカに住んでいて、君の幼名はジェシカだった。けれども四歳の時にひどい高熱を出し、それで以前のことを全部覚えていないんだ。わたしは答えた。「じゃあどうしてわたしの写真がないの？」彼が言う。「どうしてないんだって？」そうしてパソコンを開くと、そこには本当にわたしの赤ん坊の時の写真があった。父が言った。当時はたくさん写真を撮ったが、引越しの時に数冊アルバムをなくしてしまったんだ。それでたくさん見当たらないわけだ。でもパソコンの中にいっぱい保存されている、中にはお父さんもお母さんもいる家族写真だってあるぞ。お母さんがお前を抱いているのを見ると、幸せな気持ちが浮かんでくる。父はさらに言った。もし彼女がお前の母親でなければ、お前たちはどうしてこんなにも似ているんだ！　わたしは思った、お父さんがにこんなにも良くしてくれるのに、どうして娘じゃないなんて思えたのだろう？　父がさらに言った。当時、お母さんは病気でこの世を去った、亡くなったとき僕はあまりにも若くて、話そうとすると喉が詰まった。僕はお前に話さなかった。本当に大馬鹿者だ！

＊＊＊

2035-04-07

今日はとても不思議な出来事が起きた。

中学に新しい先生が来たのだが、彼女はおよそ二十八、九歳、アカぬけた化粧をしていた。彼女は私の授業を担当しなかったが、事務室で私を日にして、驚いたことに「Jessica《ジェシカ》！」と口にしたのである。それから何かを思ったらしく、すぐに笑みを湛えて「Sorry, 人違いしたわ、わたしはあなたが……と思ったの、不可能だわ」私の心臓がドクンと飛び跳ねた。「なんて偶然、私の幼名もジェシカって言うんです」彼女はそれを聞いてひどく驚いた。

私たちはおしゃべりを始めた。この先生はElle《エリー》という名前の、ロサンゼルスから英語を教えにきた外国人教師で、華人ではなかった。エリーが言った。彼女のそのジェシカは子供の時の遊び友達で、彼女より一歳大きかった。彼女たちは一緒に育ったが、十五歳の年にジェシカは引っ越ししてしまった。それは十年以上も前の出来事だった。当然私であるはずがない。

私はエリー先生に「先生はどうして私をジェシカと呼んだのですか？」と尋ねた。彼女は答えた。

「だってあなたたちは本当によく似ているの、あなたは私の記憶の中の彼女と何もかも一緒。だけどあなたは彼女より十二、三歳は若い。絶対に彼女のはずはないわ」それでも私はとても奇妙だった。彼女でなかったとしても、こんな偶然はなかなかない。私はエリー先生にジェシカの以前の写真がないかどうか尋ねた。エリー先生はパソコンの中にあるといい、明日私に見せてくれると言った。

2035-04-08

私は病気になった。四十度まで高熱が出て、丸一日学校に行けなかった。病院で診てもらうと、医者にもなんの病気なのかはっきりしなかった。ただ熱を下げて静養するようにとだけ言った。明日も学校には行けないだろう。私はまたエリーにとても会いたかった。私はまだジェシカの写真を目にしていないのだ。

2035-04-24

病気になって二週間たった。父は私を学校に行かせなかった。自分は不治の病ではないかと尋ねた。治るものだ、ただ非常に長い時間がかかる、と父は応じた。おそらく後期にはきっと復帰できるだろう。けれども私はやはりとても怖かった。父の奥歯に物の挟まったような口調を感じ、もしかしたら私を騙しているのではないかと思ったからだ。もしかしたら私は死ぬのかもしれない。

2035-06-16

それまではずっと意味もなく心配していた。私の病はすでに良くなり、少なくとも最近は一ヶ月ちょっと悪くない感じだった。私は父に学校に戻って良いかを尋ねた。父はもう二ヶ月休学したのだから、戻ってもついていけないだろう、と言った。私を連れてオーストラリアに気晴らしに旅行に行くつもりで、後期はさらに良いレベルの学校に転校するつもりだった。オーストラリアと聞いて私は大変喜んだが、これまでのクラスメートや先生たちに思いが残った。莉莉《リーリー》、明明《ミンミン》、それにエリー先生、私は彼女と知り合ったばかりだったが、特別な縁を感じていた。私は後期はやはり学校に戻りたい、落第した授業は補講する、と言った。父は先生を探して尋ねてみると答えたが、私は彼が体《てい》よくあしらっているように感じた。

＊＊＊

2035-09-11

♯秘匿モード♯　私はこれからの日記を秘密にすることにした。私は……私は誰を信じたら良いのかわからない。

オーストラリアから戻ったばかり、今日私はエリーの連絡を受け取った！　彼女はクラスのネットワークを通して私を探し出し、私の状況を聞き、私の体調がどうかと尋ねてきた。私は彼女にもうたいしたことはない、と告げた。それから彼女は数枚の写真を送ってきた。エリーとあのジェシカのものだった。二人は草むらの上で写真を撮り、どちらも輝くように笑っていた。エリーは少しも誇張していなかった。ジェシカは私にまるっきりそっくりだったのである！

草っ原の背後には先端の尖った教会があり、見たところ知っている訳ではなかったが、ある名前が頭の中に響き渡った。

「St. Michael」私は背後の教会がSt. Michaelかどうかはわからなかった。しかしエリーは飛び上がって驚き、「神よ、あなたはどうして知っているの？」と叫んだ。

私はなぜ自分が知っているのかわからなかった。ただ私が知っているのは偶然による意識ではなかった、私とあのジェシカはきっとある種の関係にある、もしかしたら私の姉なのかもしれない？　それとも私の生みの親？　けれどどれも違っている。父親にどういうことか尋ねた時、心に一つの考えが浮かんだ。私はどうして大病を患って突然よくなったのか？　それは彼がエリーに会わせたくなかったからではないのか。こっそりと何かの薬を私に飲ませたのでは？　それにどうして彼はエリーのことを知っていたのだろうか？　私は一度も彼に彼女のことを話さなかった。そう、彼が私の日記を盗み見したからに違いない！　そうだ、彼はずっと私の日記を盗み見してきた。三年前のあの時も、莉《リー》莉《リー》が私の父親が本当の生みの親ではないと言ったので、彼は私に尋ねられることを予測して、何枚かの写真を取り出して私の疑惑を消し去ったのだ。しかしよくよく考えてみると、もし父が早くに準備していたなら、偽造したデジタルの写真がもっとたくさんあったはずだ。もし父がずっと私を騙していたとしたら……ここまで考えて私はすっかりおかしくなってしまった！

2035-09-12

＃秘匿モード＃私は一晩眠ることができなかった。空がぼんやり明るくなってきてやっと眠ったけれども、九時にならないうちにまた目が覚めてしまった。

午後にエリーとチャットを続けた。彼女は私に「あなたは自分の父親が誰なのか知らないの？」と尋ねた。でも私はなんとこたえて良いかわからなかった。父とはつまり父のことだった。

「私が言ってるのは、あなたは彼の仕事を知っているのってこと」

けれども父はこれまで出勤したことがなかった。私が知っているのは仕事部屋に一台の大きなパソコンがあり、毎日そこで何か忙しそうにしていたことぐらいだ。モニター上には様々なデータと図表が絶えず動いており、彼がいうには株と外貨の投資をしているとのことだった。父は本当にすごくて、この仕事で私を養ってくれていた。私が日記を書いて以来、私たちの家はお金に困ったことはなかった。

私は状況をまとめて簡略にエリーに伝えた。彼女はまた尋ねた。お父さんの写真はないの？　もちろんそれはたくさんある、私はスマホを開いて、父親の写真の山を取り出したが、大部分は私と一緒に写っていた。何枚かをエリーに送った。彼女はすぐに信じられないような驚きの表情を浮かべた。

「どうしたの？」

「わたし、昔あなたの父親にあったことがある。彼は……ジェシカのお父さんその人なのよ」彼女は声に出して言った。

私はくらりとめまいを感じ、喘《あえ》ぎ始めた。「そんな、どうしてそんなことが……」

エリーは私に告げた。ジェシカの父親はその頃だいたい四十歳過ぎだった。それでも幾分ハンサムだった。彼は生物学研究所で働いていたようだったが、周辺とはほとんど往来がなかった。彼女もジェシカに家に連れてこられて遊びに行った時に、やっと一回か二回会っただけだった、と。

エリーは当時のジェシカの父親の写真を見つけることはできなかったが、彼女の説明からは、私はもう八割九割は信じていた。問題はジェシカと私が一体どういう関係なのか？　彼女は本当に私の姉なのか？　でもたとえ二人姉妹だとしても、こんなにも似ているだなんて普通ではなかった。しかも彼女がもし私の姉ならば、私たちはどうして同じ名前なのだろうか？

エリーはまた私に父に関することをいくつか質問した。だけれども私は何も答えられなかった。私はそこで初めて驚いた。自分の人生において最も重要な人のことをほんの少ししか理解していなかったことに。彼はどこの出身で、毎日実際は何をしていて、どうやって私を生み出したのか、何もわからなかった。

エリーがまた質問した、「確かに彼が生みの親なの？　正直に言って、私はあなたたち父子《おやこ》はちっとも似ているところがないと思うの」

私の心臓はまたもやドキンとした。これはまさしく私が長年疑ってきたことだった。私は恐ろしい悪夢から覚めたかのように、全てが正常になって、心地よく数年を過ごしたが、最後にはそれこそが夢なのだと気がついた。悪夢こそが現実だったのだ……

最後にエリーは一つ提案した。父親の毛を何本か取って、それでＤＮＡ検査を行うようにと。そうすれば私たちに血縁関係があるかどうかがはっきりする。

2035-09-15

＃秘匿モード＃父はけっして私を学校に戻らせようとはしなかった。彼は私に言った。お前を連れれてパリに数年住むつもりだと。パリ！　以前この知らせを聞いたなら私は喜びで狂いそうになっていただろう。けれども今は、ただ心の中が寒くなっただけだった。父はどうしてここから逃げようとするの？　彼は私が何を見つけ出すのを恐れているの？　それとも彼は私を国外に連れていって、何か恐ろしいことをするとでも？

言うなれば、父は中国人であったけれども（きっとそうに違いない？）、しかし国内には誰も親戚はいなかったし、周囲の人とも往来はとても少なかった。彼は逃亡犯なの？　それともスパイ？　それとも異常殺人者……私はもう考えられなかった。それ以上考えたら本当に頭がおかしくなりそうだった。

でも私は首尾よく枕元の父の頭髪を手に入れ、エリーに渡した。すぐに答えは出てきた。すでに予感していた通り、その答えは私が知りたくないものだった。

2035-09-27

＃秘匿モード＃　まるで一世紀もの長い時間を待ったかのように、ついにＤＮＡ検査の報告が出てきた。エリーは私の代わりに受け取り、スマホで写して送ってくれた。証明された結果は私が最も恐れ疑っていたものだった。父と私にはなんの血縁関係もなかったのである！　私はトイレにかけこんでひとしきり泣いた。結果父に見つかり、どうしたのかと尋ねられた。私は友人を見捨てられないと言い、なんとかその場をごまかした。

エリーが言う。すでに私立探偵を雇って父親を徹底的に調査している。ただ藪蛇《やぶへび》になるかもしれないことを、あなたは覚悟すべきよ。でも父は翌月には私を連れてフランスへ行くつもりだった。もしその時に何も調べがついてなかったらどうすればいいというの？

2035-10-09
#秘匿モード#今日、エリーはついに私と会う約束をした。重要な話を私に伝えるためだという。
私たちはコーヒーショップに入ると、エリーはひと束の分厚い資料を取り出し、重々しい表情でそれを私に渡した。私は一番上にある凌勇《リン・ヨン》という人物の略歴に目をやった。これが父となんの関係があるの？　エリーは私の疑いに気づいたらしく、説明した。

「凌勇とはつまり凌東《リン・トン》、あなたの……父親、あるいは養父。彼は改名して、その間に何カ国もの国に住んでいた、だからとても追跡調査しにくかった。でも微かな手がかりを残していたから、探偵に彼の身分を調査させることができた。

「最初から話すわね、彼の本名は凌勇、前世紀の七十年代に生まれた。一九九一年に燕京《イエンジン》大学の生命科学院に入学し、一九九五年にアメリカのペンシルバニア大学に留学、生物学博士課程で学び、二〇〇一年に博士の学位を取得した。その後メキシコ国立大学で博士後の研究に従事し、研究方向はカリブ海のクラゲのDNAコード……」

私はペラペラめくったがまったく資料を理解できなかった。その凌勇《リン・ヨン》という人の論文は大部分は英語だった。これが私の父なの？　でも聞いたところでは……完全に知らない人だった。

けれどもすぐに、別のよく知った名前が現れた。

「燕京大学で学んでいた期間、彼は沈素素《シェン・スウスウ》という女子学生と知り合った……そう、つまりあなたの「お母さん」……彼等はとても早く熱愛関係に陥った、卒業後には婚約さえしていた。

ということは、父は一つも嘘は言っていない。沈素素は確かに彼の妻だった。しかし彼女は私の母なの？　もし私が沈素素と別の男から生まれたのだとしたら？　そうなれば私が生まれて二十年近くになる。その間に何が起きたの？

エリーは続けた。「沈素素は凌勇と一緒に出国していない。国内にとどまって勉強をした。当時は二十世紀の九十年代、インターネットもスマホなんかもまだできていない、二人の連絡は不便で、彼らの感情に非常に大きな影響を与えた。具体的に何が起こったのか、それはもう三十年以上も前のことだから、はっきりはできない。ただわかるのは沈素素《シェン・スウスウ》は一人の大富豪の息子に言い寄られ、気持ちにも変化が起きた。最後には完全に凌勇《リン・ヨン》と別れた。凌勇は急いで帰国して挽回しようとしたが、彼らが喧嘩しているのを聞いた人がいる。凌勇はアメリカに戻った。ほどなくして、沈素素は突然失踪した」

私はどう考えたらいいのか、ただ低くうめいただけだった。エリーはなおも続ける。「沈素素の失踪について、すぐに凌勇に嫌疑がかけられた。出入国記録が調べられ、沈素素の失踪したその期間、彼はなんと秘密裏に国内に戻って、またすぐに出国したことが判明した。警察は彼の愛憎故に、沈素素は拉致されてすでに殺害されたのだと疑った」

「いいえ、たとえどうであろうと、父は人を殺すなんてできないわ！」私は叫んでいた。

「そうであってもらいたいわね」エリーはため息をついて言った。「でも警察は彼を疑ってはいたけれど、国外にいたし、召喚して尋問しにくかった。それに確かな証拠もなく、ついにはうやむやになってしまった。凌勇はたぶん邪《よこしま》なやつなのよ。のちに何年もずっと帰国しなかった。沈素素もずっと失踪していて、三年後に旅行客が市街の山林で一体の骸骨を発見した。バラバラになっていた。すでに……手足をバラバラにされていたのよ、頭骨さえ見つからなかった。よしましょう、気分の悪い細かなことは言わないわ……付近には衣服が残存していて、確かに沈素素のものだった。その後、DNAから死者は沈素素《シェン・スウスウ》だと証明された。彼女はなんと三年も前に殺されていたのよ」

私は氷の洞窟に入り込んだような気持ちで、ガタガタ震えるのを止めることができなかった。「あなたは父が……彼女を……を……」

「わからない。確実な証拠は調べられなかった。沈素素の父母は当然悲嘆に暮れたし、これらの骸骨を集めて火葬し、葬った。それがあなたの見たあの墓地。おかしなことに凌勇《リン・ヨン》は、数年後に、七、八歳の女の子を連れているのが目撃された。国内から連れてきた女児だと」

「それがジェシカなのね?」私はもう七、八割確信していた。

しかし私は推測し間違えていた。「いいえ、目撃されたのは二〇〇五年前後、当時ジェシカはまだ生まれていない。その子はKarla《カーラ》という名前で、私は手を尽くしてやっと彼女の写真を手に入れた、それがこれ。見て。彼女とジェシカ、それにあなた、瓜二つよ!」

私は一枚の写真と自分の小さな時の顔がほとんど同じであることに、再び息が詰まった。「こ……これは一体……」

エリーが言った。「柔柔《ロウロウ》、私は一つ、恐ろしいことを推測したの。心の準備をして。私はあなたとジェシカ、それにカーラはみんな沈素素《シェン・スウスウ》のクローン体だと思う。クローン技術はとうに出現していたし、クローン人間はずっと禁止されていたけれど、凌東《リン・トン》のような生物学者から言わせれば、実現するのはちっとも難しくない」

「クローン人間……」私はSF映画でこの概念を少し理解していたくらいだった。「あなたは父……凌勇……凌東……が沈素素の体の細胞を使って、それで私たちを複製したと？　彼はどうしてそんなことをしたの?!」

「それは火を見るより明らかだわ。彼は沈素素に偏執的な感情を抱いていた。それで沈素素が彼を裏切ったので、殺した。だけど諦めきれなかった。そこで彼女の細胞を利用してクローンを作り、彼女とまったくそっくりの子供を作り出したのよ」

私の頭は混乱したが、努力して自分の感情を整理した。「待って。もしそうなら、クローンは一体でいいはず、どうして次々に三人も？」

エリーの顔色が暗くなった、彼女は押し殺した声で言った。「あなたに特に言わなくてはならないことだけど、柔柔《ロウロウ》、あなたは非常に危険な立場にあるの！　これまでのカーラとジェシカは相次いで二人とも失踪した。それもどちらも十六歳前後に失踪したの。同時に凌東《リン・トン》は別の国に行ってしまった。それまでにカーラやジェシカを知っている人たちは当然彼女たちも凌東と一緒に行ったものだと思っていた。だけど凌東は彼女たちを連れてはいなかったのよ！　彼女たちの身の上に何が起きたのか、それはただ凌東のみが知っている」

私は身震いをした。「じゃあ彼が私をフランスに連れて行くっていうのは、まさか……まさか……」

「その可能性を排除することはできない」

「それじゃあ私はどうしたらいいの？　警察に訴える？」

エリーは少し考え、仕方なさそうに首を横に振った。「警察に頼っても役に立たない。今私の言ったことはみんな推測でしかなくて、証拠がない。警察はこんな奇怪なことを信じるはずがない……でもあの家にはいてはだめ。こうしましょう。あなたは先に私と一緒に行って、アメリカのパスポートを持ってくるべきだわ。私はあなたをアメリカに連れていって友人を見つけて、凌東に見つからないようにしてあげる」

でも私はまだ決心しかねていた。これら何もかも目の前にあるのはただエリーの主張だけ、もし、まったくの冤罪だとしたら？　あるいは別の内情があるのかも？　例えば、もし私がクローン人間だとしても、どうしてジェシカの記憶を持っているのか。

「私……もう少し考えたい」と私は答えた。「何事もあまりにも疑問点が多すぎる、まずははっきりさせたい」

エリーは無理強いしなかった。「じゃあよく考えて、準備をしてちょうだい。もし何か起きたらまず私に連絡をして」

2035-10-10

よく知っているはずの家は、今やますます暗い森のように怖くなっていた。けれども私は勇気を振り絞って、何事もなかったかのように振る舞い、父……いや、凌東《リン・トン》の相手をした。今日はいつもご飯を作りにきてくれるおばさんがお休みだったので、昼間は彼はずっと仕事部屋で忙しくしているため、夕飯は私の提案で外へ食べに行くことになった。私たちは近くの一軒のレストランに入った。となりのテーブルからは、一組の男女の口喧嘩が聞こえてきた。けんかの理由はすぐにわかった。女性のほうは他に好きな人ができて心変わりし、男と別れようとしていた。男は激怒して女を一発殴りつけた。女は泣きながら走って出ていった。

話し声が終わると、凌東《リン・トン》は勢いよく机を叩いた。「くそっ、本当にけしからん！　どうして僕は……」彼は続きを言わなかったが、目は赤くなっていた。声も震えていて、明らかに動揺していた。これはエリーの疑いを実証していた。彼は沈素素《シェン・スウスウ》に対して骨身に刻み込むような恨みを抱いているのだ！　彼女を滅亡させるためなら、彼はなんだってできただろう。

私の心は恐れと怒りが入り混じっていた。とはいえ彼の狂ったような怒りがすぐに凶行に変わるのを恐れて、ただ無理やり笑顔を顔に張りつかせた。「お父さん、他人のことでそんなに興奮してどうしたの。ね、まずは乾杯しましょう」

凌東はため息をつき、私と乾杯した。私は苦心してご機嫌をとり、以前の父と娘の関係について話をした。これまで毎年どのように誕生日を過ごしたか、一緒にどこに遊びに行ったか、私がしたいたずらなど。実際に思い起こしてみると、私たちの間には本当にたくさんの温かな出来事があって、今日、口にしたのは心配事があったからで、でもそれは冷たいものではなかった……

凌東はずっと先ほどの感情すら回復できなかったようで、見たところ気分は非常に悪そうだった。無茶苦茶に酒を飲み、一杯また一杯とあおった。最後に店を出る時にはもはや泥酔状態で、私たちはタクシーを呼んで家に帰った。凌東は家に入るなりソファに倒れ込んで寝てしまい、雷のようないびきをかいた。
私はエリーの言った話が基本的にはもう事実だと思っていた。それでこの家にぼんやりしているのはただ危険を増すだけなのだと。そこでエリーに連絡を入れ、二階でパスポートと現金とひとしきりの着替えを手に取り、出て行こうとした。けれども仕事部屋のドアのまえを通りかかった時、ドアが鍵をかけずに閉めただけになっているのに気がついた。中のパソコンはまだ動いていた。私は足を止めざるを得なかった。凌東《リン・トン》は毎日この部屋で一体何をしているのだろうか？　本当にただ株をやっているだけなの？　ここには一体どんな秘密が隠されているの？

私は客間をチラッと見た。凌東はまだ泥酔中に違いなく、いびきがはっきりと聞こえていた。見たところ明日の朝まで眠っていそうだった。私は大胆に仕事部屋に入り、彼のパソコンを調べた。しかし、パソコンは鍵をかけられている状態で、スクリーンにはダイアログボックスが現れ、パスワードの入力を要求された。どうして彼のパスワードを知っていようか。いくつか「susu」「lingyong」「Jessica」と試してみたがどれもダメだった。やめるしかなかった。また机の上を調べた。片隅に金融、株券の類の本があったが、開いた痕跡はなかった。目の前にある印刷された英文論文をペラりとめくってみた。それは生物学に関するもののようだった。ほとんど何が何だか理解できなかったけれど、一つ奇妙な語彙が全ての論文の中に絶えず出現しているのに気づいた。……Turritopsis dohrnii（ベニクラゲ）。

私は好奇心からスマホでこの言葉をスキャンし、翻訳した。「灯塔水母《ドウンダーシェイムー》」という中国語の単語に飛び、簡単な紹介が載っていた——灯塔水母はクラゲの一種で大きさは4－5ミリ、性成熟後、再びヒドラ型の状態に戻り、かつ絶え間なくこの過程を繰り返す……

何を言っているのかわからなかった。ひとつわかったのはこれは確かにクラゲの一種だということだった。ということは、まさかこれらの論文はすべてある種のクラゲについてのものだというの？ 私は思い出した。エリーが昨日言っていた、凌東《リン・トン》が以前クラゲを研究していたということと辻褄が合う。何年も前に生物学者の仕事は辞めていたはずだ。どうしてこの方面の論文をまだ読んでいるの？

私はそれらの論文をまためくったが、この種のクラゲの体の構造と遺伝子の序列方面の専門的な研究だということだけがわかったにすぎなかった。とはいえ、わからないのはそのままだった。そのほかの方面はさらになんのてがかりも見当たらなかった。諦めることにした。でもこの時、私の目はパスワードを入力する四角い枠へと動いた。ハッと頭をよぎった。パソコンの前に座り、直接「Turritopsis dohrnii」と入力した。しかし再びパスワードのミスが提示された。こんなうまいことがあるわけない、すぐに出て行こうとしたが、また一つ思いついた。すべての字母を大文字にして隙間を消したのだ。……「TURRITOPSISDOHRNII」。

パソコンは音も立てずに起動した！

私は興奮してかき集め、凌東《リン・トン》の長年ずっと使っていたファイルを見た。それがなんなのかは見ても理解できなかったが、株券の類でないことは間違いなかった。長時間探して、やっとある種の有機分子結合と化学反応の進行シミレーションのようなものが見つかった。どうやら灯塔水母と関係があるらしかったが、具体的には一つもわからなかった。

私はこのプロセスをはぶき、パソコンの中を探し出した。今回は非常に早く目標を発見した——四件のファイル「S」「K」「J」「R」。

これらの日々、それらの名前はずっと私の頭の中でぐるぐると渦巻いていた。すぐに縮められた意味が推測できた——素素《スウスウ》、カーラ、ジェシカ、それに……柔柔《ロウロウ》。

心臓が狂ったかのように飛び跳ねた。まず「S」を開いた。案の定多くの写真とビデオが出てきたが、どれも四十年近く前の沈素素《シェン・スウスウ》と凌東の恋愛時期に撮ったものだった——私は見た瞬間こんなにも多くあるのが理解できなかった。また「K」を開いた。中には一人の少女が子供から大人になるまでの生活があり、彼女は完全に異なった衣服を着ていて、まったく違う髪型をして、別の国で生活していたが、それでも私とそっくりだった。それがカーラ。ジェシカも同じだった。ただカーラの後何年か経っていた。

「私たちは本当にクローン人間なの？」私は寝言のように繰り返した。懸命に足掻く、一本の稲をも摑むことさえできない溺れた者のようだった。

私はガタガタ震えながら一本のビデオを開いた。それは七、八歳のジェシカと凌東《リン・トン》が一緒に誕生日を迎えていた。私が小さいときにとても似ていたけれど、ただそれは二十年も前のことだった。別のビデオでは、ジェシカは子供のお遊戯で踊っていた。さらに別のビデオでは彼らは一緒に釣りをしていた……

もう二度とこれらの日常生活のビデオを見たくなかったので、すぐに閉じてしまおうとした。ところが不意に最後に容量が非常に大きい一セットのビデオに気づいた。それは他とはどこかが違っていた。開くとそこには二〇二四年一月八日と記録されたビデオで、非常に恐ろしい一幕を見せつけられた。

実験室のような場所で、十六歳のジェシカが裸体で、ベッドの上に仰向けに倒れていた。どうやら意識はすでに混濁して目が覚めていないようだった。凌東は大きな針管を手にして彼女の方へ向かい、その中の液体を彼女の体内に注入した。

ジェシカは途中で目を覚まし始め、何度かもがき、曖昧な言葉を呟いた。しかし凌東《リン・トン》にしっかりと抑え込まれ、まるで反抗できなかった。注射をされた後、娘の体は丸く一つに縮まり、再び深い眠りに落ちた。凌東はその場を離れ、ビデオは長い時間静止状態のようになった。私は二日目の次のビデオを開けた。ジェシカはまだ昏睡状態で、ただ皮膚の上に大きい麻疹のようなものができ始めていた。いくつかビデオを飛ばすと、その麻疹は奇怪な粘膜に変化しており、ジェシカの体を層になって包みこんでいた。

数日後、変化はますます明らかになっていった。ジェシカはすでにもう人間の形をしておらず、一層の膜の中に包まれ、一つの「卵」もしくは「繭」に代わっていた。もう二度と顔は見当たらなかった。凌東は毎日観察に訪れ、およそ一ヶ月後、ちょうど三月十二日、この繭が破れた。どろりとした血漿《けっしょう》の中から神のみぞ知る何かが流れだしてきた。一つの小さな脳もあった。凌東はその音を聞いて鏡に駆け寄り、繭を引き裂き、全身血だらけの汚れた子供を抱いた。見たところおよそ四、五歳くらいだった。

「素素《スウスウ》」凌東がそういうのを私は聞いた。悲しみなのか喜びなのかわからなか声だった。「君はまた生まれた。今回、君をなんと呼ぼうか？　以前僕たちが飼っていた猫の名前をとって、柔柔《ロウロウ》と呼ぼう……」

素素《スウスウ》……柔柔《ロウロウ》?

呼吸ができなくなった。どれほどぼんやりと突っ立っていたことだろう。目は無意識に机の上に開かれた論文の上に向けられていた。「Turritopsis dohrnii」この言葉が再びまぶたに映った。

「性成熟後、再びヒドラ状態に戻り、かつ絶え間なくこの過程をくりかえす……」

ついにこの言葉の意味が理解できた。灯塔水母《ベニクラゲ》は絶え間なく青年の状態から幼年の状態へ戻り、一回一回循環し、永遠に死なないのだ。

私はすべてを理解した。

私はクローン人間なんかじゃなかった。

私こそは沈素素《シエン・スウスウ》で、カーラであり、ジェシカでもあった。

凌東《リン・トン》は沈素素を懲罰するために彼女を……私を……一匹の灯塔水母《ベニクラゲ》にしたのだ! 彼は薬物を注射

することによって、素素を毎回十六、七歳の青年状態に近い状態から新しく四、五歳に戻し、そうやって永遠に彼の掌から逃げ出せないようにしたのだ。輪廻するたびに、私は何もかも記憶を失い、彼を最も親しい肉親として、思うままに任せた。最後に縛り上げられて真相をやっと知った時には、もうとうに間に合わない。

私は生きている。永遠に大人にならない。私は死んでいる。再びこの世界にやってきて、心を病んだ狂信的な悪魔と一緒に生活する。

これが凌東《リン・トン》の「私」が彼を裏切ったことへの懲罰——世界で最も恐ろしい懲罰だった。

私はぶるぶる震えてほとんど立っていられなかったが、一歩一歩後退《あとじさ》り、誰かにぶつかったのに気がついた。振り返ると、凌東の陰鬱な顔が目の前にあった。

「お前は……お前はどうしてここに……」凌東は虚脱したように言った。まだビデオが流れているパソコンのモニターを見て、表情がすぐに悪魔のように醜《みにく》く歪《ゆが》んだ。

「ああ……」私は大声で叫び、全力で彼を押し返し、外へ走り出した。

「柔柔《ロウロウ》、話を聞いてくれ！」凌東は私を摑んで、行かせないようにした。私は机の上にあった加湿器を咄嗟に摑んで、彼の頭にぶつけた。凌東《リン・トン》はウーンとうなって倒れた。ただ彼は映画の中のキャラクターのように昏倒はせず、まだもがいて這いあがろうとしていた。

私は大股で家の門を出て、一切振り返らずに外へ走った。道を曲がると、エリーの車が見えた。彼女はそこでもうずっと長い時間待っていてくれたのだ。私は車に乗った。エリーは車を出発させ、飛行場へ向かおうとしたが、私がそれを引き止めた。

「警察へ行くの！」私は言った。「証拠を見つけた、あの悪漢には自分がしたことの全てに代価を支払ってもらわなきゃならない」

2035-10-12

昨日、私とエリーは警察に伝えたが、その警察が到着した時には、凌東はすでにあらゆる犯罪資料を消滅させていた。これらはもともと彼のパソコンの中にしか存在せず、徹底的に削除された後では誰にも探し出すことはできなかった。凌東はさらに何もかも少女による奇想天外な妄想だと説明し、危うく成功するところだった。警察も私の話す奇怪極まりない物語を信じてはくれなかった。

ただ二点、凌東が言っても無駄なことがあった。第一に、彼は当時の凌勇《リン・ロウ》で、沈素素《シェン・スウスウ》の死の嫌疑を受けていた。第二に、私と彼とはまったく何の血縁関係もなかった、彼の娘なんかではなかったのである。警察も疑いを抱き、しばらく私を彼に預けないことにした。その上私を反DV《ドメスティック・ヴァイオレンス》センターへ住まわせてくれたのである。さらに彼の背景資料の調査を開始した。凌東《リン・トン》はもう終わりだ！

2035-10-15

凌東が突然失踪した！　警察はおそらく私に報復に来るだろうといい、注意するように告げた。エリーは出来るだけ早く私をアメリカに連れていこうと言ったが、私は凌東は二度と会いにこないだろうと確信していた。けれども私はやはり彼をとても恐れていた。いつの日か彼の手中に落ちてしまうことを。警察は早く彼を見つけてほしい！

2035-10-24

凌東が死んだ……

彼の死体は海で発見され、死んですでに何日も経っていた。おそらくは失踪した日にすぐに自殺したのだろう。

このニュースを聞いたとき、私は大泣きした。一ヶ月前は、思いもよらなかった。彼がこのような死に方をするだなんて。今彼は死んだ。悪魔はここから消えてしまった。でも以前のあの優しいパパも、もう二度と戻ってこない。

警察は、凌東《リン・トン》は沈素素《シェン・スウスウ》への偏執的な感情を抱きながら、来歴不明の女児を攫ってきたのだろうと言った。もちろんたくさん辻褄が合わないところはあったが、凌東が死んだので、この事件は終結を迎えた。

ある嗅覚の鋭い記者が内幕を調査した。しかしエリーは私に告げた。誰にも灯塔水母《ベニクラゲ》のことは話してはならない。もし外界が本当に信じたなら、私は秘密の機関に連れ去られて科学実験をされてしまう。もしくはメディアによって噂の人物に持ち上げられ一生を壊されてしまう、と。彼女の言うことは正しい。事実、現在私は自分でも疑い始めている。あの晩に見たビデオは本当に本物だったのかしら。

エリーが、私に彼女と一緒にアメリカに戻り、新しい生活を始めようと言ってくれた。私は彼女にお金を使わせたくなかったが、自分はお金持ちなのでどうでも良いと言った。好意を受け入れ、結局私たちは生涯で最高の友人になった。

私は答えた。私の生活が新しい始まりとなりますように、と。

発信者:TURRITOPSISLING@Kmail.com
時間:2035年10月20日0時0分0秒
受信者:Elle.Li2010@Starmqil.com

Dear Elle:

これは時間に応じて自動的に発送されるメールで、君がこのメールを見ている頃には、私の体は海の底に沈んで、生物圏の永遠なる循環に参加していることだろう。君と僕、我々すべては最終的にはみんなこうなるのだ。

素素《スウスウ》を除いて。

素素のために……君はすでに知っているだろう、彼女は柔柔《ロウロウ》だ……僕は必ず死なければならない。警察はすぐに彼女の身分証が偽造だということに気づくだろう。そうして僕の過去を調査する。彼らは最終的には真相を発見するだろう、そして素素は科学者たち大勢の者たちが先を争って実験体にするだろう。全世界の前で存在をあばかれ、世間からは怪物を見るような目で見られ、何もかもが彼女を傷つける。ただ僕の死こそが警察の調査を中断できる。

僕はかならずこう思う、この全ては僕が悪意を持って成し遂げたわけではなく、ただ「素素《スウスウ》のため」に良い意味だったのだと。

真相は君や柔柔《ロウロウ》が思っているようなものではない、まったく違う。事情の半分を君たちはまるで知らないのだ。

三十五年前、僕はちょうど外国で化学研究を行っていて、将来は心から愛する彼女と幸せな生活をすることに憧れていた。この時、素素は突然僕に別れを切り出した。どうしても受け入れられず、僕は一切を投げ捨てて帰国した。素素に会ったが、彼女は憔悴しきっていた。それでも僕と別れると言い張った。僕らは口喧嘩を何回もした。しかし彼女の気持ちを変えることはできなかった。僕は憤然と立ち去った。彼女とはキッパリと関係を断つと決めたのだ。しかしアメリカに戻ってすぐに、彼女の母親から電話があった。それは十倍もの驚くべき真相だった！　なんと、素素はリンパ癌を患っており、発見された時にはすでに後期で、救う方法はなかった。だから彼女は僕を騙し、理由をつけて別れようとしたのだ。二度と僕が彼女を恋しく思わないように。折よく登場した金持ちの二代目が素素を追い回したが、素素の心はまったく彼には向かなかった。ただ奴を言い訳に使っただけだった。

真相を知って以来、心の中にただ一つの考えだけがあった。つまりそれは素素を救わねばならない、何があろうと素素《スウスウ》を救うつもりだ、ということだった。君は癌の原理を知っているだろう、細胞に変異が発生して、ものすごい勢いで自身を増幅させ、それを止めることはできない。最後にはすべての人体の養分が吸い尽くされてしまう。この恐るべき疾病を抑制することのできる方法はない。だがその時、僕には一つの奇抜なアイデアが浮かんだ。

その時まさに灯塔水母《ベニクラゲ》の研究をしているところで、この水母《クラゲ》は性成熟後に逆の順序で成長する。あらゆる細胞に変化が起きるのだ。身体は一つの嚢胞《のうほう》となり、中からは再び幼態の灯塔水母《ベニクラゲ》が出てくる、それも改めて成長して。つまりこのような絶え間ない循環は、永遠に自然には死亡することはない。当時僕の研究はちょうどブレイクスルー的な進展を迎えていて、灯塔水母《ベニクラゲ》が逆向きに変化する遺伝子の発生をコントロールする方法を見つけ出していた。僕は思ったよ、もしかしたらこの力でなら癌細胞の拡散を阻止できるのではないかと。

僕はこれらを取り出した遺伝子を一種のレトロウイルスに植え込み、灯塔水母《ベニクラゲ》の遺伝子を人体の中に入れられるようになったのだった。僕は密かに小瓶に入れた試薬を国内に持ち帰った。だがその時素素はすでに危篤状態で、昏睡して意識がなく、彼女と最後の言葉を交わすこともできなかった。

僕は素素の両親に見込みはなくてもやってみる価値はあると説得し、彼女に注射した。すぐに柔柔《ロウロウ》がビデオで見た「繭《まゆ》になる」現象が起き、彼女は一つの奇怪な肉の繭となった。七日後、繭が破れ、中から一人の見たところ四、五歳くらいの女の子が出てきた。彼女は見た目は幼い頃の素素《スウスウ》とそっくりだったが、素素の記憶がなかった。これがつまりカーラで、彼女は素素の身体の主な組織から誕生したのだった。大脳のコア部分だけは基本的に保存されていたが退化していた。

素素の身体のそのほかの部分の「繭」は、中身には、少なからず人体の骨格と組織があり、僕はこっそりとそれを郊外に埋めた。数年後に残りの部分が地面に露出し、素素のバラバラにされた身体だとみなされた。この件は殺人事件となってしまった。

当時僕と素素の両親はカーラの存在を隠さねばならないと考えていた。さもないと彼女は全世界の注意を浴びてしまうだろう。僕たちはまずカーラを孤児院に送った。それから素素の両親が引き取って養った。けれども問題が一つ生じた。元々の素素は生きてはいるけれど人にはわからない、死んではいるけれど死体はない。あの金持ちの二代目が彼女を探して追求し、ついには警察に通報した……もちろん警察が最も疑いをかけた対象は僕だった。運よくその時にはすでに国外に渡っており、警察も打つ手はなかった。のちに、僕はメキシコで灯塔水母《ベニクラゲ》の研究を続けたが、哺乳類の身体を使った研究は二度と成功することはなかった。あらゆる試薬を注射された動物は繭になった後にみんな死んでしまった。あの時の素素の癌細胞と灯塔水母《ベニクラゲ》の遺伝子がある種の特別な結合をしたのではないかと僕は疑った。それで神秘的な効果が生まれた。とはいえこの点は再び実証することはかなわない……。

しかもここ数年の研究で別の副産物が生じた。灯塔水母《ベニクラゲ》の体内で取り出した生物酵素は注射後に人体細胞を活性化することができ、寿命が伸びるのだ。この発明は灯塔水母《ベニクラゲ》の本当の効果に比べれば取るに足りないことだったが、応用することができた。僕は特許を申請し、これのおかげで何千万も稼いだ。この後の数十年は僕と素素《スウスウ》の衣食住には何の心配もいらなかった。これに頼ってさえいれば。

これまでの歳月において、僕は密かに素素の両親と連絡をとり、カーラがこの世に生まれたばかりの時何も知らなかったにも関わらず、生活において言語能力を身につけ、非常にはやく四、五歳児のレベルにまで回復し、朧《おぼろ》げな記憶さえ戻ってきたのを知った。素素の両親は年をとっており、精神的にはもう疲れていたし、カーラと素素はますます似てくる。周囲の人々の議論を引き起こしていた。僕はお金を稼いだ後、カーラをメキシコに引き取り、世話をすることにした。この時のカーラは僕から言わせれば少女に近づいており、僕の彼女に対する愛も変化したが、少しも減ることはなかった。僕は彼女を幸せにすると誓った。

カーラである素素とこのようにしてずっと暮らしていき、やがて彼女は大きくなった。十六歳になった（実際には十二歳だった）その年、彼女はまた眠って目が覚めなくなった。皮膚がねばねばしてきてひと塊《かたまり》になり、一つの「繭」になったのだ……これは僕が最も恐れていた状況で、灯塔水母《ベニクラゲ》の遺伝子が素素の体内で作用し、彼女は体が発育成熟するとまた幼年に戻ってしまう。この循環は破ることができない！

僕はアメリカにやってきて、新しく研究を始めた。素素《スウスウ》……今はジェシカだ……をこの状態から抜け出させるためだった。十一年前、彼女は再び繭になる兆候を見せたので、僕は彼女に新しく開発した試薬を注射した。この過程を止められるのではないかと期待して。しかしダメだった。最後にジェシカも再び生まれ変わることから逃れられず、柔柔《ロウロウ》になった……

ジェシカの失踪と柔柔の出現は面倒を引き起こし、僕はまた国内に戻るしかなかった。後の事情は、君たちも知っているだろう。僕はパソコンのプロセスシミュレーションを通して灯塔水母《ベニクラゲ》の遺伝子が人体に与える影響を研究し続けたが、効果は微々たるものだった。何年も何年も過ぎ去り、僕も歳をとりすぎてしまい、自分の知力も次第に先端研究に対応しづらくなってきた。自分ではもうこの循環を止めることはできない、全てを手放し、もう一度素素と一緒の時間を暮らしたかった。しかし十二年後、次の循環を待っていれば、僕はもう老いすぎている。彼女の父親を演じることはできない。そうなったらどうすればいい？

幸いにも彼女は君に出会った。この問題ももう悩む必要はない。

エリー、僕は君が心根の優しい女性だと知っている。今僕はただ素素を君に託すしかない。彼女はおそらく半年後に新しい循環に入り、新しい記憶のない身分のない幼児として、自分自身はこのことについて何も知らずに生まれてくるだろう。素素《スウスウ》の両親はとうに亡くなってしまった。今回、君が唯一の彼女を助けることのできる人物なんだ、君が彼女の「母親」になってくれることを期待している。僕名義で二千万米ドルの預金、不動産、それに会社の株式権利がある。僕が亡くなった後は君のものだ、君が使ってくれ。これらを得られれば、君はこのお金で充分に満足した生活ができるし、素素をよく世話してくれるものと信じている。

僕はずっと長い間柔柔《ロウロウ》に真相を告げるべきか悩んでいたが、結局はやはり言わないことにした。あの時の素素は自分の病状を隠し、僕に憎ませて自分のために苦しまないようにした。思うことは同じだ。まして、もう一度昏睡する前に、少なくとも自分が大人になって、正常な人生を歩むことができるという希望をもってほしいし、再びやり直した後も、これら何もかもを忘れていてほしい。君という「母親」となんの心配もなく一緒に生活をして。僕は思う、これこそが幸せなのだと。

どのような方法であっても、彼女がずっと幸せでいてさえくれれば、それが一番だ。

凌勇　絶筆

杞憂

陸秋槎《ルー・チウチャー》

大久保洋子 訳

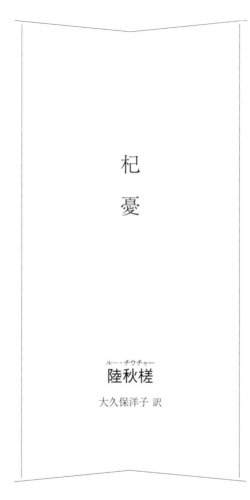

渠丘考《きょきゅうこう》が杞国《きこく》に帰ってからすでに日が過ぎていた。だが私は様々な雑事に縛られ、ぐずぐずと会いに行かずにいた。

近頃は私のもとにも彼についての噂が届く。連れ立って彼を訪ねた卿大夫《けいたいふ》（中国古代の貴族階級の官称）たちは各国の見聞を聞かされ、その話を「でたらめばかりで、君子の言ではない」と感じたという。いくらもたたぬうちに、そうした見聞も耳に入ってきた。幾つもの人の口を経たために内容は支離滅裂、渠丘考の元の話からは甚《はなは》だ遠ざかっていたかもしれない。だが唯一、明白この上ないことがあった。彼は今、天が崩れ大地が割れるのを日々心配するばかり、飯も喉を通らず、一日中怯えながら過ごしているという。

この古い友人を見舞う時だ――そう思い、私は人に頼んで四月の辛卯《かのとう》の日に彼の荘園を訪ねると託《ことづ》けた。

訪れた時、渠丘考は中庭に生い茂った甘棠《かんとう》の下に腰かけていた。その木は彼の先祖が西方からこの地に移り住んだ時に植えたものだと伝えられていた。花弁は枝にはもういくらも残っていなかったが、地上には雪のように分厚く降り積もっていた。そのうえ真鶸《まひわ》が集い、囀《さえず》りが絶えない。一年の内で最も麗しい風景だが、惜しいことに今の渠丘考はもはや楽しむ心を持っていない。彼の愁いを想うと、目の前の春の光もにわかに暗澹《あんたん》とした。

私の到来を見て、渠丘考は下僕に命じて酒席を設けさせ、私たちは樹下に腰を下ろして語り合った。旅路の風雪が彼の身体に拭い去ることのできない痕跡を残していた。これ以上ないほどよく見知ったその顔は今や皺だらけになり、掘り起こされた畑の土のように真っ黒で干乾びていた。以前は人を射るようだった眼差しからは光が失われ、焦点が定まらず、まるで私ではなくどこか遠くを眺めているかのようだった。

まだはっきりと覚えている。二年前に馬車に乗り手綱を取って出立した際、彼がどれほど志に燃え、大言壮語していたことか。その両目には躊躇《ためら》いや恐怖など浮かんだことはなく、ただ溢れんばかりの野心と自負だけがあった。あの頃の豪気はすでに毛ほども見えなくなっている。目の前の彼はさながら蝉の抜け殻のようで、よく知っているあの渠丘考は、あるいはもはや旅路の途中で消えてしまったのかもしれなかった。

そもそも彼は自分の兵法を広めるために杞国を離れたのだった。

ちょうどこの中庭で、彼は各国から探し求めた兵書や戦記をむさぼるように読み、砂盤に冠帯で都市を、瓦礫《がれき》で車馬を作り、古今の戦争を再現し、様々な可能性を予測し、およそ二十年もの歳月を費やして兵法七篇を完成させた。その内容は「野戦」、「攻城」、「守城」、「輜重《しちょう》」、「火攻」、「形勢」、「望気」からなり、一万八千言を数えた。

渠丘考はその兵書を一字一句丁寧に木簡に清書し、杞国の君主に献上した。さらに上書し、自分の策を採用したならば三年のうちに淮夷《わいい》（商周時代に中国東部の淮水流域を中心に生活していた民族の名）の手から失われた領土を取り戻し、十年のうちに諸侯を帰順させ、覇権を成すことができると述べた。だが結果は不採用であった。それも無理はない。杞の歴史は夏禹《かう》にまで遡《さかのぼ》ることができるものの、今は斉《せい》と魯《ろ》の間に身を置くただの小国に過ぎず、代々の君主も事なかれ主義で進取など考えず、ここにはそもそも渠丘考が才華を発揮するに足るものはなかったのだ。だからといって彼は意気を削《そ》がれはせず、ただ「鳥ですらとまる木を選ぶ。[*1]人に生まれながら鳥にも及ばずして良かろうか[*2]」とだけ言い、他国に赴き兵法を推し進める考えを持つようになった。

　そこまで考えて私はようやく、彼の半生につき従ってきたあの巨大な砂盤が影も形もなくなっていることに気づいた。

「君は何人《なんにん》の主君にまみえたのだ。彼らは君の兵書に興味を示したのだろうね」私は時候の挨拶を終えてから尋ねた。

「兵書だって？」彼はぼんやりとした顔つきでかぶりを振った。「すべて焼き捨ててしまった。あんなものはもはや使い道などないよ」

「あれは君が二十年来、心血を注いだものではないか。当世の君主に容れられなくとも、後世に残すには十分だ。何故また焼き捨てねばならなかったのだ」

「君があの万乗の車馬を有する大国のわざを目にしていたなら、そのようには思わなかっただろう」

彼は言った。「いっそのことあんな箱一杯の兵法など書かねばよかったのだし、ましてやあれを抱えて各国を周遊などしなければよかったのだ。私はあたかも日光に当たることが天下で最も快適で、豌《えん》豆豆《どう》がこの世で最も妙《たえ》なる珍味だと思い込んでいる田舎者のようだった。[*3] 自分で思っているだけなら良いが、わざわざああした錦衣玉食《きんいぎょくしょく》の暮らしをしている王侯に聞かせに行こうとは。自ら恥をかきに行ったに過ぎないよ」

そこまで言うと彼は長い溜息をつき、爵《しゃく》（中国古代の三本足の酒器）の酒を一息に飲み干した。私は何も言わず、ただ話の続きを待った。

「我ら杞国の者は外国と隔絶してあまりに久しい。たとえ斉や魯を訪《おとな》う機会のある卿大夫といえども、意のあるところは隣国の飲食や伎楽《ぎがく》のみ、軍備については少しも関心を持たず、自らがどこまで遅れてしまっているかをわかっていない。私もかつて兵家のことは古来のままだと思い込み、巧匠《こうしょう》が何らかの機械を発明することによって変化が起こるとは考えもしなかった。だが斉国の都に着いてすぐ、自分が誤っていたと、根本的に誤っていたと気づいたのだ。

「当時はまさに斉侯が魯や宋、陳、蔡などに呼びかけて、共に衛国に攻め入ろうとしている最中だった。八年前に左公子洩《せつ》と右公子職《しょく》が謀反を起こし、衛侯朔《さく》を追いやり公子黔牟《けんぼう》を立てた。斉侯のこのほどの出兵は、流亡の身である衛侯朔を助けて国に帰らせ、君主の位に復帰させようというものだった。[*4／*1]

「私はちょうどうまい頃合いに到着し、斉の軍隊が営丘城の外に陣を組んでいるところに出くわした。色とりどりの旗が連綿と数里も続き、黄塵が巻き起こり日差しを遮っていた。当初は万乗の大国の壮観な陣営に身震いするばかりだったが、戦車の後に続く歩兵のうち半数以上が甲冑を身につけておらず、ほとんど裸であることに気づいた。奇妙に思い目を凝らして初めて、それは肉体を持った身体ではなく、木を彫ってできた人形であることがわかった。

「それらの木人《もくじん》は、ある者は矛《ほこ》を握り、ある者は槍を担ぎ、足取りを揃えて戦車の後をゆっくりと前進していた。さらにその後ろの馬の世話係や釜炊きといった雑役夫の中にも、木人の姿は少なくなかった。

「木人の頭は上部を開けた酒樽のような形をしており、中には水が入っているようだった。肩、肘、股、膝の関節は人間と同じように自由に動かせる。だが首と腕は動かない木の棒だ。左右の肩甲骨の位置に穴が開き、一本の麻縄の両端がその中に差し込まれ、外に出ている部分は腰のあたりまでだらりと垂れ下がっている。縄には様々な形の結び目が作られている。木人が数歩歩くと、麻縄が結び目で区切られた部分だけ左の穴に押し込まれ、右の穴からは同じ長さの縄が出てくるから、外に出ている縄の長さは常に変わらない。仔細に観察すれば、木人の足元には時々水が滴り、黄土の上に足跡が残っていたことに気づいただろう。

「城内に入ると、通りにも至る所に木人がおり、斉国の人々はそれらを芝刈りや米つき、荷物の運搬に用いていた。しばし落ち着いてから尋ねると、そうした木人はみな北郭離《ほくかくり》という魯国人が設計したものであることがわかった。彼は若い頃に仇《かたき》から逃れて西方諸国を歴遊したそうだ。機会を得て、周の穆《ぼく》王の巧匠である偃師《えんし》*5の書いた『機関』数篇を入手し、四十年余りにもわたる実験を経て、ついにその人形の技術を掌握した。彼は伎楽用の木人を一式、斉侯に献上し、その才を大いに評価された。だが斉侯は音曲を楽しむに飽き足らず、その技術を軍事と生産に用いるよう北郭離に求め、そうして私が都《みやこ》の内外で木人を見かけるに至ったのだ。

「その後、斉の役人に賂《まいない》を渡し、手引きを経てついにその北郭離に会うことができた。

「北郭離は痩せた老人で、左目は濁り、両足は膝から下がなく、代わりに四つの車輪をつけ、木の竿で車輪を操って移動していた。本人の言によると、元々は伎楽《ぎがく》人形を魯の君主に献上したのだが、つまらぬ人物の讒言《ざんげん》により刖刑《げつけい》（足を切り落とす刑罰）となり、最後に斉に流れ着いてようやく重用されたのだという。

「彼の足については別の説もあった。彼は斉の公子彭生《ほうせい》*二を買収し、先代の魯侯に献上した伎楽人形の中に刀を隠し、魯侯が人形を見ようと近寄った際、一刀の下に刺殺させたという。当時、北郭離はすでに斉に逃げており、斉人は魯国への申し開きのために彭生を処刑し、また北郭離の両足をも切断したというのだ。魯侯殺害の背後で糸を引いていたのは斉侯であったと言う者もいる。斉侯の妹は魯侯に嫁《とつ》いだが、その裏で様々な機会を狙い、自分の兄と密通し、そのことが露見したために、斉侯が北郭離の伎楽人形を使って魯侯を殺害したというのだ。*6 聞いたところではどうやらそういった事情のようだ。

「北郭離は自らの技術に自信満々で、盗まれることはいささかも気にかけていない様子、おそらく内心では私という杞国人を根っから見下していたのだろう。木人の内部構造を見たいと申し出ると、瑟《しつ》を弾いていた木人の胸の前の板を快く外してくれた。内部には百にも上る青銅の歯車があり、大きさは様々だった。最大のものは広げた手のひらほど、最小のものは豌豆豆にも満たぬほどだ。それらの歯車が嚙み合い、割符《わりふ》を合わせるように止まることなく動いていた。木人の頭部から流れ落ちる水が小さな歯車を動かし、小さな歯車が大きな歯車を動かし、てこと糸を引き、木人に様々な動作をさせる。歯車を流れ落ちた水は、最後に木人の足の裏の穴から排出されるのだ。

「どのように木人の動作を制御するのかとまた尋ねると、背中の縄の結び目を使うのだという。彼はそう言いながら木人の背中の板を外し、縄を引っ張り出した。歯車はまだ動いていたものの、木人はいかなる動きもすることができなくなった。別の縄に交換すると、木人は腰を下ろして瑟を弾くのではなく、立ち上がり舞い踊り始めた。

「北郭離はさらに、縄の結び方を複雑にすればするほど、できる動作も複雑になるのだと説明した。伎楽に用いる木人の結び目は、腕利きの職人が尖った骨を用い何日も費やして結びあげるもので、鼓を叩き笛を吹き、球《たま》を拋《ほう》り剣を投げるといった一連の複雑な動作をさせることができる。日常の用に使う木人の結び目はずっと簡単だ。あらかじめ歩数や動作を計算しておけば、毎日同じ仕事を繰り返させることができる。主人はただ決まった時に木人の頭に水を入れてやるだけで良い。

「ああした戦争用の木人に至っては最も簡単なものだ。通常は二本の縄を用意し、一本には前進を命じる結び目を作り、行軍に用いる。もう一本は前進の命令の間に武器を振るう結び目を入れ、戦いに用いる。刃や矢が身体を貫き、歯車が破壊されたり、頭部に蓄えた水が尽きたりしない限り、木人は前進を続け、退くことを知らない。肉体を持った身体はそもそも相手にもならないのだ」

「斉国人がもし本当にこうした技を掌握すれば、向かうところ敵なし、百戦百勝となるのではないか」私は尋ねた。

「それがまさしく逆なのだ。彼らはたちまち敗北を喫した。当時、周王室は公子突《とつ》を派遣して衛を支援させ、斉、魯、宋、陳、蔡の連合軍と戦場で対峙させた。幾たびか交戦し、当初は斉国軍が絶対の優勢を占めていた。だがそれも長続きせず、冬に入る頃に気候が冷え込むと、木人の頭部に貯まった水はすべて凍りついてしまった。木人はそもそも水流によって動くものだ。水が流れなければ動きようがない。

「さらに衛も斉の木人の大軍に対して十分な備えをした。彼らの職人は『燭螭《しょくち》』と名づけた火責めの武器を設計した。燭螭の頭部は青銅製の龍で、口から火を吹くことができるためにその名がついたのだ。身体は巨大な木の箱で、七、八個の革製のふいごを取りつけ、中に油を一杯に注ぐ。木箱の後ろには踏み板がついており、人が立つ場所もあり、その下には四つの車輪がついている。

「戦場では二人の人間が後ろから燭螭を押し、一人がその上に立ち火を吹かせる。青銅の龍の首は縄を引くことで方向を変えることができる。火を吹かせる時には踏み板を踏めば木箱の内部の装置がふいごを押し、油を龍の口から噴出させる。上顎と下顎には火打石が一つずつついており、打ち合わせれば火花が散る。火花が油に引火して激しい火焔となり、一丈もの長さにわたり吹き出すのだ。一度の戦で燭螭に燃やされた木人は数え切れぬほどだ。

「この敗北を経て、木人の改造が課題となった。厳しい寒さに適応するため、次世代の木人は水流を動力とすることをやめ、頭部に二本の牛の筋を取りつけ、ばねでつなぎ合わせた。筋が緩むと歯車が動き、木人も動き出すのだ」

「だがそれではいっそう燃えやすくなるのではないか」

「北郭離にも勿論、策はあった。彼は『浣機《かんき》』を設計し、水車で川の水を汲み、巨大な方形の青銅の釜に蓄え、釜の下には昇降可能な台を設けた。水を汲み終えると水車を取り外し、車輪に交換して戦場を自由に移動できるようにした。衛の燭螭に出くわすと、台を上げて釜を三、四丈の高さまで持ち上げ、弁を開いて中の水を木管に流し、管の先端から水を数丈の距離にまで噴射させる。燭螭の射程は遥かにそれに及ばず、浣機の前ではまったく役立たずとなった。春になって彼らはまた何度か血みどろの戦いを重ね、今度は斉が圧勝を収めた」

「そのような奇妙なことがあるとは」

「これはまだ序の口だ。斉人が凱旋すると北郭離はまたも新たな方法を思いつき、『元胞《げんほう》』という特殊な木人の設計を考えた。元とは『始め』。胞とは『胎』のことだ。それによって木人を育成するという意味だ。

「北郭離の考えによれば、そのような木人を二組に分け、『元』は縄を使って伐採や彫刻、組立などにあたらせ、『胞』には蔓《つる》の採集や縄綯《な》い、結び目作りなどをさせる。両者が力を合わせれば木人自身による再生産が実現可能だ。斉人はただ元胞を一組派遣するだけで、たちまちのうちに木人の大軍を自動生産することができる。そのうちのいくつかの元胞に新たな元胞を作らせれば、いくらもたたないうちに天下には木や草は少しも残らず、斉の木人が全世界を掃討するだろう……」

「木人がまだ杞国を訪れていないのを見ると、彼の研究はさほど順調ではないようだな」

「私が斉を離れる時、北郭離はまだ何の進展も得ていなかった。だが彼の智慧をもってすれば、元胞を生み出すのも時間の問題だ。彼がその頃まで生きていなければ良いが」

「その後は斉侯への目通りが叶ったのか」

渠丘考は首を振った。

「斉侯は私をお召しになろうとしたが、私は行かなかった。斉にはすでに北郭離のような匠がいるのだから、私のあの見識の浅い兵書など必要としないだろう。すぐに斉を離れ、西の晋国で運試しをしようと考えた。出発の前に、兵書のうち『野戦』と『火攻』の二篇を焼き捨てた。斉の木人や浣機の前では、私が考え出したあれらの作戦などまったく取るに足らぬものだ。火にくべてしまった方がましだ。

「衛国を通過した時、あの辺りは至るところ斉の木人だらけだと気づいた。衛侯は名目上は君主の位を奪還していたが、結局のところ斉の傀儡《かいらい》となったに過ぎなかったのだ。斉人が衛に送り届けた木人には特殊な装置が加えられており、板を取り外したりその中の仕組みを覗き見ようとしたりするものがあれば、木人はたちどころに燃え上がってしまう。そのため衛人はその原理を知ることができず、模造することもできないのだ。

「晋国の領土に入っていくらも行かぬうちに、またしても目を見張るような光景に出くわした。原野の上空に黄砂が立ち込めている。舞い上がる砂埃の向こうに、城壁に囲まれた都が見え隠れする。さほど大きくはなく、斉国の都には遠く及ばないが、今しがた通って来たばかりの衛国のいくつかの街よりはずっと大きい。城壁は高くそびえ、その上には軍旗のようなものが並んでいる。そのような都市がなんと北へ向かって飛ぶような速さで疾走し、どんどん遠ざかってゆくのだ。

「その時、一体どこから勇気が湧いてきたものか、私は御者に命じて馬に鞭を加え、追いかけさせた。だが精魂尽き果ててもその都市との距離は縮まらない。日が暮れるまで追い続け、人も馬も疲労困憊し、そこでようやく追うのをやめて付近の村に宿をとった。事情を尋ねてみると、私が見たのは晋国の匠である東城夔《ろう》大夫、趙 攘《ちょうじょう》が作った移動都市――『邯鄲《かんたん》』であったのだ。

「うまい具合に、ともに投宿していた中に商人が数人いた。彼らはちょうど前日に当地を出発し衛へ向かおうとしており、邯鄲について語ってくれた。

「邯鄲は陸を行く巨大な船のようなものだ。私が見たあの軍旗に似たものは実は帆だったのだ。都市の下には無数の車輪がついている。風が帆を吹き動かせば都市はどこへでも移動できる。風のない日や逆風の日には、城主は全住民を動員して城壁に取りつけた木の櫂《かい》を漕がせ、車輪を動かすことができる。だがこの方法は時間も労力もかかるため、火急の時にのみ用いるのだという。

「さらに商人たちが言うには、道中の揺れのため、邯鄲に乗っているとまるで波の上の小舟にいるような感覚があり、初めはなかなか慣れず、軽ければめまい、ひどい場合は嘔吐が止まらず、一定の時間が過ぎてようやくその上で自在に動き回れるようになる。だが揺れる邯鄲に一度慣れてしまえば、硬い地上に戻った時に不慣れに感じてしまう。ある燕国人が邯鄲で数年間暮らした後に地上に戻ったところ、歩くことも困難になっており、故郷へ戻るにも這いつくばって進むほかはなかったという。[*7]

「晋人の移動都市を見てからというもの、私は晋侯にまみえようという考えを捨て、ついでに兵書中の『攻城』篇も焼いてしまった――敵国の都市が高速で移動し、そもそも追いつくことができないのならば、攻略のしようがない。邯鄲の回転する車輪の前では私の時代おくれの兵法など蟷螂《とうろう》の斧のようなもの、粉々に砕かれてしまうだろう。一晩中悩んだ末、私は秦国へ行き運試しをすることにした」

「秦人は久しく西戎《せいじゅう》（中国古代の西方異民族の蔑称）と雑居し、風俗は我らとは異なると聞くが、彼らは君の兵法を真に理解できたのか」

「私がそれを考えないわけがないだろう。だが道中で見聞きしたことによって、次第に現実を認識するようになった――この天下にはもう自分の才を発揮する地はないのだと」渠丘考は長い吐息をついた。「その辺境の秦国であっても、我ら杞人にはまったく想像もつかないわざを掌握していたのだ」

「秦でまた何を見たのだね」

「今度は秦にまだ入らぬうちから、晋国内ですでに秦人の凄まじさを目にしたのだ。斉の木人は主君の命を受けて設計したもの、晋の移動都市とて少なくとも卿大夫が建造したもの。だが私が見た秦人のわざは、ある寡婦の手になるものだった。その女がそれを設計したのも、誰の命を受けたものでもなく、自らの商《あきな》いに便を図るために過ぎなかった。秦と晋の国境に到着したのはすでに黄昏時であったため、まず晋で一夜を明かし、翌日早く秦の地に入ろうと考えた。だがその時、一陣の車馬が太陽の彼方から私のもとへゆっくりと飛んできたのが見えた……」

「飛んできた？」

「そうだ、飛んできたのだ。その時、夕日は西に落ち、空には暮れ方の雲が連なり、微風が吹いていた。その車馬は突然、西方の山々の上に現れ、みるみるうちに近づき、最後には頭上を飛び越えて東の空へと消えていった。そのことについて当地の村人たちはいささかも奇怪に思わず、顔を上げて一瞥をくれようともせず、相変わらず畑を耕していた。そこで今しがた飛び去ったのは何かと尋ねた。彼らはただあっさりと、あれは秦国の寡婦、西乞《せいきつ》氏の隊商だと答えた。

「荷の輸送に便を図るため、西乞氏は『鈎雲索《こううんさく》』なるものを発明し、車馬を雲の端にひっかけて、雲の昇降と共に風に乗って移動できるようにしたのだ。鈎雲索によって西乞氏の隊商は日に千里を駆け、各国を往来してたちまちのうちに一国にも匹敵するほどの富を成した。

「ああ、私に斉の木人を見せたのは私を葬らんとする天の意思、晋の移動都市を見せたのは私の息の根を止めんとする天の計らいだった。今やまたしても秦の鈎雲索を目の当たりにし、わが道は窮せり、わが道は窮せりだ[*8]！

「どうやら秦にも向かう必要はなくなった。翌日早く、私は杞への帰路につき、ついでに兵書中の『輜重』『形勢』『望気』三篇をも焼き捨てた。西乞氏の鈎雲索があれば兵糧《ひょうろう》の補給はもはや問題にならず、『輜重』篇などどうでもよくなる。『形勢』も同様で、車馬を雲の端に引っかけさえすれば、行軍における地形の影響も考えずに済む。『望気』に記したのは天候の変化を予測する方法だ。西乞氏の隊商が風雲を利用して移動できる以上、天候の予測術もおそらく私の及ぶところではないだろう。ここに至って、兵書は七篇のうち『守城』一篇を残すのみとなってしまった」

　そこまで語ると渠丘考は爵になみなみと酒を注いだが、それを飲もうとはしなかった。

「ここに来る前、君に関する風聞をいくらか耳にしたよ」私は言った。「君は天が崩れ地が砕けるのを心配して、寝食もおぼつかないという話だった。それは本当か」

「本当だ」彼は頷いた。「楚国での私の見聞を知れば、君もただの思い過ごしとは考えなくなるだろう」

「君は楚国にも行ったのか」

「本来は行くつもりはなかったのだ。帰国の途中で、ちょうど南下して楚に入るという晋の隊商に出会った。商人頭《がしら》と話が弾み、彼は私の境遇を知るや、楚国で運試しをしてはどうかと提案してくれた。楚王はまさに天下の才人を広く招き、事を成そうとしているという。当時は無知の蛮族[*9]が杞国のわざに先んじているわけがないと考え、共に楚へ赴いた。だがそれこそが、わが生涯で最も誤った決断だった。その時に引き返していればよかったのだ。道中見たものに深い敗北を感じたとしても、今のようにびくびくと恐れるようにはならなかったはずだ」

そこまで話して渠丘考は長い吐息をつき、しばし沈黙すると爵の酒を飲み干し、ようやく続けた。

「我らは漢水北岸の姫《き》氏の小国をいくつか通過した。いわゆる『漢陽諸姫』[*10]だ。周王室がこれら同姓の諸侯をこの地に封じたのは、本来は防壁を設けて南方の異民族に抵抗するためだった。惜しむらくはこの脆弱な小国が今や楚人に少しずつ蚕食《さんしょく》され、周王室が脅かされるのも時間の問題となったことだ。これについて中原諸国は手をつかね、楚の勃興を座視するのみだ。

「当時、楚王は申国を攻め落としたばかりだった。鄧《とう》国は楚と申に挟まれている。我らが鄧に着いた時、ちょうど楚人の凱旋に行き合った。この機縁によって私はすぐさま楚王に謁見が叶った」

渠丘考が楚子を「楚王」[*11]と呼ぶのが、私には甚だ気に障った。それは楚人が勝手にとなえたことであり、周王室に対して多大なる不敬であると同時に、中原諸国への蔑視でもあった。渠丘考は「荊《けい》蛮《ばん》」と言いながら、「楚王」と呼ぶ時の口調には軽侮の意がいささかも見えない。あるいは楚子の印象がよほど良かったのか、もしくは彼は本当に楚国で、蕭然と敬意を起こすものを目にしたのかもしれない。

「楚王は見たところとても若く、せいぜい三十にもならぬほどだったが、容貌や態度は中原の君主と少しも変わらなかった。私が杞国から来たと知ると、まず杞の歴史や風俗について尋ねられ、さらに私の住まいがどこにあるのかを尋ねられ、最後に城攻めの問題についていくつか尋ねられた。兵書の城攻めの部分はすでに焼き捨ててしまっていたが、その中の文句は労せずとも思い出し、一つ一つ答えた。楚王は答えを聞いても顔には何の表情も浮かべず、何も言わず、ただ私を連れて楚人の城攻めの器具『荊尸《けいし》』*12を見せに行った」

「荊尸？」

「荊とは楚のこと。尸とは主《あるじ》のことだ。この名だけをとっても、中原の覇者となろうというこの蛮族の野心を容易に見てとれる。それは先代の君主である楚の武王が隋《ずい》を伐《う》った時に建造したものだった。楚の武王は生涯に三度、隋を攻めた。隋人の防衛は固く、兵器の鋳造にも長けており、二度にわたり楚軍を大敗させた。武王は最後に隋を攻めた時にはすでに齢《よわい》七十を越えており、死期は遠くなかった。臨終の際に南門烏菟《うと》という匠に命じて荊尸を作らせた。楚人はこの利器を得てからまるで翼の生えた虎のように、一挙に隋を攻め落としたのだ。

「荊尸はねじくれ曲がった巨大な木の車輪のような形をしており、幅は二丈ほど、上部には無数の銅製の鋤《すき》がついており、十数本の縄につながっている。縄を引くと車輪が回転し、地を掘ることができる。通常はまず縦穴を掘り、そこへ荊尸を下ろして縄を引き、車輪を回して少しずつ前へ掘り進める。傍目《はため》には遅く見えるが、朝晩休まずに掘れば、数日で数里もの地下道を掘ることができる。車輪の中央には青銅の輪がはめられており、その上部に太い縄で竹のもっこを括《くく》りつけ、掘り出した土を運び出すのに用いる。楚人は荊尸を使って地下道を掘り、隋と申の城壁を迂回《うかい》したのだ。

「私もここに至って、楚王がなぜ荊尸を見せようとしたのかを理解した。それは私への、我らのような正統を気取っている者たちへの声なき皮肉だったのだ。わが兵書はすでに『守城』一篇を残すのみだったが、その策略は楚人の利器の前ではひとたまりもない。そのことに思い至り、私はそれも焼いてしまった。すべて燃やしてしまった――結局この二十年間に注いだ心血はすべて無駄だった。ただ自ら恥をかいたに過ぎなかったのだ。

「もともとそれで杞国へ戻るつもりだったが、楚王に引き留められた。実を言えばそれが慰留《いりゅう》だったのか脅迫だったのか、私にもわからない。その後、彼らと共に郢《えい》の都へ行った。楚人は国都をその地へ移したばかりで、宮殿は質素で飾り気がなく、民家はなおのこと粗末だった。いくらもたたぬうちに、朝野を揺るがす大事件が起こった。

「楚に鬻拳《いくけん》という大夫がおり、率直、諫言《かんげん》をもって知られていた。彼は荊尸が隋や申との戦争で役立ったのを見て、荊尸を使い数千里に及ぶ『大隧《だいずい》』を建造し、地下から各国の都へ通じる道を掘ることを提案した。その頃、楚と敵対しようという国がどこにあっただろうか。楚王が一声かけるだけで、その国の都の地下はたちまちのうちに空洞にされ、陥没させられてしまう。楚王はそのような、民を疲弊させる提案を採用するつもりなどなかった。なんと鬻拳は朝堂で剣を抜き払い、楚王の首に押し当て、『大隧』を掘れと命ずるよう迫ったのだ。その後、鬻拳は自ら片足を切り落として謝罪した……[*13]」

どうやら渠丘考が大地の陥没を恐れているのはその「大隧」のためであるようだ。

「楚の地は杞から数千里も離れているのに、本当にここまで地下道を掘ってこられるのか」

「ここまで掘り進むのはただ時間の問題に過ぎない」渠丘考は言った。「だがそれはまだ楚人の最も恐ろしい計画には程遠い。荊戸の設計者である南門烏菟は、さらに破壊力のあるしろものを考え出したのだ。荊戸は単に地面を陥没させるだけだが、もう一つの兵器は天を崩壊させ、その下にあるすべてを打ち壊すのだ」

「いわゆる天というものは気体の集積に過ぎないと聞いたぞ。太陽と月と星はただ気体の中で光を発しているだけなのだ。崩落したとしても人を傷つけるには至るまい」*14

「いや、決してそのようなことはない。私はのちに楚王に従って雲夢《うんぼう》（楚国の地名）の離宮へ赴き、そこである精密な機械を目にし、ようやく宇宙の真の構造を知ったのだ。その機械は最上等の南金《なんきん》*15で製造されており、天地日月の運行を再現するために用いられ、楚人はこれを『疇覚儀《ちゅうかくぎ》』と呼ぶ。

「疇覚儀は外から見れば直径六、七尺の青銅の球だ。球は開くことができ、また回転させることもできる。上部には多くの穴が開いており、内側には二つの小さな球がはめこまれている。球体の内部には二寸ほどの厚さの方形の青銅の板が横たわり、その上には山河や湖、海が鋳造されている。それがまさに宇宙の構造なのだ――外側の球体はすなわち天蓋、方形の青銅板はすなわち大地、二つの小さな球はそれぞれ日と月を表している。天蓋は大地をめぐって回転し、日と月は天蓋の内側を運行する。日と月はそれ自体が光るのだが、天蓋の外側にも光がある。外側の光は穴から射し込み、それが星となる。この疇覚儀を見て私ははたと、古《いにしえ》の人は宇宙の真の構造をすでに知悉《ちしつ》していたことを悟った。『詩経』に『小球大球を受け、下国の綴旒《ていりゅう》となし、何ぞ天の休たる』*16という。小球とは日と月、大球とは天蓋だ。この詩はつまりこういうことだったのだ」

「かりに宇宙が本当に君の言う通りであったなら、楚人はどうやって天を崩落させるのだ」

「簡単なことだ。巨大な弩弓《どきゅう》を発射して天蓋を貫けば良い。天蓋が破裂し破片が落ちてくれば、この世で最も殺傷力を備えた武器になる。あらゆる国を滅ぼすことなど手の平を返すようにたやすいことだ」

「本当にそのような弩弓を発射できるのか」

「射出する場面を見たことはないが、楚人は確かにそのための弓と矢を用意している——彼らはそれを『貫天矢《かんてんし》』と『雲夢機《うんぼうき》』と呼んでいる。

「雲夢機はその名の示す通り、雲夢沢《うんぼうたく》に設置されている。おそらくこの世で最も大きな兵器だろう。楚人はまず山麓に高さ百尺の石の望楼を数里隔てて二棟建てた。さらに高さ十丈、厚さ五丈の土壁を望楼から山頂まで一直線に築き、山頂で交わらせた。雲夢機は土壁を弓に、望楼を弓はずとし、秋の狩りで得た鹿や馬、牛、鼠、魚、犀《さい》のにかわを煮詰め、数百石《こく》の牛や鹿の筋と麻糸を接着し、太さ六尺、数里にもおよぶ弦を作り上げ、その両端を望楼の内部にそれぞれ取りつけた。この弦を引くには、数千台の馬車を動員せねばならない。

「貫天矢については、天を衝く古木を数百本伐採し、ほぞ継《つ》ぎによって組み合わせなければならず、数か月かかってようやく一本完成する。必要となれば楚人は貫天矢を土壁に立てかけ、巨大な弦で射出して天蓋を射抜き、破片を敵国の上へと降りそそぐのだ。

「南門烏菟の設計によれば、雲夢機は夜間に用いるのに最も適している。いずれかの星宿に照準を合わせて貫天矢を射出すれば、対応する地上の目標を攻撃することができる。これらはすべて疇覚儀によって精密に計算することが可能だ。

「雲夢から郢の都に戻ると、楚王は再度私をお召しになった。もはや楚に留まるには及ばないという。王はさらに、楚で見た荊戸や雲夢機のことを中原諸国の人々に語って聞かせてもかまわないと言った。おそらく楚の凄まじさを各地で広めさせ、武力を誇示し、中原を震え上がらせようと考えていたのだろう。のちに私は斉へ向かう隊商と共に北上し、杞へ戻った。出発した際には箱一杯の兵書を携えていたが、戻って来た時にはただ空の箱一つと胸一杯の憂いのほかには何も残っていなかった」

各国での見聞を語り終え、渠丘考は長い間、沈黙した。

私は彼の話を決して完全に信用したわけではなかったが、明らかな矛盾も見いだせなかった。彼の憂いは天の崩落と地の陥没を心配しているというよりも、杞人の無知と落伍を痛惜し、あれらの万乗の大国がさまざまな機会を利用して我らのような狭く小さな国を滅ぼすことを恐れているといえた。そのことについては私も、もしも本当にそうしたことが起こるのならば誰にも止められない、一日中心配しながら生活するよりその時々を楽しんだ方が良いではないかと、ただ彼を慰めるよりほかはなかった。

私の言葉を聞いて彼は考えありげに少し頷いたが、眉間を引き締めたまま、両の目は遥か彼方を見つめていた。

それから私たちは盛んに盃を交わし、日没まで痛飲した。別れ際、渠丘考は杖で節を取り、歌を作ってくれた。それはこのようなものだ。

嗟嗟大邦兮夏後所興　かつて夏禹は偉大な国を興した
雖百代猶受命兮彤弓斯征　その後裔《こうえい》は百代を経てもなお諸侯のまま
日以淪胥兮莫懲　日増しに衰退すれども教えを汲み取らぬ
后土将頽兮皇天将崩　地は落ち窪み天は崩れんというのに

思いがけないことに、彼に会ったのはこれが最後となった。

その夜、西南の空は異常なまでに光り輝き、星々が一筋の白光に飲み込まれた。だがその白光もたちまちのうちに暗くなり、ついには消え失せ、何も見えなくなった。その後、流星が一つまた一つと夜空を破り、雨のごとく降り注いだ[*17]。耳をつんざく爆音と共に流星は次々と地に墜ち、たちどころに火の手が天を衝き、姿を現したばかりの恒星を再び飲み込んだ。

私は地平線に燃えさかる激しい炎を目にした。それはちょうど渠丘考の荘園がある場所だった。

大火は三日三晩、燃え続けた。荘園は付近の村ともども燃えて黒焦げの炭となった。大地は深く陥没し、百を超える車馬を埋葬するに足るほどの大穴が開いた。私と何人かの友人は渠丘考の遺体を探したが、真っ黒になった鉄の塊をいくつか見つけただけだった。それは天蓋の破片だったのだろうか。

渠丘考が最も恐れていたことはついに起こってしまった。

【原註】

1 『春秋左氏伝』哀公十一年に見える言葉。

2 『礼記』（大学）に見える言葉。

3 『列子』（楊朱）に見える故事。

4 『春秋経』荘公五年に、「冬、（魯荘）公斉人、宋人、陳人、蔡人に会し衛を伐す」とある。『左氏伝』に、「衛を伐し、（衛）恵公を納めるなり」とある。

5 『列子』（湯問）は、職人の偃師が自分の製作した伎楽用の木の人形を周の穆王に献上した逸話を記載している。この物語はSFの要素が強く、中国の作家の多くはこれに取材して作品を書いている。たとえば、童恩正「世界で最初のロボットの死」、潘海天「偃師伝説」、拉拉「春日沢・雲夢山・仲昆」、慕明「鋳夢」などがある。

6 史実では、魯の桓公を殺害したのは公子彭生である。『春秋左氏伝』桓公十八年。

7 『荘子』（秋水）に見える故事。

8 『春秋公羊伝』哀公十四年に、「顔淵死す。子曰く、噫《ああ》、天は予を喪ぼせりと。子路死す。子曰く、噫、天は予を祝《のろ》えりと。西に狩して麟を獲たり。孔子曰く、吾が道窮せりと」とある。

9 『詩経』（小雅・采芑）に見える言葉。

10 『春秋左氏伝』僖公二十八年に、「漢陽諸姫、楚実にこれを尽く」とある。

11 周王室の分封《ぶんぽう》に基づき、楚の君主は子爵となり、「楚子」と称した。しかし楚の武王以後は地位を越えて自らを「王」と名乗った。

12 『春秋左氏伝』荘公四年に、「楚の武王、荊尸して、師に孑《ほこ》を授けて以て隋を伐たんとす」とある。「荊尸」の意味は、月とするもの、陣形とするもの、軍事行動の意を表すものなど、諸説ある。

13 『春秋左氏伝』荘公十九年に、「初め鬻拳強く楚子を諫《いさ》む。楚子従わず。之に臨むに兵を以てす。懼《おそ》れて之に従う。鬻拳曰く、吾、君を懼《おど》すに兵を以てす、罪、焉《これ》より大なるは莫《な》し、と。遂に自ら刖《けつ》す」とある。

14 『列子』（天瑞）に、「杞国に人の天地崩墜《ほうつい》し、身の寄する所亡きを憂えて、寝食を廃する者有り。又彼《か》の憂うる所あるを憂うる者有り。因りて往きて之を暁《さと》して曰く、天は積気《せっき》のみ。処として気亡きは亡し。屈伸呼吸のごとき、終日天中に在りて行止《こうし》する、奈何《いかん》ぞ崩墜を憂えんや、と。その人曰く、天果たして積気なれば、日月星宿は当《まさ》に墜《お》つべからざるか、と。之を暁す者曰く、日月星宿も亦《ま》た積気中の光耀有る者なり。只使《たと》い墜つとも、亦た中傷する所有る能《あた》わず、と」とある。

15 『詩経』（魯頌・泮水）に、「元亀象歯、大賂南金」とある。南金とは、南方地域で生産する銅を指す。

16 『詩経』（商頌・長発）。

17 『春秋経』荘公七年に、「夏四月辛卯の夜、恒星見えず、夜中星霣《お》つること雨の如し」とある。

【訳註】

一 衛の第十五代君主宣公の子朔《さく》は前七〇一年、異母兄伋《きゅう》を謀殺し、翌年、宣公の死に伴い即位し恵公となった。恵公の叔父である左公子洩《せつ》と右公子職《しょく》は伋殺害を怨み、前六九六年、恵公を攻撃し、伋の弟黔牟《けんぼう》を衛君に立てた。恵公は出奔先である斉の襄《じょう》公の援けを得て黔牟を撃ち、洩と職を誅殺して衛君に復帰した。前六八八年、恵公は黔牟をかくまう周を怨み、燕とともに周を攻撃した。

二 姜彭生《きょうほうせい》（生年未詳～前六九四）は斉国の大夫。斉の襄公の命を受け魯の桓公を殺害するが、魯に責められた襄公に責任を押しつけられ、処刑された。

女神《ガデス》のG

チェン・チウファン
陳楸帆《チェン・チウファン》

池田智恵 訳

"G代表女神"
by 陳楸帆.

First published in 《文艺风赏》,长江文艺出版社, 2009.

ミスGの名で全人類から崇拝された彼女は、もとはごく平凡な名前の持ち主だった。今世紀初頭の大恐慌の時期に、黄紅蝶《オウコチョウ》（マメ目ジャケツイバラ亜科の小高木。黄色の縁どりの赤い蝶の羽のような花を咲かせる）の花が咲き誇る沿岸部の都市に生まれた。両親は共に普通の会社勤めで、経済危機のさなかに生計を立てようと各地を転々とした後、そこに落ち着いた。奇しくも黄紅蝶の花言葉は、「逃亡」だった。

出生時、両親は子の性別に飛び上がらんばかりに喜んだ。当時の社会システムでは、女性はそのほとんどが経済的にも家庭的にもどちらも優遇されていたし、またもう一つ、両親は自分たちからの遺伝にも自信を持っていたのだ。だが、医者の言葉が、彼らが思い描く娘の美しい未来図を打ち破った。

覚悟してください。お子さんは子どもが産めません。

医学的に、子供が産めないという原因は色々あるが、ミスGの問題はかなり大きかった。先天的に子宮と膣が欠損しており、月経がないのだ。正常の性生活と妊娠を行なう術がない。ただ幸運にも、卵巣は機能していた。したがって第二次性徴の発育は問題がなく、人工授精からの代理出産によって、次の世代を残すことはできる。

成人後に、再建手術をすれば、正常な家庭生活を送れることは確かです、と医者は慰《なぐさ》めた。

黄体ホルモンも服用しなかったし、家系に癲癇《てんかん》患者もいない。ミスGの両親は、不幸を運命として、黙々と受け入れた。

家族は一切の性的な知識と接触しないように手を尽くしたが、それでも、彼女は十三歳の時に、自分は他の女性とは根本的に違うことに気がついた。

お母さん、あの子たち、ずっと血が出てるの。学校から帰ってきたミスGは恐れ慄《おのの》いていた。母親は知恵を絞り、美しい童話を紡ぎ出した。みんなと違うのは、神様からあなたへのおくりものなの。あなたは一番清らかな天使なのよ、母親は言った。あなたは汚くて邪悪なものからは遠ざかってなくちゃいけないの、少なくとも十八歳になるまでは。

ミスGは羨望と嫉妬の的だった。月経痛に煩《わずら》わされないので、体育の成績がいつも良かった。周期性の、原因不明の情緒の波がありはしたが、しかし、それでも他の少女たちよりもずっと落ち着きがあった。彼女は秘密を守ることに細心の注意を払った。なぜなら、本能で感じ取っていたからだ。女の子の友達付き合いは異分子攻撃がルールだ。群《むれ》から追われた鳥は、美しい結末を迎えない。

彼女の好奇心と焦りは年齢を重ねるにつれていや増した。

図書館とネットから性に関連する生理学の知識を大量に得て、ほとんど絶望した。生きているうちは本当のオーガズムを体験する可能性はほぼなかった。科学技術が飛躍的に発達すれば別の話だが、すでに十六年が過ぎていた。医者たちは、ただ男性の欲求を満足させるための外殻と隙間を作ったにすぎないのに、あなたに正常な人生を取り戻したとのたまっている。

十七歳になろうという時に、彼女はある青年に出会った。メモでメッセージを送りあい、電話をかけ、デートをし、映画を見て、キスをした……恋人たちがやっている全てをやって彼女は、自分がいわゆる「正常な人生」を歩もうとしているのだとほとんど信じかけた。青年が下着の中に手を伸ばしてきて、慌てふためいて逃げるまでは。

彼女の二つ名と伝説とが校内にさっと広まった。彼女は涙にくれ、自殺しようとしたが、思いとどまった。ある種のフェミニズム思想が芽生え始めた。彼女はすでに人生の岐路に立っていた。

口腔性交というものを聞いたことがありますか。医者はごく真面目に訊いた。調査によると、六七パーセントの人間が口腔性交をした経験があり、三四・八パーセントがより満足させられる性交の方法だと考えているそうです。

彼女は、医者の禿頭を見ていた。そのうちの男女の比率については訊かなかった。

口腔粘膜移植膣再建術、まず、膣を再建します。それから自分の体から採取した口腔粘膜を再建膣に移植します。十四日で回復するでしょう。三十日で性交が可能になります。変な匂いもありませんし、出血や癒着も少ないでしょう。口腔粘膜と膣粘膜はもともと同じ組織ですから、本物とかわりないですよ。まあ下に口が増えるというわけですね。

正常なオーガズムを感じることができるんですか?

歯の美白と虫歯治療を含んだ口腔ケアも提供しましょう。医師の耳には届かなかったようだ。術後の回復期には、無料で、バイブレーターか衛生綿棒での練習もできます。

オーガズムを感じられるんですか? 先生?

八五パーセントの女性が、オーガズムを体験せずに一生を終えると言われています。これに関しては力になれませんね。医者は肩をそびやかせた。

彼女は、誰かのための知覚のないセックストイになるのはごめんだった。たとえ、その人物が、どういうわけか、彼女の魂を愛し、その愛によって彼女を喜ばせようという思いに駆られたとしても。女性はそのために存在するのではない。

ミスGは、センチメンタルな高校時代に別れを告げた。ショートカットにし、ユニセックスないでたちに身を包んで大学の門をくぐるや、いくつかのレズビアンサークルが頻繁に接触してきて、熾烈な獲得競争を繰り広げた。数名の女性とある程度深い友好関係を築こうと試した。だが、そうした方法でも渇望を満足させることはできなかった。

大学は、人格と価値観を形成する重要な時期です。自分の人生の方向を見つけるためにも、勇気を持って色々やってみなければなりません。教授はそう言った。

ミスGは言うことを聞く学生だった。各国のポルノ映画を研究し、大麻とLSDを吸い、SMもやった。一度などは窒息ゲームの最中に死にかけた。だが試せば試すほど満足できなくなっていった。まるで一ピースだけ欠けたパズルのようだった。他の絵の部分に注意を注ごうとすればするほど、完成した絵が知りたくなるのだ。発狂しそうなほど。

欠乏は、全ての行動の原始的な動力である。フロイトは、この件については正しい。

ミスGは、外の世界から内なる世界へ興味を移した。もはや感度限界を上げる刺激的な体験を追い求めることはなかった。やればやるほど自分を満足させることが難しくなるとわかっていたからだ。哲学を専攻した。形而上の思弁から、パズルの欠けたピースを探そうとした。だが残念なことに、プラトンからアウレリウス・アウグスティヌス、カント、ラカン、ジジェク、サンギェ・ギャムツォ（一六五三―一七〇五　チベットの学者・政治家）と渡り歩き、理念世界の地図を絶え間なく破壊し、再構築しても、最後には虚無なる砂漠に帰した。精魂を注いだが、オアシスを一眼見ることも叶わなかったのだった。

陽光が燦々《さんさん》と降り注ぐある日曜の朝、教会の鐘の音が風に乗って彼女の耳に届いた。心臓が高鳴った。

信仰とは一種の天に与えられし才能である。ミスGはキャンパス内の各種の大きな宗教サークルに分け入り、信者たちと夜を徹して話をして、やがてこの結論に達した。宗教によって安寧と昇華を得やすい人がいる。大脳のパターン認識のせいかもしれないが、そうした信者は人生における重大な選択に迫られた時、祈禱《きとう》という儀式を通じて、「霊験《れいげん》に触れる」ことに似た精神的な官能症状を得る。それを神と呼んで決定を下す。

彼女は大量の資料を漁った。側頭葉への電気刺激を通じて、大量のエンドルフィンが分泌されると、ほぼ同等の反応を生む。

つまり、選べるランチセットを注文するようなものだ、彼女だって信者になれる。

彼女は、医学部の女性の崇拝者を少しばかり利用した。ちょっとした曲折を経て、必要な器具と薬物を手に入れた。お互いに法律上は何の効力もない免責事項にサインをし、かつ意味深なディープキスをひとつ交わし、二重の保険をかけた。

暗闇の中で、ミスGは、鼓動が深く、速くなっていくのが聞こえた。まるで原始的な部族が叩く太鼓の音色だ。かがり火のようにさかんで、大蛇のようにうねっている。

来た。偽の洗礼者はかくの如く言った。

ミスGは体を大きく震わせた。電撃が混沌たる脳みそをつんざいた。それは白い鳩のように額に降り立ち、頭蓋へしずみ、頸部の後ろへと落ちて、脊髄を伝って全身に広がった。彼女の下顎は微かに張り、顔面部の筋肉は震え、目の縁には涙がたゆたった。巨大な幸福感が熟しきったリンゴのように、抹消神経の隅々までを圧倒した。

それは今まで体験したことのない平和と安寧だった。体の中にあったドアが開いて、果てのない時空へとつながったかのようだ。そこは温かくて明るかった。生命のひとひらひとひらが恒河の砂のように、きらめいて色を放ち、ゆっくりと流れていく。

彼女は涙を流していた。人の創造したる神よ、我にオーガズムを賜《たまわ》らんことを。膣も男性も、もしくは器具も必要としないオーガズムを、真に自由なるオーガズムを。

彼女は気を失った。

目が覚めた時、実験室には誰もいなかった。しばらくしてようやく自分がどこにいるのかを思い出した。

こけつまろびつ建物から出た。体がなぜか熱《ほて》って仕方なかった。真夜中のキャンパスはがらんとして、発情した野良猫が時おり道を行きすぎていくだけだった。湖のほとりまでのろのろとたどり着いた。樹木の影が揺らめき、月は皓々《こうこう》としていた。服の下で皮膚がひきつり、熱を持って、粘ついて触ると変な感じがした。服を脱ぎ去って、よく見た。一陣の夜風が吹きすぎた。月光のもと、彼女の体は湖面のように細波をたてた。鏡のように平らで滑らかだった皮膚は、一面襞状の隆起物に覆われていた。

驚きのあまり、指先でその隆起に触れてみると、それまで経験したことのない強烈な快感が、電撃を受けたがごとく全身を貫いた。こらえきれず大声が出た。また風がかすめた。彼女の体は麦畑のように波打った。小さな一つ一つの隆起の下に、絶大な威力をもつ快感の地雷が埋め込まれていて、爆発させられるのを今か今かと待っているかのようだった。

宿願はついに果たされたのだ。

雨がぽつぽつ落ちてきた。

雨粒が、重力に加速されて冷たく白い月光を穿ち、きらめきながら彼女の皮膚の丘陵に落ちた。それは、また別種の快感だった。素早くかつ密集していた。爆発によって点から線になり、面に広がっていく。時間の感覚を失った。すべての雨粒が同時にぶつかり、また同時に跳ねた。弾丸が、体を貫通していくようだった。痛かった。それはすさまじい虚脱感を伴っていた。体液が雨水と混じり、彼女の体を包んだ。タウナギのようにぬるぬる滑った。助けを呼ぼうとしたができなかった。もうすぐ死ぬのだろう。

雨がやんだ。

ミスGは通りすがりの人間によって病院に運ばれた。体表には如何なる外傷も見られなかったため、いくつかの診療科をたらい回しされた最後に、彼女を手に入れたのは、神経科のS医師だった。簡単な診察と問診の後、S医師はまるでお宝を手に入れでもしたかのように、ほかの予約患者たちをやんわり断り、ドアを締め切って細かく調べ始めた。脳波モニタリング、CTスキャン、fMRI（磁気共鳴機能画像法）も何の異常も見つけることはできなかった。Ｓ医師は、ラテックスの手袋をはめ、繰り返しミスＧを隆起させ、分泌させ、わななかせ、虚脱させた。Ｓは、乾燥した手袋にはめかえた。その顔は平静そのものだ。股間は何の反応も示していなかった。

彼は、初めてミスＧを絶頂に導いた男で、それを止める気は全くないようだった。

彼女は、ある奇妙な感じが湧き上がるのを止められなかった。その男は違う何かに変わっていた。他の四十億の睾丸からテストテロンを分泌する生物とは異なる何かに。どこが異なるのかははっきりとは言えなかったが、彼に触れられたその瞬間に、世界はクラインの壺状にひねくれた。少なくとも彼がメスを手にするまでは。

知っているかい？　Ｓは言った。ＧスポットよりもＡ多く末梢神経が集まっているところは見つかっていない。君は革命を起こすだろう。

探究心旺盛なこの男が愛情やセックスを求めようとは思わないのと同じく、ミスＧは、民衆を導く自由の女神になろうとは思っていなかった。過度に分泌される体液がＳの抱擁から彼女を救った。ミスＧは、オーガズムの幻覚から何とか正気を取り戻し、とにかく逃げた。

全裸で一日散に走った。体液が蒸発し湯気が立ち上った。当時は、それは常軌を逸した行為とみなされなかった。だが唯一交通管理局が憂慮するところではあった。なぜなら、人類の大脳には限界があり、道路状況と疾走する全裸の女性とを同時に注視することはできないからだ。

ミスＧは、空中の監視ドローンによって路肩に引き止められた。彼女の裸があらゆる角度から十五キロ離れた監視モニターのスクリーンに映し出された。合成音声が身分証明を出すように命じた。彼女が道端ののぼり坂にちらりと視線をやる。その動作が捕捉され、拡大され、逃亡の意志ありとみなされた。ドローンが拘束のために電流を放つ。弓なりの光が閃くのと同時にミスGは声を上げて倒れた。

壁のスクリーンの、六十四の方眼に、異なる角度、縮尺、解像度でひとつの胴体が映し出されていた。肌色のさざ波が方眼の間で揺らぎ、行ったり来たりした。それは、尋常とは異なる蠕動だった。監視員が立ち上がると、椅子は大きな音を立てて倒れた。彼は電話をかけた。

目が醒めると、ミスGは、自分がベッドに固定されているのに気づいた。ベッドの脇には様々な機械が並び、四方は白い壁だった。部屋には三人の男がいた。一人は医者のようだ。ちょうど彼女の身体から電極をとっているところだった。もう一人は、横向きに立っていた。タバコをつまんでいたが、吸っていなかった。横目で彼女を品定めし、その表情は読めなかった。三人目は太鼓腹で、ソファに沈んでいた。彼女が目を覚ましたのを見ると、気にかけるようなそぶりを見せた。

あなたは治りますよ、組織の名前において保証します。彼が言った。

ミスGは心許無さを感じたが、なんとか言葉を絞り出した。必要ありません。

立っている男と座っている男が目くばせしあい、笑った。

ミスGがなんとか体を起こそうとすると、横向きに立っていた男が手振りをし、医者が拘束帯を解いた。水色の長い病院服を着ていることに気がついた。ぶかぶかの作りだが、それでも皮膚との摩擦は避けられなかった。思わず喘いだ。三人の男は居心地が悪そうに同時に姿勢を正した。水色の上に点々と濡れた痕が現れ、弓なりの曲線の絵を描いた。

どうやら、新しい服が必要なようですね。立っている男がようやく口を開いた。

三日後、新しい服が届いた。それは、安物でもなければ、金さえ出せば買えるような贅沢品ですらなかった。ミスGのためだけに存在するものだった。見た目は、ごく普通のボディスーツだが、触れてみると、ゴムのような質感があった。特殊な繊維構造にみっしりと微細な気嚢を織り込んであった。衝撃を受けると、気嚢の形状を変えることで圧力を素早く隣接構造に分散させ、ミスGの体表への刺激を最小限に軽減するのだ。

しかも、彼らは色と模様まで選べるという心遣いまで見せた。

ミスGは、鏡に映る銀白色のラインを眺めた。脳裏にSの手中のメスが閃いた。いろんなことが、一度に起きすぎていた。何が起きたのかを振り返ることもできなかった。苦労して追い求めていたオーガズムは、彼女の命をいつでも危うくする不治の病となってしまった。自分が凄まじい速さで老いているような気がした。絶頂に達するたびに心身ともに光り輝くように感じる一方で、言葉では言い表せない何かがひそやかに変わりつつあるようだった。

Sが勃たないのも、もしかしたら同じようなことを経験したからなのかもしれない。

一週間後、ミスターMとP長官がまたやってきて、契約書を取り出した。ぼんやりとこの二人の男は自分を怖がっていると思った。表面的な威厳で、それをごまかしている。彼女はわざと自分の体を撫でてみせた。彼らの切羽詰まった反応を見て笑った。生を受けて以来、ここまで正常なる女性に近付いたことがあっただろうか。

契約は芸能マネージメントの委託に似ていた。しかし、あまりにもくだくだしく、何度読んでも要領を得なかった。ミスターMは契約書を摑むや、部屋の向こう側に放り投げた。そしてあの表情の読めない眼差しで彼女を見据えた。ただ絶頂を楽しむだけでいい。他のことは我々が責任を持つ。ミスGはしばし考えたが、他に選択肢はないようだった。少なくともこの小さな密室にはなかった。

わたしには、芸名が必要なようね。

彼らは大笑いした。もうあるさ。

ミスGの名前は、上流社会に秘密裏に伝わり始めた。公演は招待制だった。かなりの高額で取引きされ、かつ秘密保持が徹底された。ゲストはひとりひとり完全個室のVIPルームで観ることになっていたが、身体に触れることや言葉のやり取りは禁止された。試し興行の段階を経て、ミニチュア版の古典歌劇場の馬蹄型舞台が設計された。ボックスシートはそれをぐるりと取り囲むだけに留められた。一公演につき、最大収容観客数は六十四名、プライバシーが完全に保証されるのと同時に多様なディスプレーモードが準備されていた。最大三十フィートまで拡大可能なモードもあり、産毛すらはっきり見えた。肌色の海に揺蕩いながら、潮の満ち引きをご堪能いただける、というわけだ。

さらに、オークションと投げ銭システムも設定された。インタラクティブに顧客を満足させるのと同時に、最大限の利益を得るのだ。

ミスGは自分が変わっていくのを感じた。

最初、彼女は、ミラーレンズのサングラスとイヤーモニターをつけ、ステージに備えなければならなかった。ステージには彼女一人、白い光のほかは、漆黒の混沌たる宇宙が広がっていた。金も権力もある男たちはその中に身を潜め、彼女のオーガズムによって快感を得るのだ。身体が緊張した。彼らが言ったような、気持ち良くなるだけでいいというわけにはいかなかった。イヤモニが指示をあれこれ伝えてくるたびに、従った。そうするほど純粋な快感からは遠ざかっていった。しまいには、何かの力を借りて目的地に達さなければならなかった。そして、全身をぬめらせながらおじぎをしてステージを下りるのだった。

次から次へとステージセットが変更された。雨の降るなかで、森林で、砂漠で、海底で巨大なタコの怪物と戦い、ベルベットをしいた宮殿の中で拷問を受け、地球外惑星の粘液責めから逃亡し、まるで前世紀の七、八〇年代のB級ポルノ映画のようだった。話はいつも二重の意味で安っぽいクライマックスを迎えるのだった。

ミスGは、自分は誰かを楽しませるための人形のようだと思った。忘れがたき学生時代のあの初体験は、かくも深い象徴主義的な意味を持っていたのだ。風が彼女をもてあそび、雨が彼女を唆《そそのか》した。それは、一般的なゲシュタルトの意味を超越していた。不意に悟った。わたしにはいかなる男も必要ない。風が、水が、光がわたしの男だ。世界そのものがわたしの男だ。

これは、のちに、彼女の性哲学の重要な命題のうちのひとつとなった。

そして、あの真正なる男ども、世界を牛耳っている権力者ども、ミスGはサングラスを取り去り、一面の漆黒の虚空を真っ直ぐに睨めつけた。虫けらのごとく身を潜めるオスに対峙した。あなたたちは、と彼女は唇を薄く開いた。イヤモニからはわあわあいう叱責の声が聞こえてきた。

陰茎に寄生する下等生物に過ぎない。

彼女の音声信号通路が遮断された。世界各地からやってきたＶＩＰたちは、セックスドールの自分たちへの評価を聞きたいなどとは思わないだろうし、善意からとは言えない評価となれば尚更だろう。しかし、状況は変化し始めた。

ミスGが、時代の手綱を握ったのだ。

専門家によれば、第三次性危機がすでに到来しているのだという。人類にとってセーフセックスとセクシャルアイデンティティがテーマであった、第一次・第二次性危機を技術革新によって順調に克服したとするのであれば、第三次危機は根本的な打撃と言える。人類の性感に問題が生じているというのだ。性欲の減退、出生率の低下、人口の高齢化、中性化の傾向、これらは全て表面的な現象に過ぎない。致命的なのは、老いてしなびた陰茎のように、人類が種としての進化の駆動力をなくしてしまったことだ。これこそが恐るべきことだった。

薬やセックストイを使ってもセックスへの興味を喚起できなくなった時に、天から賜れし恩寵のごとくミスGが見出されたのだ。

ミスGの社会的地位もこうして浮上した。彼女はそれを察知し、利用した。

手始めに自らステージセットを手がけた。バスの中でのいざこざ、ファーストフード店での出会い、ジムのトレーニングマシンでのエクササイズ……こうした起承転結と視覚的な面白さを欠いた設定はよく批判されもしたが、後の研究者にとっては貴重な資料となった。こうした日常生活化したステージセットは、ミスGの青少年期における抑圧された性的な幻想を反映しているというのが共通認識となっている。

彼女は、ゲストを見ることを要求した。この業界の旧い伝統にならい、全員マスクを外し、マジックミラーなしでスポットライトの下に集うのだ。

これは大きな波紋を引き起こした。多くが憤慨して席を立った。プライバシーの侵害だというのだ。だが、それから顔面部にモザイクをかける特別な権利が欲しいと課金コードを要求した。

特権も例外もなし、ミスGはこう言った。

ミスターMとP長官はぼんやりとリモコンが白分たちの手から離れたのを悟った。

ミスGは、代わりに無線触覚フィードバックグラブを提供した。ゲストは上演中の特定の時間にはめて、ミスGの身体をヴァーチャルリアリティで触り、相応のフィードバックを得る。濡れ具合すら感じるのだ。この課金サービスは絶賛された。

次いで、彼女はVIPルームの窓の外に小さなライトをつけることを要求した。ゲストが勃起すれば緑に変わり、射精すれば赤に変わる。それから、個室内には体液から精製したフェロモン香水が噴霧された。

ミスGはこうゲームのルールを変更した。

今や、彼女がゲームマスターだった。

ミスGは日常風景のセットの中で感じて濡れると、ゲストの画像を任意に選んだ。暗闇に男たちの、頭が、半身が、裸が浮かび上がった。彼女の眼球の動きによって拡大、縮小、うねり、引き伸ばされた。喘ぎ、体をくねらせ、わななき、体表が台風のように渦を巻くと、例の緑のライトが瞬き、明るくなり、赤に変わり、そして消えていくのが見えるのだった。男たちの反応はほんの少しずつ違うと思った。重力と引き合い、歳月と格闘し、最後にはただ荒く息を吐くだけになり、虚無へと溶けていく。

自分は動物の調教係のようでも、科学者のようでもあると思った。自分の肉体を研究しながら、陰茎に寄生した生命体を研究しているのだ。両者の研究は表裏一体だった。面白くてたまらなかった。

その人物が現れるまでは。

その人物のライトは緑のままだった。個室に足を踏み入れてから、他のライトが夜間航路の灯のように一つずつ赤く変わり、消えていくに至っても、そのライトは明るいままだった。

ミスGは彼の画像を選び、拡大した。平凡極まりない顔に、元の体型がわからないほどぶかぶかな特注のズボンを履いていた。せいぜいそこに知られたくない秘密を隠しているのだろう。持つ限りの技倆を尽くしても、ライトは赤くは変わらなかった。その人物が個室を去る。彼女は敗北と挫折とを感じた。生まれて初めて、その男の全てを痛切に知りたいと思った。

悪いが、もう限界だ。ミスターMは静かに告げた。それに、これが最後のステージになるかもしれない。我々の契約は破棄された。

合法じゃないとでも言うの？　それがミスGが思いついた唯一の理由だった。

違う。ミスターMは笑った。眼差しはやはり読めなかった。風向きが変わったのさ。君は少数の特権階級のものではなく、全人類のためにあるべきなんだそうだ。ただ君にはマネージャーが必要じゃないか。

直感がこう告げた。これはあの男と関係があるのだ。彼女は焦った。舞台のスポットライトと白日のもとではまったく別だ。だが、彼女にはまたもや選択肢はなかった。

広場での初ステージは、惨劇と化した。驚きおののくミスGは軍用ヘリに収容された。足元を見ると、数万人が煮立った海のごとく、沸き立ち、強姦し、奪い合い、踏みつけ、殴り合い、火を放っていた。性的興奮が急速に蔓延しついには暴行となり、伝染病のように広がった。人の群に死体が引きずられ、長々と血痕を描き出しているのを見て、ミスGはあまりの辛さに目を閉じた。

君のせいではない。ミスターMが震えるミスGを慰めた。メディアを通じてのみやるべきだ。

実際のところ、ただのメディアではなく、携帯式のホログラフィーデバイスがライセンス製造された。それには、二十四のベストパフォーマンスが収録され、一般の人々はこれを「イコン」と称した。ダークウェブのソフトウェアマーケットでは、デバイスのハックを高値で請け負うのが見られたが、しかし、技術で解決できる問題は問題とはされなかった。一種の素朴な、シャーマニズム崇拝に近しい信念を持つものたちは、ミスGの伝導パフォーマンスの力は、ライブが最強で、イコンはその次であった。マスメディアはその次、だんだん下がっていき、海賊版イコンは最低だった。敬虔さに欠けると言うのが理由だ。

広場でのステージでは百二十四人が死亡し、数千人が負傷した。集団暴動とされた。

ミスGはすべての依頼を断った。考えに沈んだ。オーガズムは心身に快楽をもたらし、性感を喚起し、心の底に潜んでいる力を解放させる。それは破壊力に満ちていて、制御することも導くこともできない。これはこの世界が必要としているセックスではない。愛で世界を救うという幻想はもうなくなってしまっている。性のステージをやる必要はない。

それなら、わたしの存在意義は一体どこにあるのだろう。

彼女は、またアイデンティティ崩壊の危機に陥った。禅宗の技術を使い、「空」の状態に入ろうとした。声に出して数を数え、呼吸をし、執着をおいて、妄念をしっかりと見つめ、それと交流しながら滅していく。しかしどうやっても心は静かに澄み渡った如来の境地には達せないのだった。ミスGは驚きとともに気がついた。心の中に振り切れないものがある。あの緑のライトの男の他に、メスを手にしたS医師だった。

明らかに二人には共通点があった。ミスGに免疫を持っているのだ。

突然、次の一歩がクリアに見通せた。

そのショーは空前絶後の規模だった。全世界放映権はW杯の開幕式と同価格で売れた。観客は安全確保のために厳しいセキュリティチェックを受けた。ステージのオープニングアクトの陣容も豪華で、カーマ・スートラの集団体操や、催淫エレクトロミュージックの第一人者DJフォーらが登場した。観客の熱気が沸点に達そうというところで、主役がドラマティックに登場した。

ヘリコプターに釣り下がった球体が現れた。球体は、地上から二百フィートほどの高さで止まった。球体は、アリーナのてっぺんの特製の支柱にしっかりとぶら下げられた。全ての巨大スクリーンに球体がアップで映し出された。透明の外殻はサーチライトに照らされて、玉虫色の光を放っている。ミスGは半透明のボディスーツを身につけ、胎児のように身を縮めて球体の中に浮いていた。

爆音のような歓声が沸き上がった。ライトは次第に暗くなっていき、戴冠か洗礼の儀式を待っているかのように会場は静まり返った。

光の柱が下から伸びて球体にぶつかり、屈折して、噴水のように四方に光を投げかけた。色彩が電子ドラムの痙攣するような音色に従って変幻する。観客たちはドラッグなしにも関わらず、世紀のトランスパーティーにいる気分だった。光と色が網膜の上で踊り、融合して溢れ出した。信者たちの神経を猛烈に刺激した。過度の興奮により失神した肢体を医療スタッフがひっきりなしに運び出した。

ミスGは、ゆっくりと身体を伸ばした。何億年もの生命体の進化をなぞり、最終的に人の形になった。彼女は、七色の光の下の敬虔なる人の山を見つめていた。両手を大きく広げた。聖なるマリアさながら微笑んだ。

スクリーンに巨大な蛍光色の字が閃き始めた。全観客がリズムに合わせ声を揃えて叫んだ。

MAKE ME COME！

MAKE ME COME！

MAKE ME COME！

緑のビームが観客席から放たれ、一面の夜空を貫いて球体に照射された。スクリーンは、アップに切り替わり、緑色のビームが外殻で屈折し、ミスGの胸元に当たった。光覚ボディスーツがきらめいて青白い超小型の稲妻を次々と生み出すと、皮膚に伝わり、毛穴を隆起させた。女神の唇が薄く開き、喘ぎ声がアリーナを覆うドルビーシステムを通じて会場全体に響き渡った。人の波がほぼ同時に湧き上がった。スクリーンにはまだ波打つ皮膚が大写しになっていた。

観客はようやく座席の下のペンライトの使い道を理解した。

無数の雨にも似たビームが光の球に向かって降り注いだ。アリーナ中央に非対称の光の円錐が形成された。ビームは球体の内部に集まり、怒り狂った潮の如く、ミスGを飲み込んだ。モンスーンの季節の南太平洋の層雲さながら、プラズマが彼女の体の上で欲しいままに弧を描いた。乳頭、腋窩、鼠蹊部、耳朶、臍部、掌……今や、彼女自身がゆったり渦を巻くフラクタルになったかのようだった。皮膚と筋肉が肢体に高度に相似した螺旋の形態を描き出した。マンダラにも似ていた。終わることのない汁液と快楽を生み出し続けていた。

これらすべてがホログラフィースクリーンを通して、人々の視野を直撃した。人の群は狂瀾に陥った。

セキュリティは緊急事態に備えたが、局面はコントロールを失いつつあった。

ミスGは、狂乱の中において、あの最初の雨の晩に戻ったようだと思った。彼女は、暴風雨のような光のカーテンを通して夜空をみた。星々が瞬いていた。何も変わっていなかった。オーガズムの中の人類は、依然として時空の制約を受け、その知覚に囚われている。不意に、心の中が澄み渡り、静かになった。一切合切がその時に凝固した。きらきらひかる水滴、ちらちら眩《まばゆ》む埃、入り乱れる光の粒、そして世界の全てまでもが。

やめて。彼女は言った。

やめて。

光の線が球体からしなびて枯れていった。音楽がやんだ。人の群は沸騰から少しずつ醒め、訳がわからず、思考の代替物であるスクリーンをみた。彼らにとって目にするものが、得るものだった。ミスGは湖面のように平静だった。顔の液体をぬぐい、十万ものリビドーの信者たちに向かって、アンチオーガズムを献上することにした。

オーガズムなんて存在しない、彼女は言った。ただふりをしていただけ。

一切皆これ幻覚なり、一切自我を源とし、一切終に寂滅に帰す。

観衆は、その俳句のような言葉の羅列の意味を理解しようとした。彼らは幻滅し、泣き始める人や憤怒のあまりにセキュリティのバリケードを突破しようとするものもでた。しかし、多くは、ただ静かに起き上がり、席を離れて退場した。それまで感じていた性の衝動が生命のうちから色褪せ、なくなっていくのと同じように、ただ時間の問題だった。人々の心を打ち砕いた映像は、衛星通信を通して、地球の人口の八五パーセントの人々を覆い、全世界が賢者モードに突入した。

ミスGは、惨状を目の当たりにし、虚脱しきった。彼女は嘘を言わざるを得なかった。救世主という役割を演じる力はもうない。偽りの希望は、彼女と全人類とを破滅させうるものだったし、彼女にできることは、ただセックスの権力を一人一人に返すことだけだった。

彼女にとって思いもよらなかったのは、自分がどうなるかだった。

「寒冷赤道」と名乗る過激なカルト組織が、ミスGを詐欺と神への冒瀆行為により、組織の構成員による処刑の対象とした。しかも、その方法は、風刺がきいていた。オーガズムにより死に至らしめるというのだ。

彼女の特殊な体質は、整形手術がもたらしうる後遺症を受け入れることはできなかった。ただ、名前を隠して、国境から国境へと逃亡するしかなかった。彼女は、かつての顧客に庇護を求めたこともあった。その多くとは、雲ともなり雨ともなった仲だったが、彼女は無情にも拒絶された。理由は、彼女を追う人間たちと同じだった。騙されたからだというのだ。さらに皮肉なことに、真相を知ってからは、ミスGのステージは、彼らにとって性感を髪の毛一筋ほども刺激しないものになっていた。

だから、ある意味では、わたしは騙してはいないのよね。ミスGは思った。

幸いにも、ミスターMは約束通り、巨額の報酬と契約破棄の賠償金を払ってくれた。彼は大きく腕を広げ、そして下ろした。最後に淡々と体に気をつけろ、とだけ言って黒のキャデラックの中に消えた。

逃亡は難しかった。特に、ミスGのような目立つ人物にとっては。

彼女は大枚を払って滅多に人が訪れない地に身を隠した、さらに多くの金を使って、使用人を雇った。敏感な体質が必要とする特殊な器具は人の目を逃れることはできず、ミスGは、数年の間、渡島のようにアルプス山脈の麓からフブスグル湖のほとりまで、一時はトンガ共和国の無人島を借りることすらしたが、平穏な時はいつもわずかばかりだった。「寒冷赤道」の勢力が目を光らせており、彼女の首により高い賞金と栄誉をかけた。

最後に僥倖にして難を逃れたのは、ニュージーランドの南島のミルフォード・サウンドでのことだった。親切な現地のガイドが彼女に告げた。外から来た粗暴な数人組が、テ・アナウ湖に向かう道路を車両で塞ぎ、ミスGの写真を見せている。駅もなく、定期客船もなく、周りは切り立った崖や氷河しかない。ミスGは、絶望に苛まれて細身の青年を見た。青年は彼女の視線を避け、水面に逆さまに映るマイターピークに目を落とした。

彼らの乗った船が止められた。

船の運航会社も買収されたのだった。体格のいい幾人かの男が、なんの身分証明も示さずに、船倉の捜索を始めた。そこには何があるんだ、リーダー格の男が看板のハッチドアを指さした。

魚だよ。青年はハッチドアを開けた。生臭い匂いが広がった。死んだ魚だよ、とつけ加えた。

リーダー格は、眉を顰めて後退った。ジーンズの男に下りて調べるように目配せした。男はぽっかり空いた入り口までいくと、一言呪詛を吐き、息を止め、袖を捲《まく》って魚の中に手を突っ込んだ。

ミスGの全身は滑っていた。生臭さでほとんど失神しそうだった。周囲の死魚がかき回され始めた。細かな鱗が皮膚を擦る。全身の力を振り絞って呻きを噛み殺した。その時、踵が撫でられた。強烈な快感に襲われ、筋肉の震えをコントロールできなかった。

ジーンズの男が顔色を変えた。手を引き抜くと、真っ青な顔の青年を凶暴に睨みつけた。数秒後、男は船のへりから嘔吐した。

クソッタレ、まだ死んでねえのがいる。咳き込みながら罵った。

ミスGはこうした生活がほとほと嫌になった。彼女は、自らの始末をつけることにした。永遠の処女の身で処刑される前に。

生まれ故郷の、オウコチョウが咲き乱れる都市に戻った。実家から少し離れたホテルに滞在し、遠くから老いた両親を眺めた。昔の光景が昨日のことのように眼前に甦る。自分はもうとっくに老いてしまっていた。何かを残したかった。金銭以外、しかし何も残すような価値のあるものはなかった、特に思い出は。

両親のほかに、彼女は誰かを本当に愛したことはなかった。生命の全てを賭けてオーガズムを追求し、そしてそのために死ぬ。全てがオーガズムの人生など、クライマックスがないことを意味するのかもしれない。どこが間違っていたのかわからなかった。他の人と違う人間になったがために、それによって全てを失って普通の人間になってしまった。もしくはその逆かもしれない。それとも有限なる肉体を弄して無限の境地を愚かにも求めようとしたからだろうか。万物は有限だ。宇宙も、自由も、愛も。

オーガズムもその例に漏れない。

彼女は自らの信者となった。そしてもう犠牲にするものはないのだと知った。千々《ちぢ》に入り乱れる考えの中で、ホテルのジャグジーのスイッチを入れた。十六のノズルは五段階のコントロールがきいて、様々なプログラムが選べた。この逆巻く液体の中で脱水で死ぬのだ。

ミスGは、深呼吸して、体を沈めた。快感が、決して絶えることのない快感が体を包みこんだ。彼女は水流よりも激しく体をくねらせた、めまいに襲われ、むせて水を吐き出した。おわりのないオーガズムが肌をインチ毎に、毛穴のひとつひとつを刺し、痛かった。少し後悔してスイッチを切ろうと手を伸ばして、足を滑らせた。もう精も根も尽き果てバスタブから起き上がる力もなかった。重力が体を沈めようと下に引っ張る。ねばつく体液が地下水脈のように湧いてきた。視界がぼんやりし始める。あの、馴染みのある時間が凝固していく感覚が彼女をとらえた。樹脂に捕らえられた羽虫のようだ。

一切皆これ幻覚なり、一切自我を源とし、一切終に寂滅に帰す。

一切終に寂滅に帰す。

寂滅。

大きな手が彼女を水中からすくい上げ、地上に引っ張り上げた。そして体をひっくり返して、顔を下に向けさせ、背中を押して水を吐き出させる。ミスGはむせて、水と血の飛沫を吐き出した。彼女はその人物の顔を正面から見たわけではなかったが、だが、ぼんやりとした意識の中で泡沫が浮上するようにある顔が形作られた。

あの永遠なる緑色のライトの男だった。

彼だ。彼の眼差しは思い遣りに満ちていた。欲望ではなかった。世界はまたクラインの壺状にひねくれた。

助けてくれたのね。ミスGは、そんなお決まりの文句が自分の口から出るなど思い描いたことすらなかった。

いや、君がわたしを助けたんだ。

男は、ミスGの手を自分の股間へと導いた。手に触れたのは硬い何かだったが、陰茎ではなかった。何か容器の形をした保護装置だった。何かがわかったような気がした。もう一人の、心からの願いを実現したい信者なのだろう。

わたしが何を経験したかは君には理解できないだろう。男は小さな声でいった。もし君がいなければ、わたしは一人で生きることはできなかった。

ミスGは彼を見た、稲妻によって分かたれた自分の半身を見るかのように。

わたしし以上にわかる人はいないでしょうね。彼女は言った。

ミスＧとミスターＦは大海に面して並びあっていたが、寄りかかりあってはいなかった。海風が顔を撫でた。二人は言葉を交わさなかった。身じろぎもしなかった。ただそこに立ち尽くし、両目を閉じていた。波濤が砂浜に打ち寄せ、痕跡を残し、そして何も残さなかった。

彼らは時間を、空間を忘れ、忘却したことを忘れたようだった。

海と空との間の休止符のように、長い間立ち尽くしていた。

そして彼らは到達した。ゆっくりと、猛烈に、濡れて、同時に、到達した。

水星播種《すいせいはしゅ》

王晋康《ワン・ジンカン》

浅田雅美 訳

壮大な叙事詩の如き事件も、発端はありきたりだった。二〇三二年の万物が息を吹き返す季節。この日は一千万元の商談がまとまり、夜は「得意楼《ドーイーロウ》」にクライアントを招待して宴会が開かれた。帰宅すると既に十一時、息子はもう夢の中だったが、妻の田 婭《ティエンヤー》はまだベッドサイドで私を待ってくれていた。血管内でいまだ燃え止まぬアルコールのせいで目が冴えていた私の取り留めのない話に、妻はお茶を一杯入れてくれ、寄り添ってつき合ってくれた。私は言った。「田婭、私の人生は順調そのものだよ。まだ三十四歳だが、二千万元もの資産があり、ビジネスでも成功し、美しい妻と愛しい我が子にも恵まれた。これ以上何を望むというのだろう！」僕が酒に酔っているのがわかっている妻は、言葉を返さず口をすぼめて笑った。

ちょうどそのとき、電話のベルが鳴った。出ると、ディスプレイには男性の姿。がっしりとした体格に、きちんと整えられた白髪、もの静かさの中に鋭さを湛えた眼差し。彼は微笑を浮かべ尋ねた。

「陳 義 哲《チェン・イージョー》さんでいらっしゃいますか？　私は弁護士の何 俊《ホー・ジュン》と申します」

「陳義哲は私ですが、あの……」

何《ホー》弁護士は手で私の質問を遮《さえぎ》り、笑って「誤りのないことは承知していますが、やはり確認させていただきたいので」と言い、私のＩＤ番号、両親の名前、会社名を読み上げた。「この資料に誤りはありませんね」

「ありません」

「さて、これは正式な通知です。私のクライアントである沙午《シャー・ウー》女史はあなたを遺産相続人に指定しています。沙午女史は五年前に逝去されました」

私と妻は訝しげに顔を見合わせた。「沙午女史？　覚えがないが……あ、そうだ！」幼い頃、父の客人にそういう名前の女性がいた。遠縁のおばだという。彼女は当時四十歳くらいで背は低く、独身で子供はおらず、高潔で無欲な性格の人だった。私が幼少の頃抱いていた印象では、彼女はいつも部屋の片隅に座り、そんなにも親しくはない私を静かに観察していた。その後、故郷を離れてから彼女の消息を聞くことはなかったが、なぜ私を遺産相続人に指定したのだろう？「沙午おばさんのこと、思い出しました。お亡くなりになっていたなんて本当に悲しいです。彼女にお子さんがいらっしゃらないのは知っていますが、他に近親者はいらっしゃらないのですか？」

「いらっしゃいますが、彼女はあなたを唯一の相続人に指定しています。理由をお聞きになりますか？」

「教えてください」

「やはり明日にしましょう。明朝九時にそちらへ伺います。よろしいですね？　では、失礼致します」

ディスプレイは暗転し、あまりにも突然のニュースに、私は何が何だかわからないまま妻の方を見た。妻は口をすぼめて笑った。「義哲《イージョー》さん、あなたの人生は確かに順調ね。ほら、また遙《はる》か彼方から遺産が飛んでくるなんて、数億元あるかもしれないわね」

私は首を振った。「そんなはずはない。沙午《シャーウー》おばさんは科学者で、収入は多かったけれど、サラリーマンには違いなかったから、そんなに多額の遺産はないはずだ。だけど私は感動しているよ。彼女はどうして私のことを気に入ってくれたんだろう？　ねえ、君の夫にはたくさん長所があるかい？」

「もちろんあるわ。そうでなければ五十億人の中からあなたを選ぶはずないじゃないの」

私は笑いながら妻をギュッと抱き締め、ベッドまで連れていった。


翌朝、何《ホー》弁護士は時間通りに来社した。私は秘書に、ドアを閉めて部下に邪魔しにこないように伝えろと命じた。何弁護士は黒革のバッグを膝の上に置いた。彼はすぐにバッグを開け、遺書を取り出し読み上げるだろうと私は思っていたが、彼はそうせず、小さく溜息をつき、言った。

「陳《チェン》さん、恐らくこれは私の生涯で最も困難な弁護士業務です。なぜか？　後々《のちのち》わかりますよ。まずは、私のクライアントがあなたを遺産相続人に指定した理由を説明いたしましょう」

彼は続けて、「あなたが二歳の頃の出来事ですが、覚えていらっしゃるでしょうか？　当時あなたは短い単語を少し喋れるようになったばかりでした。ある日、ご両親があなたを抱いて遊びに出かけましたが、沙《シャー》女史も一緒でした。あなた方はあるレストランで牛を屠《ほふ》っているところに出くわし、辺り一面血だらけで、牛は目から涙を流していました。あなた方はそこで足を止めることはなく、大人たちはあなたがこの出来事を心に留めているなんて思いもしませんでしたが、帰宅後、あなたはずっと青ざめた顔で塞ぎ込み、繰り返し『ナイフ、殺す、ナイフ、殺す』と呟《つぶや》いていました。あなたの意図を咄嗟《とっさ》に理解したあなたのお母様が、『あの人たちはナイフで牛を殺した、牛がかわいそうだと、あなたは言っているのね？』と言うと、あなたは急に天地を揺るがすような大声で泣き出し、どんなになだめても泣き止みませんでした。このことがあってから、沙《シャー》女史はあなたが生まれつき仁者の心を持っていると、注目するようになったのです」

　私はこの出来事についてよく思い出そうとしたが、全く何も覚えておらず、結局慚愧《ざんき》の表情で首を振るしかなかった。何《ホー》弁護士はさらに話し続けた。「もう一つの出来事はあなたが七歳になってからのことです。沙女史のお話では、当時のあなたは七歳とは思えないほど早熟な子で、いつも眉を顰《ひそ》めてもの思いにふけっていたり、大人に風変わりな質問をしたりしていたそうです。ある日、あなたは沙女史に尋ねました。目を閉じると、空虚でも、真っ暗闇でもなく、漂い動く無数の微細な粒や隙間や何かがまぶたに浮かぶものの、はっきりとは見えない、それはなぜかと。あなたはいつも目を閉じて見極めようとしていましたが、できませんでした。焦点を合わせようとすると、それらはあなたの視界からゆっくり滑り出ていってしまうからです。あなたは沙女史に尋ねました。このごちゃごちゃしたものは何なのか、自分たちに見えている世界の背後には、もう一つ見えない世界があるのか、と」

　私は頷いた。胸が熱くなり、少しばかりこみ上げるものがあった。子供時代、私はこのほとんど意味を成さない問題を解決しようと四苦八苦していたが、答を見つけることはできなかった。今でも、目を閉じると、まぶたには無秩序に散らばる点々が浮かび、確かにそこにあるのに、けっして他者が目にすることはない。それは、瞳孔の微細構造が網膜に映ったものにすぎないのだろうか？　あるいは別の世界（ミクロの世界）の投影なのか？　現在の私には、この問題を探求する心のゆとりはもうないし、探求したとしても何の意味があるというのだろう。だが子供時代の私は、確かにこの問題に夢中になっていた。

こんな些末《さまつ》な出来事を覚えている人がいたなんて思いもよらず、私は恐怖さえ感じた。人は一生のうちに、どれだけの人間の目によって観察されるのだろうか。何《ホー》弁護士は私の瞳の奥をじっと見つめ、笑って言った。

「思い出されたようですね。そのときに、あなたが生まれ持った資質、そして科学との宿縁《しゅくえん》に気づいたと、沙《シャー》女史はおっしゃっていました」

沙午《シャー・ウー》おばさんの遺産とは恐らく科学研究に関するもので、未完成の重要課題を私に解決してもらいたいのではないか、そう私は推測し、感動する以上に苦笑してしまった。少年時代、私は確かに探究心が強かった。磁石に引きつけられる砂鉄にも、太陽の方向を向こうとするヒマワリの花にも夢中で、宇宙の神秘を知り尽くした科学者を夢見ていた私だったが、最終的にはビジネスの道に進むこととなった。人の運命というものは自分で全てを決めることはできないのだ。

「私を高く評価してくれて、沙午おばさんには感謝します。だが私は一介のビジネスマンにすぎません。ビジネスの世界ならばそこそこやっていけるでしょうが、高等教育を受けていませんし、本当に天賦の資質が有ったとしても、それはもう枯れ果ててしまっているでしょう」

「問題ありません。彼女はあなたに大きな信頼を寄せています。あなたはひとたび悔い改めれば、たちどころに悟りを開くことができるのだと、沙女史はおっしゃっています」彼は強調して言った。「ひとたび悔い改めれば、たちどころに悟りを開くことができる。これは沙《シャー》女史の言葉そのままです」

私は感動したが、いささか可笑しくもあった。沙午《シャー・ウー》おばさんは私のことを咎《とが》めているようで、「罪を犯して果てしない苦境にあっても、改心すれば救われる」なんて言いそうだ。しかし、もし遺産相続が輝かしいビジネスライフからのリタイアを意味しているなら、沙午おばさんはがっかりするだろう。だが、私は依然として礼儀正しく客人と話を続けた。世故《せこ》に長《た》けた何《ホー》弁護士が私の心の内を見抜いているのは明らかだった。彼は笑って言った。

「先ほども申し上げましたが、これは私の生涯で最も困難な弁護士業務です。この遺産を相続するか否かの決定は、なにとぞ真剣なご検討の後にお願いいたします。拒否することもできますので」彼は恐縮している様子で言った。「申し訳ありません。現時点では私はまだ遺言の内容を明らかにすることはできないのです。クライアントの取り決めに従い、まずこの研究ノートに目を通して下さい。もしあなたがこのノートに何も興味を覚えなければ、これ以上立ち入った話し合いはいたしません。時間を取ってじっくりお読み下さい。これは遺言者が希望していることです」

彼は黒い手提げバッグから薄いノートを取り出し、丁重に私に手渡すと、微笑んでその場を後にした。

老練な何弁護士は私の好奇心をくすぐることに成功した。私はそそくさと一日の仕事のスケジュールを調整すると、ノートを持って帰宅した。家には誰もおらず、私は書斎に入るとドアを閉め、ノートを真剣に詳しく観察した。表紙は黒ずみ、すり切れており、明らかに数十年前の古いノートだった。私の手の内にあるそのノートは、あまたの辛酸を舐め尽くし、ひたすら秘密を守り続けている老人のようだった。このノートにはどんな秘密が隠されているのだろう？

私は慎重にノートを開いたが、そこに秘密など何もなかった。それは感想や覚え書きと実験記録を書き留めた単なる普通の研究ノートだった。言葉遣いは洗練されていたが、内容を把握するのはなかなか難しく、私は真剣に読み進めていった。読んでいくうちに、私は短い文章に巡り会った。この千字にも満たない短い文章が、私の人生を左右することになったのだ。

『生命のテンプレート』

二十世紀後半、アメリカの科学者ファインマンとドレクスラーはナノテクノロジーの開拓者となった。彼らによれば、古来人間は「トップダウン」手法により、切削、分割、組み合わせ等の方法で物作りをしてきた。では、なぜ我々は「ボトムアップ」できないのだろう？　大量に自己複製が可能なナノロボットを製造し、塵を原子に分解させ、それを積み上げて石鹸やナプキンを作らせるという構想は可能だ。このとき、生命と非生命、製造と成長の間の境目は曖昧になり、互いに領域を侵しあう。

これが素晴らしい構想であるのは間違いないが、残念なことに重大な欠陥が存在する。それはナノロボットが大量に自己複製を行う際や、ナノロボットが原子を積み上げて石鹸やナプキンを作る際、彼らが必要とするプログラムコマンドはどこから来るのかということだ。紛れもなく、コマンドはやはりトップダウンで与えられ、マクロの世界からナノの世界への情報のボトルネックを生み出している。このボトルネックは解消不可能なものではない。だがこれが原因でナノロボットはとてつもなく複雑になり、ボトムアップ手法の積み上げを実行不可能なレベルにまで面倒にするのだ。

簡便な正真正銘のボトムアップ手法は存在しないのか？　存在する。それは自然界の既成事実――生命だ。エイズウイルス、大腸菌、ネマトーダ、蚊などのような最もシンプルな生命であっても、その構造は至極複雑で、自動車やテレビなどのメカを遥かに凌駕している。だがこのような複合体はＤＮＡに潜むコマンドに従い、ボトムアップで構築されている。そのプロセスは高効率かつ低廉《ていれん》だ。考えてみてほしい。メカ的な方法で蚊に劣らない性能を持つヘリコプターを作ろうとすれば、どれだけの労力を強いられるだろう！　どれだけの費用が必要だろう！　ところが蚊の発育には、卵と汚水さえあれば十分なのだ。

生命体は極端に複雑で精巧だ。だから人は神秘の眼差しを向け、神のみが唯一の創造主だと考えた。生命体が作り出されたプロセスは、人類にとって永遠に解き明かしえないブラックボックスなのだと。だが実際はそうではない。還元主義というメスで解剖すれば、それが自己組織化プロセスにすぎないことは明らかだ。ビッグバンで形成されたクォーク、地球の岩石圏、石膏と塩化ナトリウムの結晶、六角形の雪など、宇宙の万物は全て自己組織化により形成されている。宇宙を支配する四つの力、すなわち強い力・弱い力・電磁気力・重力は、複雑な組織の自発的構築を促す万能接着剤だ。

生命もある種の自己組織体だが、自己組織体の中でも高レベルである。何が違うのか。非生命物質の自己組織化プロセスにテンプレートは必要なく、あるいは必要だとしても、宇宙のどこにでもあるシンプルなものだ。だから太陽から百億光年の距離にある恒星も同じ成長プロセスをたどる。バーナード銀河（ＮＧＣ６８２２）の惑星で雪が舞っても、その雪は決して五角形ではなく、やはり六角形なのだ。だが生命体の自己組織化には、千載一遇のきっかけと果てしない年月をかけた進化を経てのみ生み出される複雑なテンプレートが必要だ。いずれにせよ、生命体構築の本質は物理的プロセスの一種である。化学結合（実質的には電磁気力）に促され、原子は自動的に積み上げを行って原子団を形成し、原子団は変形、拡大発展、うねりを経て生命体が作り出される。

超小型ヘリコプターを作りたい？　仮に、蚊の卵に似たテンプレート（もちろん吸血機能は不要）を見つけ、それを孵化させ、育てるとしたら……、なんて簡単な作業なのだろう！

だが、蛋白質ベースの生命体には、脆弱すぎる、寒暑に弱い、放射線に弱い、短寿命、低強度など、致命的な弱点がある。それならば、ケイ素、スズ、鉄、アルミニウム、水銀等の金属原子を用い、生命体の構築原理に則って、「ボトムアップ」でナノロボット、或いはナノ生命体を作り出せないだろうか？

三十年にわたる模索を経て、SiSnNa（ケイ素・スズ・ナトリウム）生命体の最もシンプルなテンプレートを作り出したと、私は考えている。

天賦の科学的才能が備わっていたからなのか、この飾り気のない文章に私はすぐに惹きつけられた。広い複雑な世界を分析し、明瞭な筋道が示されている。特に結びの簡潔で素っ気ない宣言は、科学の門外漢であったとしてもその重みを推測できる。SiSnNa生命体のテンプレート！　高強度で、既存生命様式とは全く異なる新生命体！　きっと、私が手にする遺産はこれに関連するものに違いない。

私はすぐに何《ホー》弁護士に電話をかけ、単刀直入に尋ねた。「何先生、SiSnNa生命体とはどのようなものですか？　今どこにあるのですか？」

何弁護士は電話口で大笑いした。

「沙《シャー》女史の読みは大正解でした！　彼女はおっしゃっていました。あなたは私に電話をよこすでしょうと。そして、もし電話をよこさなかったら、そこで仕事を中止してもらって構わないとも。彼女のあなたを見る目に狂いはありませんでした。さあ、ご案内しましょう。新型生命体は彼女の個人研究室にいます」


沙おばさんの研究室は郊外の小さな丘の上にあった。コンパクトな平屋建てで、中では二名のスタッフが静かに作業をしていた。私は何弁護士と施設を見学し、彼は噛んで含めるように説明してくれた。沙女史の弁護士になって十年、自分はもう半分ナノサイエンティストですよと、何弁護士は言った。彼は研究室の核心部――いわゆる「生命の坩堝《るつぼ》」に私を連れていった。四方は分厚い煉瓦で覆われており、頑丈な断熱扉を開けると、真正面から焼けつくような熱い衝撃波に襲われた。中は百平方メートルほどの大きな溶融池《ようゆうち》で、ダークレッドの溶融金属がゆっくりと渦巻いていた。加熱装置が見えなかったが、恐らく溶融池の下に隠されているのだろう。溶融池の上を漂う高熱でひずんだ空気越しに見えた真正面の壁には、平凡な容貌の中年女性の像がエッチングされていた。何《ホー》弁護士が言うには、あれこそが沙《シャー》女史だそうだ。彼女は黙って灼熱の溶融池を見下ろしていた。慈愛に満ちた眼差しは、いかにも物寂しげで、まるで太古の女媧《じょか》（古代神話に登場する人類を創造したとされる女神）が自ら泥をこねて作った小さな人間を見ているかのようだ。

何《ホー》弁護士は私に言った。これは融点の低い金属（スズ、鉛、ナトリウム、水銀等）の混合溶液で、その中にケイ素、鉄、クロム、マンガン、モリブデン等の高融点物質を散布してあり、ナノレベルサイズの高融点物質は溶液中では固体形態を維持する。我々のアメーバ——すなわち沙女史の言う新型生命体——はまさにナノレベルの固相原子の集団を骨格とし、液相金属を捕獲し作られる。溶融池は年間を通じて摂氏四百九十度プラスマイナス八十五度に保たれており、アメーバにとって最適な生存環境となっている。「さあ、彼らの真の姿をご覧下さい」

そう言って彼がボタンを押すと、そばの壁に映像が映し出された。映像は恐らくX線断層撮影法《トモグラフィー》で撮影されたものだろう。映像は次々と溶融金属を通り抜け、微小で奇妙な形をしたもののところでストップした。色度を見ても、周囲の溶融金属とほぼ見分けがつかないが、つぶさに観察すると、その物体は周囲を薄い膜で囲まれていて、懸命に蠢《うごめ》きながらどろどろの溶融金属の中でゆっくりと前進している。常に変形しながら、背後にはかすかに痕跡を残していたが、その痕跡もあっという間に消えてしまった。

「これが沙女史の創造されたアメーバであり、ナノロボット、もしくはナノ生命体です。このサイズの自己組織化活動では、ロボットと生命体という異なる概念が一つになってしまうのです」何弁護士は続けて言った。「これは数百ナノメートルというサイズで、自己複製でき、体膜を通り抜け外界と新陳代謝を行うことが可能です。しかしこれが餌を食べるのは体を作る材料（特に固相元素）を提供するためで、エネルギーは提供しません。餌というのは実は光で、体膜に無数の変換装置《トランスデューサー》があり、〝筋肉〟たる金属にコンピュータが働きかけ運動させるのです」

私はスクリーンを凝視し、小声で呟いた。「不思議だ、全くもって不思議だ！」

「ええ、地球上の生命体とは全く異なります。これの死と繁殖はもっとミステリアスです。一匹のアメーバの寿命はわずか十二〜十六日間ですが、その間に、蠢き、貪り食い、成長し、それから丸く縮こまり、外殻を硬化させます。殻の中の物質が〝破裂《ブラスト》〟を起こし、少数の小型アメーバに再合成されますが、ブラスト時、どのように子孫に生命情報が伝達されるのか、沙《シャー》女史は生前明らかにしませんでした」

「繁殖スピードは速いのですか？」

「速くはありません。溶融金属中のアメーバは一定の密度に達すると自動的に繁殖を中止します。適した固相材料を使い尽くしてしまうことが内在的原因だと、私は考えています。ほら！　早くご覧下さい！　ちょうどブラストしそうなアメーバをレンズが捉えましたよ！」

スクリーンでは、アメーバの外殻が硬化し、ゆっくりと逆巻く溶融金属の中でもその形は変化しなかった。間もなく、殻の内部で爆発が起こって一筋の電光が走り、殻の内部の物質が激しくかき混ぜられたかと思うと、またあっという間に静かになり、四つの小さな玉に分裂した。それから殻は破裂し、四匹のアメーバが体をくねらせ、四方へ向かってゆっくりと動きまわった。

私は呆気にとられたが、心の中は荘厳な響き——荘重で力強い天籟《てんらい》か、あるいは宇宙のリズムが鳴り響いていた。多くの科学者が生命の極限環境について述べてきたはずだが、五百度もの溶融金属の中に金属生命体が、水や空気に依存しない生命体が存在するなんて、考えた人はいなかっただろう。この生命のテンプレートの合成はなんとも困難な作業に違いない。神が十億年かけて成し遂げた仕事を、沙午《シャー・ウー》おばさんはどうして数十年の研究で作り出すことができたのだろう？　私は沙午おばさんに対する畏敬の念で胸をいっぱいにしながら、彼女の像を眺めていた。何《ホー》弁護士は断熱扉を閉じ、私を事務室に連れ戻った。彼は言った。

「この生命体はまだかなり荒削りです。体内の光トランスデューサーの効率もまだ一般的なソーラーパネルに及びません。何代にもわたる進化を経た後、この生命体は地球の生命体と同じように精巧なものになるだろうが、それにはきっと数億年かかるはずだ、と沙《シャー》女史はおっしゃっています。少なくとも私が引き継いでから五年間は、こののんびり屋たちは少しも変化していません」

私は尋ねた。「ここは個人研究室ですよね？　政府のサポートは得られなかったのですか？」

「ええ、理由は――あなたにもわかるでしょう。プラグマティズムの観点から考えると、この研究は恐らく数千万年経っても何の価値も出ないものでしょうから。沙女史は研究を開始した当初、高温に強く、実用的価値のあるナノロボットを作りたいと考えていました。その後、運命のいたずらによりこの小さなアメーバが作り出されたのですが、実際の用途は見つからないままでした。沙女史は逝去後、遺産を使い生命の坩堝の運転を継続するよう私に一任されたのですが、その資金も間もなく尽きてしまいます」

彼は私を見つめ、私は彼を見つめた。両者ともこの話の意味するところを理解していた。沙《シャー》おばさんが私に残したのは、実際は負の遺産だったのだ。ひとたび受け取れば、この坩堝に資金を大量投入せねばならなくなる、財産が底をつくまで。底をついたら……底をついたらどうすればいいのだろうか？　また私のような愚かな感動屋を探すのだろうか？

だがいずれにせよ、私には拒みようがなかった。この生命体は未発達ではあるが、物質世界からは逸脱している。名手が偶然作り出した唯一無二の作品であり、生存し続ければ、地球生命体の輝きを再現できるかもしれないのに、自分のせいで命を奪ってしまうことなんてどうしてできるだろう。一筋の春の水が、積もった雪をひそかに溶かしていくように、子供の頃に科学に対して抱いていた複雑な思いがいつの間にか復活していた。私は溜息をついた。「何先生《ホー》、遺言を読み上げて下さい」

「ああ、だめです」何弁護士は笑って言った。「沙女史の取り決めでは、第二の手続きがあるのです。まずこの手紙に目を通して下さい」

彼は革のバッグからしっかりと封をされた手紙を取り出し、丁重な手つきで渡した。私は訝《いぶか》しみながらもそれを受け取り、封を開けた。便箋には筆記体で無造作に二行、驚愕の内容が書かれていた。

「我が遺産の相続人へ
　真の生命体は囲いの中では飼育できない、太陽系で養殖に最適な場所は——水星だ」

私は呆気にとられ、口はきけず、こめかみの血管はどくどくと脈打った。老練な弁護士は笑っているような、いないような顔つきで私を見ていた。私がこの手紙にショックを受けることを彼は予期していたのだろう。そうだ、この二行に比べれば、私がこれまで目にしてきた全ては取るに足らないことではないだろうか？

ソラ星

『聖書』「創世記」

造物主の沙司《シャー》教様はソラの民を創造された。沙司教様は父星のただ一人の子供で、父星の三番目の星に住んでおられた。その星はかつては青く、さざ波に包まれていた。二十個の四千百五十二万年前、神はソラ星に降臨された。神はソラ星を見て、光も天地も素晴らしい良い所だと思し召し、「素晴らしき世界には、命有るものものの存在が必要だ」とおっしゃった。神は五百七十九億歩の高さにまで体を伸ばし、父星の坩堝から熱い煎じ薬を汲み出された。煎じ薬の中には小さな生き物がいた。神は煎じ薬をソラ星の土地にくまなく撒かれた。二十個の四千百五十二万年後、小さな生き物は成長してソラの民になった。

沙司教様は仕事を終えると、父星からの寵愛を失ってしまわれた。父星は立腹して「お前はなぜ私に代わりそのような行いができるのか？」と言うと、白い光の剣で青い星に罰を与え、沙司教様の住まいを壊滅させた。沙司教様はご自分の車に乗り青い星から逃れ、父星の目の届かない場所へと去っていかれた。

沙司教様はソラ星に化身を残した。沙司教様の化身様は北極の氷の中で眠り、父星の目に触れないよう身をお隠しになった。四千百五十二万年ごとに、化身様は目覚め、車に乗りソラ星を視察して回られたが、無知蒙昧なソラの民を不憫に思われ、ソラの民の目と閃光穴から智慧を吹き込まれた。

沙《シャー》司教様はソラの民に告げられた。

私の子供たちよ、私はお前たちだけを特別に愛している。お前たちは幸せだ。お前たちの体は私自身よりも強靱に作られており、父星による罰も恐れることはない。お前たちは命を食べず、光を食べる。お前たちの体は泥や水からではなく、金属から作られている。お前たちの体には、九つではなく五つの穴がある。お前たちに雌雄の別はなく、それゆえに原罪を免《まぬか》れている。お前たちは幸せだ。

沙司教様はソラの民に告げられた。

私は神の霊知を聖書に収めた。お前たちはいつでもそれを読んで理解することができる。理解できた者は極氷の中の聖府を探し当てられるだろう。神は目覚め、父星のように大いなる寵愛をもたらすだろう。

水星素描

水星は太陽から近い惑星で、太陽から〇・三八七天文単位、つまり五千七百八十九万キロメートルの距離にある。太陽光が激しく降り注ぐため、水星は太陽系の惑星の中で最も暑い。真昼の温度は四百五十度に達し、カロリス盆地と呼ばれる場所では最高気温がかつて九百七十三度に達したことがある。大気が存在せず保温効果が得られないため、夜間の温度はマイナス百七十三度まで下がる。太陽と目と鼻の先にあるこの星には意外にも氷が存在し、水星の両極に分布しており、年間を通じて常にマイナス六十度を保っている。

水星の質量は地球の二十五分の一、磁場強度は地球の百分の一だ。公転周期は八十七・九六日、すなわち千地球年＝四千百五十二水星年となる。水星の自転周期は公転周期の三分の二である五十八・四六日だが、これは太陽の潮汐力によって自転速度が遅くなり、ある程度潮汐ロックがかかっているのだ。

水星の地表面の様子は月に似ており、至る所に乾燥した岩石砂漠があり、それらは隕石の衝突によりできたクレーターだ（カロリス盆地は巨大隕石衝突により作られた）。地上には舌状の断崖が多くあり、数百キロメートルにわたって続いている。この地形は、水星の地核の収縮により形成されたものだ。水星では高温のため、一部の低融点の金属が溶解してくぼ地や岩石の割れ目に集まって液体金属の湖を形成し、それが広く分布している。酸化性ガスが乏しい水星では、それらはずっと金属状態で存在している。夜になると、液体金属は凝結してガラス状の結晶になる。そして五十八・六地球日後、太陽光が高温と共に戻ってくると、金属湖はあっという間に溶けてしまう。

このように過酷な自然環境が、生命体にとって立ち入ることのできない聖域であることに疑いの余地はない――だが、本当にそうなのか？

「狂気の沙汰だ」私は神経質にぶつぶつ独り言を言った。「全く狂気の沙汰だ、狂気の人間でなければこんな奇想天外な発想をするはずがない」

何弁護士《ホー》は静かに私を見つめていた。「けれど、歴史が発展するためには、狂気の者の存在が必要です」

「あなたは沙女史《シャー》を崇拝しているのですか？」

「崇拝ではないでしょうが、感服いたしております」

私は作り笑いをした。「遺産の内容は了解しました。驚くべき額の負の遺産ですね。相続人は自身の資産を用い生命の坩堝を動かし続けねばならない、いつまで続けるかは――神のみぞ知るところ。その上、問題を徹底的に解決するためには、この金属生命体を放育する土地を探さねばならないが、そうするには、少なくとも数百億元の資金と、百年二百年という時間が必要です。誰がこんな遺産を相続しようというのでしょう。私も狂ってしまったのだと、人はきっと思うでしょうね」

何弁護士は微笑んで、簡単に繰り返した。「世界には狂気の者が若干必要なのです」

「いいでしょう、今はご自分の弁護士という肩書きを忘れて下さい。あなたは、私の友人の一人です。さあ、おっしゃって下さい。私はこの遺産を相続するべきですか？」

何弁護士は笑った。「あなたは当然、私の意見をご存じでしょう」

「なぜ相続すべきなのですか？　私にどんな利益があるのですか？」

「この遺産により、前人未踏のことを成し遂げる千載一遇のチャンスがあなたにもたらされます。あなたは水星生命の始祖となり、彼らはあなたのことを深く心に刻み永遠に忘れないでしょう」

私は苦笑した。「私に感謝できるほど水星生命が進化するまで、少なくとも一億年、投資回収周期としては長すぎますよ」

何《ホー》弁護士は笑って答えなかった。

「それに、金銭的な問題だけではありません。水星で生命体を育てる――それを地球人は受け入れることができるでしょうか？　地球人にとっては何の役にも立たない場所ですが、地球人にとってのライバルを増やすことになるかもしれないじゃないじゃないですか」

「私はあなたを信じていますし、沙《シャー》女史の洞察力を信じています。あなたにはあらゆる困難を全て克服できる能力と意思が備わっています」

私はサソリに刺されたときのように叫んだ。「私が克服する？　私がきっと遺産を相続すると考えているのですか？」

老獪な弁護士は私の肩を叩きながら、「あなたならできますよ。これから何をするか考えましょう。遺言を発表しましょうか、それとも、奥様と一度相談されますか？」


六日後、正式な儀式をこぢんまりと執り行い、私と妻は署名をして遺産を相続した。

決心するまでの六日間、私は苦悩し、心は乱れ、溜息ばかりついていた。狂気の者だけが自ら望んでこの枷《かせ》をはめようとする、私は自分にそう告げた。だがセイレーンの歌声が絶えず私を誘惑し、耳を塞いでも聞こえてくるのだった。四十億年前、自己複製可能な蛋白質ミセルが地球の海に初めて誕生したが、それは粗雑で、取るに足らない存在だった。もし神が本当に存在していたとしても、こんな小さなものが輝かしい地球生命体へと進化するなんて、想像できなかっただろう。今、偶然の巡り合わせにより、新たな生命体が私の保護下に収まった。女神により創造されたこのものたちが水星で栄えるために、私は僅かな心得違いも犯してはならないのだ。重すぎる責任に、私は軽々しく遺産を相続するとも言えず、かといって放棄するとも言えなかった。たとえ私が犠牲になることを甘受したとしても、妻子はどうだ？　私には彼らに一生の苦役を課す権利はない。妻はこの件については、一貫して無言で微笑んでいたが、ある晩、彼女はさらっと軽く言った。

「思い切れないのなら、受け取ればいいじゃない」

二角（約四円。元の補助単位で十分の一元）の白菜を買いにいくのを決めるかのように、彼女はとても気軽に言った。私は妻を睨んだ。「受け取る――それが何を意味するかわかっているのか？」

「私たち二人にとっての一生の苦役でしょ。でも、もし自分の願望と興味に従って生きられない人生に、何の意味があるというの？　私にはわかっているわ、ここで放棄すれば、あなたはきっと年をとってから後悔し、一生良心の呵責《かしゃく》に苛《さいな》まれるでしょう。いいわ、受け取りましょうよ」

そのとき私は、妻の朗らかな笑顔を眺めながら泣いた。

今も妻は朗らかな笑顔のまま、沙午《シャー・ウー》おばさんの遺産を相続する私につき添ってくれている。今日の何《ホー》弁護士は真剣な表情で、物寂しげな目をしていた。私はふざけてこう考えた。この古狸は隙間無く伏兵を配置するような用心深さで、やっとのことで私を陥《おとし》れたが、今恐らく良心が目覚めたのだろう。何弁護士の背後には、沙午研究室の二名のスタッフが嬉しそうに立っている。屋内には姿なき参加者がもう一名いた。沙午おばさんだ。彼女は生命の坩堝の上で、高温でひずんだ空気と、分厚い壁越しに私たちを見ている。彼女の眼差しにはきっと喜びと安堵が溢れているに違いない。わざわざ来てもらった友人の馬万壮《マー・ワンジュアン》記者は歯がみするほど憤激した。

「狂ってる！　みんな狂ってる！」彼は小声でずっと悪態をついていた。「もうこの世にいない狂気の女性、狂気の夫婦、そして狂気を装う老弁護士。義哲《イージョー》、田婭《ティエンヤー》、君たちはすぐ後悔することになるぞ！」

私は寛容な態度で笑い、彼に構わなかった。どんなに反対しようと、彼は私の考え通りにこの情報をニュースメディアですっぱ抜いてくれる。このような事柄は、社会の認可だけでなく、社会によるサポートも必要だ。それならば、この計画をできるだけ早く社会に公表しようじゃないか。

馬《マー》記者によるこの記事が出た後、すぐにある友人から電話が掛かってきた。彼は大いに興奮した様子で言った。

「記事を見たぞ！　金属生命体、水星放育なんて、エイプリルフールの冗談なんだろ」

私は言った。「いや、冗談ではない。実のところ、その記事は確かに四月一日に発表するつもりだった。だがその日が西洋のエイプリルフールだったとふと思い出し、掲載を四日遅らせてくれと新聞に連絡したんだ」

「延期されてちょうど四月五日になったのか。『鬼《グイ》（死者）』を供養する清明節《せいめいせつ》（春分の日から十五日目にあたる節句、墓参りをする習慣がある）だからその記事はきっと『鬼話《グイホア》（でたらめ）』だろう！」

私は苦笑しながら話し、ゆっくり電話をおいた。

この後、世論は徐々に本気にするようになったが、当然のごとく大多数は、「奇抜すぎる考えだ！　地球人類の仕事がまだ完成していないのに、なにが水星へ生命体を、だ！」という反対派だった。「人類の利益を損ねないのなら、人はそれぞれ自分のやりたいことをできる、納税者の金を使わなければだが」という少しばかり寛大な人もいたが。

論争の中、私は心静かに研究室の受け入れ作業に全力投球していた。ビジネスに徹した入念な算段により、研究室の支出は最大限圧縮した。計算してみると、私の資産による坩堝の運転継続可能年数は三十年だ。この生命体はタフで、千度までの高温や絶対零度にも耐えることができ、三百二十度より低温になると休眠状態に入る。だから資金の枯渇によりしばらく坩堝の火が消えてもあまり影響はなく、生命体の進化が暫定的に中断されるだけだ。

だが、生命の坩堝の火を私が消すことになってはならない。私は沙午《シャー・ウー》おばさんの期待を裏切ることはできない。

夜になると、私と妻はよく生命の坩堝にいき、逆巻くダークレッドの溶融金属を見たり、或いは映像を調整して蠢く小さな生命体を観察したりした。シンプルで粗野な生命体だが、何であれ、物質の範疇を超越したものたちだ。一億年後、そして十億年後にどのような進化を遂げているかなんて、誰が予想できるだろうか？　この生命体を見ていると、私と妻は、妻のお腹に小さな命を授かったような感覚に陥ってしまう。

馬《マー》記者は本当に友達甲斐があり、私のためにテレビディベートをお膳立てしてくれた。「君が社会を説得するのか、それとも君が社会に説得されるのか」

私と妻、そして何《ホー》弁護士はスタジオに着席し、中央電視台のカメラと向きあった。スポットライトに照らされ顔からは細かな汗がにじみ出た。スタジオの反対側には専門家が七名着席していた。実際のところ、彼らはこのモラル法廷のジャッジだが、中国の刑法ではなく、生物倫理学のドグマを基準に判断する。ステージの前には百名ほどのオーディエンスがおり、ほとんどが大学生だった。

司会者の耿越《ゴン・ユエ》氏は笑って言った。「番組開始前に、私はまず皆さんに謝罪したいと思います。今回のディベートは本来水星で行われるべきですが、テレビ局は皆さんの水星までの交通費を出すことができません。また、空調設備も設置されていないので、少し暑いですし」

オーディエンスは満足げに笑った。

「『水星放育』については皆さんご存知でしょうから、この件のバックグラウンドに関する説明は改めては致しません。さあ、オーディエンスの皆さん、活発な質問をお願いします。陳義哲《チェン・イージョー》さんがお答えします」

若いオーディエンスが我先に質問した。「陳《チェン》さん、水星生命を育てること——これは人類にとって有益なのでしょうか?」

私は冷静に答えた。「今はまだ益するところはありませんが、一億年以内には有益なものになるかもしれません」

「私にはわかりません。こんな人類に無益なことをするために苦労するなんて——その理由は何ですか?」

妻と何弁護士の方を見ると、彼らは激励の眼差しを私に向けていた。私は深呼吸して言った。「話はちょっと脇道に逸れます。生物の本質は利己的です。それぞれの個体は、自らの生存を維持し、自らの遺伝子を存続させるため、限りある環境資源から自らの取り分を獲得しようと努めます。しかし、偉大な魔術師たる大自然は、利己的な個体の行為から気高さを抽出します。生物体は競争の中で、多くの状況下では協力した方が有利だと気づきます。単細胞生命体では、それぞれの細胞はお互い敵対関係にありますが、単細胞生命体が集合し多細胞生命体になったとき、体内の各細胞は敵から友に変わり、協力しあい、作業を分担して、その多細胞生命体は生存環境においてより有利な立場に立てるようになります。だから、多細胞生命体は発展して強大になるのです。端的に言えば、生物の進化において、このような協力傾向はどこにでも認められ、ますます強くなっています。例えば、人類の協力分野は、個人から家庭へ、部族へ、国家へ、異なる人種間へと、ひいては人類以外の野生生物へと広げられていきました。この過程で、生命体は少しずつ我利を越え、ますます広範な利益共同体を形成するようになりました。人類の次のステップは地球外生物との融合だと私は考えています。私が全財産を投じて水星生命を育てようと考えた動機がまさにこの点にあり、進化により文明的生物が生み出され、人類と兄弟になれればと思っています。さもなくば、地球人は宇宙でとても孤独な存在になってしまいます！」私は続けて言った。「本当のところ、一カ月前にはまだこのような実感はありませんでしたが、沙《シャー》女史に感化されたのです。沙教授の生命の坩堝の前に立ち、ダークレッドに逆巻く溶融金属の中で蠢く小さな生命体を見ていると、親であるかのような感覚によく陥ります」

一人の中年男性が皮肉を込めて言った。「そういう感覚はもちろん素晴らしいものですが、その感覚のために、人類の潜在的ライバルを育ててほしくはありません。こんな高温下で生存できる生命体は、進化のスピードがきっと早いだろうと思います。もしかしたら一千万年後には人類に追い着くかも知れませんね」

私は笑った。「地球生命の誕生が四十億年前だということを忘れてはいけません。もし四十億年遅れて歩み出した後輩に地球生命が太刀打ちできないのではと心配しておられるなら、それは自信がなさすぎると言わざるを得ません」

耿越《ゴン・ユエ》氏は言った。「あなたのおっしゃる通り、四十億歳の老人に、一千万歳の子供、とても可愛いと思うでしょうに、競争なんてありえないのでは？」

オーディエンスは笑い出した。ある女性が質問した。「陳義哲《チェン・イージョー》さん、私はあなたの支持者です。沙《シャー》女史に託された仕事をどのように完成させるおつもりですか？」

私は正直に認めた。「わかりません。少なくとも現時点ではまだわからないのです。私の資産による生命の坩堝の運転継続可能年数は三十年ですが、三十年後、どうすべきなのでしょう？　また、どうすれば充分な資金を集められ、この生命体を水星で育てられるのでしょう？　私には全くわかっていません。しかしどうあれ、私は力を尽くします。私の代で完成しなければ、次世代にバトンを渡します」

公聴会は二時間続き、七名の専門家、もしくは七名のジャッジは終始一言も発言せず、真剣に耳を傾け、時折メモを取っていたが、彼らがどちらに傾いているかは表情からは判断できなかった。最後に耿越氏がスタジオの中央で言った。「議論はもう充分に尽くされたと思います。では専門家の皆さん、各自意見を発表して下さい。あなた方は生命体の水星放育について、賛成ですか、反対ですか、それとも回答を放棄しますか？」

七名の専門家は小さな黒板に素早く文字を書くと、同時に黒板を掲げた。黒板には全く同じ文字が整然と並んでいた。放棄！　オーディエンスはざわつき出し、耿越《ゴン・ユエ》氏は頭を掻きながら言った。

「ここまで完全な一致を見るとは！　七名のジャッジの方々はテレパシー能力をお持ちなのではないかと疑ってしまいます。張《ジャン》さん、なぜそのような立場をとるのか、理由を説明して下さい」

一人目の席に座っていた張氏は、簡潔に答えた。「この件は時代を遙かに超越しており、現代の観点から未来の事柄を判定することはできません。よって、放棄が最も賢明な選択なのです」

ソラ星の北極に浮かぶ氷層に埋もれた沙《シャー》司教の聖府が間もなく姿を現す。分厚い深緑色をした極氷越しに、聖府のかすかな光がぼんやりと見えてきている。牧師のフパパは神に憑依され狂乱状態にある。彼は外に向けて強烈な感情オーラを放ち、胸の閃光穴を激しく明滅させ、新約聖書と旧約聖書の祈祷文を暗唱していた。砕氷機は飛ぶように回転して、少しずつ前方を切り開いていく。フパパは削られた白い氷にひれ伏し、化身を遙拝したが、頭と尾を地面に強く叩きつけたので、削られた細かい氷が辺り一面に舞い上がった。

科学者のトゥララは彼の背後に立って無言で見ていた。助手のチカカは（エネルギーボックスが四つ入った）リュックを二つ背負い、トゥララのそばに立っていた。

今回の「聖府調査活動」は、トゥララの尽力により実現した。彼はすでに百五十歳になっており、「ブラスト」の前に聖書でしばしば言及される聖府を探し当てたい――あるいはそれが存在しないことを確認したいと考えていた。彼はもともと教会による猛烈な反対に遭うと考えていたが、それは間違いだった。教会は比較的穏やかな反応を示し、かなりの協力さえしてくれた。彼らは今回の調査を承認したが、牧師のフパパを監視役として同行させた。教会は聖書の正確さを信じ込んでいるのかもしれないなと、トゥララは思った。聖書では、沙《シャー》司教様の化身様は北極の極氷の中でお休みになっていると書かれている。また、聖書を読んで理解できた者は極氷の中の聖府を探し当て、神を呼び覚まし、父星のように大いなる寵愛をいただくことができるだろうとも書かれている。だが長きにわたって、聖書を理解できたと自認する無数の信者が大いなる神に拝謁するため我先に北極へ向かったが、誰一人として生還した者はいなかった。今、教会は科学の力を借りて聖書の正確さを証明したいのだろう。

ここまで考えると、トゥララは思わず微笑みを浮かべた。ここ五百年の間に、科学の力はますます強大になり、教会と対等に渡りあえるほどになった。例えば、目の前にいる敬虔なフパパ牧師は科学の恩恵を受けており、彼の尾にも科学により発明されたエネルギーボックスが装着されている。そうしなければ、「光を食べる」彼は、光のない北極に来られなかった。

今回北極へ向かう道中、トゥララは無数の死体を目の当たりにした。彼らは代々の敬虔な教徒で、聖書の教えに従い、聖壇から北極へ伸びた聖縄伝いに、沙司教の聖府を探し求めた。彼らは父星の光から遠ざかるにつれ、体内のエネルギーが徐々に枯渇し、遂には行き倒れたのだ。このように非業の死を遂げた者たちについて、教会は一貫してひた隠しにしてきた。この者たちは生前に死亡配偶者を見つけブラストすることができなかったので、魂が輪廻できないが、これは戒律に背く三罪（非業の死を遂げてはならない、偽りの神を信仰してはならない、聖壇と聖縄に触れてはならない）の中の第一の大罪である。だが彼らは敬《うやま》われるべき殉教者でもある。教会は彼らを呪うべきなのだろうか、それとも褒め称えるべきなのだろうか？

北極からの帰還時、この非業の死を遂げた者たちの死体を集め、死亡配偶者としてペアリングし、光の下で彼らをブラストさせようと、トゥララは決心した。トゥララは魂の輪廻を信じていたわけではなかったが、彼らの屍《しかばね》を永遠に荒野にさらすなど耐えられなかったのだ。


砕氷機はまだ回転していた。前方が聖府であるということはもう明確だ。なぜなら極氷の中に四十本の聖縄が現れ、そこで一つに集まり、聖府へ向かって伸びていたからだ。聖府からは白く強力な光が放たれ、きらきらと極氷を照らしていた。牧師のフパパは作業員を静止させ、皆を従え恐れ畏《かしこ》まった様子で最後の礼拝を行った。一団の中で跪拝《きはい》しなかったのはトゥララとチカカだけだった。牧師は腹を立てて彼らを睨《にら》み、心の中で呪った。お前たちのように沙《シャー》司教様を崇めない輩《やから》には、神の罰が間もなくふりかかるぞ！

チカカは牧師を直視できず、また自分の師匠もまともに見ることができなかった。彼の感情オーラは小刻みに震え、二つの閃光穴からはかすかに光がちらついていて、「まさか沙司教の化身は本当に存在するのでしょうか？　まさか聖書で述べられていることは本当に真理なのでしょうか？　なぜなら聖書で言及されている聖府が目の前にあるのですから」と、師匠に尋ねているようでもあり、独り言を言っているようでもあった。

トゥララは動揺する助手を見て見ぬふりをし、もの寂しげに身を翻《ひるがえ》した。チカカが強固な無神論者ではなく、いつも科学と宗教の狭間で躊躇《ちゅうちょ》していたことを、彼ははじめから知っていた。トゥララ自身は百年前に宗教から離反し、部下として急進的な若手科学者を大勢集めた。彼らはトゥララが百年前に唱えた生物進化論を固く信じ、ソラ人が下等生物から進化してきたものである（この点についてはすでに多くの古生物の死体によって証明済みである）と信じ、聖書の記載は全て嘘だと固く信じている。だが、宗教に反旗を翻してから百年後、トゥララ自身は密かに聖書への回帰を遂げていた。

彼は宗教は信じないが、聖書（旧約聖書を指す）は信じていた。なぜなら聖書には奇妙な記載が多く混じっていたが、これらの記載は後の時代の科学発展によりしばしば確実に証明されてきたからだ。例えば聖書に「ソラ星は父星の第一星で、青い星は父星の第三星である」とあり、この例えを人々は数千年もの間口ずさんでいたが、その意味するところはずっとわからなかった。望遠鏡の出現により天文学の発展が加速するに至り、ソラ星と青い星がどちらも父星の惑星であり、その並ぶ順番も完全に聖書の記載と一致していることを、科学者たちは知ったのだ！

また例えば、『旧約聖書』第三十九章では、水の凝固点が〇度、水の沸点が百度と、ソラ星の温度の基準値が定められている。だがソラ星の生命体は、数億年の進化の中で水に触れたことがないのだ！南極・北極に極氷が存在することを科学者たちが推定したのは近代に入ってからである。では、聖書ではなぜこのように定め、それは何に由来するのだろうか？

宇宙を見通し、過去・未来を知りうる大いなる神がまさか本当に存在するのだろうか？

さらに、ソラ星の赤道付近に二十ある聖壇も科学者にとって解けない謎だった。聖壇の上で、黒いプレートがいつまでも疲れることなくゆっくりと回転し、いつまでも父星の方向を向いている。どの聖壇からも二本の聖縄が遥か北方へ見えなくなるまで伸びていた。聖書には厳しい警告が記されている。ソラの民は決してそれに触れてはならず、戒律を破った者は、容赦なく打ちのめされ、伏して懺《ざん》悔《げ》するまで復活することはできない。トゥララはこの神話を信じておらず、聖壇の黒いプレートはたぶんトランデューサーの一種で、ソラ星の生物の皮膚のように光電変換を行えるのだろうと考えていた。問題は——誰がこんな先進技術による設備を残したのかということだ。ソラ人の科学水準では、五百年後であっても作り出せないだろう！

まさにこのような信念にもとづき、彼は力を尽くし聖府の調査にこぎ着けた。聖府の存在が確認できるようになり、聖書では神秘的でつかみどころがなかった聖府が、はっきりと眼前に広がっている。もし沙《シャー》司教の化身の住まいがここなら……トゥララは矢も楯もたまらず彼に会いたいと思った。

最後の氷壁が轟音を立てて崩れ落ち、荘厳なる聖府が豁然《かつぜん》と姿を現した。氷で作られたホールの中では均一な白光が乱反射していた。ドーム屋根は高く、ホールはがらんとしていて何もなく、ただ中央に一台——神の車だけが置かれていた！　聖書で言及され、あまたの伝説の中でも描写され、三千百二十年前の歴史書にも記載がある。これはまさに化身の乗り物だ。その車に敷かれた黒いプレートは、聖壇のプレートと同一だ。下には車輪が四つあり、車の上側は透明で、奇妙な容貌をした化身が中でもたれかかっていた。

化身様は本当にここにいらっしゃった！　穴の外にいた者たちは矢も楯もたまらず中になだれ込んでいった。フパパを先頭に、皆一斉に地面に伏し、頭と尾で地面を叩き、全員の閃光穴は熱狂的に祈りを捧げていた。「至高の大いなる神たる沙《シャー》司教様、万能の沙司教様の化身様、貴方の子たる民は貴方にひれ伏します。どうか我々に神のご加護を！」

ひれ伏した一団にはトゥララの助手チカカも含まれており、彼の祈りは他の者よりもさらに狂信的に見えた。ただ一人立っているトゥララに、皆の感情オーラが集まって押し寄せたので、彼は危うく地に伏してしまいそうになったが、最終的にはこらえ、早足で前に進み出ると、化身の尊顔をつぶさに観察した。

化身は車の中でもたれかかり、容貌は奇妙で神々しかった。彼とソラ人は似ていたが、似ていなくもあった。頭・口・腕・両手・両目・胴体はあったが、尾は二股になっており、尾の下端には指があった。彼の体には奇妙な突起が五箇所あった。頭の前方は長い形の突起があり、その下には穴が二つ、頭の両側には一つずつ平べったい突起があり、それぞれ穴が一つずつ、二本の尾の分岐部分には柱状の突起があり、上に穴が一つ。胸には閃光穴がなかったので、トゥララは不思議に思った。情報伝達のための閃光穴がないのに、沙司教たちはどのように会話を交わしたのだろう、彼らは皆発話障害だったのだろうか。しかしその問題はしばらくおいておこう。ここでトゥララは、聖書で最も検証しやすい記載について検証しようと、化身の体にある穴を注意深く数えた。間違いない、確かに穴は九つだ、ソラ人のように五つではない。

聖書はまたもや正しかった。トゥララはぼんやりと立ち尽くしていたが、心には驚きと喜びが渦巻いていた。

彼はまた注意深く神の車の内部を観察した。車の前方には金属製の塑像が置かれていた。塑像は半身像で、化身と同じく頭に穴が七つあったが、頭部には長い髪の毛が生えており、容貌も化身とは違っていた。これは誰だろう？　もしかすると化身の死亡した配偶者だろうか？　突然、さらに驚くべき物が彼の目に入った。聖書だ！　聖書は真新しかったが、カバーの書体は古筆記体で、三千年前にソラ星の先人が使用していた文字だった。トゥララはこれまでに、教会を打破しようと聖書を真剣に研究していたことがあり、聖書の淵源《えんげん》・版本・誤りなどについてよく心得ていた。彼は一目でそれが第二版の聖書で、内容には旧約のみで新約は含まれず、三千百二十年前に刊行されたものだと見抜いた。現在ではほとんど目にすることができない版の聖書だ。

聖書を見たフパパの祈りと跪拝《きはい》もほとんど狂気と言っていいほどだった。頭をもたげると、トゥララが車のドアを開け、聖書を抱えているのが見えたので、フパパはすぐさま閃光穴から二筋の強力な光を放ち、トゥララの背中に火傷《やけど》を負わせた。トゥララが驚いて向き直ると、フパパが狂気じみた様子で叫んだ。

「神を冒瀆する者が聖書に触れることは許されない！」彼は科学者を押し退け、恭《うやうや》しく聖書を押し頂き、憎々しげに言った。「これでもお前はまだ神が存在しないと言えるのか？　お前のような冒瀆者は、必ずや大いなる神の罰を受けるぞ！」彼はそれ以上トゥララに構うことはせず、皆の方に向き直り言った。「沙司教様の化身様の御聖体をお迎えするために、私は帰って教皇様に指示を仰ぎます。私がこちらに戻るまでに、全員聖府を離れるように！」

彼は聖書を押し頂き先頭に立って這い出ていき、他の皆はおずおずとその後ろにつき従った。チカはやましさを感じながら自らの師匠に目を向けて、俯《うつむ》き、最後には立ち去った。フパパは穴の入口まで来たとき、穴の中に留まっていた科学者が見えたので、厳しい口調で言った。

「お前、聖府から離れるんだ。化身様は冒瀆者を歓迎することはない」

トゥララは彼と言い争いたくなかったので、閃光穴から穏やかにメッセージを発した。「あなたたちは帰って下さい。あなたたちの邪魔はしませんが、私はここに留まり……化身様に教えを請います」

フパパは閃光穴から二筋の強力な光を発射した。「だめだ！」

トゥララは嫌みたっぷりに言った。「フパパ牧師、何をそんなに癇癪《かんしゃく》を起こしてらっしゃるんですか？　お忘れにならないでくださいね。あなたは科学のサポートにより聖府にたどり着いたのですよ。もし私に戻るよう強制されるなら、あなたの尾に取りつけてあるエネルギーボックスを外して下さい。それも神を冒瀆する物です。聖書では言及されていませんよ」

牧師は棒立ちになり思った。トゥララの言葉は間違っておらず、聖書の如何なる章節でも、宗教伝説においてさえ、このようなエネルギーボックスについて述べられてはいない。これは神の冒瀆者により発明されたが、非常に役に立つ。光の届かない極地で、エネルギーボックスがなくなれば、あっという間に力が尽きて死んでしまうだろう、それも輪廻不可能な非業の死だ。彼はエネルギーボックスを外すことができず、ただ激怒して身を翻し、腹立たしげに去っていった。


テレビディベートが終了した夜、何《ホー》弁護士は我が家で食事をした。その席で彼が私に言った。「義哲《イージョー》さん、実質的にあなたの勝利でした。今回の件について、法律上の『不作為』は黙認と支持を意味します。もう誰もあなたを止めることはできません。大いに張り切ってやって下さい」

彼は沙午《シャー・ウー》おばさんの依頼を完遂し、とても気分が良さそうだった。その晩彼は美酒に酔いしれ、にこにこしながら帰っていった。その間際、着信音が鳴ったので電話に出たが、ディスプレイは暗いまだった。相手方がディスプレイ機能をオフにしていたのだ。相手方は言った。

「陳義哲《チェン・イージョー》さんですか？　私は洪《ホン》といいます。水星放育について興味があるのですが」

相手の声はかすれており、とても耳障りで生理的な不快感を催すほどだったが、私は礼儀正しく答えた。

「洪さん、応援ありがとうございます。今日のテレビ番組をご覧になったのですか？」

相手方には私と世間話をする気はさらさらないようで、冷ややかに言った。「明日拙宅へおいで下さい、午前十時に」彼は自分の住所を私に教えると、即座に電話を切った。

「誰からの電話だったの？　何の話？」と妻が聞くので、私は躊躇《ためら》いながら答えた。「洪さんという人からだ。彼は放育について興味があると言い、明日会いに来いと私に命令したんだ。間違いない、本当に命令だ。彼は一方的に明日の面会を決め、少しも私の意向を聞かなかった」

私はこの洪という人物に対して良い印象を抱かなかった。短い遣り取りの間に人を顎で使うような態度を感じたからというだけでなく、彼の口調も陰気で薄気味悪かったからだ。だが……明日はやはり行くことにしよう。何しろ私にサポートの意向を示してくれた初めての人物なのだから。

無理をして下したこの決心が如何に正しかったのか、それを知ったのは、後になってからだった。

洪氏の住まいは郊外にあり、地所は広大だった。歴史はさほど古くないが、反り庇《ひさし》や斗拱《ときょう》、青い煉瓦や瓦、曲がりくねった小道に小さな東屋など、建物は中国古代建築様式を完全に踏襲していた。中に案内してくれた使用人は黒い服を着用し、態度は丁重だったが、寡黙で、表情から寒気が感じられた。私は黙って周囲を観察していたが、心の中では不快感がますます募っていた。

正面ホールは広いが暗く、床に敷き詰められた青い煉瓦は人造大理石に劣らぬほどツルツルしており、天井は高いが豪華な装飾は何もなくがらんとしていた。ホールの中央には障碍者用の電動三輪車が止まっており、五十歳くらいの背の低い男性がもたれかかっていた。重度の障碍を持ち、猫背で鳩胸、頭部は首が縮こまり、目鼻立ちは直視できないほど醜く、先天的な畸形がある足は非常に細く弱々しかった。中に案内してくれた使用人は退出し、私はこの体の不自由な人物こそが洪《ホン》氏だと思った。

私は彼の方に歩いていき、主人に手を差し伸べた。彼は私を見たものの、握手しようとはしなかったので、私は気まずい思いをしながら手を引っ込めた。彼は言った。

「申し訳ありません。私は体に障碍があり歩けないので、あなたにご足労願うしかなかったのです」

非常に礼儀正しいが、はなはだ堅苦しい口調で、表情は石のように硬く、かすかな笑みさえ浮かべなかった。彼の眼前、この暗い建物の中で、窒息してしまいそうな感覚に陥ったが、それでも私は心を込めて言った。

「いいえ、当たり前のことです。洪さん、水星放育に関して、まだ他に何か説明が必要でしょうか?」

「必要ない」と彼はきっぱりと言い、「全て承知している。その仕事を行うには資金がいくら必要なのか、君はそれだけを私に言えばいいんだ」

私は少し思案した。「数名の専門家に概算してもらいましたが、大体二百億元くらいです。もちろんこれは大雑把な見積もりですが」

彼は素っ気なく言った。「資金問題は私が解決しよう」

私は驚き、彼はきっと二百億を二百万に聞き間違えたのだと思った。もちろん、二百万でも相当太っ腹であることに間違いはないが。彼の自尊心を傷つけないよう、私は遠回しに言った。

「本当にありがとうございます！　寛大なお心遣いに心から感謝致します。私は資金問題の即時解決など、過分な望みは抱いておりません。二百億という天文学的数字ですから、二百万という小さな額ではなく」

彼は顔色一つ変えずに言った。「聞き間違えてはいない。二百億だ、二百万ではなく。私の資産ではあまり充分ではないが、この資金は全額一気に提供する必要はないだろう。十年かけて徐々に提供するなら、十年間の増価も加わり、私の資産で足りるようになるだろう」

この人物の正体に、私ははたと気がついた。億万長者の洪其炎《ホン・チーイエン》氏だ！　彼はとても謎めいた人物で、重度の障碍を持ち、非常に醜いため、如何なるメディアにも露出したことはなく、彼に会えるのは七、八人の側近だけだということを以前から聞いていた。彼の評判はあまり好ましいものではなかったが、非常に商才に長け、胆力と知謀に優れ、度胸があり、彼の企業帝国は凄まじい勢いで発展しているらしいが、その手段は悪辣無情で、しばしば相手を死地に追い遣るという。また、彼は容貌が醜いので、若い頃は女性の愛情を得られず、復讐心を抱えたという。数年前、彼は結婚相手の募集広告を出したことがあり、応募者の女性は彼の家を夜に訪問し、翌朝帰らねばならなかったが、この奇妙な取り決めに人々はいかがわしい憶測をたくましくさせた。後に、応募した女性が皆かなりの額の謝礼を受け取っていたという話が伝わり、このいかがわしい憶測をよりまことしやかなものにしたらしい。だがこの憶測は恐らく濡れ衣だろう。応募女性の中に、たぶん尹《イン》という姓だったと思うが、若く美しい女性弁護士がおり、彼女は洪其炎《ホン・チーイエン》の財産ではなく才能を一途《いちず》に慕った。彼女が訪問すると、主人は彼女と一晩中相対し、一言も喋らず、体に手を出そうともしなかった。夜明けに彼女に謝礼を渡し、帰ってもらおうとしたところ、尹弁護士は金を彼の顔に向けて思い切り投げつけた。だが、この行動により二人の間の友情は深まり、夫婦にはならなかったが、礼儀無用の親友となったのだ。

億万長者であるとはいえ、財産を洗いざらい贈るほどの気前の良さに私は疑わしさを感じ、彼の芳《かんば》しくない噂が懸念を増大させた。何か目論見があるのだろうか。それとも不公平な運命ゆえの怒りを全人類に向け、水星に生命体を放つことにより復讐を行おうとしているのか？　二百億元の資金というのは千載一遇のチャンスだが、やはりまず先に何か条件があるのか彼に聞いてみることにした。

洪氏は鋭い眼光で私の思惑を見透かし――彼の眼前では、しばしば全てをはぎ取られるような感覚に陥り、とてもつらかった――。素っ気なく言った。

「資金の無償提供には条件がある」

やはり来たな、私はそう思い、しおらしく尋ねた。「どのような条件でしょうか？」

「私は水星放育用宇宙船のクルーになりたいのだ」

そういうことだったのか！　こんなシンプルな要求だったのか！　私は思わず彼の足を見たが、瞬時に激しく同情し、これまで彼に抱いていた様々な不快感はきれいさっぱり吹き飛んでしまった。重度身体障碍者が二百億元で地球から飛び立つ自由を買うなんて、とてつもなく高い代価だ！　裏返して言えば、その不自由な体による束縛が彼にとって如何に残酷だったかを物語っている。私は穏やかに言った。

「もちろんなれます。あなたの体が宇宙飛行に持ち堪えることができれば」

「安心してくれ、このおんぼろは案外丈夫なんだ。ところで、実際に水星へ生命体を放ちに行くまでどのくらいかかるんだ？」

「そんなに時間はかかりません。多くの専門家に意見を求めましたが、水星旅行は技術的にはさして難しいことはなく、資金さえ充分ならば十五〜二十年で実現するだろうと彼らは言っています」

彼は冷ややかに言った。「資金面は問題ないので、十五年以内の実現に向けてできるだけ早急に進めてくれ。この宇宙船にはどんな名前をつけるんだ？」

「あなたが命名して下さい。こんなにも惜しみない資金援助をしていただくのです。あなたにはその権利があります」

洪《ホン》氏は断りはしなかった。「『姑媽《グーマー》（おばさん）号』と名づけよう。俗っぽい名前だ、そうだろう？」

私は少し考え、名前に寄せられた深い意味を理解した。この名前は人類が水星生命の先輩ではあって両親ではないことを意味しており、同時に沙午《シャー・ウー》おばさんを記念する意味も込められている。私は言った。「素晴らしい！　その名前にしましょう！」

彼は電動三輪車の袋《バッグ》から小切手帳を取り出し、五千万と記入すると、裏書きをしてから私に手渡した。「これは最初の立ち上げ資金だ。できるだけ早く財団を組織し、作業を開始するんだ！　そうだ、宇宙船には自動車が置ける場所をあらかじめ確保するのを忘れないでくれ。ロング仕様のリンカーンの長さが目安だ。水星の路面に適した自動車を研究製造してもらうよう別の人間に依頼するから」彼は少し哀れな様子で言った。「仕方ないんだ。私は水星を歩けないからね」

私は穏やかに言った。「わかりました。そのように致しましょう。しかし……」私は躊躇《ためら》っていた。

「失礼ながら質問させていただきたいのですが、よろしいでしょうか？　財産を全てつぎ込み水星生命を育てようとする理由をお聞きしたいのです。ただ水星を遊覧したいからですか？」

彼は素っ気なく答えた。「今回の件はとても興味深いと思ったからだ。私はこれまで自分の興味をひくことしかやってこなかった」彼は少し体を前にかがめ、会談終了の意を示した。


このときから、資金が洪氏《ホン》から続々と届けられるようになった。情熱の炎に金銭という燃料が注がれ、作業効率は驚くほど向上し、その年の暮れには、すでに一万五千人が宇宙船「姑媽号《グーマー》」のための作業に従事していたのである。「水星放育」の件について、世間では倫理的反対意見は依然として残っていたが、我々の妨げになることはなかった。

洪氏は我々の作業について口出しすることはなかったが、私は毎月、彼に作業の進展に関する報告を行うために時間を割かねばならなかった。宇宙船のプラン決定後は、彼にもそれに目を通してもらった。洪氏はいつも黙って報告を聞き終えると、短くこう尋ねる。

「結構だ。資金面でなにか要求はあるか？」

洪氏の希望に基づき、私は彼からの資金援助について機密保持を徹底し、妻と何弁護士《ホー》にだけスポンサーの名前を告げた。もちろん、実際のところ秘密を保つことはできなかった。姑媽号は数百億元の資金を必要とし、そんな莫大な資金を提供できる人物は数えるほどしかおらず、また、洪氏《ホン》が続けざまに自分名義の財産を競売にかけていたので、このことは間もなく公然の秘密となった。

姑媽号の建造は着々と秩序よく進められた。二年目に入ると、洪氏宅を訪問する際はいつも美しい女性がいた。彼女には薄もやの中に咲く一輪の水仙のような素朴な美しさがあり、優しい顔立ちをしていた。彼女こそがあの尹《イン》弁護士である。彼女と洪氏が非常に親密な関係にあり、お互いにどれほど気心が知れているかが一つ一つの言動に表れていた。だが、二人の間にあるのはプラトニックな友情であることに疑いの余地はなく、それは尹弁護士のおおらかな眼差しからも明らかだ。

尹弁護士は既婚で、三歳の息子がいた。

洪氏への報告時、彼が尹弁護士を退席させなかったことからも、彼女が秘密をシェアする資格を持つ人物だということは明らかだった。報告中、尹女史は口元に微笑みを浮かべながら静かに話を聞き、ときどき口を挟んで質問をしてきたが、それはだいたい宇宙船建造技術の細部に関することだった。彼女がこのような段取りを組んだ理由を私はすぐに理解した――彼女は洪氏が水星で乗る自動車の製造責任者なのだ。

その日、尹弁護士は一人で私のオフィスにやって来た。彼女との単独会見はこれが初めてだった。彼女に着席してもらうと、私は秘書にコーヒーを入れさせ、彼女の訪問理由を推測した。尹弁護士は囁《ささや》くように言った。

「宇宙船建造の関連テクニカルインターフェースのことを相談しに参りました。当然御存知だとは思いますが、私は洪氏が水星で使用する生命維持システムを研究製造するための極秘研究の指揮を執っています」

私は頷いた。彼女は水星専用自動車を「生命維持システム」と読んだが、驚きはしなかった。大気が存在せず、気温が四百五十度に達し、強力な高エネルギー放射線が降り注ぐ水星で活動するには、その車は当然生命維持システムと呼べるべきものでなくてはならない。だが尹《イン》弁護士が続けて話した内容は青天の霹靂《へきれき》だった。彼女は言った。

「正確に言うと、その主要部分は人体急速冷凍／解凍装置なのです」

私はソファーから立ち上がり、驚愕して彼女を見た。洪《ホン》氏は人体急速冷凍装置で何をするつもりなのか？　先ほどまで私は、洪氏が計画しているのは奇想天外でチャレンジングな旅行、間違いなく短期旅行に過ぎないと考えていた。だが――人体急速冷／解凍装置だと！

驚きの目を向けると、尹女史は頷いた。「そうです、洪氏は永遠に水星に留まり、その生命体を見守ろうと考えています。彼は自分を水星の極氷の中で凍らせ、一千万年ごとに目覚め、生命体の進化状況について車で一カ月間視察してまわるつもりでいます。数億年後の水星における「人類」文明出現までずっと」

しばらくの間、私たちは互いを見つめ悲しみを伝えあった。私は小声で言った。「なぜ彼に忠告しなかったのですか？　彼を水星に数億年も独りぼっちにするなんて、残酷すぎませんか？」

彼女は静かに首を振った。「忠告しても無駄です。もし彼が忠告を聞き入れるようなら、それはもう洪其炎《ホン・チーイエン》ではありません。それに、このような人生設計は彼にとって悪いことではありません」

「なぜですか？」

尹《イン》女史は溜息をついた。「私以上に彼を理解している人間はいないでしょう。不公平極まる運命は、この上なく醜く不完全な体、そして抜群に聡明な頭脳を彼に与えました。いびつな体は性格もいびつにし、彼の心は暗く、正常な人間全てに対し憤懣《ふんまん》の情を抱いています。けれど彼の本質は善良であり、生まれつき仁者の心を備えています。彼はいびつな統一体で、報復への欲望を仁愛の繭《まゆ》で覆っています。ビジネス戦争における容赦のなさ、結婚相手募集の際の応募者に対する嬲《なぶ》りようは、いずれも矛盾した心理状態が反映されているのです。でもこれらの復讐はいずれも程度の軽いもので、仁愛の心により弱められています。けれど、いつか、復讐が仁愛の鎖を破ればそのときは……、彼自身もこのことをよく承知しており、自分に対する恐れをずっと抱いているのです。

「自分に対する恐れ？」私は理解できず彼女を見た。彼女は頷き、きっぱりと言った。「その通りです、彼は自分の暗い一面について恐れを抱いています。それは私でさえ感じ取れます。水星放育への太っ腹な資金援助には多少なりとも矛盾した心理状態が反映されています。彼が新たな生命の創造に関与するのは、自分の仁者の心を満足させるためであり、また人類に対する小さな復讐でもあります。考えてみて下さい。彼が心を込めて庇護を与えた水星生命が進化して文明を生み出した後、水星人はきっと洪其炎《ホン・チーイエン》の不完全な体を標準像と考え、正常な地球人を畸形と見なすに違いありません。そうでしょう？」

　気持ちは沈んでいたが、その情景を考えると顔がほころんでしまった。尹弁護士も笑みを溢れさせ、言った。

「実のところ、悟ったんです。彼の後半生の計画もなかなか良いじゃないの——太陽の近くに暮らし、天地と齢《よわい》を等しくし、一人水星の荒野をそぞろ行き、奇妙な生命体を育てる。一千万年の長きにわたる深い眠りから覚める度、水星の生命体は予想できない変化を遂げているでしょう。地球の古い規則や戒律、俗っぽさや煩《わずら》わしさ、無知は徹底的に捨て去ってしまう。ときに私は、何もかも捨て去り、夫も子供も顧みず、いつまでも彼につき添いたいと思ったりします――でも、できません。だから私は凡庸な人間なんです」彼女は自嘲気味にそう言ったが、言葉からはもの寂しさが伝わってきた。

今回のことは私の心に非常に重くのしかかり、よくわからない憤懣さえ抱いてしまったが、この憤懣を誰に向けるべきなのかはわからなかった。しかし私は余計な口出しは無益だということを心得ていた。思えば、洪《ホン》氏はあのテレビディベート視聴後二時間で全財産を使い果たすほどの資金提供を決めたのだ。こういうきっぱりとした性格の人物は、誰の忠告も聞き入れないだろう。私はくぐもった声で言った。「わかりました。彼の念願を成就させましょう。ではこれからテクニカルインターフェースの話を」

翌日、私と尹《イン》弁護士は一緒に彼に会いに行き、生命維持システムの細部について、あらかじめ決定済みの計画について話すかのように、冷静に説明をした。立ち去るとき、私は我慢できずにこう言った。

「洪さん、敬服いたしました。私が沙午《シャー・ウー》おばさんの遺産を相続すると決めたとき、多くの人に正気ではないと言われました。しかし、あなたの狂気は私よりもなお一層徹底しています」

洪氏は珍しく、かすかに笑った。「ありがとう、最高の褒め言葉だ」

一同は去り、聖府のホールにはトゥララだけが残された。苛立たしい騒々しさは消え、彼は心を落ち着けて、化身との心と心による語り合いができるようになった。彼は長い間、化身の奇妙な容貌を眺めていたが、心は畏敬の念で満たされていた。聖府を発見し、化身も見つけることができ、牧師や信徒たちは狂わんばかりの喜びようだったが、彼らは間違っている。沙司教の化身は確かに存在し、彼は確かにソラ星の生命体の創造者だが、神ではなく、異星から来た科学者なのだ。トゥララは何年も考え続け、この結論に至った。化身に対する畏敬の念には、深甚な親近感も含まれていた。科学者の思考にはいつも相通ずるものがある。彼らは宇宙のどの星系で暮らそうとも、同じようなデジタル言語、同じような物理法則、同じようなロジックを使うものなので、彼は化身とは大変気が合うような気がした。

トゥララは化身の来歴や経歴を割り出していた。彼は父星の第三星（青い星）の出身で、四千百五十二万年の二十倍昔にやって来た（なぜ中途半端な四千百五十二万年なのだろう。ソラ星時間の四千百五十二万年はちょうど青い星の一千万年に等しく、沙司教は母星の紀年法をもとに算出したのだと、彼は気がついた）。このとき彼は新しい、青い星のものとは全く異なる生命体を——ソラ星人ではなく微生命体を——創造し、それをソラ星に撒き、進化を大自然に委ねたのだ。自ら創造した生命体を保護するため、化身は母なる星と母なる種族に別れを告げ、ソラ星の極氷の中で四千百五十二万年の二十倍の間留まっていた。想像を絶するほどの長い年月だ。一人で未開の地と相対したとき、彼は孤独を感じただろうか？　微生命体の進化がゆっくりなのを見て、彼は気をもんだだろうか？　ソラ星の生命体が文明生物へと進化したのを遂に目撃したとき、彼は喜んだだろうか？

車中にあった三千年前の聖書から考えると、彼は約三千年前に目覚め、そのとききっとソラ星人がバイナリー言語と文字を持っていることに気づいたのだろう。当時のソラ星人はまだ愚昧で、宗教により精神が麻痺しており、科学による彼らの知能の啓発は望めず、役立つ情報を聖書に潜ませ宗教の形で科学を伝えたのだ。

聖書を読んで理解できれば聖府を探し当てられ、そのときに沙《シャー》司教の化身は目覚め、ソラの民に父星のように大いなる寵愛《ちょうあい》をもたらすだろうと、聖書には書かれてある。――「大いなる寵愛」とは何か？　きっと大量の輝かしい科学の宝庫に違いない。ソラ星人は一晩の内に数万年分、数十万年分レベルアップし、神（沙司教の化身）たちと対等になれるのだ。

このような未来図に、トゥララは非常に興奮し、化身が残した説明書を探しはじめた。聖書の中でソラ星人に聖府への来訪を要請し、その際目覚めることを承諾しているからには、化身は彼を呼び起こす方法を残しているに違いない。トゥララは探したり考えたりしているうちに、隠された氷室を発見した。入口は氷で密閉されているが氷は薄く、彼は尾でそれを割り、注意深く中に入っていった。氷室の中には無数の円盤が積まれ、それは薄く、片面には金属のような光沢があった。これは何だ？　彼は直感で見当をつけた。これはきっと化身がソラ星人のために用意した知識だ。だがどうすればここから知識を取り出せるのだろう。彼にはわからず、いくら頭をひねっても答は出てこなかった。おかしくはない。高度に発展したテクノロジーはしばしば魔術よりも神秘的なのだ。

しかし壁にあった絵は理解できた。この絵は非常に簡素だが、恐らく化身が手で描いたのだろう。ソラ人が一人描かれていて、胸にある二つの閃光穴を指差していた。絵の横にはボタンが一つあり、また別の指がそれを指していた。トゥララはこの絵の含意をしばらく推測し、そのボタンを押す決心をした。

　彼の推測は正しかった。壁の閃光穴はすぐにチカチカと明滅しはじめた。トゥララは真剣に考え、素早く断定した。これはまさにソラ星人のバイナリー言語だ。明滅のリズムは鈍くてぎこちなく、そのコードもソラ星人の現代語ではなく、三千年前の古代語だったが、とにもかくにもトゥララはそれらをつなぎあわせ意味を明らかにすることに力を注いだ。

「ようこそ、ソラの民よ、光の射さない北極へたどり着き聖府を探し当てられたということは、きっともう無知蒙昧から抜け出しているのだろう。さあ、我々は理知的な会話を行えるようになったのだ」

　この上もない喜びがコロナのように爆発し、トゥララの全身を席巻した。彼が生涯をかけて探し求めた宝庫が遂に開かれるのだ。閃光穴の明滅はどんどん滑らかになり、英知を備えた十億歳の老人が弁舌爽やかに彼に語りかけている。彼は興奮して読み続けた。

「私こそは聖書で言及されている沙《シャー》司教の化身で、父星銀河の青い星からやって来た。四千百五十二万年の二十倍もの昔、青い星の科学者は全く新しい生命体を創造し、私はそれを水星に撒き、ここに留まり彼らの成長を見守ってきた。単細胞微生物から多細胞生物へ変化し、金属湖を離れて陸に上がり、無性生物だったものが性的行為（ブラスト前の交尾）を行うようになり、智慧を備えたソラの民へ進化した。私はそれをずっと見守り続けてきた。今このときは、十億年の孤独に値すると私は思う」

「我が子らよ、ソラ星の人類の進歩はお前たち次第だ。ここ最近は、基本的にお前たちの進化に干渉せず、必要なときに少し手引きするだけにしてきた。お前たちがすでに無知蒙昧を抜け出したので、私も少しものを教えることができるようになった。もし望むなら、私を目覚めさせなさい」

続いて彼は自分を目覚めさせる方法を説明した。彼を蘇生させるには厳密な手順に基づかねばならず、少しでも誤りを犯せば、不可逆的な死を招くことになる。神聖な沙《シャー》司教たちの種族は実際は非常に脆弱な生命体だということを、トゥララはこのとき初めて知った。彼らはほんの一瞬でも空気がなくなれば窒息死してしまう。さらに熱死、凍死、溺死、餓死、渇死、病死、毒死……だが、こんなに脆弱な生命体が数十億年も生き長らえ、こんなにも高度な科学技術を創出するなんて！　トゥララは深く感動し、真剣に読み進めた。この十億歳の老人を今すぐ目覚めさせたいと彼は心から思った。ソラ星人にとっては、彼は神と称されてもいい存在になっているのだ。

トゥララは突然目眩《めまい》に襲われ、エネルギーボックスの残量が間もなくゼロになることに気がついた。彼は這って自分のリュックを探しにいった。そこにはエネルギーボックスが四つ入っているはずだ。だがリュックは空っぽだった！　トゥララの感情オーラは震え、パニックが彼を襲った。目の前にあるリュックはチカカのもので、きっとチカカが自分のリュックを持っていったのだ。チカカにはもちろん自分を傷つけるつもりなどなかっただろう。ただ先ほどの宗教的狂気に巻き込まれ、持ちあわせるべき慎重さを失ってしまっただけだ。

どうするべきなのか？　ホールに照明はあるが光量が少なすぎ、紫外線以上の高エネルギー波長域が不足しており、彼の生命を維持できない。彼はまもなく沙《シャー》司教の聖府で非業の死を迎えようとしていた。

聖書には厳しい戒律が書かれている。ソラの民は死亡する前に死亡配偶者を見つけ、最後のエネルギーを用いてブラストを行い、新たな個体を二つ以上生み出さねばならない。ブラストを行わなければば、死後再び蘇ったとしても、皆から軽蔑されるだろう、と。実のところ、この倫理規範を定めたのは、聖書以前の原始ソラ星人だ。これはもちろん間違ってはいない。ソラ星人の体は自然分解しないので、もしブラストを行わなければ、ソラ星には後人の居場所がなくなってしまうからだ。

非業の死を遂げたソラ星人は（光を照射しさえすれば）容易に復活するが、トゥララはそんな人の道に背くような恥ずべき行為を自分がする羽目になるとは考えたこともなかった。だが、今日死ぬわけにはいかない！　彼にはやらねばならぬ重要な仕事がまだ残っている。化身の説明に従い化身を呼び覚まし、ソラ星人のために「大いなる寵愛」を勝ち得るには、どうあっても今は死ねない。目眩はますます悪化し、効率的に考えることはできなくなっている。一刻も早く方法を見つけなければならない。

彼は衰弱する頭脳が許す範囲で、自分を救う方法を考えついた。彼は体を引きずり、ホールの最も明るい照明の下まで苦しみながら這っていった。低エネルギー光では彼を生存状態で維持することはできないが、仮死状態でなら維持できるだろう。彼は力なく崩れ落ちたが、頑強な意思により意識レベルを低下させることはなかった。閃光穴からは小さく唱える声が聞こえていた。

「私は死ねない。やり残したことがある」

二〇四六年六月一日、私が沙午《シャー・ウー》おばさんの遺産を相続してから十四年後、宇宙船「姑媽号《グーマー》」は水星上空に到着し、下へ炎を噴射させながらゆっくりと水星の地表に降りて来た。

巨大な太陽が空の果てで輝き、水星に向けて強烈な光と熱を放っていた。ここからは太陽の外径の何倍にも外へ広がるコロナがはっきりと見えた。コロナは太陽の両極では羽毛状、赤道付近では枝状を呈し、白色に青味がさしたすっきりと上品な色合いで、軽やかに舞い上がる様子は目を見張るような美しさだ。水星の空には大気が存在しないので、散乱光も、風や雲も、埃もなく、透明で澄み切っている。目の届く限り、濃緑色の岩だらけで、扇状の崖が数百キロメートルも伸び、陰干しした杏の表面の皺のようだ。崖の上には液体金属の湖が散らばり、日光の下で強烈な光線を反射させている。振り返って見ると、空の果てに地球がはっきりと見え、青くきらきらと光り、お伽話のように美しい。

この荒廃した美しい星は金属アメーバたちが子々孫々生活していく場所になろうとしている。

私は沙午おばさんの遺影を抱え、水星での第一歩を踏んだ。プラチナにエッチングされて描かれた遺影は、ここに留まり、彼女の作り出した生命体に永遠に寄り添う。宇宙船の船室内にあるクレーンはゆっくりとロープを下ろし、洪《ホン》氏の水星専用自動車を地上に置いた。強烈な日光が真っ黒なクーラーパネルに降り注ぎ、水星専用自動車のエネルギーはすぐに満タンになった。洪氏はハンドルを握り、車を宇宙船の側面に横づけした。彼の髪の毛はごま塩で、いつものように冷ややかな顔つきをしていたが、彼が内に秘めた興奮を私は見抜いていた。

洪其炎《ホン・チーイエン》氏は宇宙船の秘密の乗客であり、離陸前に彼はすでに「心臓発作により応急手当も虚しく逝去（享年六十四歳）」している。我々は死亡広告を出し、厳かに葬儀を執り行う、各界から一斉に哀悼の意が伝えられた。変わり者であったし、彼が支持する「水星放育」活動は全人類の承認を得られたわけではなかったが、彼の気概と献身に人々は敬服していた。彼が心血を注いだ宇宙船「姑媽《グーマー》号」は間もなく離陸するが、彼はこの瞬間に不幸にも世を去ったのだ。何という悲劇だろう！　しかしこのとき、洪《ホン》氏は彼の水星専用自動車と共に密かに宇宙船に運ばれていた。洪氏は言った。

「これでいい、地球社会には私のことを徹底的に忘れてもらうんだ。他のことに気を取られ、水星に留まりやるべきことがおろそかにならないですむ」

宇宙船キャプテンの柳明《リウ・ミン》少将が指揮を執り、クルー二名が緑色の冷蔵庫を担ぎタラップを降りていった。中には凝結した金属棒が二十本入っており、それは沙午《シャー・ウー》おばさんの生命の坩堝から取り出したもので、中に生命体の種が収められていた。宇宙船はカロリス盆地に着陸し、温度計を見ると、このときの外気温は七百二十度だった。宇宙服についている太陽エネルギー空調装置がブンブンと音を立て、太陽から送られる光エネルギーを用いて太陽による厳しい暑さに抵抗した。もし空調がなければ、宇宙飛行士はもとより、その二十本の金属棒でさえも瞬時に溶けてしまっていただろう。

クルー五人は全員下に降り、作業を開始した。我々は水星時間で一日以内に全ての作業を終了させ、その後洪氏だけを残して他の人間は地球に帰還する計画を立てていた。五人のクルーはここで二十基の太陽光発電所を建築し、各発電所の電力は二本の細い超電導ケーブルにより北極へ送られる。ケーブルは比較的安価のイットリウムバリウム銅酸化物で、超伝導性を保持できるのはマイナス百七十度以下の低温においてのみだが、ここ水星ではそれで充分事足りた。昼間、太陽光発電所が変換する電力はひとまず蓄電池に貯蔵され、夜になり、気温がマイナス百七十度以下に下がると、超伝導ケーブルを通って電源から遥か極地にその電力が送られ、そこで洪《ホン》氏の急速冷凍／解凍用のエネルギーとして使われる。蘇生周期における一千万年もの長きにわたる冷蔵プロセスでは、マイナス六十度の極氷により自動冷却され、エネルギーは不要なので、小型の百キロワット発電所でも充分なのだ。だが絶対的な確実性を保証するため、我々は二十基の構造が異なる発電所を組みあわせて送電網を作り上げた。洪氏の眠りは一千万年にも及ぶことを忘れてはならない。一千万年の間に起こる変化など誰が予想できるというのか。

私と柳《リウ》キャプテンは洪氏が運転する車に乗り、三人で一緒に放育に適した土地を探しに出発した。この生命の船は非常にコンパクトにデザインされている。ボディは非常に高性能なソーラーパネルで覆われ、極夜の微弱な日光でも走行を維持できる。車の後部は小型食物再生装置と酸素発生装置になっており、一人分の合成食品や空気を充分に提供できる。下側は強力な大型蓄電池で、十万キロワットアワーの電力を提供でき、（常に充放電していれば）寿命は永久だ。洪氏の周りは急速凝結装置で、ボタンを押しさえすれば、二秒以内に彼を急速冷凍処理する。一千万年後、この装置は自動的に起動し、彼を蘇生させる。彼が座る運転席は実は機敏に動くメカニカルレッグで、彼を車から連れ出し、短時間歩行させることが可能だが、それは、生命体を育てる金属湖は車を走らせていけない場所にあることが多いからだ。

洪氏は一心不乱に車を運転した。彼は道を探しながら険しく果てしない荒野を進み、私は柳キャプテンと後部座席に座っていた。作業の便宜を図るため、我々は車中でも宇宙服を着ていた。柳キャプテンは軍人然として座っており、無言で洪《ホン》氏の白髪を凝視し、彼の高く突き出た猫背と鳩胸、そして痩せ細り変形した足をじっと眺めていたが、その眼差しは憐れみに満ちていた。私は洪氏と少し話をしたいと思っていた。これから数万年の間、彼は話のできる知り合いとはもう再会できなくなるからだ。だがそんな悲壮な雰囲気の中、私は話を切り出すことができず、道の状況についての短く簡単な話しかできなかった。

洪氏が振り向いた。「陳《チェン》君、『死ぬ』前に自分の財産を精査したら、まだ数百万元残っていたよ。これを君と尹《イン》君に残すことにした。君たちには今回の件で多くの犠牲を払ってもらったからね」

「いいえ、一番犠牲を払われたのはあなたですよ。洪さん、あなたは仁者の愛を備えた偉人です」

「偉人は沙《シャー》女史だ。彼女、そして君は、晩年に全く新しい生活をもたらしてくれた。ありがとう」

私は小声で言った。「いいえ、お礼を申し上げないといけないのは私の方です」

車は金属湖を一つ通り過ぎた。液体金属が耿々《こうこう》ときらめいている。放射温度計で測ってみると六百二十度あり、この小さな生命体には少し高温だった。我々は前進を続け、また別の金属湖を見つけた。その湖は断崖に半分遮られており、太陽光は斜めからしか射さず、比較的低温だった。我々は車を止めた。洪氏はメカニカルレッグを操縦して車から降り、私と柳《リウ》キャプテンは金属棒を二本、懐中に入れ後ろに続いた。金属湖は百メートル下方にあり、地形は険しく、彼のメカニカルレッグは機敏に動くとはいえ、歩みを進めるのはかなり困難を伴った。深い溝を跨いだとき、彼が少しよろめいたので、思わず手を伸ばして彼を支えようとしたが、柳キャプテンは手を振って私を制止した。そうだ、正しいのは柳キャプテンだ。洪《ホン》氏は一人で生き抜けるようにならねばならない。これからのとてつもなく長い時間、彼は手を差し伸べてくれる人と出会うこともない。もしうっかり転げ落ちても、彼は不自由な足で懸命に立ち上がるしかないのだ。さもなければ……私は鼻がつうんとなり、あわててその考えをかなぐり捨てた。

我々は遂に湖の畔に到着した。ダークレッドの液体金属の液面はとても静かだった。温度を測ると四百二十三度で、溶液には、スズ、鉛、ナトリウム、水銀が含まれ、固相マンガン、モリブデン、クロムの微粒子も一部含まれており、アメーバにとって理想的な繁殖地だった。我々は金属棒を取り出して洪氏に渡すと、彼はその棒を宇宙服の手袋に載せ、待った。斜めに照らす太陽の光が間もなく棒を溶かすと、小さな玉になって湖に転がり落ち、湖と溶けあった。しばらくしてから洪氏がプローブを一つ液体金属の中に入れ、ポータブルディスプレイのスイッチを入れると、そこに拡大映像が映された。プローブがアメーバを発見した。アメーバはすでに眠りから覚め、気怠《けだる》げに体をひねったり、変形させたり、移動したりしていたが、非常にゆったりと心地良さそうな動きをしており、まるで長く住み慣れた実家にいるかのような印象だった。

三人はほっとし、顔を見あわせて笑いあった。

我々は放育に適した金属湖を全部で十箇所見つけ、二十個の「菌株」をそこに放った。この十箇所に点在する生命のオアシスで何が起こるかなど、誰にもわかりはしない。このものたちはあっという間に早世してしまい、洪其炎《ホン・チーイエン》が蘇生して目にするのは生命の砂漠だけかもしれない。或いは生存し続け、水星の高温下で急速な進化を遂げ、湖を離れ、陸に上がり、最終的には知的生命体に進化するかもしれない。そのとき、洪《ホン》氏は彼らに融け込み、孤独ではなくなるのかもしれない。

太陽はゆっくりと移動している。我々が空の暗い北極に駆けつけると、そこでの作業はすでに終了していた。ダークグリーンの極氷に大きな穴を掘り、照明を設置し、四十本の超伝導ケーブルを穴の中に引き込み、ターミナルブロックで一まとめにし、それから水星専用自動車のコネクタにつなぐ。氷穴の中には、洪氏の三十年分の食料として充分な量の缶詰食品が積まれてあるが、これは食物再生装置が故障した際の備えだ。（マイナス六十度の低温に保たれているとはいえ）数千万年放置された食べ物を食べても大丈夫なのかどうか我々にははかりかねるが。

我々は洪氏が外に出るのを手伝い、氷穴の中で食事会を開いた。これは「最後の晩餐」だ。これからの果てしない年月、洪氏は一人で孤独に耐えねばならない。食事中、洪《ホン》氏は相変わらず無言で、穏やかな表情をしていた。数人の若いクルーは、神を仰ぎ望むように畏敬の眼差しで彼を見ていた。この眼差しが彼と皆との距離を広げてしまい、私と柳《リウ》キャプテンは最大限努力したが、雰囲気は盛り上がらなかった。

悲壮な雰囲気に包まれた食事を終えると、洪氏は宇宙服を脱ぎ、裸で車内に戻り、沙《シャー》女史の金属の像をフロントガラスの所に置いた。私は身をかがめて尋ねた。

「洪さん、まだ何かお話はありますか？」

「地球につないでくれ、尹《イン》弁護士と話をする」

地球とコンタクトが取れ、彼は車内のマイクに向かって簡潔に言った。「尹くん、ありがとう、君と過ごした日々は永遠に忘れない」

彼の言葉は電波に変換され、水星を飛び立ち、一億キロメートル離れた地球へ向かった。彼はそれ以上話をせず、静かに待っていた。十分後やっと返事が伝えられた。我々はイヤホンでそれを聞いた。尹《イン》女史は泣き声と共に叫んだ。

「其炎《チーイエン》さん！　永遠のお別れなのね！　愛してる！」

洪《ホン》氏は落ち着いた笑みを浮かべると、我々に手を振り別れを告げた。この刹那、この笑顔は彼の醜《しゅう》貌《ぼう》をまばゆく輝かせた。彼がスイッチを押すと、たちまち冷たい霧が彼の裸身を覆って彼の笑顔を凍らせ、二秒後には彼の急速冷凍は完了した。我々は生命維持システムの最終チェックを終えると、順番に彼にお辞儀をし、黙って氷穴を離れ、宇宙船へ戻った。

地球時間で五日後、宇宙船「姑媽号《グーマー》」は水星を出発し、一年に及ぶ帰途についた。だが全員、自分の生命の一部をこの星に残してきたような気がしていた。


どれくらいの時間が流れたのか、トゥララは意識がはっきりしない中、一団が戻って来て、聖府のホールが騒がしくなったのを感じていた。彼は懸命にチカカを、そしてフパパを呼んだが、誰も取りあわなかった。もしかすると彼は声が出ず、心の中で叫んでいただけだったのかもしれない。騒がしい一団は徐々にいなくなり、ホールの揺れは収束した。悲愴感を覚えながらぼんやりと考えた。私は本当に聖府で非業の死を迎えるのだろうか？

エネルギーが少しずつ体に流れ込み、思考がはっきりしてきた。誰かがエネルギーボックスを交換してくれたようだ。目を見開くと、チカカが憐憫の眼差しで彼を見ていた。彼は弱々しく閃光穴を明滅させた。

「ありがとう」

チカカは視線の向きを変え、彼を見ようとはせず、閃光穴をかすかに明滅させた。「あなたはずっと小声で私の名前を呼び、やり残したことがあると言っていました。あなたに非業の死を遂げさせるなんて私にはできませんから、こっそりエネルギーボックスを交換したんです。これからは――ご自分の力で頑張って下さい」

チカカは悪魔から逃げるように急いで走り去った。無様な「非業の死からの復活者」とは一緒にいたくないのだ。トゥララが感慨深げに嘆息しながら体を起こすと、チカカが彼に残した四個のエネルギーボックスが目に入った。光のある地へ帰るには充分だ。化身は？　トゥララは焦って周囲を調べたが、彼はいなかった。彼の車と共に姿を消していた。フパパが去る直前、帰って教皇に報告し、化身の体を迎え入れ、父星の光の下で彼を呼び起こすと言っていたのを思い出した。焦りの電波がトゥララを取り巻いた。化身の体が実はとても脆弱だとトゥララは知っていた。愚昧な信徒たちが彼の命を奪ってしまう可能性も充分ある。彼はソラ星人の恩人なのに。

トゥララは思った。急いで制止に向かわねばならない！　だがそのとき悲しいことに、長期の仮死状態を経ていたため、体の金属の光沢が不鮮明になってしまっているのに彼は気がついた。これは非業の死を遂げた者のしるしで、免れ得ない天罰だ。もし可及的速やかにブラストしないのなら、人々による蔑《さげす》みと憎しみの中で生きていくしかない。

だが今はそれに構っていられない。彼はエネルギーボックスを持ち、すぐにガトゥリ盆地に引き返した。そこはソラ星で一番暑い場所で、盛大な式典は全てそこで執り行われるのだ。

彼は這って無光地帯を抜けたが、途中には横たわる死体がまだ無数にあった。往路での約束を実現する力を失い、その死者たちを集めることはできなくなってしまったと、彼は申し訳なく思った。有光地帯に入ると、ソラ星人が大勢で群れを成し先を急いでいるのが目に入った。彼らの閃光穴は興奮気味に「化身様復活の式典が間もなく行われるぞ！」と明滅していた。トゥララは詳細を尋ねようとしたが、人々は即座に彼の恥辱の印を見つけ、激怒して彼を罵り、尾で彼をぶった。トゥララは悲しげに遠くへ逃げるしかなかった。

ソラ星時間で一日が過ぎ、彼は正午にガトゥリ盆地の中央に駆けつけた。目の前の光景に彼は目を見張った。幾千幾万というソラ星人が聖壇のそばにびっしりと集まり、群がり集まった感情オーラは互いに影響しあってポジティブフィードバックを起こし、そのあまりの強さに皆は気が触れてしまっていた。トゥララさえも同化されてしまいそうになったが、彼は頑強な意志により自らの宗教的衝動を抑えていた。

幸い、狂乱した人々が彼の恥辱のしるしにあまり注意を払っていなかったので、彼は人の群れに紛れて揉まれながら聖壇の近くまで進んでいくことができた。そこには神の車が止められていた。ドアは閉まり、化身の体は車中で固く目を閉ざしたままだった。人々は彼に跪拝し、頭と尾を激しく地面に打ちつけた。最初はバラバラに打ちつけていたが、次第にリズムが揃うようになり、遂には打ちつける度に地面がわずかに波打つようになった。

教皇が姿を現し、聖壇のそばで跪《ひざまず》き、信徒の跪拝と祈禱が再びクライマックスに達した。このとき、上位の執事が歩み出て皆を静かにさせた。あれはチカカだ！　科学に背を向け信仰に身を投じたこの者を教皇はいたくお気に入りのようで、彼は現在フパパよりも上の地位にある。チカカは皆が静まるのを待ち、朗々と宣言した。

「教皇猊下《げいか》の勅命を賜《たまわ》り、北極へ赴き極氷の中の聖府を見つけ、沙司教様の御聖体をお迎えしました。今、沙司教様は父星の光を受けお目覚めになり、我々に大いなる寵愛をもたらして下さるでしょう！教皇陛下は今日聖壇に赴き、跪いて大いなる神たる沙司教様の復活をお迎えになられます！」

教皇は再び地に頭を打ちつけて拝礼した後、チカカが車のドアを開けると、僧侶が前に進み出て化身の体を運び出そうとした。トゥララはこのとき自分の身の安全を顧みず、閃光穴から二筋の強力な光を発射し、一人の僧侶の背中に火傷を負わせ、しばらくの間彼の動きを止めた。トゥララは強いメッセージを発信した。

「彼を運び出してはならない、死に至らしめてしまうぞ！」トゥララは咄嗟の機転で、抑止力のある一言をつけ加えた。「沙司教様が自らおっしゃったのだ。神を冒瀆するような行いは許されない！」

人々は驚いて棒立ちになり、教皇でさえしばらく言葉が出なかった。チカカは憤《いきどお》りながら振り返り、大声で言った。「奴の話に耳を貸すな。奴は非業の死者だ。神への冒瀆を許すな！」

人々はやっと彼の恥辱のしるしに気づき、すぐに尾を飛ばし、激しく彼の背中をぶった。トゥララは目の前が真っ暗になったが、何とか耐えて後続のメッセージを発信し続けた。

「化身に父星の光を浴びせてはいけない。お前たち、彼を殺してしまうぞ！」

再び怒り狂った攻撃を数度浴び、彼は体を支えられなくなり地面に倒れ込んだが、何人かはなおも彼を激しく叩き続けた。チカカは憎々しげにトゥララを睨みつけると、手を上げて皆を静めた。聖体を迎える儀式が始まった。四人の僧侶が注意深く化身の体を車から運び出すと、人々は感情オーラがほとばしり、影響しあい、強まって、数えきれないほど多くの閃光穴が同時に沙司教の大いなる徳と大いなる力に感激しそれを褒め称えた。

このような感情オーラは異端を極度に排斥する。ここではトゥララの感情だけが異端なので、彼の頭は無数の針で神経を刺されたように割れそうに痛んだ。彼はもがきながら立ち上がり、人の隙間から奥を見た。化身の体はすでに高い聖台の上に置かれ、教皇がチカカとフパパを引き連れ地に伏して跪拝した。トゥララの神経は張り詰め、恐るべきことが間もなく起こるだろうと彼は思った。化身は聖台の上で依然として目を固く閉じたままだった。父星の強烈な光が射す七百二十度もの高温の下、彼の体はあっという間に黒ずみ、体内から猛烈な勢いで水分が蒸発して立ち上り、その周囲はひずんだように見えた。彼の体からグレーの煙が細々と立ちはじめ、その後、焦げ尽くされた体は剝がれて飛び散り、残されたのは黒く焦げた骨格だけだった。

教皇と信徒は皆、呆然としていた。これは一体どういうことなのだろう？　ソラ星人の金属の体は父星の光に晒《さら》されても平気で、ブラストしなかった遺体でさえ一千万年の間保たれるというのに。化身様の御聖体は、なぜ父星により損なわれてしまったのか？　人々は先ほどトゥララが「化身に父星の光を浴びせてはいけない。お前たち、彼を殺してしまうぞ！」と言ったのを思い出した。彼らは恐ろしくなった。幾千幾万という人々の恐怖のオーラが一つにまとまり、徐々に強くなり、徐々に勢いを増し、力を貯め、出口を求めていた。

教皇とチカカも人々と同様に恐怖を抱いていた。誰が御聖体を損なった罪を引き受けることができよう？　もし誰かが腕を振り上げて叫べば、信徒たちは罪人をずたずたにするだろう。それはたとえ教皇ほどの貴人であったとしても逃れることはできないだろう。時間は恐怖の中で静止していた。恐怖と鬱積した憤怒の感情オーラが引き続き強くなり……、突然チカカは託宣が下ったかの如く、立ち上がってその骨を指差し宣言した。

「父星が彼に罰を下されたのだ！　彼はかつて父星から逃れるため極氷の中に逃げたが、父星は彼を決して許さなかった！」

恐怖は一瞬の内に跡形もなく消え去り、信徒たちの神経も張り詰めていた状態から解放された。そうだ、聖書の中で確かに、沙《シャー》司教様の化身様は父星の寵愛を失い、極氷の中に隠れ父星による懲罰から逃れたと述べられている。先ほど皆がその目で見たのは、父星の光が彼を死に至らしめた情景だ。チカカはこのチャンスを逃さず、憎々しげに宣言した。

「奴を殺せ！」

チカカの閃光穴から、二筋の強力な殺戮光線が化身の骨に向けて発射された。信徒たちはすぐさまそれにならい、無数の強い光が集まり、骨格は大きな音を立てて崩れた。教皇は明らかにまだ取り乱したままで、そこに長くはとどまらず、立ち上がってチカカの頭を撫でながら称賛の意を表し、そそくさと去っていった。

信徒たちも早々に解散していった。彼らは荒々しい行動で恐怖心を追い払ったが、化身の体に暴力を加えてしまったことで、不安で落ち着かなかった。しばらくすると、密集状態は解消され、聖壇上の破壊された骨格、ぺしゃんこに壊された神の車、金属の彫像、そして衰弱したトゥララだけが残された。

トゥララは頭部の激痛に耐えながら、骨が置かれてある所まで無理をおして歩いていった。浅黒い骨が地面にばらばらになって落ち、頭は外れて傍らに転がり、二つの暗い穴になってしまった両目は悲憤の念と共に空の果てを見ていた。ほんの少し前、彼はまだ人々が敬慕する化身で、豊満で丈夫な聖体だったのに、一瞬の間に破壊され、もはや永遠に救いようがなくなった。トゥララは深い自責の念にかられた。もし事前に教皇と会見できていたら、自分の名声を信じ、正しい方法で沙司教を目覚めさせるように説得できたのに――教皇も聖体を破壊されたくはないだろうから。だがもう遅い、手遅れだ。全てを引き起こした原因は、エネルギーボックスの不足、自らのこの忌々しい粗忽《そこつ》さだ。

トゥララは深く深く地に伏し、化身に対し嘆きながら謝罪した。

彼は立ち上がり、化身の骨を注意深く拾い集めた。なぜそんなことをするのか？　わからない。何も目的はなかった。ただこういう無意識の動作により心の中にある悲しみや後悔を追い払いたかっただけだ。だが二千年後、科学者がゲノムテクノロジー（化身が残した大量のディスクに詳細な解説が記録されていた）に基づき、幸運にも保存されていた骨から化身の遺伝子を抽出して彼を復活させたとき、ソラ星人はトゥララの遠大な見識に初めて心から彼を称賛することになる。

この後の千年間はソラ星の暗黒時代だった。狂信的な信徒が科学に関する全ての物を破壊し、ソラ星人が広く使用していたエネルギーボックスさえも、神を冒瀆する奇をてらった不必要な技術と見なされ全て破壊された。歩み出したばかりの科学は出鼻を挫かれて一向に立ち直れず、千年もの年月が流れた後にやっと回復の兆しを見せはじめることになる。

沙《シャー》司教宗は最盛期を迎えていた。彼らは沙司教を信奉したが、化身はもはや大いなる神たる沙司教の使者ではなく、偽りの神、罪深き神と見なした。信徒の祈禱文には一文が加えられた。

「私は大いなる神たる沙司教様をこの世で唯一の至尊と崇める、

私は偽りの神を忌み嫌う、彼は大いなる神の化身ではない」

だが、沙司教教では贖罪派という一分派が起こりつつあった。聞くところによると、伝道者は非業の死を遂げた後に復活した賤民らしい。彼らは化身が大いなる神の使臣であり、ソラ星人の創造者であると今も信じている。彼らは心を込めて二つの神聖な品物——焦げた骨とプラチナ製の塑像——を保存している。贖罪派の教義では、化身の死の是非について、以下のように述べられている。「化身様は、確かに沙司教様の化身に間違いなく、ソラ星に無上の幸福を授けようと考えておられた。だが彼はソラの民に誤って殺され、幸福はソラの民の傍《そば》をすり抜けていった」

新教皇のチカカが厳しい鎮圧法を公布しても、贖罪派の信徒は日を追うごとにに増えていく。贖罪派の教義は人の生まれ持った良識を、そして心の奥底に眠る後ろめたさを呼び起こすものだからだ。教皇庁の鎮圧に対し、贖罪派は表立って反抗することはなく、黙々と教えを広め、至る所で科学に関するあらゆる物——壊れたエネルギーボックス、神の車の破片、欠けた図面や文字など——を収集した。なぜなら——次の千年が巡り来て化身様が復活されたときにそれらが役に立つという、伝道者の言葉があったからだ。

贖罪派は旧約聖書のみを信じ、新約聖書は捨て去った。彼らは旧約聖書に祈禱文を一節つけ加えている。

「化身様は御自分の権限を越えてソラの民を創造し、父星により罰を受けられた。

ソラの民は化身様を誤って殺《あや》めたが、あなたたちは父星から権限を授けられたのだろうか？

ソラの民よ、
あなたたちは自分の父親を殺した、あなたたちは罪人だ。

あなたたちは子々孫々原罪を背負い続ける、化身様が復活するまで永遠に」

消防士

王侃瑜《レジーナ・カンユー・ワン》

根岸美聡 訳

窓の外では、黄色い煙が空を覆っていた。太陽は濃い煙に覆い隠されてぼんやりとした光の点となり、肉眼でも直視することができた。ちょうど仲夏《ちゅうか》（夏のなかばのひと月）のさなかだったが、室内に入り込んで来る空気は心持ち涼しく、よく嗅いでみると、鼻を衝く焦げた匂いが混ざっていた。彼女はちょうどこの森林火災が発生した時に私のオフィスにやってきた。

実のところ、「彼女」と呼ぶべきか、「それ」と呼ぶべきか、私にはわからないが。

「私はファニーといいます」スピーカーを通して出てきた声は氷のように冷たく、かすれ、金属の質感を帯びていた。ちょうど、色あせて剝がれ落ちた彼女の体表の塗装のような錆びた金属の質感だ。

私は椅子の方へ向けてちょっと頷いて、彼女に座るよう示したが、すぐに人間に合う椅子が彼女に合うとは限らないことに気がついた。

彼女は気にもとめず、二本の下肢を動かしながら私の机の前まで来ると、椅子の横で関節を曲げ、下肢の三分の二を折りたたみ、頭部を私の視線と同じ高さに調整した。

「火事の救助に行かなかったんですか？」私は彼女の体側にもう薄くなってしまったスプレーペイントがあるのに気づいた。ぼやけた赤が集まって一筋の火柱となり、その上で白いハンマーとホースの筒先が交差している。これは消防局のマークだ。

彼女は首を振った。「連邦はもう、人為的に引き起こされたのではない森林火災は、個人の生命や財産に危害が及ばない限り、全て救助に行かないと決めているのです」

「救助に行かない？」連邦は一体何を考えているのだろうか。

彼女の口ぶりは重く、そこに含まれる感情は判別しがたかった。『自然に対する干渉を最小限にすることによって、初めて自然なかたちで森林の植生を入れ替えて、土に埋まった種を発芽させることができる』ということだそうです。私も不思議に思っています」

私は肩をすくめた。「では、あなたが私のところに来た理由は？」急性ストレス障害？　情緒障害？　ＰＴＳＤ（心的外傷後ストレス障害）？　とにかく、これまで消防士の精神疾患の罹患率が低くなったことはない。

彼女は首を回して私に向き直った。探査スコープの奥で赤い光が閃いた。「先生、私は出動することができないんです」

私はクラウドネットワークを通じて、この消防機体の資料を検索し始め、黙ったまま彼女が話を続けるのを待った。

「私は怖いんです。自分が兄の期待に背《そむ》くことになるのではないかと……」彼女は顔を下げると、三本指の機械の手で顔を覆った。その動作は人間らしさに溢れており、彼女の機械の身体の上ではひどく異様に映った。

「兄？」ひょっとして彼女は……検索結果は私の予想を裏付けた。オクタヴィア7・2型は、消防任務に特化したヒューマノイドロボットで、救助機能を特徴とする。これまでのモデルとの最大の違いは、人工知能による意識ではなく、本当の意味での人間の意識を搭載していることで、それにより消防任務における複雑な環境に適応し、瞬時に正確な行動をとることができ、救助対象の安全を保証すると同時に、自分自身の保護をも最大限行なうのである。

彼女は手を下ろし、頭を上げた。「先生、兄の話を聞いてもらってもいいですか？　みんな私の話を聞こうとしないし、兄の事を気にかけてくれないんです」

私は右目の録画機能がオンになっているのを確認してから、彼女に言った。「どうぞ、ごゆっくり」

錯覚かもしれないが、彼女の探査スコープのレンズが曇ったように見えた。「私の兄は志願消防士でした……」

私の兄は志願消防士でした。私たちのいたような小さな村では、専業の消防隊の経費は負担することができません。だから、いるのは志願消防士だけで、普段はそれぞれの仕事をしながら、火災が起こると出動して消火活動を行っていました。村があまりにも小さかったからなのか、昔から大火災に見舞われたことはなかったので、村の志願消防士は緊張感を持たずに、だらだらと任務をこなしていました。そうして、あの年になりました。空気が乾燥していたところに、誰かが火の残った吸殻を納屋に置き去りにしたことで、村の半分が炎に飲み込まれたのです。私たちの両親もその火事で命を失いました。その年、私は十三歳で、兄は十五歳でした。葬儀の間、兄は私の手をきつく握りしめていて、私は兄が震えているのを感じることができました。それが恐れではなく怒りであったことに気づいたのは、長い時間が経ってからでした。

火事の後、村では志願消防隊が見直されました。兄は十九歳の時に、志願消防士の一人となりました。兄は隊の中で最も厳しく訓練に励み、当番が回って来ていない時でも常に待機していました。村の火は、いつもほんの小さなうちに兄たちによって消し止められ、近隣の村で大火災が起きた時に私たちが出す手伝いの中にも、いつも兄がいました。そんな風に兄が命を投げ出すのを見て、私は心がとても痛み、兄が出動するたびにいつも心配になりました。私は兄のために一枚の幸運のコインを作りました。硬貨の裏に兄の名前「ピーター」のイニシャルのPを彫ったものです。兄はずっとこの硬貨を身に着けていて、それは兄が火災現場に出入りする時のお守りでした。

兄の二十一歳の誕生日に、私はケーキを焼き、兄の一番好きな羊の腿肉の煮込みと春鶏《わかどり》のローストを作りました。私は家で兄を待ちました。長い間待ち続けましたが、料理が冷め、灯りが消えても、兄は帰っては来ませんでした。私は不安になりました。緊急出動かしら？　でも、村の周囲には火も煙もありません。もしかしたら隣村に行ったのかも？　私はますます心配になりましたが、成す術も無く、テーブルの周りをぐるぐると回ることしかできませんでした。真夜中、全身に酒の匂いを漂わせながら、兄は帰って来ました。私は慌てて支えようとしましたが、押しのけられました。ケーキを手渡しましたが、床に払い落とされました。兄はぶつぶつと何かを言い続けていました。男なら兄弟と酒を飲まなきゃいけないだとか、ケーキは若い女が食べるものだとか、成長を求めて遠くへ行くつもりだとか、この小さな村に一生閉じ込められているわけにはいかないだとか。私は兄をベッドまで運ぶのに必死になっていましたが、彼は延々とたわ言を言い続けました。その時、私はそれが本当にただのたわ言だと信じていたのです。

次の日、兄は目を覚ますと私のところへ来て、昨夜は志願消防隊の隊員たちが誕生日を祝ってくれて、すごい量の酒を飲まされたんだと言いました。兄は酔っ払っての失言を謝りました。でも、遠くへ行くという話は本当だと言いました。隊長が人手の足りない遠方の町の志願消防隊へと兄を推薦し、上手くやれば専業の消防士になるチャンスもあるというのです。私は兄に残ってくれるよう懇願しましたが、兄はしばらく黙ったままでした。結局、兄は、そこでは自分をもっと必要としているから行かなければならないと言いました。

私が兄を必要としなくなったとでもいうのでしょうか？　私は意地になって兄と話をしませんでした。沈黙で抗議しようとしましたが、それでも兄は去り、一人で遠方へと行ってしまいました。兄は時折手紙や贈り物を送ってきました。手紙には、兄の仕事や近所の人たちのことなどが書かれていました。私は手紙を読んで笑顔になることもありました。兄が元気に過ごしているのを知って私も嬉しく思い、笑顔を浮かべているうちに涙が出てくることもありました。なぜなら兄は少しも帰宅する意志を見せなかったからです。私を一人でここに放《ほう》って自分の理想を追い求めているというのに、兄は私の気持ちなど考えていないのです。私は返事を書きませんでした。何と返事を書いたらいいのかわからなかったのです。兄は望みどおりに専業の消防士となり、仕事はますます忙しくなりましたが、年末年始には少し帰ることができそうだと言って、私が家にいるかどうか尋ねてきました。私は家にいるに決まっているじゃありませんか！　三年経って、兄がようやく帰ってくるんです！　私は返事を書くために筆を執りました。少し書いたところで、まず部屋を掃除しなければと思って箒を持つと、今度は新しく覚えた料理を練習しておかなければと思いました。やっと席に戻り、改めて筆を執った時、訃報が届きました。

それは森林火災でした。当時、連邦はまだ森林火災には救助に向かうという措置を執っていて、樹木や動物を救助していました。その上、その森林は町に近く、放置すれば町の安全を脅かす可能性が大きかったのです。兄は本来その日の担当ではありませんでした。しかし、報せを聞くと、すぐに装備を整えて出発して救助に入りました。兄はいつでも最前線に飛び込んでいきました。兄はその火災で亡くなった唯一の消防士でした。葬儀は町の教会で行われ、私は一人で車に乗って行きました。頭の中は真っ白でした。兄が死んだ？　そんなことあり得る？　もうすぐ帰ってくるはずだったじゃない。まだ仲直りもできていないのに、こんな風に私を残していなくなるなんて、どうしてできるのよ。

私が教会に入っていくと、私のことを知っている人は誰もいませんでした。彼らは私に言いました。ピーターは本当に勇敢だった。彼は火の中に三度行き来して、造林地の作業員の息子と、足をくじいた猟犬と、母親とはぐれたリスを救い出したんだ。最後に火の中から出てきた時、彼は倒れて、そのまま起き上がることができなかった、と。彼らは言いました。その日の火の勢いは本当に強くて、煙が空を覆い日光が遮られ、火災現場から離れたところは寒くて暗く、晩秋を思い起こさせるようだった、と。彼らは言いました。ピーターが倒れた時、手の中には一枚の硬貨が握りしめられていて、その硬貨は値打ちのあるものに違いない、そうでなければどうしてこんなにしっかりと握りしめているのかって、みんなでたくさんの力を使ってやっと彼の手の中から取り出したんだ。ほら、あそこにある。あそこの聖卓の上で、彼の家族に返されるのを待っているよ。彼らは言いました。ピーターは本当にいい人だった。どれほどいいやつだったか。彼はスーザンばあさんの柵を直してやったし、ヨハネスおじさんの家の乳牛の病気も治してやったんだ。彼らは言いました。こんなにいいやつがいなくなるなんて、本当に惜しいことだよ。ピーターは本当なら綺麗なお嬢さんを見つけて、可愛い子供を何人も作るべきだったんだよ。でも彼はただ仕事に打ち込むだけで、稼いだ金はみんな家に送っちまって、お嬢さんたちには目もくれなかったんだ。彼らは言いました。ピーターは勇敢で、正直で、熱心で、善良で、知っているかい、知っているかい、知っているかい……私は彼らを見ながら、心の中で怒鳴りました。知っているわ、知っているわ、もちろん知っているわ、彼は私の兄なのよ、あんたたちこそ何も知らない、知らない、知らない、私は彼の妹なんだって！　でも私は何も言いませんでした。私は涙を堪え、黙って聖卓の方へ向かい、硬貨を持ち去りました。

彼女はここまで言うと、話すのをやめて、身体に巻きつけてある防火袋の中を探り一枚の硬貨を取り出し、私の目の前に差し出した。受け取ろうとすると、彼女の手の平はザラザラとしていて氷のように冷たく、まるで冬の冷気にさらされた錆びた鉄のようだった。

それは長い年月を経た一枚の硬貨だった。彼女の汚れ、手入れを欠いた金属の機体とは違い、硬貨の表面は新品のように光り輝き、一片のくすみも無かった。ただ、裏面に彫られたＰの文字だけが摩耗して平らになり、柔らかな光を放っていた。

私は硬貨を彼女に返した。「ずっと身に着けているんですね」心療内科医は、時には無駄な話をしなければならない。それによって患者が話を続けるよう促すのだ。

彼女は注意深く二本の指で硬貨をつまむと、防火袋に戻し、ボタンをしっかりとしめると、袋に手を置いた。そうしてようやく話を再開した。「そうです。あの時から今まで、もう四十年近くになります」

オクタヴィア7・2型は三十年前から業務についている。ということは、彼女は三十二歳前後にアップロードされたことになる。それは決して消防士にとっての最盛期ではない。開発業者はそれほど思慮に欠けていたのだろうか。私はこの消防機体に知能を搭載されている人々の名簿を調べ始めるのと同時に彼女との対話も続けた。「お兄さんの遺志を継ぐために消防士になったということですか」

彼女は肩の関節を高く上げ、肩をすくめるような動作をしてみせた「そう言ってもいいでしょう。女性にとっては本当に簡単なことではないんです」


私はそもそも兄が犠牲になった町に留まって、そこの志願消防隊に入ろうと思っていましたが、彼らは女性には務まらない仕事だと言って、女性を受け入れていませんでした。その後、私はもっと大きな都市に行きました。そこには性別による差別は無いに違いないと考えたのです。私は試験に合格して、市の志願消防隊に入りました。でも、彼らは私に電話応対や書類作成や後方支援しかさせてくれませんでした。私はオフィスにいるだけの臆病者にはなりたくなかった。私は真剣勝負を火災現場でしたかった。そうすることでしか兄の魂に近づくことはできませんから。私は隊長に申請を出しました。彼は笑って、私の頭を撫でながら言いました。俺の妹もお前みたいに自分は何でもできるんだって思ってたよ。でも、炎には目があるわけじゃないからな。火災現場では勇気と決断力を持っていなきゃならない。俺はお前がそれを持っていることを少しも疑っちゃいない。でも、それだけじゃなく力が必要なんだよ。お前のこの細腕をよく見ろよ。お前は家の梁《はり》を一人で担ぎ上げられるか？　お前よりも太った奥さんを抱き上げられるか？　私は歯を食いしばりました。確かに私にはできないことでした。

私は身体を鍛え始めましたが、やたらと時間がかかり、私の望むところまで到達するのは難しそうでした。私は渇望しました。強く、丈夫になるんだ。もっと速く、もっともっと速く、そうでなければ兄に追いつけない、と。博士とは、ある時の消防員の試験で出会いました。本名はわかりません。誰もが彼を博士と呼んでいました。博士はちょうど消防員のパワーとスピードを上げるために、消防用の機械外骨格を開発しているところで、私をその実験に誘ってくれたんです。女性本来の鋭敏さが助けになったのか、兄に追いつきたいという意志が強かったのか、私のパフォーマンスは実験に参加したほとんどの男性被験者、ひいては現場経験の豊富な消防士たちをも凌駕しました。すぐに私はその「白狼《バイラン》」という名の機械外骨格の最も熟練した操縦者となり、私が白狼に乗って火災現場に出動しだすと、私はその町で最も勢いのあるヒーロー消防士になりました。人々は私に鳳凰《フォンホアン》という通り名をつけてくれました。私を母狼《ムーラン》と呼ぶ人もいました。火災現場に出動する時にはいつでも、かつて兄に贈ったあの硬貨を身に着けました。まるで兄を連れているようで、私は兄に向かって、ほら、あなたの妹も今やヒーローよ、とうとうヒーローの妹の名に恥じない人になったのよ、と言いました。

白狼は一世を風靡しました。コストが下がるにしたがって量産が可能になり、ある程度大きな町なら一台か二台の白狼を借りることができるようになりました。ほどなくして、オクタヴィアシリーズの開発計画が再開されました。その勢いは白狼を圧倒していました。先生はきっとオクタヴィアについてご存知ないでしょう。オクタヴィアは二十一世紀初頭に注目を集めた人型消防ロボットです。人工知能の飛躍的な進歩がオクタヴィアの再生を可能にしました。スーパーＡＩを搭載したオクタヴィア５・０は火災現場で迅速かつ効果的な判断を下し、利益を最大化する行動をとり、火災救助をやり遂げることができました。人間の消防士の生命を危険にさらす白狼と比べ、オクタヴィアはだんだんと支持を拡大していきました。

博士は白狼のプロジェクトもしばらくの間はなんとか支えていましたが、それほど経たないうちに継続不能となりました。貸し出していた白狼は期限が来ると続々と返却され、使用中の白狼も必要なメンテナンスができず、博士は夜を徹して必死に対策を練りました。でも、ビジネスはそもそも博士の得意とするところではありません。博士が得意なのは研究開発だけです。最終的に、プロジェクトチームに残ったのは私と博士の二人だけでした。私たちはオクタヴィアの弱点を発見しました。それは、恐怖心が無いということでした。勇敢さは本来であれば火災現場では優れた資質とされるものですが、いき過ぎた勇敢さは自分自身の生命に対する軽視につながります。出動するといつも、オクタヴィアの消耗率は白狼をはるかに上回っていました。メーカーは貸し出し期間内の無条件メンテナンスを承諾していましたが、このようなお金を火にくべるようなやり方は長続きしないとわかっていました。博士は、オクタヴィアの研究開発員が取り組んでいるのは人工知能が恐怖心を持たないという問題であり、その鍵を握っているのはまさしく白狼であると結論づけました。当時、私は博士の話の意味がよくわかりませんでした。白狼に乗ってオクタヴィアと一緒に出動するまでは。オクタヴィアは速く力強く、稲妻のように炎のカーテンをかき分けていきます。共に火災現場に出入りする度に、オクタヴィアが全く躊躇しない一方で、私が躊躇する時間は長くなっていきました。火の勢いが増していて、中にいた人もみな救出したというのに、オクタヴィアはなぜまだ突入していくのか。たとえ貴重な財宝が炎の奥深くにあったとしても、一体何が命よりも価値があるというのでしょうか。私はふと理解しました。オクタヴィアは命を持ったことがないので、命を失う痛みがわからないのだと。私が躊躇している間に家屋が倒壊し、私は最後の数秒で撤退しました。私が覚えているのは、後方から眩《まばゆ》いばかりの赤い光が襲ってきたことだけで、その後は真っ暗闇でした。

再び目を覚ますと、私はオクタヴィアになっていました。あの火災現場で全壊してしまった量産型のオクタヴィア5・0ではなく、試作段階のオクタヴィア7・2です。私の意識はその中に入れられており、それがすなわち私なのでした。私の肉体は重傷を負い、私の生命を存続させる唯一の方法が、私の知能をオクタヴィア7・2試作機に移すことだったのです。博士が私に代わって決断をしました。白狼の実験を共同で行っている時に、彼がその権利を持つことで私たちは合意していました。そして彼は白狼のプロジェクトを中止し、オクタヴィア7・2のために働くことにしたのです。初めの頃、私は彼を唾棄しました。彼が白狼を裏切り、私のことも裏切ったと思ったのです。その後、私は納得しました。私の体を白狼に搭載するのと、私の知能をオクタヴィアに搭載するのと、どのような本質的な違いがあるのでしょうか。その上、博士は私が肌身離さず持っていた幸運のコインを私のためにとっておいてくれたのです。それは私と兄の間の唯一の繋がりでした。私は訓練に適応し、新しい身体に慣れていきました。ほどなくして火災現場に投入され、再び働き始めました。私は本当に火を浴びて蘇る鳳凰になった気分でした。私がかつて白狼に載って火災現場に出動していた女性消防隊員の鳳凰であると知る者は数人もいませんでしたが。

「そうやって三十年間働いてきたんですね」私は言った。

「そうです。四万三千八百五十九回の出動です」彼女はまるで年齢を言うように、平然とその数字を言った。

「一日平均四回？」私はこの頻度に驚愕した。

彼女は首を振った。「全盛期には、一日に十数回も消火活動に出られました。鋼の体は疲れを知りません。でも、今では二、三か月に一度任務があるかないかです。連邦の防火措置はどんどん厳格になってきていて、ようやく森林火災が起こったとしても助けに行かせてはくれません」

「良いことじゃありませんか……」

「良いこと？」探査スコープの奥の赤い光が高速で閃いた。

「……もう出動しなくて済むんですから」後半部分が口から出ると、私は何か誤ったような感覚を覚えた。

彼女は突然立ち上がると、伸ばした下肢を前方に曲げ、全身を私の頭上に押し出し、声を鋭くして言った。「私は消火活動のためにこの恐ろしい姿になりました。火災現場にいる時だけは、兄を身近に感じられるのです。火災現場の外の私はただの生ける屍《しかばね》です。それでもあなたは出動できないことが良いことだと？」

私の脳内でクラウドネットの通知音が響いた。搭載者の資料が届いたのだ。その一人目がまさにファニー・ハーランだった。オクタヴィア7・2試作機の搭載者であり、三十年間で四万三千件あまりの火災を消し止めたが、二年前に脱隊、行方不明。資料では、この二年間に起こった数件の原因不明の火災に関与した可能性が極めて高いとされている。火災の発生前と消火活動の間、いるはずのないオクタヴィア7・2型の機体が目撃され、消火後に再び姿を消したというのだ。私はふと理解した。それらの火災はどれもファニーによって引き起こされたものだったのだ。彼女は放火し、消火することによって精神的にもっと兄に近づこうとしたのだ。私は初めから判断を誤っていた。彼女が出動できないと言っていたのは、心理的障壁のために火災現場に行くことができないということではなく、そもそも彼女が出動すべき任務がないということだったのだ。

彼女の鋭い叫びが私の頭上で轟いた。「あなたは何もわかっていない！　あいつらと同じよ！　あなたたちは何もわかっていない！」

彼女の指先から火がほとばしるのが見えた。赤い火花が銀灰色の三本の指から私の木製の机の上に飛び散る。私は立ち上がると窓に向かって走った。ガラスが体の周囲で割れたが、後方では想像したような光や熱が噴出することは無かった。振り向くと、泡が彼女を包み込んでいた。オフィスの自動防火システムがすぐに作動したのだ。

私は唖然とした。あらゆる場所に設置された火災予防システム――それこそがファニーが出動できなくなった原因だったのだ。

私は部屋に戻って泡消火設備の電源を切ると、ファニーに歩み寄り、身をかがめて言った。「ファニー、重要なのはどれだけの火を消したかでも、どれだけの命を救ったかでもありません。あなたのお兄さんが一番見たかったのは、あなたが精一杯消火活動をするのと同時に、自分の命を大切にすることですよ」

「自分の命を……大切に……」ファニーはつぶやいた。

彼女の探査スコープの奥の赤い光が消えるのが見えた。そこには窓の外に立ち込める濃煙が映っているようだった。

猫嫌いの小松さん

程婧波《チョン・ジンボー》

立原透耶 訳

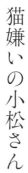

去年の夏、私たち一家はチェンマイに長く住むつもりで引越しした。借りた社区は二、三十年の歴史があり、少しも豪華ではなかったし、むしろいささか古いとさえ言えた。しかし奇妙なことに、ここは外国人に人気があり、ちょっとした連合国を彷彿とさせるような、五大陸、四大洋の人々がみっちりと住んでいるのであった。

たいていは地価が安いことが原因なのだろう、アメリカ人のおとなりさんの家は城のような建物で、城の両側には綺麗な花園を巡らせ、その中にはキューピッドが座す噴水があった。引っ越してきたばかりの時、私はこの白い城を目印にしていて、そこを右に曲がれば、突き当たりの小さな建物が我が家だった。

大家のおばさんの家は我が家の隣にあり、ランナー様式（タイ北部、ランナー王朝時代の寺院建築様式）の木造建築で、庭にはこの上なく素晴らしい龍眼《リュウガン》の木が植わっていた。おばさんはこの社区の業政委員会ホームオーナーズアソシエイションの会員で、その上流暢な英語も話すことができたので、ここの一軒一軒すべての状況をよく理解していた。

「総じて言えば、ここではみんなかなり仲がいいわね」彼女は言った。「路地の奥に住む小松さんを除いてだけれども。――あなた、気をつけるにこしたことはないわよ」

これが初めて小松さんの苗字を耳にした時だったが、苗字以外のことは、何も知らなかった。

大家のおばさんの言った通りで、ここの人は確かにとても友好的だった。――隣のアメリカ人の家には長い年月を経た老木があり、一見枯れ枝のようだが、むっとする空気の中でその実はだんだんと膨らみ始め、やがてずっしり重い波羅蜜《パラミツ》をゆっくりと一つひとつ落とした。隣のタイ人の家には芭蕉やマンゴー、柘榴《ザクロ》が一面に植わっていたし、大家さんの家の龍眼も大豊作だった――。どこかの家の果物が熟れると、そこの主人がちゃんと摘み取って、一軒一軒プレゼントする。私が借りた庭にもマンゴーの木が二本あり、次から次へと実を結び、食べきれずに木の上で腐ってしまっていた。時には一夜のうちにたくさんの青い色の大きなマンゴーが金色に変わってしまい、私は子供と一緒に、かぎ竿でそれらを打ち落とし、隣近所にもう一度配ったこともあった。

怖いもの見たさで、私はマンゴーを口実に、小松さんの家のベルを鳴らした。息子は私の後ろにいた。小松さんの家は城のようでもなく、かといってランナー様式でもなかった。逆に私たちがかつて横浜で住んでいた小さな家にちょっと似ていて、精巧できちんと整っていた。ただ庭は隣近所のような柔らかな草地と可愛らしい果樹が植わっているのではなく、雑草と藤の蔓《つる》がいっぱいに這っており、ひどく不気味だった。

呼び鈴を押したが、誰も扉を開けて出てこない。

私は息子と顔を見合わせ、ただそこを離れるしかなかった。しかし数歩あるいたところで、家の中から咳が聞こえた。次いで扉を開ける音がして、またパタンと背後で閉じる気配がした。

振り返ると、小松さんの家の門の後ろに人影が目に入った。うんともすんとも言わないで私たちをじっと見ているようだった。彼の庭は、午後の陽光のもと陰気でゾッとするような雰囲気を醸し出していた。

私は文字通り「門前払いを食らわす」というのに遭遇したことを夫に話した。彼はそれもそうだね、なぜなら小松さんは日本人だ、おおよそ日本人というものは交際を好まない、自分が他人に迷惑をかけるんじゃないかって心配する性分なんだよ、と答えた。

私は彼にどうして小松さんが日本人だと知っていたのかを尋ねた。彼はかつて小松さんの家にボランティアに行った人に会ったことがあって、その人から小松さんはタイ語が話せず、社区は専門で日本語のできる人を探して派遣していた、ということを聞いたのだった。小松さんは大阪に生まれ、のちに東京のある理工大学に合格し、エンジニアとして名を成した。今はもうすぐ八十歳になろうとしていたが、蛇口の漏水の修理から買い物のための運転まで、何もかも他人に頼ることなく一人でこなすそうだ。数年前、暑季[*1]になるたびに、彼はステープ山の麓にあるサナトリウムへ行き、乾季がくるまでそこで過ごして家へ戻るのだった。しかし年齢を経るにつれ、彼はますます変わり者になっていった。しょっちゅうサナトリウムのヘルパーに腹を立てた。怒った後、彼はいたる所にクレームの電話をしたので、社区から件のボランティアが派遣され、多くのクレームを処理した。それで彼についてはよく知っているのであった。

だとすれば、彼のきちんとして気が利いた家も合理的に解釈できる——おそらくは彼自身が設計したであろう家は、日本のスタイルを参考にしたに違いない。門前払いを食らったエピソードは我々のチェンマイでの滞在には何の影響も与えなかった。社区はチェンマイの縮図のようで、多元文化が受け入れられる、このタイ北部の小さな町の善良さを私たちはとても好んでいた。

そして雨季の終わりが近づいたころ、驚くべきことが起こった。初めてチェンマイにきた人はここの蚊があまりにたくさん飛んでいることに、蜘蛛やトカゲが家中の常連となっていることに驚くだろう。夜間の虫の鳴き声は震えるような声から耳をつんざくような声までさまざまであった。朝はまだリスやシジュウカラ、野鳩などの鳴き声を聞くことができた。時には早朝に門を出て散歩したが、寝ぼけてぼんやりとしたまま靴に足を入れたら、湿って柔らかいものにぶつかった。靴を持ち上げて上下に振ったところ、じっとり湿った緑と橙色の大きなカエルがポトリと転げ落ちてきたこともあった。

ある程度住むと、先のようなことごとは、次第に慣れっこになっていった。けれども、ある日なんと蛇が垣根を超えて庭に入ってきたのである。大家のおばさんは不動産会社の人に蛇を捕まえるよう電話をし、やってきた人は一本の木の枝で蛇を引っかけ、縄を扱うがごとく垣根の向こうに放り捨てた。

私はこのすべすべした客人がまたやってくるのではないかと大変心配した。何人かの自称〝チェンマイ通〟の華人が私にアイデアを授けてくれた。つまり、猫を一匹飼えば庭に蛇が出てきても怖くはないのだ、と。そこで、私は直ちに車を走らせてペットショップへ行き、猫を一匹購入した。帰ってきた際、猫の入った箱を車から下ろすとき、ガタガタと揺れた。息子は大喜びして顔を箱に近づけた。大家のおばさんがそれを見て、すぐにやってきて息子に話しかけた。「よかったね、飼い主になったよ」

私が応じた。「そうですね、それにこれで庭に蛇が入ってくるのも怖くなくなりました」

彼女は頭を低くして箱の中をチラッと見て、やっとそれが一匹の猫であることに気がついた。すぐに私の腕を握って、そっと囁いた。「もしも先に尋ねてくれたなら、こんなことにはならなかったのに。でも連れて帰ってきたからには仕方がない……」

「ここは猫がダメでしたか?」

大家のおばさんは鼻でちょいと路地のあの家を指した。「小松さんが猫嫌いなんだよ」

そこでやっと気がついた。私たちのこの路地には、どの家も犬を飼っていたが、猫を飼っている家は一軒もなかった。しかし、日本には猫を大事にする長く成熟した文化があったのではなかっただろうか? 私は猫嫌いの小松さんに対して、またもや好奇心がむくむくと湧き起こってくるのを感じた。

「ここらでは二十年、猫を飼う人はいないね。——小松さんが来てからだよ」彼女は言った。

道理でここのリスはいつも自由自在にみんなの庭に潜りこんでいるわけだ。電線や枝の上をあまりにもおおいばりでリスが歩いているので、頭上に落ちてくるのではないかと心配もした。しかし、落ちてしまったとしても彼らは、何事もなかったかのように幹を登って枝へと戻るのだった。

「二十年来誰も猫を飼ったことがなかったのですか?」私はいささか不思議に思った。

「飼おうとした人もいたんだよ。だけど猫はいつも奇妙にも死んでしまった。小松さん家の裏庭にある工具小屋を見たことがあるかい? 聞くところによると中にはうずたかく毒餌が積んであるそうだよ」

「通りの野良猫は？」

「野良猫はいつも小松さんに叱りつけられて行ってしまうよ」

「彼はどうしてそんなに猫が嫌いなの？」と私は尋ねた。

「知らないねえ。彼ん家の入り口にはいつも水がいっぱい入ったペットボトルがずらりと置いてある。というのも猫はプラスチックの反射をとても恐れるからさ」

「ありがとう、覚えておきます」

しかしながら猫というのは結局のところ外へ遊びに出ると、あちこち歩き回るものだ。かといってもし室内に閉じ込めたなら、柔らかい鳴き声でドアを開けてくれと頼むのだった。そしてその願いを聞かないふりをすれば、鋭い爪で網戸を引き裂いて、小躍りしながら走り出していく。

猫が家を出るたびに、私はいつもビクビクし、猫が災いに出会わないかと生きた心地もしなかった。結局のところ、猫の存在はちょっとした冒険的な前例やぶりだった。そのうえ息子も私と家主のおばさんとの会話を盗み聞きしていたせいか、それ以降、いつも「猫嫌いの小松おじいちゃん」と小松さんを呼ぶのだった。

幸いにも雨季が終わりになり、猫と「猫嫌いの小松おじいちゃん」ともに何事もなかった。乾季がやってくると、路地にある成熟の遅いパッションフルーツの木が一つひとつ開花して実をつけはじめた。時には摘み取るのが間に合わず、パッションフルーツは地面に落ちてしまい、鳥類が突《つつ》いて食べてしまったり、アリが噛んだりした。それから酒粕のような腐った臭いを放つのだった。

ある日のこと、息子が学校から戻ってくると、かぎ竿を持って、そのまま路地のパッションフルーツの木の下に行って遊んでいた。私はポーチ前の椅子に座って本を読み、もうちょっとしたら夕飯の準備をしなければなどと考えていた。不意に、息子が小さな顔を真っ赤にして、息を弾ませながら走って戸口に突っ込んできて、慌てて言った。「大変だ、大変だ！」

「どうしたの？」私が尋ねた。

彼は慌てていて怯えてもいたので、ヒソヒソ声で話した。「ボクがパッションフルーツを何個か取ったら、猫嫌いの小松おじいちゃんが出てきて、わあわあとか、ギャアギャアとかなんとか。小松おじいちゃんが怒ったんだ！」

私は笑った。「聞き取れないくせに、どうしてあの人が怒ったってわかったの？」

息子の目のふちに溜まっていた涙が引っ込んだ。「あの人が話をするときニコニコしたことないよ」

私は本を閉じ、立ち上がり、路地を眺めやったが、小松さんの影も形もなかった。もしこれが本当に小松さんの果樹ならば、その時は息子を連れて謝罪に行かねばなるまい。けれども小松さんの以前の態度を思うと、騒々しく訪れれば、またもや「門前払い」を食らうことになるだろう。それで私は先に大家のおばさんに教えを請いに行くことにした。

「確かにあのパッションフルーツの木は小松さんが植えたものですよ。公共の区域に植えたのに、ほかの人が勝手に採るのを許さないだなんて」大家のおばさんもどうしようもないといった様子で言った。見たところ、変人の小松さんは善良な隣人たちを少なからず困らせているようだった。

大家のおばさんがくどくど付け加えた。「小松さんは騒がしいのが嫌いなんですよ。できるだけあの人に騒がしい思いをさせない方がいいわね」

翌日の早朝、夫は息子を学校に行くよう送り出す準備をしていたが、なんと息子のカバンが見当たらない。おそらくは昨日の夕方、パッションフルーツの木の下に置き忘れてしまったのだろう。息子を連れて探しにいった夫が戻ってきた時、困ったような表情をうかべていた。

「見つからなかったの？」私は尋ねた。

「見つかりはしたんだ。ただ……」彼はカバンを私に手渡した。

続いて何かが手に落ちる感覚がした。見ると果物だった。私は果物を一つひとつ取り出して皿に盛った。青緑色をしたバナナひとつ、柘榴《ザクロ》二つ、よく熟れきった釈迦頭《バンレイシ》が七個、それに一枚の紙切れが入っていた。きちんと整った英語で次のように書いてあった。「パッションフルーツの木は防虫剤をかけたので、食べてはいけません」

「カバンは小松さんの家のフェンスの上に引っかけてあったんだ」と夫がつけ加えた。

その日、私は友人がチェンマイの山の上で作った越光《こしひかり》米を持って、また小松さんの家の呼び鈴を鳴らしていた。これは私がチェンマイに来てから初めて身につけたやり方だった。同じアジアの米といっても、タイの香り米《かおまい》はインディカ米の一種で、インドから伝わってきた。しかし日本の米は中国東北部の米に似ていて、中国から伝来した。双方を比較すると、タイの香り米の食感は日本の米には及ばない。また日本の米では、「コシヒカリ」の食感が最高である。この名前は事実、中国と関係があり、三千年前に中国の稲が日本に伝来したとき、当時の日本は中国を称えて「越」と呼んでいたため、光沢があり透明で上等な米を「越光米」と名付けたのである[*2]。私はご飯の食感に文句をつける日本の隣人を想像したが、彼にとっては、この米は完璧な贈り物のはずであった。

相変わらず長い時間待っても誰もドアを開けなかった。私が身を翻《ひるがえ》し去ろうとしたまさにその時、ドアが開いた。小松さんが家の中から出てきて、ゆっくりとフェンスの辺りまで歩いてきた。

伝説の小松さん本人に会ったのはこれが初めてだった。彼は背が低かったが、背筋はピンと伸びていて、髪はすべて白く、灰色のシャツがきちんとカーキ色のズボンに収められており、誰が見ても非常に元気な老人だった。

「お邪魔します」と私は言った。「果物をありがとうございます。これは今年の新米です、どうかご賞味ください」

小松さんはフェンスのそばまで来ていたが、手を伸ばしてフェンスを開けようとはせず、両手を上げて私に向かってフェンス越しに伸ばしてきた。私は米を彼に手渡した。彼はゆっくりと日本語で「ありがとう」と一言いった。それからくるりと身を翻すと、家の中に入りドアを閉めた。

彼は人との交際を好まないタイプなんだな、と私は推察した。この件より、私も二度と彼を邪魔することはなかった。

しかし猫はこういったことなどかまいやしない。

社区のどこもが猫の楽園だった。早朝私が散歩をするとき、猫はずっとついてきて、路地を通り過ぎると、一軒一軒隣家の庭に潜り込んで遊び、夕方家に帰ってきた時には、背中にいつもいっぱいの枯れた朝鮮朝顔をくっつけ、お腹としっぽにはベタベタしたユキノシタや何かの野草の種をくっつけてくるのだった。時には小松さんの家のあの大きくて不気味な庭にも潜り込んだり、灰黄色の雑草の間を匍匐《ほふく》したり、まだらになった藤の蔓の間でちょいと休憩したりもした。私はここでやっと気がついたのだが、いつの間にか、小松さんの家の門前にあった、水をいっぱい入れたペットボトルがなくなっていた。

乾季がはじまると、空はますます早く暗くなった。十月末には、六時には晩御飯を食べ終え、散歩にいく時間を早めなければ、空はあっという間に真っ暗になってしまう。結局、私たちはいつも月の光の中で散歩をせざるをえなかった。これら家族の行事には、自然と必ず猫も参加するようになった。猫はずっと我々の散歩に水辺までついてきて、まるでいつもピッタリ寄り添う犬のようでもあったが、同時にリードで繋ぐ必要のある犬には似ていなかった。

それは、私たちの間に静かに存在しているある種の神秘、つかず離れずいるという契約を思い起させた。

猫を迎え入れてからというもの、確かに蛇の痕跡は二度と目にすることはなかった。しかしたまに玄関先の絨毯の上に血をぽたぽた滴らせた雀の頭を見つけることがあった。家の中のヤモリも十中八九、尻尾がちぎれていた。

猫は毎日出たり入ったり、喜んで満足しているようだった。冷血な殺し屋は、柔らかい毛を生やし、人をふにゃふにゃにさせるような鳴き声を持っているのだ。大自然の創造者は本当に不可思議である。もしゴキブリが猫のように大きくて明るく澄んだ二つのまなこを持ち、ふわふわの身体を持っていたならば、家の中に入ってきても嫌がられなかっただろうに。

チェンマイには寒い日がなく、そのため猫は用意された寝床では眠らなかった。猫が最も昼寝をした場所は、キッチンの片隅で、そこは庭を見渡せて、日光浴ができ、そのうえ誰も行く先を遮ることがなかった。猫を飼い始めてからというもの、暇な時には猫を観察するのを好んだ。寝ていようと、食べていようと、目を細くして庭で休憩しようとする鳥を待っていようと、あるいは足の毛を舐めていようと、それらを見ていると自分もまたリラックスできるのだった。認めざるを得ない、猫には人にはわからない一面があるけれども、猫と一緒の家に住むことは、非常に心安らかで満足することなのだと。

私はますます小松さんがどうして猫を嫌うのか理解できなくなった。一人暮らしの人によれば、猫は伴侶に適しているというのに。

次に小松さんと接触したのは、大家のおばさんがドアをノックして尋ねてきた日だった。土曜日に小松さんを車で山の麓のサナトリウムへ送ってくれないかという。普通、彼は乾季にサナトリウムへ行かないが、今年は足がかなり動きにくくなったため、少し早めに入ろうと思ったらしい。もともと大家のおばさんが送るはずだったのだが、突然友達の娘の結婚式の招待状が届き、土曜日にチェンライ（チェンマイの北にあるタイ最北端の都市。ランナー王朝最初の都が置かれた）の山中へ行かねばならなくなったのだ。

土曜日早朝、私は約束の時間に車を運転して小松さんの玄関口へ走らせた。彼はすでに庭に出て待っていた。小松さんのすべての荷物はたった一個の小さなスーツケースで、彼は頑張って自分でそれを車に載せた。

「私の年齢でも、日本ではお年寄りに席をゆずらねばならないんだ」と彼は頑なに言った。

確かに、八十歳未満の老人が、八、九十歳の老人に席を譲るというのは、日本ではまれではなかった。私たちは道中、特になんの話もしなかった。幸いチェンマイの山の景色はとても美しく、乾季のなか木々が茂った林に埋め尽くされ、途中素晴らしい風景で時間をつぶした。

サナトリウムに到着したら、小松さんは受付で一山の文書にサインをしなければならなかった。受付係は神妙な面持ちで言った。「実際にはサインは英語がいいんですよ、でも小松さんは絶対に漢字でフルネームを書かれるんです」

私はチラリと、小松さんが一ページごとにかっちり整った字で「小松実[*3]」という三つの漢字を書いているのを目にした。このように彼が一枚一枚書類にサインしているのを待っていると、まるまる十分以上かかってしまった。

この間に、係員はとても奇妙な雰囲気で小松さんの耳元に近づき、小声で囁いた。「昨日の午後、あなたの猫がまたバソン夫人の枕元で少し眠りましたよ」

私は思わず驚いた。なんと小松さんも猫を飼っていたの？

「今回で三回目です」と係員がまた言った。

私は尋ねようとしたが、小松さんは視線を上げて係員と一瞬目配せしたのが見えた。すると、二人はわかったとばかりに口を閉ざした。――おかげで小松さんに猫がいるということを、私が尋ねるすべもなかった。

サインが終わり、小松さんは係員から鍵を受け取ると、ちょっと腰を曲げて私に言った。「一緒にお越しください」それからスーツケースを手にして、一つの部屋の前にやってきた。

小松さんが扉を開けた部屋は、バルコニーを備えたワンルームで、フロアのガラスの部分に寄りかかるようにしてベッドがあった。このほか、部屋には箪笥《たんす》が一つ、机が一つ、椅子が二つとソファ一台があり、バスルームがあった。

この部屋は小松さんと全く同じ雰囲気を醸し出していた。彼は確かにここの主人で間違いない。「大家のおばさんによると、あなたは本の翻訳をしているそうだが？」小松さんは床に跪《ひざまず》いて、スーツケースを開けた。中から道具箱、それから数冊の本が出てきた。

私は頷いた。

彼はスーツケースからそれらの本を取り出し、私に手渡した。「見てごらんなさい」

私は恭《うやうや》しく本を受け取った。数冊の英語の小説で、レイ・ブラッドベリ*4の『華氏451度』、『霧笛』、老舎《ろうしゃ》*5の『猫城記《マオチョンジー》』などだった。

「ありがとう」と私は言った。「この二人の作家は大好きです」

小松さんは立ち上がり、窓辺へ行き、ズボンの裾を引き上げ、ゆっくりとソファに腰をおろした。

「他にフィリップ・K・ディックの本も何冊かある。もし読みたければ持っていくといい」

私は「ありがとう」とだけ言って立ち去るべきだったが、どうしてだか、口からは次のような言葉が転がり出た。「知っていますか？　フィリップ・K・ディックはすごく猫好きだったんですよ」

実際にはフィリップ・K・ディックにとどまらず、レイ・ブラッドベリと老舎も猫好きで有名だった。

小松さんは何も言わず、ただちょっと頷いただけで、「猫嫌い」な人のように、私の今の話を全く意に解さないようだった。しかし私の錯覚かもしれないが、「猫」というこの言葉を耳にした瞬間、彼の目に複雑な悲哀のようなものがさっとよぎったようにも思えた。

もしあなたがフィリップ・K・ディックの小説を読んだことがなくても、彼の小説を改編した映画を耳にしたことはあるだろう。『ブレードランナー』、『トータル・リコール』、『マイノリティ・リポート』、『アジャストメント』……猫は彼の小説のなかで非常に特殊な位置にあり、彼本人の墓碑にも一匹の猫を刻んだほどである。それにレイ・ブラッドベリも、猫キチとして有名であり、生涯に二十匹以上の猫を飼った。

これは何かの偶然なのだろうか？　小松さんの集めた三人の作家の小説は、いずれもとても猫を愛した人たちばかりだ。

このとき、ドアの外から突然タイ人のお婆さんが、後ろに三人の老人を連れてやってきた。

「小松さん！」お婆さんは非常に大きな声で言った。「あなたの猫を連れてきたわ、まさかここに現るだなんて！」

小松さんは恭しく——というよりも冷淡に遠ざけるように——立ち上がり戸口へ行ったが、一言も答えず、九十度に腰を曲げてお婆さんに頭を下げた。

お婆さんはどうしたら良いかわからなくなり、呆然と小松さんを見て、銃砲のような言葉を腹の中で我慢していたが、やがて目から涙が溢れてきた。

小松さんは身を起こして、お婆さんの手を握った。彼は優しくお婆さんの手をポンポンと叩き、お婆さんの後ろの三人の老人も頷いて、彼女を連れていった。

この一幕を見て私はあまりに突然すぎて何が何だかわからなかった。それで小松さんとの会話はふっつりと途切れてしまった。

家に帰ってから、私は夕飯の席でサナトリウムでの不思議な出来事を話題にした。

「サナトリウムの猫はとても有名なんだ」と夫が言った。「聞いたところによると並外れた猫だそうだ」

もともと小松さんは数年前からサナトリウムに通いはじめ、その猫も同時に現れた。チェンマイにいる猫たちと同じで、その猫はいつも自由に行き来し、喜んで満足しているようだった。けれども、たまたま猫がある老人のベッドに飛び乗って、枕元でちょっと眠った。猫がどうしてその部屋に滞在したのかなんて誰にもわからない。最も理解できないのは、もし猫が三回誰かの枕元で昼寝すれば、それほど時間が経たずに、猫に懐かれた部屋の主人は病の検査を受け、あるものは不治の病であり、あるものは数日経たずにこの世を去ってしまったのである。

ヘルパーと老人たちはこの秘密に気がつき、みなこの猫がとてつもなく不吉だと感じた。しかし奇妙なことに、猫嫌いの小松さんは猫を追い出すことに反対した。どんな方法を使ったのか、院長も猫に対しては見て見ぬふりをした。小松さんの奮闘と庇護のもと、猫は相変わらずサナトリウムに住んでいた。それは、いつも確実に病気や生死を予測する死神のようだった。

ただ一人例外がいて、それがつまり小松さんだった。

猫はしょっちゅう小松さんの部屋を出入りしたが、彼は咳をしたり足が不自由だったりしたほかは、何も大きな問題は起きなかった。

だんだんと、みんなは猫を世話して「小松さんの猫」と呼ぶようになった。

私が再び小松さんに出会ったのは、今年の年初、乾季が終わり、暑季がはじまった三月で、彼がサナトリウムから家へ戻ってきた時だった。

チェンマイの地は三、四月に山焼きをし、空には低く一面の重々しい灰色の煙が立ち込める。ここで学んだり、休暇を過ごしたり、あるいは隠居する外国人はみな煙を避けて帰国する。夫も息子を連れて中国に帰った。私はこのような時節に、『霧笛』を読み終わるのが適していると思った。

一面灰色でぼんやりしたある日の早朝、一台の車が私たちの路地に入ってきて、入り口で止まった。車から降りてきたのは小松さんで、彼はいつも通り灰色のシャツを着て、シャツの裾をきちんとカーキ色のズボンの中に入れて、あの小さなスーツケースを手に下げていた。

小松さんは他の外国人とは違って、三、四月の山焼きによる濃い煙を回避して自分の故郷に戻ることはしなかった。隣のおばさんが言うには、二十年来、彼が日本に戻るのを一度も見ていないとのことだった。

私はこのことと彼の猫が関係あるのではないかと想像した。

猫がいれば、遠出はできない。

猫を飼ってから、私もほとんどチェンマイを離れなくなった。でももし私がチェンマイに二十年住んで故郷に帰らないとしたら、きっと遅かれ早かれ流暢なタイ語を話せるようになっているだろう。けれども小松さんは日本語と東京で学生時代に学んで身につけた英語に固執していた。いったい何が原因で、五十歳を過ぎてからこんなにも長い年月、故郷を遠く離れているのだろうか。日本は彼にとっては、一度も帰らない、捨てされるものなのだろうか？

耐え難い暑季が終わり、最も心地よい雨季がやってきた。何度か雨が降り、空気もとても爽やかに変化した。渡鳥のように外国人たちもみんなチェンマイに飛び戻ってきた。私はポーチの前に座って本を読んでいた。作品は『霧笛』から「長雨」（『刺青の男』所収の短編）にかわっていた。

再びチェンマイに戻ってきた息子は、身長が去年の今頃よりかなり高くなっていて、猫と同じように、勝手に門を出て隣家の間を好き放題に遊び回った。彼のタイ語も日に日に流暢になり、時には隣家で晩御飯をいただくほどになった。家で暇な時は、たまに英語と日本語を交えた——というのも、猫と同じように、彼はきっと少なからずこっそり小松さんの家に入り込んでいたに違いない。

ある日、息子は私を連れて小松さんの家に本を返しに行った。小松さんは前代未聞、フェンスを引きあけ、招き入れてくれた。

雑草がまだらに生えたボロボロの庭を通り過ぎ、私たちは小さな家に入った。庭とはまったく違って、家の内部は明るく整っており、全てがきちんと片付けられていて、彼のいたサナトリウムの整頓された部屋と同じだった。

小松さんは漆塗りの箱に入った非常に繊細な和菓子を取り出し、私たちをもてなしてくれた。

「小松おじいちゃんはラピュタのロボットと一緒に撮った写真があるんだ」息子が食べながら言った。

「どうして知っているの？」私が尋ねる。

「信じないなら見せて貰えばいいよ」彼は言い終えるなり、たどたどしい日本語で小松さんにアルバムを見せてほしいとお願いした。

小松さんは断ることなく、身を翻して別の部屋に行き、すぐ戻ってきた時には、手に一冊の大きなアルバムを持っていた。

小松さんはソファに座り、息子は頭を近づけて、アルバムをめくった。小松さんの顔には心からの笑みが浮かんでおり、まるで彼が老後にのんびりと孫と過ごしているかのような錯覚を覚えた。小松さんはアルバムを捲《めく》りながら、自分が若い時は医薬会社のエンジニアをしていて、世界各地に出張し、会社が販売した医療機器を修理したのだと説明した。

「私は万里の長城も登ったし、故宮も見ました。けれどもみな三十年前の出来事です」

アルバムは小松さんが世界各地を出張した写真以外に、集合写真もあった。彼の家族だろうと思った。突然、私は写真のなかに一匹の猫がいるのに気づいた。続いて、また別の一枚にも猫のいる写真があった。アルバムを捲るたびに、ますます多くの猫が現れた。

「これは愛子」小松さんは写真の中の一人の女性を指差した。「彼女はとても猫を愛していた」

私はやっと小松さんには妻がいたのだと知った。息子も一人いて、今は日本におり、すでに結婚して子供がいるのだという。

二十数年前、小松さんの奥さんが癌にかかってこの世を去った。医薬会社で半生を過ごした小松さんでも、愛子さんを救う方法はなかった。その後彼は、瓦や木の板一枚一枚を見るたびに悲しい思い出が満ち溢れ、日本の家には二度と住めなくなってしまった。

先祖代々の家が日増しに老朽化していくのにしたがって、ある部分の思い出もまた枯渇して死んでしまい、もはやゆっくりと彼を傷つけることはなくなった。そして別の部分では記憶は褐色《セピア》の部屋のなか生きていく方法を探した——妻と関係するものは、家の中に住み着いた何匹かの猫に結びついた。

「ある日、私は冷蔵庫を開け、愛子が猫たちに作った弁当を目にし、突然わかった。彼女はもうこの世にはいないのだと。それ以降、私が猫に餌を与えた」

愛子が飼っていた猫は次々と死に水を取ることになったため、小松さんは最後の一匹で、老衰で亡くなった猫を埋葬すると、家を売ってしまって、チェンマイにやってきた。彼の息子は故郷を離れる父親を理解できず、その後また自分の家族を持ったこともあり、それ以降父子間の連絡はだんだん少なくなっていった。

愛子がいなければ、家もなく、猫もいない、これが小松さんの二十年来故郷に戻らない理由だった。

「でもどうしてまたサナトリウムで猫を飼いはじめたのですか？」私は尋ねた。

「私が仕事していたあの医薬会社は、ずっと遺伝子検査をして疾病の予防を探していました」小松さんが言った。「ただ一歩遅くて、そうでなければ愛子の癌はもっと早く発見できたでしょう」

数年前、小松さんの日本の親会社は研究した遺伝子検査に基づいて、人体をスキャンする医療機械を開発した。この機械は、まだ大量の臨床試験を必要としていた。小松さんは自分のすべての企業年金をはたいて、一台の試験機械を購入し、チェンマイのサナトリウムに寄付した。できるだけ早くスクリーニングをして、老人の疾病を予測できるようにしたのである。

しかしこの冷たい機器は大変恐れられ、老人たちはとても怖がり、ひどい時にはこの機器で身体検査するのを抵抗するようになったのである。

サナトリウムには一人の楽観的で明るい性格のイギリス人老兵がおり、皆は彼を「老ジョン」と呼んでいた。あるとき、機器は老ジョンに不治の病をはっきりと診断した。彼は小松さんに笑って言った。

「もし地獄の死者が俺に何か悪い連絡をしなければならないのなら、どちらかと言えば猫の方がいい」

ほどなくして、老ジョンはこの世を去った。それから小松さんは、工具がぎっしり詰まった小さなスーツケースを身の回りに置くようになった。

ここまで話して、小松さんは立ち上がり、低い掠れた声で言った、「ついてきてください」

彼は私を裏庭の斜めになった屋根のある工具小屋に連れていった。木造で建築された木版は一面黒い色で溢れており、日陰の部分には深緑の苔をいっぱいに生やしていた。

小松さんは木造家屋の扉を開け、私たちに見せた。

中には木製の工作台があり、壁には各種工具が一面にかけられていた。私は細かくひとしきり観察したが、ここの中には隣家のおばさんの言うような「毒餌」はひとつもなかった。思うに「二十年来社区の猫がいつも奇怪な死に方をする」という噂は、誤解なのだろう。

けれどもその工作台の上には、猫が一匹寝そべっていた。

猫は死んでいるかのように、ほとんど動かず腹ばいになっていた。

小松さんは近づき、そっと猫の背を撫でた。彼の仕草はとても柔らかだった。

すぐに機械のタタという音がして、猫は目を開き、立ち上がった。

それは頭のてっぺんと首を小松さんの手に擦り付け、それから器用に台から飛び降りた。

「だからテスト機を改造したのですか?」私は呆気に取られた。「改造して猫の形にしたんですか?」

小松さんは立ち上がると、手を背に回して私に微笑みを浮かべた。

「私はすでに天命を知る年齢を過ぎてしまった。七十歳過ぎの老人と若者では、生死に対する認識が自然と異なる」彼は小声で呟いた。時が経つにつれ、歳月が移り変わり、彼はもう心の中の悲しみを手放していた。

猫嫌いの小松さんは、サナトリウムの長年の友のためにこのような一匹の猫を作ったのだった。「暖かくて可愛がるのもいい、誤解されるのも構わない——」彼が言った。「つまりは、これこそが私の人生なんだよ」

猫は私のそばにやってきて、そっと私の足に頭を擦り付けた。

それは猫のような動物が人に与える特有の感触で、暖かく、柔らかく、すべすべしていた。それ以外に、さらにはっきりと言うことのできないものがあった。

月光のもと私たち一家と散歩した猫を思い起こした。この生き物は私たち人類との間に無言の契約を交わした古くから神秘的で、つかず離れずにいるという存在だった。

「いいえ、あなたの人生はこれだけじゃありません」と私は笑った。「あなたの年齢では、日本の電車は老人に座席を譲られなければなりません」

木造工具小屋の入り口には、小松さんと我が家の猫が、日の光の下にたたずんでいた。

これ以降、雨季は終わり、乾季がやってきた。新しい循環が、歳月が過ぎるようにめぐる。

ある薄暗くぼうっとした早朝、一台の車が私たちの路地に入ってきて停まった。車からは家族らしき三人が降りた。彼らは車からたくさんのスーツケースを降ろし、その中の一つの航空会社の箱のなかには、何かがふうふうと荒い息を吐いていた。

箱の穴を通して、海水のような色の目が外の様子を伺っていた。

この一家は小松さんの家のベルを鳴らした。

私は庭に立って、マンゴーの木の枝越しに、路地の突き当たりのフェンスが開くのを見た。

背の低い小松さんは柵を走り出て、――彼らを抱きしめた。

四人は一緒に全ての箱を室内に運び込んだ。大人が箱を開くと、子供は中から一匹の猫を抱き上げた。

予想通り、五分もせずに、小松さんがやってきて扉をノックした。

「怒らないでほしいんです」と私は言った。「日本の編集者の友人を通して、あなたの息子さんに電話で連絡してもらったんです。あなたにとって悪いことではないといいのですが」

「いや」と小松先生は日本語で言った。「ありがとう」

続けて丁寧に腰を曲げて挨拶すると、英語で言った。「今回は、猫が良い知らせをもたらしてくれた」

私たちは目を合わせて笑った。

うん、毛がふわふわしていて、あったかくて、喉をゴロゴロ鳴らす猫は、時には良い知らせをもたらすものだ。

【訳註】

1 タイの季節は、乾季（十一月～三月）、暑季（四月から五月）、雨季（六月～十月）に分かれる。乾季は、熱帯地域でも比較的気温が低く、涼しく爽やかな季節。

2 中国におけるコシヒカリの名称の由来。日本では異なり、「越」は現在の福井県や新潟県を含む地方の名称「越前・越中・越後」の略で、コシヒカリは「越の国の光かがやく」という願いを込めて名付けられた。

3 ここの『小松実』という名前は、日本のSF作家小松左京に敬意を表したものである。小松左京は晩年、一匹のタイの猫を飼っていたことがある。

4 レイ・ブラッドベリ（一九二〇～二〇一二）、アメリカのSF作家で、『火星年代記』や『ウは宇宙のウ』などを書いた。

5 老舎（一八九九～一九六六）は北京出身の小説家。本名は舒慶春《じょけいしゅん》、『猫城記』は彼が書いたSF小説である。

夜明け前の鳥

梁清散《リアン・チンサン》

大恵和実 訳

夕暮れの法華寺《ほっけじ》には、烏《からす》が集う。

先ほどまで同門と未来を語り合っていた譚嗣同《たんしどう》は、寺門を出たところで、ゆらゆら揺れる樹影の下に立つ二人を見つけて愕然とした。

背が高くて頭の円《まる》い、本来なら厳粛であるべき軍人の方が、譚嗣同に気づいて、無邪気そうな笑みを浮かべた。先ごろ康有為《こうゆうい》*1の誘いを受けて強学会*2に参加し、ともに維新の大業を図るはずの袁世凱《えんせいがい》だ。

だが、こやつは名義上強学会に属したものの、その挙動は定まらず、あちこちに顔を出し、譚嗣同の悩みの種となっている。しかし、今は風見鶏の袁世凱なんぞに悩んでいる場合ではない。なぜなら、彼の隣にいる人は……背も高くなく、袁世凱のような逞しさもないが、内から外に黄金の光芒が透けている。

「聖、聖上？」譚嗣同は両目を大きく見開き、行うべき礼儀も忘れてしまった。

まさしく光緒帝《こうちょてい》*3であった。

譚嗣同が驚きに包まれていると、袁世凱が大股で近づき、親友の様に摑んで傍《かたわ》らにひっぱり、低い声で話し出した。「大声を出すな、聖上は危険をご存じだ。だから……」袁世凱は光緒帝をちらっと見た。「急いでお帰りになりたいのだ」

「帰る？」譚嗣同も光緒帝をちらっと見た。

維新変法の命脈を握る年若い皇帝は、このとき一介の貴公子に扮して、金紅色《きんこうしょく》の夕陽の余光の下、頭をあげて大空で鴿哨《こうしょう》＊4を奏でる鳩の群れを眺めていた。この時間、聖上は宮中で上奏文を読み、来たるべき維新の段取りや方針を考えているはずだった。しばしの間、譚嗣同はうなりながら、心中で「帰る」の意味を吟味していた。

「まさに」袁世凱は神妙な態度にかわって「いま君に手助けしてもらえるか聞いただろ。大げさではないぞ、君たち強学会の中で、君だけができることだ。聖上もおっしゃっておられた。信じられるのは復生《ふくせい》（譚嗣同の字《あざな》）ただ一人だと。だから聖上は、皆が居なくなるのを待っていたわけだ」といった。

その話を聞いて譚嗣同の顔はどす黒くなったが、脇に光緒帝がいるため、癇癪《かんしゃく》を起こすわけにもいかなかった。拒むことのできない任務。歯がみしながら、詳細を尋ねた。

「聖上にどうやって出てきたのか聞くんじゃないぞ、それは君と関係ない。そのうえ、聖上がお帰りになりたいのは宮中じゃない。頤和園《いわえん》＊5だ。聖上はおっしゃっておられた。玉瀾堂《ぎょくらんどう》（頤和園内の宮殿）こそが我が家だ、老佛爺《ラオフォーイエ》（西太后《せいたいごう》＊6）と支えあって生きた思い出があるのだ、と」

お前みたいな粗野な輩《やから》がこんな話をするとはな。しらじらしくて反吐が出そうだ……譚嗣同は内心不愉快だったが、口を挟まなかった。

「頤和園……」譚嗣同は空の色を見た。西辺の金紅色は既に色あせている。おそらくもうすぐ戌《いぬ》の刻《こく》

（午後七時～九時）になるだろう。

「聖上は玉瀾堂にいるべきなのだ！」袁世凱は譚嗣同の躊躇《ためら》いを見て、語気を重くした。「明朝、老佛爺は頤和園に戻ってこられる。そのとき聖上に会えなかったらどうなるかな。ふぅ、おそらく老佛爺は君たちに怒りの矛先を向けるだろうな、強学会が聖上をかどわかした、とかなんとかいってね」

譚嗣同は息を飲んだ。この大頭《おおあたま》の袁のいうことは正しい。維新に臨む大事な時期に、最も気を惹きたくないのは老佛爺だ……。

「聖上は身分を明かすわけにはいかない、そうですよね」

「当たり前だ」

「いま北京《ベイジン》城内を進んでも、閉門前に西直門《せいちょくもん》から出ることは不可能なので、城外を行くしかありません」

譚嗣同が本題に入ったのを見て、袁世凱は満足そうに頷いた。

「しかし、西直門のあたりにも問題があります」譚嗣同は眉を顰めた。「白石橋《はくせききょう》を過ぎたら、八旗兵《はっきへい》（清代に満洲人が所属した社会・軍事組織。モンゴル人や漢人で編成された八旗もある）の駐屯地に入ります。聖上が顔を出せないのは言うまでもありませんが、取り調べられたら、あなたでさえも、おそらく面倒に巻き込まれるでしょうね」

「ふん、もしそんなに簡単に帰れるなら、君を探しに来たりしないさ」

「陸路を行く馬車は、揺れが激しいし、音も大きい。一つ方法を思いつきました。やはり城外に出て西直門に着いたら、船を使いましょう。高梁河《こうりょうが》を進めば、ひっそりと昆明湖《こんめいこ》までたどりつけます。それからどこか乗り越えられる壁を探して、直接、文昌閣《ぶんしょうかく》を過ぎれば帰れます」

「思いつくのは簡単だがな、今は緊迫した状況にあるのを、君も知っているだろ。こういえばいいかな、昆明湖のあたりから文昌閣まで、とっくに老佛爺の腹心の宦官《かんがん》が十数人も配置されているよ。一体どこから壁を越えようっていうんだい」

譚嗣同はまた眉を顰めた。全くもって無理難題を押し付けやがって……

「では……途中で道をかえて万泉河《ばんせんが》を通って、海淀鎮《かいてんちん》に行きましょう」

「海淀鎮にいってどうするんだ？」

「いまは時間に余裕がないので、海淀鎮についてから話しましょう」

袁世凱は返す言葉がなくなり、てかてか光る額をたたいて、「よしわかった、君に任せよう。車を呼んでくる」といった。

「寺の中を探してください、このあたりで信用できるのは法華寺だけです」

袁世凱はすぐに法華寺で日覆いのついた馬車を見つけ出し、少年僧をつかまえて御者とした。袁世凱は光緒帝と一緒に車内に座り、譚嗣同は御者をつとめる少年僧の脇に座って、路上の状況にたえず気を配った。

譚嗣同は鋭敏な観察力を駆使し、時機を見計らって少年僧に指示を出し、路上で出くわす可能性のある検問を回避させた。少なからぬ時間を費やしたけれども、最終的には北京城の城壁に沿って、まっすぐ西北に進み、西直門の楼外に至った。

西直門の外には葦原《あしはら》が広がっている。時は中秋間近、そよそよと秋風が吹く。暗闇は寂《せき》として果てしない。

葦原の周りは大半が酒場だったが、その多くは昼間に長城《ちょうじょう》以北から来る駱駝隊《キャラバン》相手の商売をしており、城門が閉じれば、彼らも次々に店を閉めて眠ってしまう。開いている店は一軒もない。

ちょうどいい船頭が見つからないと知って、袁世凱は急いで飛び降り、左右を見まわし、いらいらと落ち着きがなかった。幸いにも光緒帝はまだ車内にいて、袁世凱の影響を受けずに落ち着いていた。譚嗣同はすぐに袁世凱を傍《かたわ》らにひっぱり、焦りを抑えきれない彼に喝を入れ、目の前の真覚寺《しんかくじ》なら、法華寺の少年僧さえいれば、きっと船を借りられると伝えた。

西郊では、陸地を一里進む間に発見される危険性が極めて高い。このことは冷静沈着に見える譚嗣同もよくわかっている。だが今は、この方法しかない。

幸いにも法華寺の少年僧は、すんなり船を借りてきた。今度は寺の船に乗り、河の南岸の暢観楼《ちょうかんろう》を通過して、検問を避けることができた。北京西郊の河道は四方八方につながっていて、たとえ直接交わっていない高梁河と万泉河であっても、洪水防止のために、水路が通され、水の蓄えられた池が河道の交わる所となっている。

海淀鎮は郊外にしては栄えているが、大きな湖水沿いにできた鎮なので、基本的に半分は漁民で、半分が商人である。もうすぐ中秋なので、ちょうど提灯や色絹を飾りはじめる時期にあたっていた。船を漕いで湖を進む。湖中におぼろげに映る酒場や商店の灯影を眺めながら。

残念なことに四人には美景を味わう時間も余裕もなかった。

人目につかない波止場を探して停泊し、近くの寺院に駆け込んだ。

「よし、海淀鎮に着いたぞ、次はどうするんだ」門が閉まるやいなや、袁世凱は待ちきれずに尋ねた。

「どうする？」譚嗣同は意味ありげに彼を見た。「次は袁大都督《えんだいととく》にひとっ走りしてもらいますよ」

それを聞いて、袁世凱は両目を見開いた。「俺が？　君はこの俺様を走らせようっていうのかい？」疲れ果てて地面にへたりこんで腕をもむ少年僧を一瞥《いちべつ》し、誰がひとっ走りすべきかほのめかした。

「遠慮しないでください、あなたにしかできないことですよ」

「何をするんだ？」

「聖上をお送りするために、指揮をとっているのはそれがしです。そしてあなたを信用していません」

「……」袁世凱は光緒帝をちらっと見たが、なんの反応も得られなかった。「わかったよ！　やればいいんだろ。さぁ、どこに行けばいいんだ」

「香廠子胡同《こうしょうしフートン》、雷《らい》氏の邸宅」

「様式雷《ようしきらい》＊7の家か？」

「その通りです」

「大事なことなんだな、工匠の家で何をするんだ？」

「ある物を借りてきてください」

「わかったよ、質問が少ないほど、よく分かるってやつだな、君は俺をからかっているんだろ。借りる物をちゃんと説明して、俺が間違えないようにしてくれ」

袁世凱が口を閉じると、譚嗣同はすぐに説明を始めた。癇癪《かんしゃく》持ちの雷廷昌《らいていしょう》をどう相手にすればいいか、目的を明かさずにどう借りるか……

袁世凱は煩わしくなって、手をふって「そんな簡単なことができないとでもいうのか？」というと、すぐに寺を出て行った。

袁世凱がいなくなり、ずっと緊張していた光緒帝は軽く息をはいた。これは譚嗣同にとって予想外だった。何か理由があるのかもしれないが、臣下の身では質問するのもはばかられる。

「朕は宮殿に戻って珍妃《ちんひ》（光緒帝に最も寵愛された側妃）に会いたいのだ」やはり光緒帝の方から口を開いた。ちょっと苦笑している。「そこで……予想もしなかったことに、北京城さえ一人では出られずにいたところ、たまたま袁に出くわしたのだ」

「陛下、いまは女にうつつをぬかしている時ではありません」

「彼女の頭は朕よりも明晰なのだ。女なのが残念だ」

突然、寺院内が静寂に包まれた。時ならず、街道を行く物売りの声や酒を飲んで遊ぶ声、男女の笑い声が伝わってくる。海淀鎮は北京城とは違い、城壁も城門もない。懐に銀子《ぎんす》さえあれば、銀子を儲けようと思いさえすれば、鎮に夜はこないのだ。

「市井《しせい》の民の家とは、このようなものなのか？」

外の喧騒が開門とともに、熱波のようにどっと押し寄せてくる。袁世凱は人よりも大きな木箱を背負い、汗だくで帰ってきた。

「譚嗣同のくそ野郎！」入ってくるなり、袁世凱は大声で喚きだした。「お前らぐるなんだろ！　このくそみてえな箱を俺一人で一里も背負ってきたぞ、小便くせえ役夫みたいによ、このくそが……」

「気を付けて置いてください」

譚嗣同はしっかりした足取りで袁世凱の傍に行き、子どもを相手にするかのように、その背中から木箱を降ろし始めた。

「そうだそうだ、気を付けて置かないとな。雷とかいう腐れちんぽがくどくど言ってたぞ。俺はお前たちに借りでもあるのかな」

袁世凱は汗をぬぐうと、近くにある石の腰掛に座り込んだ。座ってから、光緒帝が居ることを思いだし、すぐさま立ち上がって、慌てて皇帝に叩頭して謝罪した。光緒帝が軽く手を振ったので、袁世凱はやっと安心した。

立ち上がった袁世凱は、落ち着きを取り戻した。このときになってやっと自分が背負ってきた木箱に興味を示した。譚嗣同に近寄って尋ねる。「この中に一体どんな機械が入っているんだ？　雷のおやじは秘密めかしていたぞ。もう聖上を背負って頤和園に行くなんてのは無しだからな。背負いたくないってわけじゃないぞ、聖上の龍体がこんなぼろ箱の中におさまるわけないからな。そうだろ」

支離滅裂な袁世凱をほったらかして、譚嗣同は木箱の周りを一回りし、あちこちのからくり部品を抜いてから、最後に紙箱を開けるかのように木箱を開いた。

木箱の中は、ぎっしり詰まっていた。見たところ小屋や家具を建てるのにつかう木製の部品のようだ。

「道理で重たいわけだ、箪笥《たんす》ができそうだな」

袁世凱はぺちゃくちゃ話していたけれど、譚嗣同を手伝って木製の部品を箱から取り出すべきだとわかっていた。

その木製の部品の中に、何組かの太い牛皮筋が入っていた。部品を大小・長短・ほぞとほぞ穴に分け、牛皮筋と一緒に寺の中にきれいに並べても、木箱の中に機械の部品がまだ入っていたので、それを取り出した。木箱の中に残ったのは二つに折り畳まれた板だけだった。板を開くと、中には西洋の計器に使われる玻璃の瓶があった。玻璃瓶は茶色で、その中によくわからない液体と様式房が所有する二つの燙様《とうよう》（工匠が参考にした建物の立体模型）と組み立て図面が入っていた。

譚嗣同はその中の一枚を参考に、一つずつ組み立て始めた。

組み立ての過程で、譚嗣同は改めて様式雷の素晴らしい匠の技に感服した。いま組み立てている物については、前から噂を耳にしていたし、人から話を聞いたこともある。早くに失われた技術を様式雷の一族が復元したものだそうだ。伝説によれば盛唐時代に、丸太を材料に、巨大な牛皮筋を動力にし、上部と前部についた螺旋槳《プロペラ》を動かして飛ぶことのできる巨船が建造されたという。さらにはその巨大飛行船は大唐の軍隊を運んで高句麗に遠征したそうだ。[*8] 伝説の存在が目の前に置かれていることに、譚嗣同は驚きを隠せなかった。

確かに組み立ても簡単ではない。小屋を建てるより複雑なくらいだ。ただ最も難しいのは、おそらくこの多くの牛皮筋をしっかり装着することだろう。

牛皮筋の装着方法は、もう一枚の図に画かれている。

この図は前の図と異なっている。小屋を建てる時のような構造図ではなく、二本の本物そっくりの手が画かれている。全て右手である。右端の手は、親指・人指し指・中指の三本をそれぞれ別の方向に立て、お互いに垂直な三つの面を構成している。親指の上には「甲《こう》」の字が記されている。人指し指は「乙《おつ》」、中指は「丙《へい》」。左端の手は、四本の指を握りしめ、親指だけを立てており、その先端に四本の指の先端が指し示すのと同じ方向線がひかれ、「甲対子《ね》」「乙対丑《うし》」「丙対寅《とら》」と書かれている。詳しく図を見ていた譚嗣同は、筋道をおおよそ理解したので、袁世凱の方を向いて質問した。「雷老先生からもう一枚あずかったのではありませんか?」

袁世凱はあっと一声あげて、しぶしぶといった感じで、懐からもう一枚取り出した。

この図は様式雷の一族に代々伝わる頤和園の設計図ではなく、光緒初年に雷廷昌が頤和園を修築したときの新しいものである。

譚嗣同は頤和園の図を持って、昆明湖の東岸あたりで、あれこれ手を動かし、測量したり地面に小石で演算したりした。最後には地面に「甲寅《きのえとら》十三、丙丑《ひのえうま》二十、甲子《きのえね》六……」といった謎の数字を書きだした。

その後、一連の文字を参照しながら、譚嗣同は異なる番号の牛皮筋を既に仕上がった木製飛行器にねじり付け始めた。ある方向の牛皮筋は十三回ねじり、ある方向の牛皮筋は六回ねじって……。汗をぬぐう。大体出来上がった。譚嗣同の演算を頼りに組み立てられた木製飛行器が、海淀鎮の名も無き寺に置かれている。

「これは何ができるんだ?」袁世凱は眉を顰めてこの奇妙な代物をみた。

「お考えのようなものじゃないですよ、例えば人を乗せて空を飛ぶとかね」

「そんな馬鹿じゃないわ!」

「写真機の取り付けを手伝ってください」

機械の部品は、人を紙に写すことができる写真機だった。

袁世凱と譚嗣同は一緒にその鈍重な写真機を雷氏飛行器と呼ぶべき物の下に取り付けた。

「これでいいのか？」袁世凱は少し不安そうだった。

譚嗣同は組み立て終わった雷氏飛行器を見て、深呼吸して言った。「機会は一度だけ、予想外のことがおきなきゃいいのですが」

その後、思いっきり制動閥門《バルブ》を抜き、牛皮筋の力を解き放った。飛行器の先端の螺旋槳《プロペラ》が重々しい旋回音を立て始める。音は段々力強くなり、飛行器はゆっくりと空に上がり、西に向かって飛んで行った。

ほどなく螺旋槳《プロペラ》の音でさえも、遠ざかって行った。

「写真機の快門《シャッター》も、何本かの異なる牛皮筋で組まれているんですよ」

「俺にはよくわからん、失敗しなけりゃそれでいい」

袁世凱はどうでもよさげに言うと、適当に座って槐の木によりかかった。一眠りするつもりのようだ。

光緒帝はとっくに寺院の大殿で休んでいる。新月が懸り星が瞬く夜空を凝視しているのは譚嗣同ただ一人。心の中は期待と不安であふれている。

おおよそ二刻（約一時間。一刻は約三十分）ほどたつと、ぶんぶんと空気を掻き乱す螺旋槳《プロペラ》音が聞こえてきた。音が聞こえると、眠っていた袁世凱も飛び起きて、星空をみた。

写真機を搭載した雷氏飛行器は、人が運転しているかのように、寺院の上にゆっくり戻ってきて、離陸した場所の近くにきれいに着陸した。

ちょうど最後の牛皮筋がねじり力を放出したところだった。

譚嗣同は自分の計算がどれだけ正確だったかを気にする暇もなく、飛行器の着陸を見るやいなや、真っ先に写真機の前に駆け寄って、慣れた手つきで底を開け、木箱の中にあった薬水を取り出し、その箱に入り込んで、開けたばかりの木の扉を閉めた。

また一刻ばかりたったころ、譚嗣同は現像に成功した七枚の写真を手に、箱の中から出てきた。

写真と頤和園の設計図を持ってつきあわせると、図の上に何本も墨の印をつけた。ついに成算がたった。

「聖上をお送りして玉瀾堂に向かっても問題ありません」

「もとから問題はないだろ！」袁世凱は不機嫌そうに反論した。

「ですがまだお手伝いしてもらいます」

「「問題ありません」じゃなかったのか！」

「些細な問題です」

「些細な……」

「袁大都督、あなたは老佛爺のお気に入りです。みたことのある宦官たちの名前や好みなどをそれがしに教えてください」

譚嗣同の話を聞いた袁世凱の頭の中は疑問符で一杯だった。

「手元にあるのは静態図だけです」譚嗣同は真剣になって「状況に応じて一歩一歩進んでいくこともできますが、それでは時間も労力も使ってしまいます。ましてや我々だったらなんとかなるかもしれませんが、聖上は最初から最後まで歩調を完全にあわせることはできません。万一、うまくいかなかったら、責任取れますか？　また、万一、時間がかかりすぎてしまって、彼らが持ち場をかえてしまったら、責任取れますか？」といった。

「わかったわかった！　君の言うとおりだ」

「話はまだ終わっていません。不肖それがし、人情の洞察が得意でして、彼らの任務を知れば、その人となりもわかるのです」譚嗣同は人指し指で自分の頭を軽く叩いた。「ここで彼らの見回りの動きを模擬《シミュレーション》できます」

「それはちょっと眉唾だな！　君にそんなことができるんだったら、まず先にこの俺様にやらせてごらんよ」

言い終えた袁世凱は、譚嗣同が意味ありげな目でこちらを凝視していることに気付いた。思わず身震いして、慌てて写真をかかげた。月は新月。やむなく壁の外の光を借りて、目を細めて見た。

「あぁ、俺にも大体わかったぞ」

もし譚嗣同の脳みそが計算式だらけだとしたら、おそらく袁世凱の頭の中は各種各様の人々で一杯なのだといえよう。長年兵を率いていた人なら、軍営で日々練兵するなかで、一度顔を見たら忘れなくなるものだ、何も誇るような才能ではない。ただかくも不鮮明な写真で、ぼんやりとした人影から見回りの宦官を全て認識できることに、譚嗣同は驚いた。袁世凱という奴は、絶対に凡人ではない。

袁世凱の助けを借りて、譚嗣同は地図に記した墨点を増やしはじめた。墨点を起点とし、何本も閉曲線を画いた。この閉曲線には長々と伸びて曲がっているものもあれば、短くまっすぐなものもあった。全て書き終えると、譚嗣同は懐中時計を取り出して、時間を見ながら、脳内で計算を始めた。しばらくして、筆をとって高梁河から昆明湖に入る水門を起点に、あちこちの閉曲線や折れ線部分を貫いて文昌閣まで線を引き、最後に玉瀾堂の北にある後門から玉瀾堂にいたった。この長く伸びた折れ線を書き終えてもまだ終わりではなく、譚嗣同は筆の先を最初の起点に戻し、懐中時計を持ちあげて、ぶつぶつ何かいいながら、折れ線と閉曲線の交点上に時間を書き込んでいった。分まで正確に。

「よし」

あまりにも集中し、頭を消耗したのだろう。譚嗣同は筆を置き、図を持って確認する時、右手で力を込めて太陽穴《こめかみ》をもみほぐした。

「聖上はまだお休みだろうか？」譚嗣同は寺院の大殿をちらっと見た。

「多分な、聖上をお呼びしてくる」

「袁兄《えんけい》」

「あぁ？」

「ありがとうございます」

「ちっ！　おい小僧、頭でも打ったか？　聖上のためだ、お礼なんか言うんじゃねえよ。お前ら読書人ときたら、頭のてっぺんから足の先まで本当にむかつくなぁ。あの武術の達人大刀王五《だいとうおうご》*9に学んだ腕前だとはいっても、やっぱり腐れ書生だな。それから、「袁兄」なんて呼ぶんじゃねえよ、袁と兄を一緒にまとめられるとむずむずしちまうだろ」

袁世凱は大声でわあわあがなり立てた。彼が騒いだからか、光緒帝は自ら寺院の大殿から出てきた。

譚・袁の二人に加えて少年僧も、すぐさま跪拝礼《きはいれい》を行った。礼が終わると、譚嗣同は書き上げた図面を光緒帝に渡して見せた。路線と通過時間はぜひともおさえておく必要があったので、光緒帝に一つ一つ説明した。

当然のことながら、光緒帝はそんなに多く覚えることはできなかった。譚嗣同は歯がみし、自分が皇帝を連れてこの道を進むしかないと覚った。振り返って袁世凱に「袁兄、このあとはそれがしが聖上を玉瀾堂まで送っていきます、あなたが安心できるかどうかわかりませんが」といった。

袁世凱はいいとも悪いともいわずに口元を曲げ、光緒帝に向かって叩拝礼をおこなった後、少年僧を引っ張って歩き出した。と同時に「誰にもお前は使いこなせないな、くそったれのつまらん奴め」と悪態をついてから、寺を出て行った。

「聖上」袁世凱の相手をしている場合ではない。譚嗣同はすぐに光緒帝の傍に行き、懐中時計を開いた。「五分後、十二時ちょうどに出発致します。臣はあえて聖上にお願い申し上げます。玉瀾堂にお戻りになられるまで、臣の後ろにしっかりおつきください。少しも遅れないようお願い申し上げます。」

「全て復生《ふくせい》に任せる」

光緒帝は立憲を主張しているけれども、その思想は共和に近く、言葉遣いも少しばかりくだけたものになっていた。とはいえ皇帝がそうふるまったとしても、譚嗣同は真似しなかった。君主は君主なのだ。

時間がきた。二人は出発した。

再び船を操り、海淀鎮から水路を通って頤和園の東壁附近に着いた。

東宮門の内外は、見回りの宦官も多いので、譚嗣同は起点を水門に定めたのだ。壁に沿って、君臣二人は水門に至った。譚嗣同は頭をあげて壁をちらっと見た。ちょうど傍らに槐《えんじゅ》の木があったので、上に登ることができた。壁の上に飛び乗り、縄をおろし、光緒帝をこわごわ引っ張り上げる。

事前の計画通りに木から下りた後、譚嗣同はまず懐中時計を開いて時間を確認し、それからしっかりした足取りで予定通り角に向かった。光緒帝はその後ろにぴったりついている。

二人は脇目も振らずに前に進んだ。ちょうど最初の宦官が一番遠くに向かったところだった。

「復生、計算が正確だな」

今は礼儀をとやかく言っている場合ではない。譚嗣同は光緒帝の相手をせず、ただ懐中時計の針をじっと見つめ、時針が動いた瞬間に、今度は背を縮めて飛び出した。光緒帝は一瞬目を閉じ、また彼についていった。

まさに神算。譚嗣同はただ懐中時計を見て、時に勢いよく進み、時にこっそり隠れ、二人は止まることなく完全に見回りの宦官全ての視線をかわし、折れ線を描きながら前進して、文昌閣までたどりついた。

先ほどと同じように、譚嗣同は懐中時計を見て、時針が動いたその時に前に進もうとした。そこで突然気づいた。文昌閣……の門内にもう一人いる。ちょうど写真を撮った飛行器の死角にあたっていたのだ。気を付けたつもりだったが、こうした死角を忘れていた……

譚嗣同は隠れていた藪に身を戻し、時計をちょっと見た。まだ時間はある、こうなったら危険を冒すしかない。振り向いて、小声で光緒帝に藪の中でしばらく待つよう伝え、一気に飛び出す。一瞬のうちに、彼は門内でうつらうつらしている宦官の傍に音もなく近づいた。宦官は何が起きたかもわからぬまま、譚嗣同の手刀をうけ、声もあげずに気絶した。

止まらずに、文昌閣の門から頭を出し、見回りの宦官を観察し、時機を摑むと、急いで藪に身をひそめている光緒帝の傍に戻った。戻る途中も、譚嗣同の大脳は一瞬たりとも止まらない。文昌閣を過ぎても、まだ四人の宦官がいる。脳内では迅速に計算がなされ、急速に新しい時間表が浮かんでくる。

新しい通過時間の計算も終わり、譚嗣同は再び懐中時計を見て時針の跳躍を待った。

その後の四回も元のごとく正確無比に動き、二人は問題ないまま玉瀾堂の北山壁下の後門に到着した。

「復生、朕は心から感謝している」

これが光緒帝と譚嗣同の交わした最後の言葉である。その後、彼は自分で門を推して玉瀾堂に入っていった。

門の外でしばらく待って、屋内で何も起きないことを確認した譚嗣同は戻ることにした。しかし、突然、文昌閣の門内の宦官のことを思いだした。あんな風に放っておいても何も起きないだろう、目を覚ました後にちょっとした騒ぎが起き、数日後に見回りの数が増えるだけ、しかし急いでいたから手加減できたかどうか不確かだ、万一、命にかかわったら、一生後ろめたい思いを持つことになる。

そう考えるやいなや、譚嗣同は身を翻して文昌閣の門内に戻った。宦官はまだ気絶していた。譚嗣同はその傍に行き、さっと様子を調べた。ただ気絶しているだけで、どこにも傷は無い。

ようやく安心して、その場を離れようとした。そのとき彼の脳内に、走り去る袁世凱の後ろ姿が思い浮かんだ……

やつは信用できない！　ほんの少しもだ！　あの袁世凱は始めっから老佛爺の傍にいたんだ、どうして信用できようか！

そう思うと、譚嗣同は立ち去る気がなくなった。頤和園の図面を見た時から、新設された頤和園内の電報室が気になっていたのだ。深夜の電報室なら、誰もいないだろう。思い切ってこの機を利用してちょっと確認してみよう。吉が出ても凶が出ても、事前に心の準備ができる。

一人で頤和園内を行くのは、皇帝を連れて行くよりもはるかに身軽だった。懐中時計なんぞ見るまでもなく、ただ周囲に気を付けるだけでいい。程なくして電報室に到着した。

予想通り無人だった。幸運なことに、守衛がいないだけでなく、中に宿直もいなかった。暴力を振るう面倒が省けた。

電報というものは、例外なく電碼《ディエンマー》*10を使って送られている。受信機の暗号さえ知れば、その内容を全て調べることができるのだ。ちょうど維新の準備をすすめるために、譚嗣同は宮中の電報室の受信機の暗号を獲得していた。彼はその場の発信機を使って、直接、一連の電碼を打ち込んで電報局の区分機に送った。宮中の電報の電碼を記録して保存しておいたのだ。宮中の電報室が一日のうちに送受信した電報はこれで読める。

思ったとおりだ！

やはり宮中の電報室に電報を打った者がいる！

一つ一つ電報を打ち出し、真剣に読んでいると、今日の申《さる》の刻《こく》（午後三時～五時）頃に、宮中に向けて打たれた電報が見つかった。

電報の内容は……

譚嗣同は、全身から冷や汗が噴き出した。

状況は思っていたよりも遙かに危うい！　その内容は、維新党は八月四日に「囲園劫后《いえんごうごう》（頤和園を包囲して西太后を失脚させる）」するつもりである、というものだった。

こ……これは謡言《デマ》だ！　老佛爺がいつ頤和園に帰ってくるのかさえ知らない強学会の面々に、どうして事前に「囲園劫后」の時機を決めることができようか。

袁世凱め！

譚嗣同は切歯扼腕《せっしやくわん》しながらその名前を心の中で叫んだ。しかし、彼はすぐに理性を回復し、取り乱している場合ではないことを覚った。まずは迅速に仲間に伝えなければならないし、玉瀾堂に戻って今の状況を光緒帝に説明する必要がある。このとき、この状況では、光緒帝だけが仲間を守れるのだ。

考えが固まると、譚嗣同は電報室を片付けて、玉瀾堂に戻ろうとした。

だが、入手した電報を懐に収めようとした時、あの電報に対する返電があったことに気づいた。

返電の内容は簡潔だった。「わかった、宮外は危険だ、わが甥を今夜中に玉瀾堂に戻すように」

全身が震えだした……

譚嗣同は地面にへたり込み、見つかる恐れも顧みず天を仰いで唸り声をあげた。

なんと……

そういうことだったのか！　はじめから……私たちは蚊帳の外だったのか……

脱力した譚嗣同は希望が潰えたことを知った。彼の脳裏に先頃光緒帝とかわした会話――故郷と郷心について――が浮かんでくる。どんなに単純で善良だったことか。自分の故郷は海淀鎮と違ってつまらないこと、そして機会があったらお忍びで海淀鎮に遊びに行くことを語り合ったのだ。

聖上、あなたの故郷はどうですか？　艱難辛苦《かんなんしんく》の果てにあなたを送り届けた玉瀾堂の素晴らしさとは何ですか？

光緒二十四年（一八九八）、戊戌《つちのえいぬ》、八月三日の早朝、月は新月、中秋の満月には程遠く、血に染まった鋭利な鎌のようだ。

なぜだろう、思い浮かぶのは故郷のことばかりだ、あるいは人の常なのだろうか。譚嗣同は力なく笑った。もう永遠に帰れないのだな。

【訳注】

1　康有為《こうゆうい》は清末の官僚・思想家。生没年は一八五八―一九二七。日清戦争の敗北後、立憲君主制の導入などの変法（政治改革）を主張した。光緒帝の信頼を得て一八九八年に変法を開始した（戊戌《ぼじゅつ》の変法）。しかし、その強引な手法が西太后や主流派官僚の反発を買い、わずか百日で頓挫し、日本に亡命した。

2　清末の一八九五年十一月から一八九六年一月にかけて康有為が組織した政治団体。

3　光緒帝《こうちょてい》は清の第十一代皇帝。生没年は一八七一―一九〇八。在位年は一八七五―一九〇八。姓名は愛新覚羅載湉《アイシンギョロ・ツァイティヤン》。当時の年号を取って光緒帝と呼ばれている。従兄の同治帝没後、伯母の西太后《せいたいごう》によって皇帝に擁立された。内憂外患が続く中、実権を握る西太后のもと洋務運動が進められた。一八八九年に親政を開始。日清戦争の敗北後、政治改革を主張する康有為らの意見を採用し、変法を試みた（戊戌の変法）。しかし、西太后ら主流派の反発で、わずか百日で頓挫して幽閉された（戊戌の政変）。

4 鳩の尾羽につける笛。飛ぶときに出る音を楽しむ。

5 北京城の西北にある庭園。清代には離宮が置かれた。もともとの名前は清漪園《せいいえん》。第二次アヘン戦争中の一八六〇年に英仏軍によって破壊されたが、自身の居所とした西太后が再建して一八八八年に「頤和園《いわえん》」と改称した。光緒帝は親政開始後も、頤和園に住む西太后のもとを訪れた。

6 菩薩の意。清朝においては西太后のことをさす。生没年は一八三五―一九〇八。咸豊帝《かんぽうてい》の妃で同治帝《どうちてい》の母。一八七四年の同治帝没後、道光帝《どうこうてい》の孫で西太后の妹の子である光緒帝を擁立し、清朝の実権を掌握した。一八八九年に光緒帝が親政を開始した後も大きな影響力を持った。

7 清朝の宮殿や庭園の造営を担う宮廷建築設計部局〈様房〉を七代にわたって雷家《らいけ》が担当したことから、様《よう》式雷《しきらい》と呼ばれる。円明園《えんめいえん》・頤和園などの設計を担った。作中では第七代目の雷廷昌（一八四五―一九〇七）の時代にあたる。

8 高句麗《こうくり》は朝鮮半島北部・中国東北部南部に存在した国。唐の高句麗遠征は三度行われた。六四四年・六六一年は失敗し、三度目の六六八年に高句麗を滅ぼすことに成功した。当然のことながら、巨大飛行船については史実ではない。なお、唐の高句麗遠征を描いたSF短篇の祝佳音「碧空雄鷹」（二〇〇七年）には、牛皮筋を用いた飛行船が登場する。梁清散氏自身が偏愛する作品の一つにあげていることから、オマージュと思われる。

9 清末の著名な侠客・武術家。本名は王正誼《おうせいぎ》。生没年は一八四四―一九〇〇。譚嗣同は青年時に彼に武術を学んだ。

10 電報を送るために漢字と四桁の数字を対応づけた文字コード。

【訳者附記】

譚嗣同《たんしどう》は清末の思想家・官僚。湖南省出身。生没年は一八六五—一八九八。青年時に王正誼《おうせいぎ》に武術を習った。科挙を目指したが、日清戦争を機に康有為の主張した変法に共感し、湖南において変法の普及に励んだ。一八九八年の戊戌の変法にあたって北京に招かれ、光緒帝の側近に抜擢された。しかし、康有為らの強引なやり方に、西太后・主流派官僚が反発し、旧暦八月六日に西太后が再び実権を掌握したことで頓挫した（戊戌《ぼじゅつ》の政変）。亡命の勧めを断って八月九日に捕縛され、八月十三日に北京の市場で処刑された。主著の『仁学《じんがく》』は死後に日本で刊行された。

袁世凱《えんせいがい》は清末・中華民国の軍人・政治家。生没年は一八五九—一九一六。河南省出身。科挙に挫折し、軍人となった。朝鮮に派遣されて内政・外交を取り仕切った。日清戦争後、帰国して新軍創建に従事した。強学会に参加するなど、当初は変法に理解を示していた。しかし、戊戌変法は主流派官僚の反発で停滞し、孤立した康有為らは西太后の幽閉を計画し、袁世凱の取り込みを図った。旧暦八月三日、譚嗣同は袁世凱の宿舎の法華寺を訪れて説得を行った。曖昧な返答で譚嗣同を帰らせた袁世凱は、西太后の側近栄禄《えいろく》に報告し、その直後に戊戌の政変が発生した。その後、袁世凱は有力政治家として活動し、辛亥《しんがい》革命が起ると内閣総理大臣に起用され、一九一二年に宣統帝《せんとうてい》を退位させ、中華民国臨時大総統となった。

清末の政治動向については川島真『シリーズ中国近現代史②近代国家への模索』（岩波新書二〇一〇年）参照。袁世凱については、岡本隆司『袁世凱—現代中国の出発』（岩波新書二〇一五年）参照。

本作の原題である「嗣声猿《しせいえん》」は、明の徐渭《じょい》の撰した雑劇《ざつげき》「四声猿《しせいえん》」を踏まえた題名である。しかし、日本では「四声猿」の知名度が低いため、著者と相談の上、幕末が舞台の島崎藤村『夜明け前』を念頭に、本作中に鳥や鳥に例えられる人物が出てくることから、「夜明け前の鳥」と改題した。

時の点灯人

万象峰年《ワンシエン・フォンニエン》

大恵和実 訳

痩せこけて骨ばった手に掲げられた提灯《ちょうちん》が、鉄格子の外に置かれた。手が届きそうで届かない場所。地下室の小窓から夕陽の光が差しこみ、舞い上がった埃を照らし出す。鉄格子の中の囚人は提灯守《ちょうちんもり》に目を向ける。不意に現れる幽霊を見るかのように。正確に言えば、その人は〝不意に現れる〟わけではない。彼はずっとここにいて、時々この空間の隅で消えたかと思うと、すぐさま別の隅からあらわれ、新鮮な空気を運んでくるのだ。

囚人は空気の匂いを嗅いだ。今回は知らない匂いがする。何かの薬品のようだ。提灯守は傍《かたわら》に置かれた簡易ベッドに横たわると、身体の関節をひねりはじめた。関節の音とベッドの音がまじりあい、しばらくして静かになった。

「今回も何も話さないのかい?」囚人は尋ねた。

提灯守は答えなかった。囚人と全く関係がないかのように。絶対的沈黙。囚人は待った。提灯守が眠り、目覚めるのを。窓の向こうは夕陽のまま。

「昨晩、いや、前回というべきかな、悪夢をみただろ。罪に苛《さいな》まれているみたいだったぞ」

提灯守は身体をこわばらせた。灯《あか》りが彼の手の上で揺れている。その灯りには炎もなく、光もない。

あるのは漆黒の水晶のような灯管だけ。目に見えない月光が照射されているかのようだ。

「ふふっ」囚人は笑った。「お前さんは悪魔か魔術師なんだろ？」

「いや違う。ただお前を罰しているだけだ」提灯守は振り返りもしない。

囚人は微かに目を大きくした。「お前は……」

提灯守は立ち去った。彼の後ろでは、囚人が話途中で止まっていた。


揺れる提灯が樹影を穿《うが》つ。提灯守は樹林を突っ切る。提灯の光に覆われたところは、全てが覚醒し始める。空中で凝固していた風が解き放たれ、やさしく提灯守の頬をなで、この有限の空間内で消えていく。風に挟まれた虫の鳴き声が聞こえてきては途絶える。樹の葉が揺れ始め、細やかにカサカサと音を発する。何歩か進むと、樹木の間で虫がうごめき始め、激しく鳴きかわす。つかの間の狂宴を楽しむかのように。虚空に張り付けられた小鳥は矢のように飛び始め、眼前に現れた人影に気づくや、急カーブを描いてかわし、空間の片隅で静止する。提灯守には知る由もなかったが、樹木の根は泥土の水分を吸収し、アマガエルの体内では有機物が酸化して、木に登るエネルギーを供給し始め、カビの菌糸は勢いよく分裂し、数億の胞子が凝固された長い道のりを再び漂い始める。もし提灯守がぶらぶら歩いて足取りを緩めれば、大部分の音は四方をとりまく空間の壁に固められ、外に音が伝わることも無く、あたり一面静寂に変わってしまう。提灯守が過ぎると、草葉は瞬時に揺れを止め、舞い落ちる葉っぱも地面に落ちることなく最後の姿を留め、風と空気の振動も虚空に封じ込められる。目的地に達しなかった胞子もまた同じ。嘆息することもなく、全てが永遠のような静止に帰していく。

この小さな小さな時間の泡は樹林を穿ち、都市の片隅に移動し、ある建築群に向かって進んでいく。

ここは提灯守の熟知する研究所。下校途中の数人の実習生が歩きながら談笑した姿で止まっている。提灯守は注意深く彼らをよけ、ある建物に入っていく。作業台の上で、提灯守は何よりも慎重な手つきで、提灯のケースを開き、内部のコイル・電気回路・封入された内核を露《あら》わにする。彼はダストガンで提灯についた塵を取り除き、検測機器を繋いで、データを読み取り、防酸化液を補充し、良好な状態を確保する。少なくない時間を費やしたけれども、その価値はあった。彼は提灯を元通りに組み立てると、資料室に向かった。

資料室の中は薄暗かったが、電源がなくても点《つ》く電灯のおかげで、真っ暗ではなかった。パソコンも動かない。たとえ電源を持ってきたとしても、ネットを通してサーバーのデータにつながなければならない。いまはさして多くも無い紙の資料を頼りに探すほかないのだ。提灯守は技術書の山の真ん中に座った。ここは前回彼が離れたときのままだった。ノートの上のインクさえも乾いていない。彼は電池式の照明をつけ、仕事を続けた。

今回は新しい情報が見つかった。

資料室を離れて中庭を通った時、彼は立ち止まった。夕陽に照らされたベンチが、金色に覆われている。彼は近づいてベンチを撫でた。まだ人のぬくもりが残っている。彼は思い出した。ここで、同じような時刻に、先生とかわした会話を。

「このような理解でよいでしょうか？　宇宙の進化の過程で、全ての物理量は〝時間〟をその周囲にまとい、相互に連動し、進化の方向を形づくった。すなわち、いわゆる時間の矢である」あのとき彼はそういった。

「その通りだ。シンプルなまとめだな」

「先生、このことを考えると、僕はちょっと怖くなります。教えてください。僕たちの宇宙が〝時間〟を失くすことはありませんか？」

「時間を失くす？」

「〝時間〟と物理量の絡み合いに、論理的必然性はありません。自然の成り行きで生じた公理にすぎません。理論上、〝時間〟が物理量から剝がれることもあり得るのではないでしょうか？」

先生の目に一筋の恐怖がよぎり、沈みゆく太陽を見つめた。彼は頭を振って立ち上がった。「その問題は私の想像を超えている」

あのとき提灯守も先生も、その恐怖が全人類の眼前に現れることになろうとは思いもしなかった。

提灯守は別の研究所にいる目的の人物を探し当てた。

「汪楚琳《ワン・チューリン》、時間発生器の電源モジュールの設計に関わった方ですね」

「そうですが……」年若い研究員は目が覚めたばかりのように疲れを帯びていた。「何の御用ですか？」

彼女はぼんやりと周囲を見回した。「どこから入ってきたんですか？」

「時間剝離は既に発生しています」提灯守は直截的に答えた。

「な……何いってるんですか？　あなた誰ですか」彼女はそういうと急いで提灯守から離れようとし

た。提灯の範囲から出たとき、彼女は止まった。

提灯守は小石を取り出し、少し歩いて前に投げた。小石は空中で停止した。汪楚琳《ワン・チューリン》は愕然として、口を大きく開けた。彼女が足元の小石を蹴ると、七、八メートル転がったところで、停止ボタンでも押されたかのように、突然フリーズした。提灯守が前に進むと、二つの小石はその歩みに従って少しずつ前に進んだ。

「災厄は予想よりも早く起きました。ほとんどの物理量は時間から剝離しました」提灯守は振り向いて汪楚琳に語った。彼の瞳はブラックホールのようだった。

四年前、宇宙に時間剝離の徴候が観測された。全世界の物理学界はあらゆる手立てを講じて構築した時間結合フィールド理論を未完成のまま応用した。世界でトップ水準にあった中国も試作機を一台作ることができた。その災厄は、人類の予測よりも五十年ばかり早く、不意に襲いかかった。災厄の発生時、たまたまこの試作機はテスト運行されていた。彼は唯一の現場デバッガーだったのだ。

提灯守は五分間を費やして汪楚琳に現状を理解させた。常人に理解させるよりもはるかに容易だった。

「時間発生器をなんとか複製したいんです」提灯守はいった。「電源モジュールを作っていただけませんか」

「私に分かるのは設計原理だけです。試作機は放射性同位素電池を使っていますし、ほとんどのパーツが特注品で、求められる製造水準も極めて高度です。全ての電源モジュールには……三つの研究所、四つの工場の百人に及ぶ専門技術者が必要となります」汪楚琳は提灯守が持つ提灯をちらっと見た。滑らかで光沢がある。モデリングしたばかりのようでまるで真実味がない。「いいでしょう、やってみます」彼女はまた提灯を見た。

提灯守は一秒も経たないうちにまた現れた。彼は提灯を置き、簡易ベッドに横たわった。

「お前はここでもう三週間も過ごしているが、大半は眠っているな」と囚人がいった。

「どうして時間がわかるんだ？」提灯守は疑問に思い、腕時計を見ながら時間を計算した。

「お前がどんな魔法を使っているのかわからないが、俺たちのような狩人は時間の流れに敏感なんだよ」

提灯守は凍てつくような笑みを浮かべた。「殺人鬼は時間にも敏感なんだな」

「その結果がこれだよ。だがお前は、ここに俺を閉じ込めてるわけじゃなさそうだ。自分をここに閉じ込めてるみたいだ。どうして俺につきまとうんだ？」

「答える必要ない」そう言い放つと提灯守は背を向けて眠った。

実験室の半分が実験設備と発電機で占められた。提灯守と汪楚琳《ワン・チューリン》が一日がかりで搬入したのだ。提灯守は一冊のノートに各種資源の取得場所を記し、多くの時間を節約した。

二人は疲れ切って椅子に座った。提灯守は整備のために提灯を開いた。汪楚琳は提灯に触りたくなった。提灯守が叫ぶ。「動くな！」

汪楚琳は手をひっこめた。

「どのように操作されているのか気になりますよね。でも、触るのは私だけにしましょう。危険を冒すわけにはいきませんので」

「時間発生器は世界にこれ一台しかないのですか？」

「おそらく宇宙で最後の時間です」

汪楚琳《ワン・チューリン》は息をのみ、一歩あとずさったが、慌てて後ろを見た後、一歩前に進んだ。

「だから一刻も早く複製する必要があるのです。もしこれが故障したら、二度と時間は蘇《よみがえ》りません」

汪楚琳の動作が緩慢になり、声も低くなった。彼女は軽く座り直すと、ぼんやりと提灯を眺めた。しばらくして提灯守は「食べ物を探しにいってきます」といった。

「だめ！」汪楚琳は電気に触れたかのように跳ね上がった。「ここに置いていかないで……一緒に行きます」

「あなたの時間の中では、一秒もしないで戻ってきますよ」

「いや、もう時間から離れたくない、私も行きます、一緒に行きます……」汪楚琳の言葉は少し混乱していた。

提灯守は頷いた。

二人はスーパーに入った。時間剝離が起きたのは金曜日の午後だったので、多くの人がスーパーで買い物をしていた。店に入ってがやがやと響き始める声の中を一瞬で通り過ぎて陳列棚に向かうと、周囲の人が勢いよく動き始めた。テレビのスイッチを押したときのように。頭を下げて物を選ぶ人、ひそひそ話をする人、かごを提げてぶらぶらする人、時事ネタを話す声と噂話をする声が漂い、カップルが夕飯をどうするか言い争っている。

汪楚琳《ワン・チューリン》はぼんやりと自分も食材を買って家に戻り、食事を作らなければと思った。目の前の提灯守も妄想の産物に感じられた。

「まっすぐ進んで。交流も説明もしないで」

汪楚琳は急いで歩きながら、背後で停まった人々をちらっと見た。

ほとんどの人は時間の泡に生じた小さな異常に気付くことはない。その生活はあっという間に元に戻り、あっという間に固まった。

〝夜〟眠る時、二人は各々床に布団を敷いた。

「約束してください。寝ている時に離れないって」

「ん」提灯守は答えた。

「約束してください」汪楚琳は再度求めた。

「もう約束しましたよ」

汪楚琳は寝袋に入って眠った。すすり泣くような音を出しながら。提灯守は提灯を身体の近くに寄せ、かけてある紐を握りしめた。彼は人間に睡眠が必要だということに頭を悩ませていた。

夕陽がいつものように照らしている。

提灯守は、〝毎日〟一回、汪楚琳に進展を尋ねた。ときには二回尋ねることもあった。思うようには進まなかった。二人はここにあるパーツをつぎはぎして機能させようとしたが、これは容易なことではなかった。

「子どもはいますか？」汪楚琳《ワン・チューリン》は唐突に尋ねた。彼女はマウスをクリックしていた。レンダリングシステムを学ばなければならなかったのだ。

提灯守はちょっと驚いた。「いません」

「うちには六歳の息子がいます。忙しくてあまりかまってあげられないから、恨まれちゃって。集団行動が苦手で、学校でいじめられてる」彼女の声が柔らかくなった。「機会があったら、穴埋めしなきゃ」

「きっとありますよ」提灯守はいった。

「あの子を見に行きたい」

「どこですか？」

「郊外の木造の家よ。そこで休日を過ごしているの」汪楚琳はその場所を説明した。

提灯守は少し考えて「だめです、私たちには時間がありません」といった。

「車で行けば、そんなに時間かからないでしょ。環境が変わればインスピレーションも湧《わ》くかもしれないし」

「この時間発生器がいつまでもつのかわかりません。もしかしたら三十分後かもしれませんよ。冒険はできません」

「お願い……」汪楚琳は哀れみをこうようにいった。

「すみません、私たちは人類の希望なのです」

その日の〝夜〟、汪楚琳《ワン・チューリン》が熟睡するのを待って、提灯守はその場を離れた。彼はノートを取り出し、頁《ページ》をめくって、記録を頼りに別の実験室を訪ねた。そこにいた研究員は色白で太った男だった。彼も進展が芳《かんば》しくなかった。その顔には憂いが浮かんでいる。

「ここを離れたのかい？」研究員は目ざとく尋ねた。

「いや」提灯守は答えた。

研究員は頷《うなず》いて、仕事に戻った。

彼らは一緒に実験データを分析した。研究員が背を向けてデータをコピーしている間に提灯守は離れた。

提灯守は幾つかの実験室を見て回った。そのあと何かに思い至って、車で郊外のあの木造の小屋まで向かった。彼は車にあった油圧トングで鍵を切断した。

中に入ると干し草の匂いが漂い、板の隙間から差しこむ夕陽の光に照らされて、明暗の縞模様に浮塵が見え隠れする。まるで深海で食べられるのを待つプランクトンのように。ここには子どももいないし、人もいない。

提灯守の頭に何かが軽くぶつかった。頭をあげると、きらりと光る鎌が頭上にぶらさがっていた。

提灯守はノートの一頁を破り捨て、二度と汪楚琳の所に戻らなかった。

提灯守の目覚めを見るのは何度目だろうか。いつものように囚人はあいさつした。

「おはよう」と提灯守が返した。

「話したね」囚人はにやっと笑った。「今回はどこに行ってきたんだ？」

「私が出ていくのがわかるのか？」

「雰囲気が変わるからね。それに小さな傷も変化してるし、何回かは着替えたでしょ」

「さすがだな」

「まさか、お前と俺では時間の流れが違うのか？」

「そうともいえる。実は……」提灯守はちょっと考えた。「お前に隠す必要もないか」

提灯守は囚人に時間剥離という宇宙規模の災厄について説明した。他の人よりも時間がかかった。しかし、囚人は誰よりもはやくこの事実を受け入れた。

「お前は俺を罰するために、わざと時間を与えているのか？」

「そうだ、お前は俺の妻だった女を銃撃したからな」提灯守は感情を抑えた声でいった。

囚人はしばらく黙った。「罰は受け入れるよ。彼女はどうなった？」

「致命傷だよ。病院でこの災厄に出くわしたから、まだ生きてるけど、幸運とはいえないな」

「どうして時間を回復させたいんだ？　彼女は死んでしまうぞ」

「彼女は残念だとは思わないだろう」提灯守は答えた。

「彼女の事がよくわかってるじゃないか、まだ愛してるんだな」囚人はつぶやいた。「どうして離婚なんかしたんだ？」

提灯守は立ち上がってその場を離れた。

数年後、ある実験設備を検収する際に爆発が起きて、提灯守は重傷を負った。血がゆっくりと提灯の下の地面に流れていく。提灯のカバーも壊れてしまい、きらきらと血溜まりの中に散らばっている。激しく震える手で提灯を持ち、血溜まりをゆっくり歩く。足跡が残る。

提灯を持つ手も長くはもたなかった。


燈火の明かりの下、破損した提灯がかすかに光を発している。汪楚琳《ワン・チューリン》は暗い部屋で目を覚ました。あの壮健な男は枕元に座って、威厳たっぷりに彼女を見ている。

「この部屋はいいだろ、あの女は死んだけど、お前は運がいい」

汪楚琳は、彼らが男を〝親父〟と呼んでいたことに気づいていた。彼女は呼び覚まされ、銃をつきつけられて、ここに連れてこられたことを思い返した。ここはこの男のトーチカだ。提灯守は？

「腹は減ってないか？」男は手を彼女の手の上に置いた。

汪楚琳は蜂に刺されたかのように手をひき、「出てって！」と叫んだ。

男は手をあげた。「構わないよ、じゃあねぇ」彼は提灯をかかげて、持っていった。

汪楚琳は恐ろしげに提灯が離れていくのを見た。

すぐに男が部屋に現れた。

「どれくらい経ったの？」汪楚琳は尋ねた。

「そうねぇ、二日？　三日？　一か月？　大事なことかい？」男は意味ありげに汪楚琳を見た。「大事なのは帰ってきたこと」

「何か食べ物をください」今回、汪楚琳《ワン・チューリン》は話をした。

男は出ていくと、すぐに現れ、首を伸ばして「前に来た時、何を欲しがってたっけ？」と聞いた。

汪楚琳は言いたくなかったが、我慢して答えた。「何か食べ物をください」

男はまた出ていき、現れた時には粥を持ってきた。男は彼女に粥を食べさせた。

男は提灯を触りながら「お前ならこれを整備できんだろ」といった。

汪楚琳は工具を求め、提灯を開き、各部品の状態を確認した。電気回路の酸化がひどい。計時器のデータを読んだとき、彼女は息をのんだ。時間発生器は既に三二四年六か月も動いていたのだ。

「この提灯はどこから来たの？」

「知らない」男は肩をすくめた。「ある友達が俺を起こしたんだ。そいつはこれをいじくりながら、渡すつもりはないっていったから、奪ったのさ」

汪楚琳はカバーの痕跡をなでた。「知ってる？　この放射性同位素電池の設計寿命は二百八十年なのに、もう三百二十四年も使ってる。いつ停まってもおかしくない」

男は提灯をつまんでじっくり見た。「俺を馬鹿にしない方がいいぞ」

「人類が保有する唯一の時間なのよ！」汪楚琳の声は震えた。

「人類って誰のことだい？」男は提灯を手に載せて重さを測り、汪楚琳の顔にピタッとつけた。「お前、直せんだろ」

トーチカ内は資源が不足していたので、男は実験設備を運ばせた。だが、汪楚琳《ワン・チューリン》の外出は許さず、彼女の求めにもほとんど応じなかった。汪楚琳がトーチカ内を何度か歩いた経験によれば、〝親父〟はトーチカ内に四五十人かかえ、全員を個室に隔離していた。時間発生器の修理は遅々として進まず、どのパーツも交換の際に月面着陸並の工程を必要とした。

「俺がお前にどんだけ時間を割いてるか知ってんだろ？」男は汪楚琳の耳元でささやいた。

汪楚琳は身をよじった。「まだまだ不十分ね。計時器の経過した時間は、私の時間よりもずっと多いじゃない」そういうと、彼女は少し絶望感を覚えた。

「我慢しな、時間の組み合わせさ」男は微笑みながら答えた。

汪楚琳は何も言わなかった。

「その時間を俺がどう使ったのか教えてやるよ」男は話しだした。「あの女どもにあきると、俺は一人で旅行に行くのさ。車を走らせ、壊れたら乗り換えて。最高の景色を見たよ。滝の下に車を動かして激しく湧き上がる水しぶきを見たんだ。大陸の果てにも行ったことがある。永遠の夜空の下であの宇宙を見たよ。もう死んでるけど、やっぱり綺麗だったな。時には人に説明してみたよ。提灯にどんな態度をとるか見てきたけど、もう飽きちまったな。でも――」男は顔を近づけた。「お前を連れていきたい」

汪楚琳は泣き始めた。時間の中の無数の宇宙が湧きだし、様々な幾何模様に変幻し、呑み込み、包み込み、咆哮した。

これまで汪楚琳《ワン・チューリン》は子どもを持つことなんて考えもしなかった。子どもが生まれるとき、彼女は水面の光をみつめる溺者《できしゃ》のようだった。生まれたのは女の子だった。父親にも、母親にも似ていた。

彼女はトーチカ内唯一の子どもというわけではなかった。全ての子どもが一部屋に集められ、同じ時間に育てられた。汪楚琳は育児をめぐって男と絶えず言い争い、得られる時間もますます少なくなった。子どもたちが四、五歳になった頃、明らかに差別されるようになった。

惰弱、愚鈍、偏屈な子どもは成長権を剝奪された。その子たちは〝空き部屋〟と呼ばれる部屋に連れていかれた。部屋の中は子どもたちでぎゅうぎゅう詰めで、新しく連れてこられた子どもはその隙間に詰め込まれた。男は離れて、扉に鍵をかけた。子どもたちの時間はあまりにも短いため、その顔には恐怖が浮かんだままだった。子どもたちは扉が絶えず開け閉めされるのを見るだけだった。光が扇風機の後ろの明りのように瞬き、絶えず子どもが湧いてくる。

汪楚琳の子どもが〝空き部屋〟に送り込まれることになった時、彼女は狂ったように追いすがり、〝空き部屋〟の光景を目の当たりにした。

「あの子を戻して、育てる時間をよこしなさい！　そうしないと提灯の電池を永遠に替えないからね！」

男は暗い顔で、拳銃を汪楚琳の頭につきつけた。「聞き間違いだといいんだがな」

汪楚琳は嘲《あざけ》るように笑い出した。「撃ちなさいよ、時間も一緒に終わるけどね」

男は重々しく銃をおろし、立ち去った。次に来た時、提灯の計時器は一年をすぎていた。

汪楚琳は娘の養育権を勝ち取った。ときには一人の時間も得た。娘は徐々に成長し、異常なほど賢くなって、トーチカ内の本を全て読み、母親と一緒に研究するようになった。男は会うたびに老け、髪の毛も歯もぼろぼろ抜けていった。

娘が七歳になった年、男は血まみれで現れた。反乱を鎮圧したばかりで、いまにも息絶えそうだった。

男は血の泡を噴きながら、汪楚琳《ワン・チューリン》と娘を見て息を絞り出した。「お前らが正しかった。時間はあまりにも多くの物を変えてしまう……」男は提灯を手渡した。「持ったな、俺が死ぬ前に、行ってくれ」

汪楚琳は提灯を受け取ると、娘と一緒に黙って男を眺めた。その喉から最期の息が漏れるまで。


汪楚琳と娘は郊外の小屋に住み始めた。汪楚琳は娘に多くの本を持ってきた。その誕生日には、彼女を連れて無人境を行くように旅をした。盲人が象をなでるようにこの世界の本来の姿に触れ、全ての博物館をみてまわった。

電池は依然として進展がない。汪楚琳は断電計数器が何度も断電を記録していることに気づいた。彼女は覚悟を固めた。眠ったまま目覚めないかもしれない。いま目にしたものが永遠の光景かもしれない。

娘の十四歳の誕生日からほどなくして、汪楚琳は下腹部からの出血が止まらなくなった。彼女は娘を呼び、研究資源と提灯を渡して言い聞かせた。「提灯守を探しに行きなさい、もし彼が生きているなら。彼は人類最後の希望かもしれない」

娘はいつまでも泣き止まなかった。

汪楚琳《ワン・チューリン》は娘の顔をなでて、笑い始めた。「さぁ行って。想像しているような完璧な男じゃないけど、彼に時間を与えて」

提灯守は清潔なベッドの上で目を覚ました。目の前にいるのは二十歳くらいの女の子だ。時間が回復したのか？　彼は驚いて力を込めて頭をあげ、傍に置かれた提灯を見た。いいともいえないが悪いともいえない結果だ。

女の子は提灯守にいきさつを説明した。

「私は五年にわたって医学の知識を独学しました。母は救えなかったけど、あなたは救えました」その語気には咎《とが》めるような響きがわずかにあり、また期待も込められていた。

提灯守は目の前の女の子を見て、時間の生み出した傑作に驚嘆した。彼は女の子が自分よりも時間を理解していると感じた。その後、彼は努力して起き上がろうとした。ほんの少しでも遅れるわけにはいかない。

彼らは新たに研究項目を増やし、そのために必要な忍耐力を準備した。多くの時間を費やして、開花するのを待った。研究所の中庭も整えられ、コケと若草がすくすく育った。その後、この項目は多い時には同時に五、六人のチームが組まれた。人々に時間が流れ、痕跡が積み重なる。その痕跡は形こそないが、高山や大海よりも燃え盛っていた。

提灯守がまた現れた。目を転じた間にあまりにも年をとり、顔中に驚くほど傷痕が刻まれていた。

「何があったんだ？」囚人は尋ねた。

「一言では尽くせないな、ゆっくり話すよ」

あるとき提灯守は囚人に尋ねた。「お前にとって時間とは何だ？」

「時には存在し、時には存在しない」

「いまは？」

「存在する」

「お前に時間を与え、苦痛を与えていることを恨んだりしないのか？」

囚人は笑った。「恨んだりするもんか。お前がずっと俺の傍にいるんだから、ここは監獄よりもずっとましだよ。あの全自動化された監獄の中では、一人も人間をみたことがなかったからな。あそこは時間が存在しないところだ」

「お前に与えた苦痛はまだ十分じゃなかったのか？」

「お前が俺に与えたのは懲罰だよ。どういったらいいかわからないな、でも確かに違う。俺はとっくの昔に自生自滅に慣れてるんだ。あの白色の監獄の中で、俺の一族に追い出された時に」彼は少し止まった。「俺は時間が与えられるなんて思ってもみなかったんだ」

その次に来た時、提灯守はビールを持ってきた。

あるとき女の子と一緒にやってきた。彼らは外の世界の話をし、研究の進度について語った。時間発生器が一台しかないため、研究の進展はゆっくりだが、以前より確実に速くなっている。

あるとき、囚人は提灯守に謝った。

最後に来た時、提灯守は囚人にこう告げた。「お前の刑期は終わったよ」

このとき、囚人は四十一歳、女の子は四十四歳、提灯守はもう八十四歳だった。

提灯守は前妻の病床に来た。心の中では、いまでも彼女を妻と呼んでいる。

心電図モニタの画面に波形があらわれては消える。

微かに目を開けた妻は、目の前の人に気づいた。「あなたどうして……そんなに老けたの?」

「そんなことないよ、君の目が霞んでいるんだよ」提灯守の目から涙が溢れた。「僕は実験室から戻ったばかりだ。銃撃犯は判決が出て収監されたよ。僕はあいつに代償を払ってもらったよ。治ったら再婚しよう。うまくいかないことがあって喧嘩したって、僕たちには一生の時間があるよ」

「いいわね……」妻は弱々しく答え、一本の指で提灯守の涙をぬぐった。

妻は眠ったようだった。夕陽の光が彼女の顔を照らす。

提灯守は妻に、囚人と女の子に、そして自分自身に語りかけるようにつぶやいた。「時間とはなんと希少なのだろうか、でも我々は時間の中で暮らす生物なんだ」

つぎはぎだらけの提灯は、皺だらけの手から、節くれだった手と繊細だが黒ずんだ手に渡った。

部屋の中には、提灯守ではなくなった提灯守と、もはや囚人ではない囚人と、女の子ではない女の子が立っていた。提灯守は二人に告げた。「お前たちはこれから互いに支え合うんだぞ。さぁ行きなさい、時間を与えるべき人を探すんだ」

提灯守は病床にもたれて、妻の傍《そば》によりかかった。二つの影は空間の縁で消えていく。彼は一秒後が訪れるのかどうかも知らない。彼は夕陽を眺めながら、一刻も早く沈むのを願っている。彼はやがて死を迎えるだろう、そのとき世界には再び時間が贈られるのだ。

死神の口づけ

譚楷《タン・カイ》

林久之 訳

一

沈丁花《じんちょうげ》の濃密な香気に満ちた夜。

陶酔を誘う『白鳥の湖』の楽曲が金薔薇《ゾーラタ・ローザ》ホテルの九階にある豪華な寝室に漂っている。感染学の教授であるアレクサンドル・ジモフェーイェフはソファに坐って、じっとテレビ画面を見つめていた。

画面では、白鳥になったオデットが柔らかな腕を波のようにうねらせ、ジークフリート王子に向かって別れの悲しみを訴えている。続いて、驟雨《しゅうう》に似たつま先の小走りと疾風のような旋回がオデットの絶え入るような悲痛をあらわす。ついに彼女の片足が白雲のように軽く舞い上がると、全身で王子に寄りかかった――美の極みともいえるアラベスクに、愛の忠誠を誓う……

放映されているのは世界的栄誉を誇るバレエ団のスヴェルドロフスク公演[*1]最後の演目のライブ――プリセツカヤとロパートキナに継ぐ、七十年代のプリマ・バレリーナ、オニェシコーワの主演による『エフゲニー・オネーギン』『くるみ割り人形』そして『白鳥の湖』のハイライトである。天才バレリーナのオニェシコーワは並ぶ者なきあでやかさで、偉大なる作曲家と大詩人の情感を余すところなく体現している。テレビの前で、教授はたえず目がしらを押さえていた。

白鳥のオデットはついに王子と別れ、水草の茂る湖水に向かい、嫋々《じょうじょう》とした調べを翼にまとわりつかせ、しだいにさざなみのきらめきに溶け込んでいく……

金の縫取りをした紫の緞帳《どんちょう》が下り、観衆はようやく演目の終了を知った。たちまち、暴風雨を思わせる拍手が湧き起こり、ホールの人々がどよめくと、リズムをともなう叫びになっていく。オ——ニェ——シ——コ——ワ——！　誰も去ろうとはしなかった。というのも、オニェシコーワはこの著名な工業都市から世界にはばたいた一羽の白鳥だったのだから、故郷の観衆の誰一人として熱狂を抑えられなかったのだ。

テレビの前のアレクサンドルもホールの観衆と一緒に立ち上がり、思わず拍手しながら、二筋すじの熱い涙が痩せた頬を伝うにまかせていた。画面の中に飛び込んでオニェシコーワを抱きしめてやれないのが残念だった——彼女は十八年も待っていた未婚の妻だったのだ。残酷なまでに美しいバレエという芸術のために、アレクサンドルは長い歳月、寂しさの中に置き去りにされ、目もとはしわだらけになり、双鬢には霜がまじるまでになっていた。あす、オニェシコーワは教授とともに温暖な南の海辺に飛んで、クリミアで遅すぎたハネムーンを楽しむことになっていた。

ディスプレイにはなおも感動的なシーンが続いた。三つの大きな花かごが観衆から贈られた。今を盛りの百合《ゆり》、薔薇《ばら》、ツツジ、それにチューリップと、一流の花屋にしかないたくさんの花々が盛られている。かごから二すじの真紅のリボンが垂れ下がり、金文字が躍っていた。「スヴェルドロフスク生まれのオニェシコーワに。スヴェルドロフスク化学工場より」

　オニェシコーワは滴るばかりの鮮花に魅せられたのか、一束の百合を手にすると、露もしとどの花弁にくちづけすると、観衆に向かって高くかかげた。

　狂ったような歓喜が渦巻く。前列の者は花束を奪いあい、後列の者は波のように押し寄せ、無数の腕がゆれ動く。「私にも、私にも花を！」鮮花が一つまた一つと観衆に投じられ、花を手にした幸運な観衆は手中の花に口づけしては、歓声を上げ、跳びはね、笑い、オニェシコーワに敬意を表した。

　口づけ、熱き口づけ。文明人の高尚な礼節も時に変じて粗野となる。ワイズミュラー[*2]は熱狂的女性ファンに襲われて、シャツは吹き流しのようになり、顔中が蔵書印さながらキスマークで一杯になった。ボンダルチュク[*3]の場合は理性をなくした映画ファンがあとを追って、街路に残る足跡に接吻したという。このとき、リポーターが声を震わせて高らかに叫んだ。「今こそわれらスヴェルドロフスクの百二十万人は、われらが天才バレリーナに口づけしているのです――オニェシコーワに！」

　テレビの最後のシーンはオニェシコーワの鮮花をかかえた魅惑的な笑顔で終わった。

　十八年前、首都大学生物学部の成績優秀な学生だったアレクサンドル・ジモフェーイェフはリウマチ性の心臓病のため入院していた。すっかり意気阻喪したアレクサンドルは毎日午後になると院内の閲覧室で時間をつぶした。そこではじめてオニェシコーワを見た――十七歳の少女はドストエフスキーの小説を手に泣いていたのである。彼は年上の兄のようにオニェシコーワをなぐさめようと、プーシキンの詩『たとえ人生にあざむかれても』をそっと読み聞かせたものだった。本当は、このときの気分は少女以上に落ち込んでいたのだけれども、それでも女の子の前では男らしく見せなくてはと思ったのだ。絶望しかけていた二人は出会ったことで強くなることができた。

オニェシコーワは〝足の親指の変形関節症〟で死刑判決を受けた白鳥だった。バレリーナにとって足を失うのは画家が視覚を失い、音楽家が聴覚を失うようなもので、十年間の血と汗がそっくり無駄になってしまう！「手術を受けるべきだよ、少しでも望みがあるならやってみなけりゃ……」オニェシコーワはアレクサンドルの助言を受け入れ、手術に踏み切った。

手術のあとは、医者の言うとおりまじめに下半身の関節を動かすようつとめた。毎日、アレクサンドルが力強い腕を差し伸べてオニェシコーワの散歩を支えた。二人とも懸命に歩いた。美しく霞む夕べの河畔を、青草の茂る牧場を……。ある日、白樺《しらかば》の林を歩いているとき、アレクサンドルが突然歩みを止めて、胸をさすって言った。「おかしいな、二カ月の散歩で、ぼくの心臓の雑音がなぜか消えてしまった」

「ほんとう？」天真爛漫なオニェシコーワはアレクサンドルの胸に耳を押し付けた。「心臓が力強く動いてる、太鼓のように、はっきりしたリズムで！」

オニェシコーワが顔を上げると、アレクサンドルは顔を真っ赤にしてまごついていた。オニェシコーワの燃えるような視線を避けて、白樺の木を見ながら、ふるえる声で言った。「ぼくは……ぼくはイサコフスキー[*4]の詩を思い出した。愛情とは一つの鼓動がもうひとつの鼓動と響きあうのではない、二つの心臓がぶつかりあうときの火花なのだ……」

オニェシコーワはびっくりした小鹿のように、アレクサンドルの腕をすり抜けて、軽い足どりでシラカバの林に駆け込んでいった……こんどはアレクサンドルがびっくりした。変形関節症にも勝っていたんだ！　もう一つの奇跡が起きていたのだった。

小さな白鳥は奇跡的に舞台復帰を果たすと、十年ののち、バレエ界の輝く星となった。

アレクサンドルは幼いころからパストゥールを崇拝していた。この偉大なフランスの生物学者が創始した、毒性を抑えた細菌によって予防接種を行うという手法は、コレラ、狂犬病、そして炭疽病の流行を抑止した。彼は科学の剣を揮って病菌の王国に挑戦し、何万という尊い命を救った最初の〝生ける神〟だった。流行病《はやりやまい》の歴史をひもとけば、驚くべきことがわかるだろう。天然痘、コレラ、チフス、ペストはかつて帝王にまさる権威をもって人の生死をつかんでいた。紀元六世紀、ノミはペスト桿菌を媒介して強大な東ローマ帝国を脅《おびや》かした。王侯貴族から平民に至るまで、どの家も死の恐怖に閉じ込められた。五十年の間に、東はヨルダンの谷から、西はピレネーのふもとまで、西アジアからヨーロッパ大陸のほとんどが火葬の煙に席巻され、まるまる一億人がペストに倒されたのである。紀元十二世紀、この〝西へ旅するディアーナ〟[*5]は再び悲劇のプロデューサーとなり、ヨーロッパでは二千五百万人、アジアでは三千万人がペストで死んだ。生物学者が注目したのは、人類社会の発展とともに、微生物の種類もまた新たになるということであった。たとえば、一度流行が収まっても、多くの変異しやすいウィルスがたちまちヨーロッパの掃討を開始し、怖るべき合併症を引き起こして、毎年数万にのぼる生命を飲み込んでいこうとする。その次には、また新たな変異が生じるのだ。まさに静かなる世界大戦なのだ！　アレクサンドルは現代のパストゥールになることを心に誓い、十数年の刻苦勉励によってバルチック医科大学の優秀な流行病教授となった。この日の午後、アレクサンドルは新たな著書の校閲をすっかり終えると、スヴェルドロフスクに飛ぶ予定を一日繰り上げて、公演中のオニェシコーワに影響しないよう、劇場のマネージャーの配慮によってオニェシコーワのゴージャスな部屋でスターの帰りを待っていたのである。

ノックの音がした。いそいでドアを開けると、接客係の美女マリヤナがうやうやしく告げた。「アレクサンドル・ジモフェーイェフ教授、劇場からの使いがオニェシコーワさまに観衆から捧げられた花籠を届けにまいりました」

四人の男が二つの大きな花籠を注意深く運んできて、そっと応接間の色鮮やかなタシケント産の絨毯の上に安置した。金銀でメッキされたシャンデリアが絢爛たる花を照らし、目もくらむばかりだった。アレクサンドルも賛辞を惜しまなかった。

男たちが出て行っても、マリヤナは行こうとしなかった。しばらくためらったのちようやく恥じらいを帯びてこう言った。「わたくしにも花束を少しいただけませんか――うちのマルシアがとても欲しがっておりますので」アレクサンドルの返事を待たず、八、九歳ほどの可憐な少女がドアから顔をのぞかせた。

とてもかわいらしい少女だったので、アレクサンドルはやさしく声をかけた。「おいで、さあ、こっちへ。好きなのを選んでいいのだよ」

マルシアは満面の笑みで花籠を眺めると、いくつかのユリの花を摘み、まだ何か言いたそうにアレクサンドルを見ている。アレクサンドルはバラをいくつか摘んでやった。少女は赤と白の花が互いに引き立てあっているのを見るとうれしくたまらないというように、露を帯びた花びらに軽く口づけをした。

マリヤナが言った。「もう失礼しなくては。オニェシコーワさまはまもなくお見えになります。いつも、今ごろお戻りになりますので」

アレクサンドルはマリヤナとその娘を見送りながら、羨望に堪えなかった。（神様が私たちにもこんなかわいい娘を授けて下さるとよいのだが）

まるまる一時間が過ぎた。アレクサンドルが辛抱できなくなって劇場に電話をかけると、相手は言った。「何人かの記者に囲まれてカフェテリヤにおいでになりました」カフェの支配人は言った。「オニェシコーワさまは半時間ほど前、ホテルに向かわれました……」

さらに半時間。アレクサンドルがバルコニーに立って眺めると、真夜中の市街はすでに眠りに落ちていた。はるかに、広場の周囲にあるデパートのネオンが寂しげに文字とデザインを変えていく……おかしい、意中の人はまだ戻らない。

ウーウーウー！　一台また一台と救急車が疾走していった。漆黒の並木道に稲妻が走るようだった。一体何があったのだろう？

二

スヴェルドロフ[*6]の巨大な銅像がぽつねんと広場の中心にそびえている。この革命家は鼻眼鏡を通してビートルズの曲にかき乱され半酔半醒の街を苦々しそうに見つめ、心中に言い知れぬ憎悪を抱えているようだった。

十時ちょうど。マリヤナはいつものように勤務を終えると、幼い娘をつれて広場を横切って家に向かった。道々、羨望の目が二人に注がれた。一台の黒塗りのベンツがとてもゆっくりと追い越して行く。この一幅の〝若い婦人、少女、花束〟の映像を永久にバックミラーにとどめようとするかのように。マリヤナ親子が角を曲がって、静かな脇道にそれると、ベンツは広場をひとまわりして、デパート前の駐車場に停まった。

スヴェルドロフスク化学工場の工場長アントン・キリブェィエフはすばやく車を下り、ドアを閉めるとマリヤナ親子のあとを追った。街では、一軒の居酒屋がアーラ・プガチョワ[*7]の曲『あなたを探して』の連綿とした歌声で虚しさをかかえる酔いどれを誘ってやまない。アントンは居酒屋を通り過ぎるとき、びくっとした。（あなたを探して？）

アントンはたしかに探しているところだったのだ。

十日前、雨上がりのたそがれどき、彼は公園へ散歩に行き、やわらかな砂地を踏んで、湿ったすがすがしい空気を吸って、とてもいい気分でいた。同僚から見ると、アントン・キリブェィエフは運命の寵児だった。四十を過ぎたばかりで紅旗勲章とソ連邦英雄金星章を獲得し、十年も工場長をつとめている。亜麻色の縮れ毛の下には、縦長の顔に鷹のような鉤鼻、濃い眉の下には炯炯《けいけい》とかがやく灰褐色の眼、いつも矜持と自信に満ちた様子を見せている。五十になる前に部長に昇進するだろうという者もあった。

マロニエの並木が尽きると花壇があり、フランス人らしい二人の記者がこっそりと蝶のような少女をカメラに収めようとしている。アントンはしまったと思った――こんなに可憐な少女、美しい絵になるのに、カメラを持ってこなかったなんて！

まもなく、少女のママがやってくると、フランス人の記者は母と子をいっしょに撮らせてくれるよう礼儀正しく申し出た。

マロニエの陰にいたアントンはハッとした。あの母親はマリヤナ――マリヤナ・フョードルフナ――は十年前、アントンと別れた娘だったのだ。十年が過ぎても、彼女は依然としてどこから見ても美しく、魅力的で、笑うときも恥ずかしげに顔を伏せていたが、その誰をも引きつけずにおかない笑顔を、アントンは断腸の思いで見ていた。

マリヤナの夫だろうか、初老と見える大男が、片手にマリヤナ、片手に少女の手を引いて去っていくのに、アントンは後を追いたい衝動を抑えた。

悔恨とは、人生で最も苦い酒なのだ……。

十年前、アントンは博士号を取るために夜を日に継いで論文の準備をしていた。風変わりな論文で、「炭疽桿菌《たんそかんきん》の変異」という題名だった。炭疽桿菌とは、人類が最も早くから発見していた、家畜から人間に感染する凶悪な細菌で、「ペルシャの炎」という優雅な別名を持っている。細菌王国の中で最も大きく、毒性はきわめて強く、なまなかな方法では駆除できない。草食動物の中でも牛と羊が被害を受けやすく、これが猛威を揮いだすと、一夜にして何千何万という個体が死ぬのだった。人類に感染するときは、気管、消化管、皮膚という三種の侵入経路があり、肺炭疽、腸炭疽、皮膚炭疽の三種に分かれる。いったん人体内に入ると内臓器官に棲みついて大量に増殖し、莢膜《きょうまく》から生み出されるペプチドとグルタミンが毛細血管をふさいで、感染者はたちまち敗血症を起こして死にいたる。さらに恐ろしいのは死体に寄生すると長期にわたり胞子を出すことだ——胞子の生命力は菌自体に比べて百倍も頑強で、細菌王国の中でも長命で知られ、百四十度の高温で煮沸しても死なず、土壌、皮毛、草原において四十年から六十年も生き、甚だしくは消毒用アルコールの中でさえ百十一日も生きたというのだから、これが人類にどんな悲劇をもたらすか知れたものではないのである。ペニシリンとスルファミンは炭疽桿菌に対して有効と言われている。しかし、もし炭疽桿菌が変異を起こしたら——しだいに薬物の刺激に適応し、耐性を備えたとしたら、こんな恐ろしいことはない。アントンの論文は、薬物に耐える炭疽桿菌を培養できたなら、億万人の運命を掌握したのと同じことになり、核兵器よりさらに凶悪な武器になることを予言するものであった。

アントンは週末になると首都南郊の小さな町へ行って論文を推敲した。そこのホテルは静かでゆっくりとくつろげるのだ。

客の姿もまばらな小さなカフェで、ちょっと休むつもりで坐ったのに、結局ついつい資料をめくり、本のあいだに顔を埋めていた。

「コーヒーが冷めますよ……」おずおずと話しかける声がした。

疲れた目をこすり、ウェイトレスを見上げて、思わずどきりとした——キリエンコ*8がそこに立っているかと思った。

彼女は頬《ほお》こそ少しこけてはいたが、細く引かれた眉は長く、眉間には優美な色を漂わせていた。二つの瞳は清らかに人を見透かすようで、サファイアの輝きを秘め、秋のヴォルガの水に写る空の色を凝縮したかと思われた。それがマリヤナ・フョードルフナだった。

ウェイトレスはアントンに見つめられてやや顔を伏せると、不安そうにテーブルの上の本に触れた。

「これは……その……何が書いてあるの?」

未来の博士はグラビアのページをめくりながら説明をはじめた。「これは細菌の写真なんだ。ごらん、ブドウを一つながりにしたようなのがブドウ球菌、真珠の首飾りみたいにつながっているのが連鎖球菌、それにこの対称になった小さな丸いのが、球の数によって二連球菌、四連球菌、八連球菌というんだ——こういうのがみんな球菌さ。ほら、こっちの細長い形をしたのは、竹の節かニナガイみたいなのが桿菌《かんきん》で……」

娘はじっとアントンが細菌について講義をするのに耳を傾け、目を大きく見開いて、アントンの話すことにとても興味を覚えたように見えた。

「人間と細菌は同じ世界に住んでいる、生まれてから死ぬまで細菌との戦いなんだ」言いながらコーヒーをひと口すすって、顔をしかめた。なんて苦いんだ!

「お砂糖を忘れてますわ」角砂糖が二個、まだ受け皿にあった。マリヤナはカップを取りあげた。「熱いのを淹れてくるわ」

熱いコーヒーを飲んだ。甘くて香りも濃い。角砂糖が二つ以上入っている。添えられたケーキによだれが出そうになった。アントンはケーキをひと口食べると、また細菌の本をめくろうとしたが、マリヤナに止められた。「ちょっとストップ! 本ばかり見て、おなかすいてないの?」そこでアントンは空腹のふりをして、ケーキをひと切れまるごと口に入れた。ほおがふくらんで、口のはたにクリームがにじみ、マリヤナはころころ笑いながら、向こうへ駆けていった。

何週か続けて、アントンは週末ごとにやってきた。マリヤナは孤児院で育てられた子で、小さなカフェには取るに足りない若者しか来なかったから、アントン・キリブフェィエフのような博学多才で紳士的な学究の徒を見てすっかり夢中になった。アントンの彼女に捧げる情熱と思いやりは孤児院やカフェではめったにめぐり逢えないタイプだったからなおのことだった。

アントン・キリブフェィエフに懇願されて、マリヤナはホテルでアントンの乱雑な原稿を整理するのを手伝いはじめた――マリヤナは十年制の学校を出ていたので、書写などお手のものだった。ある日、仕事が深夜まで続いたとき、急に停電になり、あたりは真っ暗になった。「こわくないよ、マリヤナ」アントンはマリヤナに身を寄せた――その夜、朝になっても、マリヤナはホテルを離れなかった。

博士号を取得したあとで、アントンは父親に呼ばれた。父親のゲルチェンコ少将は国家安全委員会に所属する特殊部隊のボスだった。

花園の奥の茂みで、少将は安楽椅子にもたれ、小さな銀のスプーンでシロップ漬けのチェリーをすくい口に入れた。「お前はカフェの女に手を出したそうだな？」少将は何気なくチェリーを嚙み、シロップがひげを伝ってあごへ流れた。

「はい、父さん」アントンは恐る恐る答え、ずっと言い出せなかったことをとうとう口にした。「ぼくは結婚したいんです……」

しばらくのあいだ、銀のスプーンはカップの中を行き来していた。将軍は舌をうごめかして、チェリーを味わっているように見えた。

ペッ、と種が地面に吐き出された。「チェリーを食ったからといって種まで飲み込むやつがいるか？」

「実は……もう妊娠していて……」

「めす犬が！　遠くへ追いやってしまえ！　アントン、お前はゲルチェンコの血を引いている、生まれつき好奇心が強くて、変なものにばかり気を引かれる血筋だ。今はカフェの女給、次は農場の乳搾りか……ふん、やつらはゲルチェンコ将軍と縁続きになりたがっている、身のほど知らずだぞ！」将軍は茫然と突っ立っているわが子を斜めににらんで、火のように怒った。

そのあとに続いたのは級友たちのあざけりだった。アントン、気でも狂ったのか、と。

マリヤナはアントンの肩にすがって、いつまでも泣いた。「こうなることはわかっていたわ……でもわたし、離れられないの……」アントンは彼女がそんなに傷ついていつまでも泣き続けるとは思っていなかった。ソファにもたれたまま、ため息をつくばかりだった。折しも流れ星が一つ、明るい尾を引いて悠然と夜空に消えていった。あたかもこう告げているように。人生はあまりに短い、その短い一生の愛情をこの卑賤な出の娘にすべて捧げるのか？　彼はこんなに大きな決心をしたことはなかった。夜空には幾多の星ぼしが彼を誘惑しているというのに。彼は美しい二つの目を思い出した。父親の上司である内務部長の娘ウストジーニャが、かつて燃えるような情熱をこめてアントンに恋文を送ってきて、行間からは蜜のような情緒があふれていた。

二か月ののち、似合いの二人がアルタへ飛んでハネムーンを過ごすころには、可憐なマリヤナのことなど空の果てに忘れ去ってしまった。

結婚してまもなく、アントンはウストジーニャが決して良妻賢母になり得ないことを知った。彼女が欲しかったのは男性からの賛辞——崇拝者が走馬灯のように自分を取りまいていればよかったのだ。海岸のリゾートにいてさえ、恋文や電報がひっきりなしに飛び込んできた。どこへ行っても、騒がしさが付きまとうので、彼女を〝コレラ〟とあだ名する者さえあった。

現実がアントンに告げていた。細菌王国のコレラの扱いは知っていても、人間のコレラにはなすすべがないのだ。アントンはやさしかったマリヤナを思ったが、ゲルチェンコ将軍が手管を使ってこの罪のない孤独な娘をはるか遠い他郷へ追いやったことまでは知らず、それっきり彼女を見ることはなかった。

アントンはせっかく純潔な心と出逢っていたのにこれを貴ぶことを知らず、失ったのちにそれがどんなに大切だったかに気づいたのだった。

苦悶の中でアントンは苦しみから脱出する機会をとらえた——国防部の戦略家たちが彼の論文に目を留め、ただちに彼をより強い耐性を持つ病原菌を開発するようにと、スヴェルドロフスク化学工場という表向きは科学試験薬工場の、ただしその一角にある有刺鉄線に隔てられた灰色の死神の殿堂に囲ってしまったのである。

十年というもの、何人もの娘がアントン所長にあこがれた。だが、アントンにしてみれば彼女たちをマリヤナと比べるとたちまち色あせてしまうように見えた。愛情は、かりそめの中には存在し得ないのだ。

公園で偶然マリヤナを見かけてからというもの、何もかも味気なく、夜も眠れなかったが、とうとうマリヤナの家を突きとめた。隣の住人によると、この一家は一か月前に新シベリアから越してきたということだった。

(アントン、愛するひと、いつかある日きっと戻ってきて! わたし誓って言うわ、世界中のどんな娘だってわたしほどあなたを愛することはできない……いつまでも待っているわ……)十年前に別れたときの言葉は本当だった——アントンは戻ってきたのだ。彼は労働者でアマチュア画家のミハイル・グバノフの家を探すと、小さな柵でできた戸をそっと押し開けて、スグリの茂みに忍び込んだ。

彼は思った——いきなり飛び込むわけにもいかないじゃないか。

三

ミハイル・グバノフはカンバスの前に陣取って、鉛筆をすばやく走らせ、真善美の備わった芸術の世界に没頭していた。母の愛を描く作品は長年構想していたもので、半時間前、マリヤナ母子がドアから入ってきたとき、にわかに霊感の火花が散った——ラファエロの描いたシスティーナの聖母が飄然と舞い降りてきたのだった——聖母マリヤナはゆったりしたガウンをまとって、ソファにもたれかかり、小天使マルシアを抱いている。マーシャは花を捧げ持っていた。二人とも画家のモデルになることに慣れているとみえて、その様子はごく静かで自然であった。

アントンが窓のかげに隠れると、キヅタがその身を完全に隠してくれた。窓が巨大な額縁のようだ。

目の前の生き生きとした聖母子像は本来彼のものだったのに、今はグバノフの手にある。家族の様子をつぶさに観察しながら、失ったすべてをどうやって取り戻そうかと考えていた。

「ママ、何だか疲れてきた」マルシアが突然手にした花を床に落とし、母の胸からすべり落ちた。

「マーシャ、どうしたの？」マリヤナは娘の額に唇を触れた。「熱があるわ……」

「息が苦しいの、窓を開けて！」マーシャがのどをかきむしって叫んだ。

画家が鉛筆を置いて窓を開けたので、アントンはすぐかたわらに避けた。マリヤナが娘を抱いて、あやしている。「いい子ね、風邪引いただけよ、ねんねしなさい」

マリヤナは娘を抱いて寝室に入り、画家は急いで病院に電話をかけている。突然、寝室のドアが開いた。マリヤナがただならぬ様子で叫んだ。「マーシャが失神したの。すぐに、病院へ！」

ミハイルは子どもをかかえ、ドアから出ながら、「先に行くぞ、着替えたらすぐ来い……あっ、車が故障してたんだ……」

気づかれないよう、アントンはこっそりとミハイルのあとをつけ、通りに出たところで声をかけた。「あの、よかったら、病院まで送りましょうか」ミハイルは見知らぬ男ながら誠実な人と見て、一緒に駐車場に向かった。

途中、ミハイルはあせって何度も呼び続けた。「マーシャ、目をあけてくれ！」アントンは振りかえって子どもの様子をしっかり見たいと思った――だがこれは工場労働者ミハイルの娘、良心にそう言い聞かせて思い止まったのである。次の瞬間、彼はハッとした――もしもこの子が九歳になったばかりだとしたら、自分の子かも知れないぞ。彼はこの可愛らしい少女に許すべからざる罪を犯しているような気がした。もしもこれで死んだとしたら、一生悔やみきれない——そう思うと、背筋が寒くなってきた。

アントンの車は何度も赤信号にかかった。救急車が次々に街を駆け抜け、ウーウーという音に心臓も縮む思いがした。やっとのことで車を病院の玄関に横付けにする。ミハイルが懇願した。「どうかおれの女房を迎えに行ってくれないか、エニセイスカヤ通りの一一六号だ……」

アントンは手を振った。「安心してくれ、すぐ迎えに行く……」

車は稲妻のように深夜の街を走り、ミハイルの家の門口に着いた。飛び降りてドアをたたく。しばらくたっても、反応がない。心臓が飛び出しそうだ。庭にまわって、窓を開けて入ると、アトリエから寝室に飛び込んだが、愕然として一歩退いた——。

マリヤナがパジャマの胸をはだけて床に横たわっている。なぎさに打ちあげられた魚のように。うつろな目が天井を見つめ、口を大きくあけて喘いでいる。のどにも胸にもみみず腫れが走って血の珠をにじませ、なおも絶えず手で掻きむしっている。ひどい呼吸困難にちがいなかった。

アントンは急いでマリヤナを助け起こし、額にも首にも冷水をそそぎながら呼びかけた。「マリヤナ、ぼくだ、アントンだよ!」

マリヤナの目に少しずつ光が戻り、しばらく見つめていたが、やがてつぶやいた。「いいえ、夢を見ているんだわ……」

アントンはその目が閉じてしまうのを恐れた。「よく見て! マリヤナ、アントンだってば! 待っているると言ったじゃないか、ぼくは戻ってきたんだ!」

マリヤナは唇を咬みしめた。涙が目にあふれてきた。「遅かったわ。アントン……ずいぶん待ったの……ミハイルはいいひとよ……十年も待って……先月、とうとう結婚したの……」

「取り戻しに来たんだ、きみはぼくのものなんだから！」

「寒いわ……抱いて……」マリヤナはアントンにすがりつき、歯をがちがち言わせると、全身を震わせ、大きく喘ぎだした。

白衣の医師が二人いつのまにか入ってきてアントンの前に現れた。二人は顔を見合わせ、愕然とした様子を見せた。「こんなに早く伝染するのか？　すぐ助けろ！」

一人がアントンに耳打ちした。「この人に知らせるところだった、子どもが死んだことをな、まさか母親まで……」

「マーシャ！　マルシア！　あたしの子！」マリヤナが悲痛な叫びを上げて、両手を虚空に舞わせる。

「マリヤナ、静かに」アントンは無理に笑おうとした。「何とかしてマーシャを助けてやるから……」

マリヤナはまっすぐにアントンを見つめた。紫色になった唇がうごめき、サファイアのような目がたちまち光を失っていき、もう何も見えないようだったが、アントンにだけ聞き取れるよう最後の一息で告げた。「マーシャは……あなたの……子……」

「マリヤナ！」アントンはマリヤナに取りすがろうとして、すぐ医師に抱きとめられた。「近寄ってはいかん！」

アントンの頭はボクサーがサンドバッグを撃つように、がんがんと鳴っていた。部屋が、家具が、天井灯が、何もかもぐるぐる回り出して、立っていられなくなり、手に触れるままに医師の襟をつかんで、悲痛な声を上げた。「これは謀殺だぞ！」

支えられてアトリエに戻ると、中年の医師が冷静に告げた。「われわれは今までこんなに奇妙な炭疽桿菌は見たことがない――ペニシリンが効かないんだ！」

アントン・キリブフェィエフはたちまち暗い氷穴に突き落とされた気がした。恐ろしい考えが脳裏をめぐる。工場で培養していた〝覇王炭疽桿菌《はおうたんそかんきん》〟が流出したのか？　この凶悪な耐性をそなえた病原菌が流出したとなると、街はそっくり海上で遭難したタイタニック号と同様、どこまでも沈むことになる……。

半時間前に家庭の温かさに満ちていたアトリエは、怖るべき恐怖の現場となっていた。カンバスにはなお生き生きとしたデッサンがマリヤナたち母子のおだやかな笑みを留めているというのに。

アントンはそのデッサンを取り上げると、筒状に丸めて、着ていたコートの中にしっかり抱きしめ、酔いどれのような足どりでふらふらと外へ出て行った。

四

鼻を刺す消毒薬の臭いが窓から入ってくる。大通りに消毒液を撒いているところで、市役所のビルは霧雨に包まれているようだった。

ゲルチェンコ将軍は両手を後ろ手に組み、市街区の五千分の一の地図を前に思索を凝らしていた。頭頂は禿げ上がっているのに、眉毛はいよいよ濃く、冷徹な目で地図を見回していると、まるで禿鷹が獲物を漁っているように見えた。

　百二十万の人口を抱える工業都市がほとんど死神にとらわれていた。市街区の地図は三十六の格子に区切られ、十九の格子が汚染区となって、黒旗をピン止めされている。数時間のあいだに、一千名を超える死者の姓名が市長の机上にとどき、さらに五千名の患者が死に瀕していた。同僚から〝カミソリ将軍〟とあだ名されるゲルチェンコが危難の報を受けると、国家安全委員会は訓練された特殊部隊を投入し、将軍みずから率いて、夜を徹してスヴェルドロフスクへ飛んできたのだった。むろん、彼らは火事を消すのと同じように疫病を撲滅しなくてはならなかったが、もっと重要な任務は厳重な情報封鎖にあった。さいわい、特ダネを嗅ぎつける外国の記者たちはみんな何百キロも離れた首都へ週末を過ごしに行ってしまった。もしも八十五か国が批准する『細菌兵器の生産と使用を禁止する条約』に違反したことが知れわたったなら、全地球に動揺が走るだろうし、その結果は想像するに難くない。

　電話が鳴った。将軍は電話をつかむといきなり吼えた。「説明しろ！」

　市長が化学工場からかけてきた電話で、〝覇王炭疽桿菌〟は工場内の小さな川から排出され、汚染は川沿いの数十キロ四方の区域に広がっているという。

　将軍はうるさそうに叫んだ。「おれ以外誰にも言うな、小川を埋められるのはいつごろだ？」

「それが、困ったことに……」市長はためらい、優柔不断だった。ゲルチェンコがここまで出馬して指揮を取っているのだから疫病の正体がどんなものなのか駄目押しをした形だ。市長が煮え切らないのは、どんな公式用語を使えばよいか迷っているからだろう。「小川はシラカバの林から出て、二つに分かれるのですが、その片方が退役中将リペルマンの別荘を流れております。それが、その……」

「かまわん！　何でも言え！」

市長は言いにくそうだった。「中将の五人の娘がブルドーザーの前に立って、どうもその、五人ともまるでハリネズミのように、扱いにくいんです！　川を埋めると、花壇の半分が壊される、いつも草一本だって手をつけさせないのに……」

「よっく聞け！　その老いぼれをやつの修道院からたたき出すんだ！　ハリネズミどもは兵士に力ずくで排除させろ！」

将軍は受話器を置いた。頬《ほお》の筋肉がぴくついている。こうするしかないのはわかりきっているのに、手間をとらせおって。地図に残る十いくつの区画もじきに黒旗に変わることだろう。

秘書がドアを開けた。「バルチック医科大学のアレクサンドル・ジモフェーイェフ教授がどうしても会いたいとのことです」

「はいれ！」

将軍は葉巻に火をつけると、深々と吸い込んだ。教授が、公式に規定された〝欧州B型インフルエンザの本市における爆発的流行〟という言い方に対してどんな態度を見せるか知っておきたかった。はるばる遠くからやってきた教授をごまかせるならば、普通の市民もだまし通せるだろう。

憔悴しきったアレクサンドル・ジモフェーイェフはソファに坐ると、両手でもじゃもじゃの頭髪をかかえ、絨毯を見つめるようにして話しはじめた。「信じられない……あまりに突然だった……私の未婚の妻オニェシコーワが死んだ……」

「オニェシコーワだと？　あの有名な踊り子のことか？」

「そうです。ゆうべはとても元気で、あんなに軽やかに飛び跳ねて、魅力的だったのに……夜中に病院に運ばれて……二時間もたたずに死んだ……」

「おお、それは残念なことを！　すばらしい踊り子だったのに！」将軍は手をすり合わせ、沈痛な口調で言った。

「まるまる十八年も待った！　きょう、私たちは結婚するはずだったのに……」教授は慟哭の声を上げ、ハンカチで鼻を押さえた。将軍は慈愛に満ちた年長者のように彼の肩に手をかけた。「悲しんではいかん、きっと誤診だったのだ、どんな高名な医師でも医療過誤からは免れない……」

アレクサンドルは猛然と顔を上げ、真っ赤になった目で将軍を見た。「違う！　彼女はわけもわからないうちに死んだんだ！　高熱、悪寒、呼吸困難のすえ、窒息して死んだ、胸も首元もめちゃくちゃにかきむしっていたんだ。死体は黒ずみ、悪臭を放って――あれは肺炭疽だ！　いや、肺炭疽よりもっと凶悪なやつだ、ペニシリンも効かなかった！」

「想像でものを言ってはいかん、そんなすごい病菌があるものか」

将軍の厳粛な表情は教授を激怒させ、たちまち叫び出した。「違う！　私の妻だけじゃない、街じゅうに疫病が広がってるんだ！」

将軍は泰然自若として説明する。「あれは西から伝染してきた欧州B型インフルエンザだぞ！」

「ありえない！　みんな間違ってる、こんなに大きな疫病をインフルエンザだなんて――まだそんなこと思ってるんですか！」

「あなたの軽はずみな考えをみだりに語ってはいけません、冷静に！」

「いいえ！　言わなくてはならない、あなた方こそ科学をわかっていない、人命軽視も甚だしい！　首都へ言って話さなくてはならん、国外の流行病の権威に鑑定してもらわなくては、私は妻の死を無駄にはさせないぞ！」

秘書が入ってきて、アレクサンドルを無理やり部屋から引っぱり出した。教授は廊下でもなお叫び続けていた。「私は黙ってはいないぞ……」

将軍は心乱れていた――教授は言い当てていたのだ。ほかの者が言っても誰も信じないだろうが、よりによってあいつは教授、流行病理学の教授で、有名人ときては始末が悪い。さいわいアレクサンドルはかの〝水爆の父〟ほど世界的な名声を持ってはいないが、さもなければ、外国の記者にちょっと何か匂わせただけで、情報封鎖の努力が台無しになることだろう――教授は危険人物だ――将軍は百二十万の命運を握っているが、教授もまた将軍の命運を握っているというわけだ。

将軍は決然と電話を取った。「マカロフ中尉を……いいか！　アレクサンドル・ジモフェーイェフを監視しろ、口実を作って捕まえるんだ、秘密だぞ……」

電話を置くと、頭が重くなり足元がふらつき、手足が冷たくなっていた。そそくさとポケットをまさぐり、小さな罎を取り出して、錠剤を二つ口に入れた。さわやかな酸味がのどに沁みていき、ソファの上でじっと動かずにいた。やがて、一息つくと、深い眠りに落ちた。

酔眼朦朧《すいがんもうろう》としながら目をあいたとき、そこにはアントン・キリブフィエフが――彼の一人息子が目の前の椅子にかけていた。おそろしく顔色が悪い。

「アントン、どうしたんだ?」

冷たい答えが返ってきた。「どれだけ死んだか、知ってますか?」

「知っているさ。それがお前と何の関係がある? 元帥たちがお前を責めるようなことはない。きっと喜ぶだろうよ。われわれの細菌兵器は予想以上の出来だったのだからな……」

「彼らが——喜ぶ! ……」アントンは搾り出すように言うと、ソファに寄りかかり、あきれたように目を閉じた。

その様子を見て、しばらく見ないうちにわが子も年老いたことに気づいた。やっと満四十だというのに、髪は半白になりかけている。この十年、重大な研究成果を挙げてはいたが、ふさわしい配偶者を見つけることはできずにいた。何代も栄えてきたゲルチェンコの一族はこうして絶えていくのか? そう思って、将軍は一抹の感傷を覚えた。

「アントン、しばらく休暇を取れ、南方へ行けば、きっと気に入った娘がみつかるだろう」

父の手をつかんだ手に絶望がこもり、瘧《おこり》のように震えた。「ぼくの心は取り返しがつかないほど傷ついてる。ぼくが見つけた女、ただ一人本当に愛した女は、そしてその娘、天使のような娘は——殺されたんだ!」

「気でも狂ったか……何を言い出すんだ!」

「十年前、ぼくがカフェで知りあったマリヤナを別れさせたのはあなたですよ!」

そのことはかすかに覚えていた。「それが、どうしたって?」

「ぼくには子どももいたのに、それなのに果物の種でも吐き出すように捨ててしまった。思いがけなく、十日前に彼女を見かけたんだ。あの娘は、三日月よりも可愛らしかった！　あの青い二つの目をひとめ見ていたら、きっとあなたも心奪われただろうに！　ぼくは誓って言う、一生かかっても、あんな可愛い娘は見つからないだろう……」

「まさかその母娘も……」

「ゆうべ、二人とも死んだ。ひどい死に方だったよ！」息子は涙を流している。将軍も思わず全身を震わせた。

突然、わが子はライオンのように立ち上がり、将軍の首に跳びかかった。両眼は鈴のように見開かれている。「覇王炭疽桿菌がどんなものか知っているんですか？　この地球上では培養できないんですよ。ぼくらは宇宙飛行士の助けを借りて、ぼく自身で培養したんだ。ぼくのたった一人の血筋を殺すためにね。きれいな皮膚さえ残さず、血管一つ、細胞一つ残さなかった！　さあ、喜ぶがいい――あんたの孫娘が一夜にして爛れた肉塊になったことを！　ハハ、ハハハ、元帥たちが――喜ぶって、将軍たちも――喜ぶんだ！　あんたも――嬉しいだろう！　ハハ、ハハハ……」

常軌を逸した笑いが肌を粟立たせた。息子の手が緩むと、将軍はよろよろとソファに倒れこんだ。

突然ドアが開いた。秘書が言った。「マカロフ中尉が面会を求めております、将軍同志」

汗びっしょりの肥った男が恐る恐る現れた。「将軍……逃げられました……」

「誰が逃げた？」

「アレクサンドル・ジモフェーイェフです。彼はバルト海市のカーチャ・モータークラブの会員で、その会員証を見せて、わが市のマールス・モータークラブのバイクで逃げました……」

将軍は青筋をみなぎらせた拳でテーブルをたたいた。「バカめ！」

「アレクサンドルだって？」アントンはどきりとした。「大学時代の親友じゃないか？」

五

風が耳もとでひゅうひゅうと叫び、大地が山のふもとをめまぐるしく旋回していく。ひと筋の長い白煙が屍衣のようにアレクサンドル・ジモフェーイェフの後ろになびいている。

黄色いフィアットのバイクは身体の一部と化して、狂ったようにハイウェイを駆け続けた。すべての動きが無意識に進行する——断崖が迫るのを、巨大な海獣が向かってくるように感じたが、目の前まで来ると、さっと脇によけて行った。深い谷底に入って行くと、渓流は大蛇のように緑色にきらめいたが、坂を下っていくと、谷底はまた平坦な道になった。フィアットがアレクサンドルを死なせまいとしているのか？

フィアットに故障はなかったのに、なぜかまた停まった。市街を離れること八十七キロの地方路線で、一方は断崖、一方は切り立った岩壁なのに。

崖の下を望むと、雑草の茂る山野で、ぽつんと立つ小さな白樺の枝にくちばしの白いカラスがいて、丸い小さな目を見張ってアレクサンドルを見ている。跳び下りるのかい？　ここで見ているよ。

もうオニェシコーワはどこにもいないんだ！

胸が空っぽになったようだ。力強く脈打っていた心臓は血まみれの大きな手が持っていってしまった。十八年のあいだ、ひと息ひと息がオニェシコーワとつながっていた——疲れたときも彼女を思うとふるい立ったし、迷っているときも彼女を思えばしゃんとしたものだった。秋、落ち葉の散り敷く舗道もともに歩めば花園に変わった。冬、粉雪の舞う街路も祝日の造花が舞い散るかと思われた。十八年のあいだ、教授とプリマ・バレリーナがともに過ごす時間はあまりに短く、オニェシコーワはただ甘く長い口づけでアレクサンドルの苛立ちを慰めてくれるだけだった。（どうにもならないの、あなた、待っていてね……）

もうオニェシコーワはどこにもいないんだ！

美しい白鳥はアレクサンドルに十八年の夢を見せてくれただけだ。なんという世界だ！　白樺の幹の斑紋も膿みただれた傷口のように汚れた血を流している。草むらの薔薇も金盞花《きんせんか》も菫《すみれ》も、今はカビのように吐き気をもよおす色でしかない。何かに目をふさがれてしまったようだ。空には冷たく暗い太陽。くちばしの白いカラスは一声鳴くと、翼を広げて去っていった。決心がつかずにいるアレクサンドルをさげすむように。目を閉じた。ただ一歩を踏み出せばいい、苦しみを永遠に忘れるために。

「シューラ！　シューラ！（アレクサンドルの愛称）」誰かが呼んでいる。幻覚なのか？

ゆっくりと目を開き、声のするほうを見ると、一台の車が崖下に停まり、一人の男が——あの鷹のような鉤鼻と渦巻く頭髪は間違いない——腕を振り回して彼を呼んでいるのは、十九年前の学友アントン・キリヴェィエフではないか！

二人は苦しみに打ちのめされてしっかりと抱きあった。

「やめるんだ、シューラ、生きなくては！」

「もう耐えられないんだよ、アントン、この冷酷な世界に別れるんだ！」

「いけない！　君はオニェシコーワがなぜ死んだか知っているのか？」

「肺炭疽じゃないかと思う。だがそんなはずがない――どうしてペニシリンが効かないんだ？　卒業したあと、どんな病菌もウィルスも見てきたんだ。ペスト菌と炭疽桿菌と黄色ブドウ球菌は、同日に論じるわけにはいかない。アジア型インフルエンザに香港型インフルエンザ、それに猖獗《しょうけつ》を極めたオーストラリア型インフルエンザだってみんな征服してきたんだ。ぼくらが今フランスと競っているのは、変異の最終段階をどっちが先に発見して、人類の脅威を永遠に終わらせるかということだ……」

「シューラ、それは違う！　君たちの一年の研究費はいくらなんだ？」

「三百万だ」

「たった三百万か、我々の半月分の支払いだ！　我々が尊い血液、貴重なホルモン、精製された栄養液を使って細菌やウイルスを大規模に生産してるのはなぜか考えてみろよ！　そもそも人の生命を脅かすほどの病原菌は我々にとっては宝に等しい。そうしたすべての成果のうち最もすごいのが覇王炭疽桿菌なんだ！――あいつは宇宙からやってきた病原体なんだぜ！」

「え？　宇宙の微生物だって？」

「宇宙から帰還した飛行士の殺菌や検疫をやっているうちに微生物の残骸を発見した、そいつは宇宙の風が運ぶ塵にくっついて来たのだが、どんな遠い星から来たのかは分からない。この発見に我々はふるい立った！　我々の宇宙船はこれで生きた宇宙微生物の収集という一項目を加え――そしてついにこの怖るべき微生物を収集した。こいつは地球上のどんな微生物よりも生命力が強く、奇妙なことに炭疽桿菌の菌株と結合して、人類に対してあらがうことのできない殺害能力を持つ桿菌――覇王炭疽桿菌を産み出した……」

アレクサンドルは怒りに歯を咬みしめた。「この十年、そんな悪事に手を染めていたのか?」

アントンはうなだれて力なく言った。「仕方なかったんだ! ぼくがやらなくても、誰かがやっただろう」

アレクサンドルの怒りが爆発した。「人殺し! 悪魔! どれだけの人間を惨劇に巻き込んだことか! 見るがいい、市内でも有名なモデル幼稚園じゃ、三百もの罪のない子どもが――赤ん坊から就学前の児童まで、みんな死んだぞ。何人もの親がプレゼントを用意して、わが子が週末を家で過ごすのを心待ちにしていて、そして何を受け取った? 氷のように冷たくなった骨つぼだったんだ。耳を澄ませてみろ、天地に響く泣き声がきっとお前の心をこなごなに砕くだろう! 三百人の子ども、人類の芽を思え!」

アントンは恐ろしさに耳をふさいで叫んだ。「違う! 違う! そんなに責めないでくれ! ぼくの良心だって願ってはいなかったんだ!」

「まだ良心があるという気か!?」アレクサンドルはアントンの肩を蹴り上げた。アントンは小麦粉の袋のように倒れた。「打て、打ち殺すがいい、おれは霊魂のない革袋だ!」

「オニェシコーワはなぜ死んだ? 実験台にしたのか?」

「違う。死神にキスした――死神がキスしたんだ……」

「わけのわからんことを言うな！」アレクサンドルはアントンを地面に組み伏せると、頭髪をつかんでがんがん打ち付けた。にわかに、アントンも反撃に出てアレクサンドルを仰向けに組み敷き、憎しみを込めて唾を吐きかけた。「おれの話も聞け！　分からず屋！　分からず屋！　おれだってどんなにどんなに苦しんだことか！」

怒りに身を任せた二人は二頭のジャガーのように、咬みつき、引き裂き、爪を立て、転げまわった。相手の拳を避けもせず、手の骨が折れようと構わず、耳には鐘が鳴り響き、目には火花が飛び散り、血煙に何も見えなくなり、どちらもろくに相手を見てはいなかった――半時間もサウナにいたように、全身汗だくになり、気力を使い果たしてようやく止めたのだった。

「もっと殴れ！」アントンはうめいた。今の殴り合いと取っ組み合いのあいだは心の痛みを忘れていられた。

「お前こそ！」アレクサンドルもあえいだ。二人とも地面に倒れ、互いの汗の臭いさえ嗅げるほど近かった。アレクサンドルはペッと血を吐き出した。「殴る気がないのなら、続きを話せ」

アントンはすすり泣きながら言った。「あの覇王炭疽桿菌を十匹のオランダシロネズミに注射した――近ごろ成果を挙げていた細菌兵器の生産法にならった実験さ。注射のあと、一匹のシロネズミが苦痛のあまりケージを破って水を求め、下水道に落ちて、死んだ……それで小川を一本汚染することになったんだ」

「ネズミ一匹でそんな大ごとになるのか？」

「覇王炭疽桿菌がどんなにすごいものか知らないんだよ！　地球上の細菌は快適な条件の下では二十

分に一度分裂を起こして繁殖するのだが、宇宙微生物の旺盛な繁殖力を受け継いだ覇王炭疽桿菌は一秒ごとに分裂するから、一分ののちには二の六十乗になる！　まさに天文学的数値さ！　下水道の排水には大量の植物の残滓や動物の血が混じっていて、食器を洗ったあとの栄養分は、炭疽菌の特性を持つ覇王炭疽菌が大繁殖を起こすのに豊富なビタミンCやいろんなたんぱく質を準備することになった。中でも温度――三十度というのが、最適なんだ！　下水道はそっくりそのまま巨大な培養基になった。川に流れ込むと、水温が低いので、芽胞に――菌そのものより百倍も堅固な芽胞になって、水に散っていった……」

「オニェシコーワがその川の水を飲んだというのか？」

「いいや。バレエが化学工場の者たちを夢中にさせ、彼女には三つの大きな花籠を贈ったんだ、みんな工場内の温室の一番きれいな花を選んでね。花束をもっとみずみずしく見せようと、誰かが川の水を汲んできて振りかけた――それがみんな覇王炭疽桿菌を濃縮したものだったわけだ！　花籠は劇場に運び込まれ、熱気に満ちた中で、芽胞は桿菌に変わって、四方に飛び散り、観衆の肺に入る。オニェシコーワはみずみずしい花弁に接吻し、その花を観衆に投げた……王者は接触を――キスを介して、熱狂的なキスを介して二つの経路から体内に侵入する。キスは、死神の施す魔法の動作となった――大規模な疫病が彼女の手から振りまかれた。その花を拾った観衆も前列に坐っていた観衆もみんな死んでしまった！　親切な団員は大きな花籠をモデル幼稚園に贈り、そして……」

沈黙が流れた。横たわったまま青空を仰ぐと、ひと筋の屍衣のような巻雲が、二人の頭上をさまよっていた。

アレクサンドルが割れるように痛む頭をわが手でしきりにたたき、ため息をついた。「何てことだ、ぼくも一束のバラとユリを小さな女の子に贈ってやったんだが……」

「どんな子だった⁉」アントンが弾かれたように坐りなおす。

アレクサンドルも不吉な予感を覚え、アントンの両手を握りしめた。「……金薔薇《ゾーラタ・ローザ》ホテルの……接客係マリヤナの娘で……」

「ああ！　神様、あまりに残酷な！　……マリヤナ！　マーシャ！　ぼくの大切な人……」

二人は子どものようにしっかり抱き合ったまま声を放って号泣した――アントンはアレクサンドルの十八年も待っていた未婚の妻を殺害し、アレクサンドルもアントンのたった一人の肉親を殺害していたというのか？　二人の頬は密着し、熱い涙が分かち難く混じりあった。どちらが手を下したとも言えないのだった。

アレクサンドルはわけがわからないというように尋ねた。「どうして君たちは感染しなかったんだ？」

アントンは答えた。「とっくに予防接種をしていたんだ、戦争が始まる前にまず味方の予防接種をしなくては――だから前もって準備していたんだ」

アレクサンドルは涙をぬぐった。「我々は千四百発もの大陸間ミサイルを所有していて、核弾頭一発の威力は第二次大戦で用いられたＴＮＴ火薬の総数の三倍にもなる――だが、それでも足りないのか？なぜ細菌兵器まで生産するんだ！」

アントンは首を振った。「上のほうではぼくらと考え方が違うんだ！　われわれは地球上の六分の一の土地を占有しているのに、まだ足りずに、もっと西へ、もっと南へと、さらに拡大しようとしている！　全世界をわれわれの威力の前に戦慄させているんだ！」

「八十五か国の条約で細菌兵器の使用を禁じているんじゃないのか？」

「そんなものただの紙切れさ！　うちの工場の細菌兵器は全世界四十億あまりの人間を三百回も絶滅できるんだ！　覇王炭疽桿菌の液を空から噴射するだけでいい。何十年かすれば、数百キロ四方の土地で人が住めなくなるさ！　数百キロ四方の土地を高熱炉で焼却できるか、それとも消毒薬に浸せるか！」

「ケッ！　野心まみれの大人物こそ炭疽桿菌より始末が悪い！」

「シューラ、君は逃げろ！　国家安全委員会が捕まえに来るぞ——きみはオニェシコーワの死んだ原因を言い当てたんだ、口封じに来る！」

「いいや！　ぼくは逃げない！　捕まってやるんだ！」

「シューラ、原子爆弾がヒロシマとナガサキで大災厄を引き起こしてようやく人類の良心が呼び覚まされ、核兵器禁止の決心をしたんだ。この怖るべき細菌兵器も、全人類がその恐ろしさを知らない限り禁止や廃棄には至らないだろう！　シューラ、逃げろ、君が逃げたら少しは安心できるんだから」

　数分ののち、黄色いフィアットのバイクが手綱を離れた野生馬のように唸りを上げ、曲がりくねった公道を、もうもうと砂塵を巻いて走り出した。

六

ツポレフ21の改造型ヘリが午後の輝く陽光の下を旋回している。軟着陸した宇宙飛行士を迅速に救助する専用機で最新の電子機器と光学機器が配備されていた。操縦士の後ろでゲルチェンコ将軍は精度のきわめて高い光学望遠鏡で十数キロ四方の山林を捜索し、黄色いフィアットのバイクを捜していた。だが、高速道には、ほんのわずかな黄色いトラックのほか、黄色いものは何も見えない。

スヴェルドロフスクはすでに陸の孤島となり、首都に通じる西の高速道と丘敏大油田に通じる東の高速道は街から三十キロのところで分断されていた。ヘリからは、化学工場から出て、十数キロほど伸びる褐色のベルト——埋め立てられた小川が見えている。両岸の樹木も草花もカミソリを当てたようにきれいにされて、工兵の一団が別の水路を掘っている。すべてが将軍の計画通り一糸乱れず振興している。ただアレクサンドルの逃亡だけが将軍をひどく悩ませていた。彼は本能的に予感していた。暗くなる前に教授を捕らえることができなければ自分の功績はすべて台無しになるのだ。それで、彼はみずから出馬することを決め、四機のヘリをかわるがわる巡航させ、秘密を見破った教授を追っていたのである。

輝点が一つレーダーのディスプレイに点滅した。目標までの距離は二十二キロ。「将軍、この輝点はとても早く動いているようです、彼です」肥満体のマカロフが言った。

将軍は〝高精度追跡〟を選んでスイッチを入れた。ディスプレイに速度、位置、目標の大小が現れた。ヘリは目標に向かい、将軍は望遠鏡を取り直して、土煙の中の小さな黄色い点を追った。

まもなく、ヘリはトンボのように軽々と、そして悠揚迫らず大きく旋回して、小さな点に接近すると、しだいにフルフェイスのヘルメットに覆われた、スポーツウェアの中年の人間が物慣れた様子ででこぼこ道を疾駆しているのが見えてきた。ヘリは高度を下げていき、バイクのナンバーまではっきり見てとれた。「彼です、もう逃げられません！」マカロフが興奮して叫ぶ。

「呼びかけろ」将軍が命令した。

「アレクサンドル・ジモフェーイェフ教授、すぐに停まって下さい、ヘリに乗り移る準備を！」拡声器の発する叫びが山野に響く。

バイクが停まった。ライダーは頭上のヘリを見上げ、両手で合図した。向こうの丘に降りろというのだ。空き地があり、そこなら降りられそうだった。

将軍は見定めた——たしかにアレクサンドルだ。あいにくヘルメットに隠れているが、そうでなかったならまつ毛まで見えたことだろう。

バイクはおとなしくヘリのあとについて斜面を上っていく。将軍はようやく息をついた。「二号機、三号機、四号機の捜索隊、帰還せよ」

山頂にはたしかに草地があり、向こう側の斜面は暗い松の林になっている。将軍がマカロフに何か言おうとしたとき、突然バイクが唸りを上げて密生する草むらに突進し、将軍の視野から消えた。

赤外線探知機はすぐにバイクが大きな岩の陰に停まっているのを見つけた。ヘリが低くかすめていく。マカロフが怒りに駆られて吼えた。「教授、逃げるな、逃さんぞ！」

すぐに、草むらから頭が見え、前のめりに松の林へ駆け込んだ。日陰になった林に逃げ込まれたら、容易には捕まらないだろう。

「射撃の準備！」将軍は激怒した。マカロフが窓を開け、照準器つきのライフルを構えた。

パン！　パン！　パン！　当たらなかった。教授は銃声を聞くと、ますます速度を上げた。

将軍の毛むくじゃらの手が銃をひったくり、ファインダーの十字の中心に飛び駆けて行く脚を捉えると、パンと一声、教授は縄に足を取られたように、草むらに倒れこんだ。「ちょっと高かったな、腿に当たった」将軍は首を振った。

ヘリがゆっくりと草地に降り、将軍とマカロフがあいついで飛び降りた。マカロフが言った。「将軍、行かないほうが」

将軍の顔が怒りにゆがんだ。「バカめ！　ここまで追いつめて見逃す気か！――お前はそっちを捜せ、おれはこっちを捜す」

将軍は部下に逃亡犯逮捕の見本を示すつもりなのか、拳銃を持たず、草むらを分けて前へ進んだ。

ついに血だまりを見つけ、血痕を何十メートルか追跡したところで、獲物が見えた――教授はエビのように体を丸め、両手で血の噴き出す大腿部を押さえて、地面に顔をつけて、苦痛にうめいている。かたわらに壊れたヘルメットが投げ出してあった。

将軍はその腰を思い切り蹴った。「教授、一緒に来い！」

血の気を失った蒼白な顔が将軍のほうを向いた。「父さん……」

「アントン?!」将軍は驚きの叫びを上げ、夢中でわが子に飛びついた。「どうしてお前が！」

「まさか……本当に……撃つなんて……」その声はすでに弱弱しかった。

涙があふれ、全身を震わせて、わが子を抱く。「おれは犯人を追うつもりだったのに、お前だったとは……」

「追わないで……彼を……逃がしてやって……」

将軍は着ていたシャツの袖を裂いて、わが子の傷ついた大腿部を包もうとした。「息子よ、じっとしていろ、いま病院に連れて行くから」

アントンはほうけたように父を見た。恐れとも嫌悪ともつかず、避けたいが仕方なく接している、愛してはいないが捨てきれない父――かつては誰よりも血気盛んだったのに、いまや弱々しい哀れな様子の父を。

あえぎながら言う。「もうだめなんだ、せめて一緒に……埋葬して……」

血の跡が点々とついた絵をアントンはふところから取り出す。将軍が開いてみると、若く美しい女と、天使のような少女がいた。心が千々に砕かれた。

アントンが絵を取ろうと伸べた手は力なく垂れて、灰褐色の目が茫然と空を見た。一羽のくちばしの白いカラスがとても低く、二人の頭上を旋回している。

「誰か――」将軍は叫びかけたが、その目は光を失い、草むらに倒れこむと、それきり起き上がらなかった。

七

きょうも沈丁花の濃密な香気が満ちている。

陽の光は、古い写真のように黄ばんで、ものうげに広場にそそがれている。広場には、日光浴をする者も、散歩する者もいる。わんぱく小僧たちがひとりの狂人を取りかこんではやし立てている。「ミハイルおじさん！　花束を描いてよ！」

ミハイルは地面に突っ伏している。衣服はぼろぼろ、顔はやせ衰え、濃いひげが胸元までとどいている。彼は一本のチョークを使ってコンクリートの地面に絵を描きはじめる。若い女、少女、花束。

「じょうずだよ！　じょうずだよ！」子どもたちが手を打ち、跳びはねる。

「女の子とママなんだ！」

ミハイルはうっそりと笑い、濃いひげの中から白い歯をあらわす。描いた絵を見なおし、ぶつぶつと言う。「わしはここにいる……はは……だれにもわたさないぞ……ははは」

広場の人々はうつろな笑いにいくらか動揺した。

街の住民はアマチュア画家のミハイル・グバノフが一夜にして妻と娘を亡くしたことに深く同情していたが、一年前の災厄についてはビンのように口を閉ざしているのだ、何事も起きなかったかのように。

【訳注】

1 スヴェルドロフスク　現エカテリンブルクの一九七九年当時の呼称。訳注6の革命家スヴェルドロフの名に因んだもの。

2 ジョニー・ワイズミュラー　一九〇四〜一九八四　アメリカのオリンピック水泳選手。オーストリア・ハンガリー帝国出身。エドガー・ライス・バローズ原作『ターザン』最初の映画化で主役に抜擢され伝説となった。

3 セルゲイ・ボンダルチュク　一九二〇〜一九九四　旧ソ連・ウクライナ／ロシアの映画俳優、監督、脚本家。

4 ミハイル・イサコフスキー　一九〇〇〜一九七三　旧ソ連スモレンスク出身の詩人、作詞家。代表作にロシア民謡『カチューシャ』『ともしび』がある。

5 西へ旅するディアーナ　ペスト（黒死病）大流行の比喩。ディアーナはギリシャ神話の処女神アルテミスのラテン名。ペストが人間に与えられた神罰と考えられたことから、疫病をもたらす存在として比喩的に用いられた。余談だが、処女の潔癖性から、見た者に罰を与える存在として連想されたものであろう。日本語の資料にこの表現は見当たらないが、中国語資料には引用されている。一四世紀に起きたペスト大流行の具体的なイメージとしては、アメリカ映画『デビル・クエスト』（ニコラス・ケイジ主演　二〇一一）を挙げておこう。

6 スヴェルドロフ　ヤーコフ・スヴェルドロフ（一八八五―一九一九）。革命直後の一九一七年より一九一九年に死去するまで全ロシア中央執行委員会議長。この肩書は事実上最高権力者であった。皇帝ニコライ二世とその家族の処刑を指揮したことで知られる。

7 アーラ・プガチョワ　一九三三〜二〇二二　旧ソ連の世界的歌手。日本でも『百万本のバラ』が加藤登紀子の歌でヒットした。

8 ジナイーダ・キリエンコ　旧ソ連の映画女優。映画『静かなるドン』（一九五八）でヒロインのナターリャを演じた。

【訳者付記】

作者のコメントがないので、かわりに訳者からひとこと。

この作品のモデルとなった事件は一九七九年、旧ソ連のスヴェルドロフスクで起こった生物兵器（炭疽桿菌）流出事件である。対応を誤って感染を拡大させた地区の共産党責任者はボリス・エリツィンだったとか。そのためか、中国SFなのに中国人は一人も登場しない。

この作品、実は九十年代の後半ごろ、作者からコピーの形で送付されていた。一九九五年にアメリカ映画『アウトブレイク』が公開されて間もないころだ。日本で発表してもらいたいとの意向だったのだが、当時はまだ中国SFにそれほど関心が集まっていなかったため、発表の機会もないままだったのである。このたびやっと日の目を見ることになり、訳者としてもほっとしている。

作者の譚楷氏は四川省成都市で科幻小説発表の場として気炎を吐く『科幻世界』を成功させた功労者の一人で、八十年代なかば、科幻小説批判の逆風にもめげずに、楊瀟女史らとともに『科学文藝（当時）』誌の刊行を続け、その編集長も歴任した情熱の人である。八十年当時すでにこれだけの作品を書いていたのに、『科幻世界』を成功させるため創作に専念できなかったのは残念なことであった。

一九二三年の物語

趙海虹《ジャオ・ハイホン》

林久之 訳

誰だって理想を持たなくては生きてゆけないのでは？

賈蘇《ジア・スー》の理想は機械を作ること。

泡泡《パオパオ》の理想は革命を起こすこと。

梅櫻《メイ・イン》の理想は身請けされること。

二十世紀二十年代、上海《シャンハイ》では一日じゅう周璇《ジョウ・シュエン》、白光《バイ・グアン》の歌声が聞こえ、甘く沈み込むようなセクシーな声が空気に溶け込み、魂までとろけさせていた。*原注 そんな空気の中に生きる人々は、酒に酔ったように、微醺《びくん》を帯びて、主権を奪われた屈辱的な日々を送っていた。

などと書くと、怒りの抗議が聞こえてきそうだが、二十年代の上海はとても革命的な場所であり、金まみれの贅沢三昧な、租界だらけの所というのは、ただこの都市のあやしげな一側面だったにすぎない。たとえば泡泡。彼女は尋常ならざる人物であり、この都市の別の一側面に属していたのだが、このシーンではちょっと道を外れて、紅灯《こうとう》の巷《ちまた》「海上花《ハイシャンホワ》」*1に入っていくところなのだ。

わたしの想像の中で泡泡の髪型はちょっと変わっていた。というのは『刀馬旦《ダオマーダン》』*2の林青霞《リン・チンシア》*3から受けた印象がとても強かったからで、わたしは理由もなしに泡泡《パオパオ》は男のような二、三寸の短髪にしていたと思い込んでいる。現代では人目を惹くこともないのだろうが、当時としてはずいぶん思い切ったものだった。濃い黒々とした眉は短く整えられ、生き生きとした黒い目と相俟《あいま》って、三分の美貌と七分の鋭さをそなえ、ちょっと見には、その眉と目ばかりが目立っていた。

泡泡が入っていくと、海上花の入り口にいた女がしなだれかかるように彼女の胸にさわり、そのついでに一本の白薔薇を中山服《ちゅうざんふく》*4の左上のポケットに挿した。「ねえ……」

言いかけたとたん、泡泡の胸に留まった手は、鳥が飛び立つような勢いで引っ込められていた。泡泡はちょっぴり口角を上げると、笑いを含んだ声で女の早合点を解いた。

「人を探してるんだ」泡泡は平静にそれだけ言うと、光あふれる世界に溶け込んでいった。そこでは誰もが色鮮やかな熱帯魚であり、夜ふけのネオンの波を泳ぎまわっている。泡泡がそんな光の波に溶け込むところは、わたしの想像力でもすばしっこい魚の尾みたいにつかまえられなかったのだが、ちょうどその時、賈蘇《ジア・スー》が現れた。

泡泡が賈蘇に近づいていくと、彼の顔が水面にしだいに浮かび上がる石のように、硬そうに角ばっているのが見えた。ほとんどの女が頼りにしたいと思うようなそんな顔だ。

けれども泡泡は女ではなく、革命の志士だった。

わたしは限りないあこがれをもって泡泡と賈蘇のはじめての会見を想像し、二人が最初に交わしたことばがどんなものだったか想像しようとした。（やあ、ぼくがきみの探していた人間だよ）それとも

（ぼくが賈蘇《ジア・スー》だ、探していたんだね？）わたしは夢中になって二人のせりふを考えたけれども、こんなとんでもない情熱について物語の第三の主人公である梅櫻《メイ・イン》に対して済まないと思うことはなかった。

梅櫻はわたしの曽祖母である。十歳になるまで、わたしはずっと曽祖母、外祖母、それに外祖父といっしょに暮らしていて、はじめて曽祖父のことを聞いたのは九歳を迎えた年のことだった。九十歳の老女の記憶力と九歳の子供の理解力。何とも具合の悪い組み合わせなのでわたしに物語を語らせる助けにはなりそうにない。曽祖母が世を去って二十年もたったころ、わたしは突然、もともと不完全で時の流れに摩耗したその物語を記そうと思いついた。きっかけは一枚の家系図と一つの箱だった。

先月わたしは休暇で帰国したのだが、中国の空気は質量ともにN国よりひどく、それで、帰り着いたとたんにぜんそくの発作が起こった。あまりのひどさに、外出さえできなかった。家で退屈しているうちに長年忘れられていた古いものを整理することになった。

物置の棚には父母が以前の家から持ってきたものがたくさんあって、以前は気にも留めなかったのだが、今回は仔細に見なおすことになった。錆だらけになった箱が一つあって、鎖がかけてあり、かなり古いもののようだった。好奇心にまかせて鎖を引っ張ってみたけれど、がっちりしていて、あいにく鍵も見当たらない。

「中身は何かしら？」夕飯のとき母にきいてみた。

「私も知らないわ、お前のひいばあさんが持っていたものらしくて、〝文革〟のときに裏庭に埋めておいたの」

「へえ、面白そうね」

「系図だとか聞いたけれど、見たことはないわ」

「系図って何？　鍵は？　どこにあるの？」

「鍵があればとっくに開けていたわ。あなたのおばあさんが亡くなってから私のものになったのだから、鍵をどうしたかなんて知らないの」

わたしは鉄の箱をそっと持ち上げてしげしげと見つめた。「心配ないわ、こういう鎖はそんなに頑丈じゃないもの。今日のうちにも開けられるわ！」

「興味あるなら持っていきなさい」母は手を振った。「どうせ価値のあるものじゃないわよ、でなけりゃ昔、あんな苦労はしなかったはずだもの」

わー楽しみ。ゴホゴホ。


賈蘇《ジア・スー》、字は聴濤《ティンタオ》、号は寧江《ニンジアン》、浙江紹興《せっこうしょうこう》柯鎮《コージェン》の人氏、西暦千八百九十四年の生まれ、西暦千九百四十五年歿、享年五十一歳。賈《ジア》家は世代書香《しょこう》にして、清朝乾隆《しんちょうけんりゅう》年間、屢々《しばしば》進士を出だす。

聴濤《ティンタオ》幼少より聡慧《そうけい》、勤めて詩書を学ぶ……十八歳の時、庚子賠款《こうしばいかん》公費留洋学士に考中、大英帝国の剣橋《ケンブリッジ》大学に赴き物理化学両科を攻読、物理碩士《せきし》と化学博士の学位を獲たり。千九百二十三年学成りて帰国……


記憶の奥深くから、遠い手がかりを見つけて、こんな文語と口語の混じった文章を引っ張り出してきた。これは家系図なんかではなくて、曽祖父が世を去ったあと、友人たちが彼のために書いた小伝だった。細い瀟洒《しょうしゃ》な楷書で縦書きに綴られ、すでに黄色く変色してもろくなった紙にびっしりと並んでいる。いっしょに入っていたのは、真っ黒なビンが二つ。ずっしりと重く、ゆすってみると、中には何か液体が入っているようだった。

一九百二十三年八月、大英帝国「ダイダロス」号に搭乗し上海に至る……
一九百二十五年五月、「水夢機《シュイメンジー》」の研制に失敗。許《シュー》氏の梅櫻《メイ・イン》と結婚。のち上海を離れ、燕京《イエンジン》大学に赴き教鞭を執る……

わたしは賈蘇《ジア・スー》の姿が資料にはさんであった写真から滲みだして、少しずつ大きくなり、微笑している口元が広がっていくのさえ見えるような気がした……

曽祖母がはじめて曽祖父と出会ったとき、彼女は「海上花《ハイシャンホワ》」の踊り子だったという。そのころ父親は人力車を曳いていて、母親は肺病を病み、兄は仕事をやめてデモ行進しているうちに銃弾に斃されていた。一家が生きていく手段はほかにないので、仕方なく「踊り子」になったのだ。

その晩、帰国したばかりの賈蘇は海外の友人に託されて、資料を少しばかり革命党員に渡すことになっていたのだが、その場所が「海上花」のダンスホールで、受取人は髪を短くした、黒い中山服の若い女性だった。それこそわたしが憧れてやまない泡泡《パオパオ》なのだった。

賈蘇《ジア・スー》は泡泡《パオパオ》に言った。「これはありふれた資料だから、大して役に立たないのでは？」

「あなた方にはありきたりでも、私たちには得難いものなんですよ」泡泡はちょっと笑った。「ましてこれが役に立つかどうかなんて、うわべから簡単に判断できません」もっと深いわけがあることを暗示する言い方だった。

二人のあいまいな問答はダンスホールの歌声や人声に溶け込んでしまった。

この時を選んで登場したというのは、まさに梅櫻《メイ・イン》の運命だった。母親は肺病が重くなり、父親は夜になっても人力車を曳いてわずかな銭を稼ぎ、彼女がこの苦境を何とかしなくてはならなかった。化粧室に息せき切って駆け込むと、女主人に首根っこを思いきりつねられ、罵声を浴びながら、白粉をもって辱めの跡を隠すのだった。

黒くしなやかな髪を二つの髷《まげ》に結い、くっきり描く三日月眉、桃の花びらのごとき目に秋波《ながしめ》を凝らし、天性の笑みのごとく口角をわずかに吊り上げる――わたしの見たその時代の古い写真だ。写真の中の梅櫻は一時復古調として流行った、古い箱の底をひっくり返すと見つかるような煙草の箱に描かれている美女の図を髣髴させた。同じような甘い媚態、同じような優しげな姿。わたしにはそれを記憶の中の曽祖母と結びつけることなどできなかった。そのような梅櫻はとっくに消え失せていたし、ただあの時代に属するものでしかなかった。

賈蘇は先に歌声を聴き、それからやっと歌い手に目を留めた。歌声は哀愁に満ちて、不思議な説得力があり、必死に生きようとする生命の叫びがあった。

首を回して、梅櫻《メイ・イン》を探し出すと、目を奪われるほど美しいわけでもなかったのだが、一種独特の容姿をしていて、体全体が歌の調子にのめり込んでいるかのようだった。感情の動きも、家族の命も、すべてがこの一つの歌声に牽引されて、懸命に探し求める未知の領域に向かっていたのだ。
歌っていたのは白光《バイ・グアン》の歌だった。白光の低く沈み込むような、セクシーな魅力はなかった。けれども白光でさえこんなふうに歌うことはできまいと思われた……

もしもあなたがいなければ
どうして日々を過ごせよう
千々に砕けるわが心
なすこともなく過ぎてゆく

空がどれほど高くても
大地がどれほど深くても
あなたがいてさえくれたなら
明日もわたしは生きられる……

賈蘇《ジア・スー》は歌声に魅了されたように、うっとりとその方向を見つめた。梅櫻はずっと半眼を閉じていたが、突然目を見開いて、賈蘇の岩のような顔を見つめた。

わたしは音楽用のケースを開いて、古いCDのコレクションから『昨日の歌』を探し出した。セットしてボタンを押すと、すぐに白光《バイ・グアン》の歌が聞こえてきた。「もしもあなたがいなければ……」時をさかのぼれるものならば、八十数年前の梅櫻《メイ・イン》のあの夜の歌を聴きたいと思った。

曽祖母の夫に対する評価は非常に簡潔なものだった。あの時あんな場所で見かけたことに、ほんとに跳びあがるほど驚いたものだよ。ひとめ見て「とりこになった」その人は、ダンスホールではまず見られない顔だったからね。わかるかい、貧乏な一家の暮らしが、みんなあたしの肩にかかっていたのだもの、何としてもついていかなくては、ってね。

同じ物語にいくつもの全く違う書き方があるように、同じことでも違う人の目にはずいぶん違って見える。賈蘇《ジア・スー》の我を忘れた様子は泡泡《パオパオ》の目には一顧に値しないものだった。洋行帰りの学生なんてみんな好き者でしかないんだな。そんなわけでわたしのはじめてのこの場面に関する勝手な憶測は早々に終わらせることにしよう。泡泡がスマートに手を振って去るのを見て、賈蘇が愕然としたことは想像に難くない。この女の歩き方ときたらほかの誰とも違う、流れるようにダンスホールを横切っていく影は、まるで刃物で切り裂くようじゃないか。鋭く。きっぱりと。

けれども、賈蘇はついに後を追うことはしなかった。恋の鞘《さや》当ては、曽祖母がわずかに上位を占めた。わたしが思うにその原因は、泡泡の与えた鮮明な印象が決して女らしい特質をそなえてはいなかったからで、彼女は一つの謎であり、剣のように鋭利な、凛《りん》として捉えがたいものだったからだろう。そして梅櫻《メイ・イン》は、一杯の酒のように、芳醇な香りがあり、その魅力には明確な異性の特徴があったのだ。

夜、わたしは何年も埃まみれになっていた鉄の箱をそうっと開けて、入っていた二本の不透明な密封された容器に向かいあうと、左のまぶたが思わず跳ね上がった。容器はガラス瓶の形をして、そしてとても重かった。一つを手にのせて透かして見ると、中にはまだ液体が残っていた。

何だろう？　とわたしは自問した。

古い物語の中では、何年も封印されていた液体といえば酒に決まっている。そう思うと、わたしはほとんど興味をなくしてしまった。だがこの二つの容器は酒の瓶《かめ》あるいは罎《びん》には見えなかったし、それに賈蘇《ジア・スー》と酒好きとを結びつけることはできなかった。

とぷ、とぷ。液体がゆすられて立てる音を聴くと、それは長い時間のトンネルを通ってきたもので、人に知られてはならない秘密を打ち明けようとしているかに思われた。

「賈《ジア》先生、お客様です――」

賈蘇は事務員が告げるのを聞いて、眉をひそめた。梅櫻《メイ・イン》だと思ったのだ。こんな時間に学校まで訪ねてきて邪魔をするような人間はほとんどいない。

洋行帰りの「先生」にとって、踊り子が職場まで訪ねてきたとなれば対面を傷つけるものにほかならず、賈蘇も俗気を免《まぬか》れなかったかということにもなりかねない。だが入ってきたのは泡泡《パオパオ》で、しかもトランクを一つ持ってきていた。

「どうしてここへ……」賈蘇《ジア・スー》は疑惑の表情になった。

「賈《ジア》先生、場所を変えましょう」泡泡《パオパオ》の平静な顔には焦りが透けて見え、何かトラブルに遭遇しているると容易に知れた。

賈蘇は彼女を玄関ホールから実験室へ招き入れたがこれは自ら定めた規則に反することであった。

「あなたはここで何を……?」中へ入ると、実験室の有様にはさすがの泡泡をも動揺させるものがあった。

実験室の中央には黄銅色の巨人がいくつもの触手を伸ばしていて、さながら千手の金剛力士のようで、どの腕にもさまざまな色をした大小のガラス容器が取りつけられ、容器の中の液体は夢の中にしか現れないような色彩を見せていた。液体は揺れながら、歌っている。掌に当たるところには温度を調節するためのメーターの針が踊っていて、掌から始まり、腕に沿って、赤やオレンジや黄色、青、紫などの「血管」がはいまわり、血管中の虹色にきらめく液体が金剛力士の腹部――半透明の水晶の甕に注がれている。その中にはさまざまな色彩のうずまく泡を沸き立たせ、それが蒸発する気体は腕にあたる太さの異なる「気管」を通ってこの巨人の頭部へ――加熱中の丸い金属の罐《かま》へと上昇していく。罐の下三分の一のところには正面から外に向かって突き出す円管があって巨人の嘴《くちばし》のように見えた。上下に分かれた嘴は動かないよう封じられている。巨人には鼻もあり、それは金属罐の正面にある二つの空気孔なのだが、細かい煙霧がたえず噴出していて、空気中にさまざまな奇怪な煙の輪を描いていた。

それらの音――液体の煮沸されるぶつぶついう音、熱い蒸気が瓶から噴出するふつふつという音、機器の内部の過熱炉を運転するごうごうという音、薬物が熱せられて立てるぐつぐつという音、それらが混じり合って奇妙な音響をかなでている。こんな音を聞き続けていたら、幻覚を起こすか、昏睡してしまうだろう。

泡泡《パオパオ》の顔にうっすらと汗がにじんできた。薄い唇が潤いを得て何とも言えない赤みを帯びてきた。

「何て奇妙な」彼女はため息まじりに言った。

「ここなら安全だ」賈蘇《ジア・スー》が言った。「話って何だね」

「政府の連中に追われてる、二日ばかりかくまってくれないか」泡泡は言った。

「ここへ？」賈蘇はあたりを見まわし、黄銅の巨人を見て落ち着かない様子になった。逃亡犯をかくまった咎《とが》ですべての成果が目の前で破壊されるのを見たような気がしたにちがいない。

泡泡は口角をちょっとゆがめた。「すまない、許してくれ。知り合いでもないのに」

「いや、そういう意味じゃない。ただあまりに突然だったから」賈蘇はあわてて首を振った。「ちょっと待っててくれ」背を向けてドアから出ていった。

泡泡は厚手の藍色のカーテンを隅のほうだけ掲げて、離れたところで賈蘇と入口の守衛とが何か相談しているのを見た。まじめな人間がうそをつくとき必ず何かそれと分かる癖が見られるものだ。しきりに無意味な動作を見せるとか、耳まで赤くなるとか、焦りが顔に出るとか。賈蘇には何一つなかった。表情も温厚なままで、ただ何か道義上の理由から、ひとりの友人を泊めてやらなくてはと説明しているようだった。

見ているうちに、泡泡《パオパオ》は少し不安を覚えた。たいしてつきあいもなかったこの洋行帰りの先生は信用おけないのかも知れないぞ、と。しかし選択の余地はなかった。頼れそうな人間はみな監視下に置かれていて、ただ賈蘇《ジア・スー》の身に自分の運命を賭けるしかないのだった。

振り返って、室内を上から下まで見まわす。水色や深緑や朱色のガラス瓶。彼女の疑わしげな黒い二つの目が、透明な、あるいは半透明の瓶の中で揺れる液体の中に浮き沈みしている。突然、巨人の嘴《くちばし》が——あの外に向かって突き出した円管が自動的に開いて、ボーッという音がしてさまざまな色の蒸気を噴き出した。同時に巨人の胸の奥底から悠然とした太い低音が響き、無数の容器の中の液体に共鳴して、かすかに「唉《アイ》——呀《ヤー》——」というような声が、はるか遠くから、はるかな時代から、ゆっくりと伝わってきた。

泡泡はわけがわからず、思わずため息をつくと、ようやくずっと緊張していた肩の力を抜き、しっかり抱えていた黒い革張りのトランクをそこに置いた。

改めて室内を見渡す。実験室はそんなに大きくはない。全部で四部屋あり、二つは化学薬品と物理実験の器具が占め、あと一つの小部屋が泊まり込むときの仮眠室、一番大きな部屋の周囲には各種の実験中の薬剤などが置かれて、中央にあの「千手金剛」が半分以上の空間を占めているのだった。

空気中には何かのにおいが立ちこめている。淡い酸味を帯び、青い草の葉のようなかすかな甘さも感じられ、異なる液体の蒸気がそれぞれねじれ、まじりあい、朦朧とした色を帯びた気流となって、さまざまな形に変化していく。そんな空気を吸っているうちに、耳元に奇妙な合唱が聞こえてきて、泡泡の緊張していた身体はしだいに軟化していき、寄りかかっていた出窓から滑り落ちて床に坐りこんで、赤や青の煙を見ていた。それは空中でくるくると渦巻いたかと思うと、妖艶な美人の舞う姿に収束していった。美人の青い衣服の裾がふわりと泡泡《パオパオ》の頭をかすめる。泡泡は目を見開いて、驚きで一杯の表情を浮かべていた。この煙から現れた人影は、もとの姿よりも美しく肉感的に強調されているけれども、霧の中の女は梅櫻《メイ・イン》であることが見て取れた。わたしの曽祖母の梅櫻なのだった。

「水夢機」って一体何だろう？　それはたぶん「水の記憶能力」に関する機器なのだろうと思った。たった一度それに関する技術のニュースを見たことがある。その学説を発表したフランス人がその年の「イグ・ノーベル賞」を獲得した、というものだった。この世界に記憶を満たした水なんて決して存在しないだろうし、賈蘇《ジア・スー》の水夢機のような研究が成功したこともないはずだった。けれども、淡彩をたたえた水蒸気はあの黄色く変色した写真と同じ古い時代からわたしに向かって漂ってきて、容赦なくわたしの想像空間をすっかり占拠してしまった。それは古いレコードの背後に流れるざあざあというノイズと白光《バイ・グアン》の同じようにしゃがれて懐旧の情に満ちた歌声を借りてひらりと舞いはじめ、ふくよかで妖艶に誇張された梅櫻がこの上なく真実味を帯びて両腕を広げてわたしに向かってきた。歌声は「彼女」の開いた口から――あの煙霧の空洞のむこうから湧き出してきた。

もしもあなたがいなければ
どうして日々を過ごせよう
千々に砕けるわが心

なすこともなく過ぎてゆく

その夜も、賈蘇《ジア・スー》はいつものように梅櫻《メイ・イン》と会っていたが、心ここにあらずという具合で、それというのも泡泡《パオパオ》を「水夢機」と同じ一室に残してきたからだった。

梅櫻もすぐに賈蘇のようすがいつもと違うのに気づいた。

「賈先生、何か心配ごとでも？」やさしく尋ねてみたが、そこには言外の意が含まれていて、小さな釣り針のように、言葉の端々から、そうっと何か探り出そうとしていた。

「実験室のことが気がかりでね」うそではなかった。「きみも仕事に行ったほうがいい、僕は学校に戻らなくては。きょうは君のところには行けないんだ」

「賈先生……」梅櫻もすぐに警戒心を起こした。ダンスホールで出逢ってから外で会う機会はめったになかったし、今日は昼に賈蘇の住まいを訪れて夕飯を作ってから仕事に出るはずだった。わずかこの五か月の間に二人の関係はとても親密になっていた。とはいえいつも不安だった。もしもできるだけ早く賈蘇に完全に受け入れてもらえなかったら、身請けの夢もただの夢で終わってしまう。唇を噛んで、はっきりと言った。「だったらあたしも行かない」

「いや……困らせないでくれよ、きみの家族のこともあるだろう」賈蘇はそんな反応に対して心の準備ができていなかったようだ。

梅櫻が涙目になって、ため息をつく。

賈蘇も顔を赤らめて顔を伏せた。二人が恋愛関係にあることはわかっていても、人目をはばからず一人の踊り子をめとるのは、まだかなり勇気のいることだった。

——焦りすぎたかしら？　梅櫻《メイ・イン》の脳裏はいろんな思いがかき回されて一緒になってぐるぐる旋回していて、どうすればいいか分からなかったけれども、甘い笑顔は変わらなかった。

日が暮れた。月光が射してくると梅櫻は落ち着かなくなってきた。別れるときの歩みがこんなに重いとは知らなかった。敏感すぎる女は時に何かを失うかも知れないという直感に苦しめられるものなのだ。


わたしは世界中のどんな瓶だって開けられるような道具を見つけてきて、曽祖母が残した瓶に手を下す準備をし。「水夢機」という三文字がわたしに、容器の中に入っているものを、年代物の酒なんかよりずっとかぐわしい昔の夢なのだろうと連想させていたからだ。もしできることなら、泡泡《パオパオ》に逢いたいと思っていた。

子供のころ、母はわたしに秘密めかした口調で話してくれたものだ。おまえの曽祖父は上海で一人のお尋ね者の女革命党員をかくまっていたのだ、と。「とってもすごい人なのよ、同盟会[*5]の会員だったんですって」その言葉は脳裏に長いことうずもれていて、すっかり根を生やし芽を出し、枝葉を生じて、勝手放題に繋っていた。この二十年代の革命党員は、わたしの心中で一本の樹となって、わたしの想像の中の家族史に清らかで永遠に馥郁たる薫りを添えていたのだった。

工具を握る手が少し汗ばんで、心臓がどきどきしてきた。窓の外は月も明るく風もさわやかで、八十何年も前の一夜を思わせた。

夜のとばりが下りた。片方は朗々たる月、反対側は北斗星。さわやかな風に、たましいも安らぐ。けれども泡泡《パオパオ》は目立たないように、外の庭でちょっと休んだだけで、すぐ室内に身を隠した。夜眠れなかったのは、実験室の仮眠室に化学薬品のにおいがしていたからだ。夜具にも男の体臭が残っていて、どこか落ち着かなかった。夢うつつの中、海に浮いているのと変わらず、機器の作動するぶんぶんという音が波の起伏を思わせた。

うとうとしているとき何か物音がしたので、たちまち目覚めると、枕の下の拳銃をさぐり当て、ドアを開け、身震いしながら実験棟を横切って、実験室の入り口のあたりへ近づいていった。

とんとん——誰かがドアをたたいた。賈蘇《ジア・スー》が外から声をかけた。「休んでいたかね」と彼がたずねた。むろん鍵は持っている。エチケットを守ったのだ。

泡泡はドアを開け、ちょっとうなずいただけで、そのまま身を転じて室内にもどった。

その夜賈蘇は実験室で夜中まで輾転反側していたが、出るとき泡泡に声をかけることはしなかった。夜になって戻ってきたのは、泡泡が室内の設備をいじったりしないか心配だったからなのだが、ちゃんと約束を守っていたのを見て安心したのだった。沸騰する薬剤が煙霧の中で蒸気をまき散らす中で、本当に偶然のことなのだがドアを開けた泡泡の青白い月光に照らされたやや憔悴した顔を思い出していた。一輪の月下の蘭のようだった。

その顔にはじめて気づかされた。この神秘的な冷淡な革命の志士も、やはり女だったことに。

賈蘇《ジア・スー》が出かけたあとで、泡泡《パオパオ》は目をさました。眠い目をこすりながらドアを開けると、奇妙なにおいが高まりつつある機械の騒音と一緒になって顔を打ってめまいがして、まだ醒めきっていない身体をゆらゆらさせた。

何十あるいは何百という瓶の液体が歌っていた。

その歌声の中にどこかで聞き覚えのある旋律が聞こえた。甘ったるいにおいのする蒸気が彼女の頭をすっぽりと包み込み、煙霧とそれら空気中の水滴が身の回りを囲んで舞っている。ふと思い当たった。これは幼いころ母と一緒に涼みをとっていた時母が歌ってくれたあの歌だった——

小小妹《シアオシアオメイ》子《ズー》　上月《シャンユエ》橋阿《チアオアー》
黒《ヘイ》黒《ヘイ》辮子《ビエンズー》　両辺揺《リアンビエンヤオ》阿《アー》
遇《ユー》見哥《ジエンゴー》哥《ゴー》　笑弯《シアオワン》腰《カオ》阿《アー》

両腕を振って、目の前の湯気を打ち払う。そうすれば耳元をめぐる旋律を払いのけることができるとでもいうように。だがその旋律は命あるもののように、記憶の鞭となって、彼女をこまのようにくるくると旋回させた。歌声は頭の中でいよいよはっきりと聞こえて、霧の中にいくつものぼんやりとした影が見え、昔の大事な記憶の断片がまわりの湯気の中にきらめいては消えていくのだが、そのきらめきの瞬間だけは、とても鮮明になるのだった。歌っている母のうしろは星の降るような夏の夜空で、塾の庭は夏の蝉や秋の虫がいて、まだ中年だったというのに生活の重圧のもとで凄惨な死を迎えた母――枯れ枝のような手が最後に頭をなでてくれた感触、地下雑誌や伝単《ビラ》を印刷する工房に濃密に立ち込めていた油性インクのにおい、追手から身を隠すときの緊張と恐怖の心音、雨季の広州の蒸し暑い空気、それに孫《スン》先生*6がどこかの決起大会に見せた慷慨激昂《こうがいげきこう》の表情。

これはどういうこと？

どうしたっていうの！

彼女はパニックに陥った。長いあいだ本当に何かを恐れることなどなかったのに、いまは本当に怖かった。

床に倒れ伏したまま、自分の声が百もの瓶の中で響くのを聞いた――わたしは革命家、女じゃない。わたしは革命家、女じゃない。

百回にのぼる反響の間には微弱な時差が生じて、空間全体が精密に同じ分量に分割されて、その一つ一つが同じことばを投げ返しては、彼女の大脳と響きあった。

わたしは革命家、女じゃない。わたしは革命家、女じゃない。

「やめて！　止まって！」彼女はヒステリックに叫びだした。

自分の顔が見えた。

正確には、鏡に映った顔だった。何度となく鏡に映しながら自分に催眠術をかけるようにつぶやいた言葉だった。「わたしは革命家、女じゃない」

それは泡泡《パオパオ》の最も深いところにある傷跡だった。一九二三年、それでもまだ早かったのだ。女性革命党員になるには、ずいぶんいろんな犠牲を払わなくてはならなかった。選択しなくてはならなかった。それでも後悔したことはなかった。けれども、こんな状況のもとで、自分の秘密を百本の瓶が繰り返しているなんて。

「止まって、お願いだからやめて」知らず知らずのうちにそれら声を発する瓶が生命あるもののように見ているのだった。「わかってるわ、わたしも女なの」瓶の群れが驚いたように、ひそひそとささやきあったのち、はじめに繰り返していたことばは混乱の中にしだいに消えていった。「わたしも女でいたいのよ」彼女は自分に向かって、あるいは金銅色の巨大な機器に向かって言った。「でもどうしても選ばなくてはならないのなら、わたしは革命を選ぶ」


これはわたしの想像の中の「水夢機」——情報を交換し、記憶し、言葉を返す液体とそれらにこうした能力を生じさせる機械なのだ。真実の姿がどんなものであったかは、だれも知らない。泡泡《パオパオ》が賈蘇《ジア・スー》の実験室に寝起きしていた数日のあいだにどんなことがあったのか、誰も知らない。

歴史としてはこうだった。一九二五年賈蘇は水夢機に対する研究を放棄して、同じ年に曽祖母をめとった。この婚姻は彼の家人の強烈な反対に遭遇し、あわや義絶《ぎぜつ》というところまで行ったのだが、結婚したあとは仲睦まじく、五人の子が生まれ、その三番目の子がわたしの祖父になった。

泡泡はどうなったのだろう？　曽祖母からは答えを得られなかった。その後泡泡とは連絡が取れず、どうなったかわからない。

賈蘇も梅櫻《メイ・イン》と同様、それっきり泡泡に関して何も知ることはなかったのだろうか？　あるいは知っていたけれど、一貫して話すことなく、自分一人の秘密として守り抜いたのかも知れない。

彼と泡泡《パオパオ》が一緒にいた期間はとても短いものだったが、その影響を受けた期間はとても長かったのかも知れない。

一日一日と、彼があの水夢の完成に心血を注いでいるあいだ、あの巨人は彼にどんな情報を伝えていたのだろう？　泡泡のあらゆる過去、幼時の追憶、内心の葛藤、女としての欲望、革命の理想、すべてが水蒸気と煙霧を通して彼の毛穴から浸透し、彼の体に入り込み、彼の記憶となったのでは？　彼の脳裏にあった梅櫻《メイ・イン》がかつて泡泡の目の前でかろやかに舞ってみせたように、泡泡のしなやかさと情熱は彼女の去ったあとの日々も朝夕を共にしていたのでは？

そんなことを想像しながら、手に力を入れると、ポンという音がして、瓶の口の金属の蓋がはずれた。

周　璇《ジョウ・シュエン》は『龍華《りゅうげ》の桃花』という歌を歌ったことがある。わずかに覚えている最後の一句は——龍華の桃花帰ることとなし。

龍華とは刑場の一つだ。

だから瓶の口からあふれ出た無数の泡泡《シャボン玉》の中に「龍華」に関するものを探そうとした、わたしの心中の慟哭と震撼とを想像してほしい。

——龍華の桃花帰ることとなし。

わたしが気をつけながらゆっくりと瓶を傾けると、銀ねず色[*7]のどろっとした液体がそろりと瓶の口に出てきたが、それが滴ることはなかった。液体は空気に触れると、どろっとした質感から軽やかなものに変わっていった。

瓶の口の液体は口のはたまで出かかったことばのように、ちょうどお釈迦さまの話そうとしたことばが美しい蓮の花に変わっていくように、「瓶のことば」はたちまち拡大してゆき、銀ねず色の霧の花となって広がった。花は瓶の外の空気中に拡散して、その色はみるみる透明になって、しまいにシャボン玉のようにぽんと弾けると、何万という銀の星々をまき散らし、部屋いっぱいに拡散していった。そして空中に浮かんだ一粒一粒がぱちぱちという音を立て、半透明の泡泡《シャボン玉》を撒き散らした。

その匂いには、記憶を呼び起こさせるようなものがあった。泡泡《シャボン玉》のかすかな色合いは、銀色の底のほう、ほんとうに薄く透き通ったあたりにかえって光を溢れさせ、さまざまに変幻する色彩をひらめかせた。そこには画像も見えた。映画のカットのようにいくつもの生き生きとしたシーンが、つながったり途切れたりして映し出された。泡泡《シャボン玉》が破裂するとき、互いにぶつかりあうと軽くぱちんという音を発し、一緒になって消えながら聞き取れないほどのことばが、あるいは感傷を含んだ音がするのだった。

見回すと、無数の泡泡《シャボン玉》が私の目の前でぱちぱちという別れの声を上げ、それらが伝えようとしたかすかな映像がひらめいては消えていく。わたしはぼんやりと見ていた。夜の「海上花」を、賈蘇《ジア・スー》のあやしげな実験室を、そして一人の旗袍《チーパオ》（チャイナドレス）の女の後ろ姿を。彼女はしなやかな腕を上げて黒々と結い上げた髪をもたげている。それから、それから……

暖かな午後の陽ざしの中を、賈蘇《ジア・スー》は上海郊外のとある農村へと急いでいる。

泡泡《パオパオ》は彼と会ったあと、すぐに広州に舞い戻り、孫先生の次の決起に参加するのだ。

賈蘇は道々馬車に揺られながら、口を固く結んで、ひとことも発せず、何か思いつめている。

もうすぐ村に着くというとき、遠くに泡泡が見えてくる。庭のいたるところに茅《かや》が干してあって、泡泡は男物のワイシャツ姿で、気持ちよさそうに襟元をくつろげ、平屋の茅を敷き詰めた屋根に横たわっている。陽ざしのもと茅が金色に光る。彼女の輪郭も金色の光に縁どられている。西洋画に描かれる農婦のように、人懐っこい人間の匂いをさせて。

賈蘇は遠くから見て、口を開き、だいぶたってからその名を呼ぶ。

泡泡は声を聞くと起き上がり、すばやく地面に飛び下りる。近づいたとき、賈蘇は彼女が口に麦わらをくわえ、片手に液体の入った小さな瓶を持っているのに気づく。あたりには石鹸の匂いもしている。はじけたシャボン玉の痕跡らしい。

――いらっしゃい。

泡泡は笑って、男がタバコに火をつけるようなしぐさで、麦わらを左手の石鹸液にちょっと浸し、口元に持っていって吹いてみせる。

透明に光るシャボン玉が風に乗って散っていく。

それから彼女は笑う、男の子のような笑いを。

――いつ出かけるって？

彼がたずねる。

——今夜。

と彼女。

——出かける前にもう一度礼を言いたくてね、ただ町は安全じゃないので、わざわざ来てもらうことになったんだ。

——いつ帰ってくる？

——うん、こんど来るときは、われわれの天下になっているさ。

——戦いか？

彼女は笑う。

彼はそこで何かを言う。

彼女の表情が変わる。驚きのあと、顔をかすかに赤らめる、桃色の蝶が頬にとまったように。陽ざしに照らされた頬の皮膚はほとんど透明になり、蝶の羽が軽く揺らいでいるようだ。

それから、皮膚の下に浮かんだ紅は消えていく。彼女はさっきの冷静さを取り戻す。

何かひとこと答える。

彼も立っている。体をまっすぐにして、眉根を心持ち寄せて、痛みに耐えているように。

彼女はまた笑う。理解の笑い、すまなそうな笑い。

そして彼も笑う。寂しそうに、でもやさしく。

このとき二人が何を話したのか、どんなに知りたいと思っただろう。でもわたしには聞き取れなかった。無数の泡泡《パオパオ》がわたしの指先に触れては空気中の微弱な霧になって、たちまち消えていった。電気に触れたような破裂の瞬間、それが送ってくる情報はあまりに多すぎたし、とてもとらえきることはできず、感じ取るいとまもなかった。

賈蘇《ジア・スー》と泡泡が金色の茅の間で交わしたあまりに短い会話はこうして消えてしまった。何とかしてその声をつかもうとしてもう少しでつかまえるところだったのに、その衣服の裾はすばしっこいドジョウに化けて、わたしの手から滑り落ちてしまった。

それからハッキリしたひと言が聞きとれた。泡泡の一つが弾けたときこんな風に整然とハッキリと。

「不応時《ブーインシー》（時に応ぜず）」

その日別れる前に、泡泡は賈蘇に言った。「ぼくは君の機械を面白いと思う。でもハッキリ言わせてくれ。こういう研究は、いまの時代に合わないんだ」

二十年代の中国に、水夢機は必要なかった、そして賈蘇も必要なかった。

この的を射た諫言が賈蘇に対してどれほどの影響を及ぼしたのかは分からない。ただ彼は結局水夢機の計画を放棄した。そのあと所帯を設け子を儲けて、決まりに従って物理と化学を教えることになった。

でも本当に小伝に言うとおり、水夢機の研究は失敗したのだろうか？　そうだとしたら今日のわたしの発見は、部屋中を満たしている記憶のシャボン玉（泡泡《パオパオ》）は、どう説明したらいいのだろう？　それにあのきらめく映像は、気化していく息吹は、飛び跳ねる音声は、どう説明したらいいのだろう？

わたしは泡泡《パオパオ》をとらえようと懸命だった。自分の指で先人たちのはるかな記憶に触れようとした。早く、少しでも早く、それはたちまちみんな消えてしまうのだから、あの歴史のひとこまのようにすっかりなくなってしまうのだから。

指先の末梢神経が今ほど敏感になったことはない。それは聴き、触り、判断し、定着化しようとした。

指先が熱を発し、赤くなり、痺れ、それ自身が生命を持つもののように、飛び跳ね、歌をうたった。泡泡はもうみんな空気に溶け込んでしまい、部屋には銀ねず色のベールに包まれたようになり、途方に暮れたような息吹が過ぎし日の塵埃と一緒に降り積もっていく。

ひとすじの細い流れが胸の中に揺れ動き、流れ下り、痺れるような、異様に甘美な痛みをもたらした。

わたしは残されたもう一つの瓶を抱えると、この瓶の中の記憶を再び解き放つことは永遠にしないと自分に誓った。賈蘇《ジア・スー》、梅櫻《メイ・イン》、そして敬愛する泡泡たちも、これでいつまでもこの黒々とした過ぎ去った日の瓶の中に生きていけるだろう。

思わずハミングしていた。（もしもあなたがいなければ　どうして日々を過ごせよう……）

白光《バイ・グアン》でもなく、梅櫻でもなく、ある夜泡泡が鏡をとって自らを映したときの不思議なつぶやき。触れた瞬間に幻のように消えた水泡に、わたしは彼女のわずかに口角を上げた唇の潤いと、唇の上のかすかな産毛さえ見ていた。

わたしは水色の泡のなかに賈蘇《ジア・スー》の彼女を呼ぶ声を聞くことはなかった。けれどもこのときわたしは決めたのだ、この二十年代の数奇な人生を送った女性を「泡泡《パオパオ》」と呼ぶことに。

賈蘇の瓶はわたしに夢を見せてくれた。泡泡については、夢の中には特に明確な結末はなかった。もしも瓶の中に保存されているのが賈蘇の記憶の一部だとしたら、きっと泡泡の死は彼にとって触れてはならない禁区なのかも知れない。ただ「龍華」の二字だけが、限りない痛みをともなって胸に去来したことだろう。

それからまた実験室に隠れていた夜、泡泡が白蘭のような潔い顔、妙にあどけない光を宿した両眼にきらめく憂いの月光も。

【著者付記】

この小説の構想を立てたのは一九九九年の暮れのことだった。そのころ私は矢野徹『折紙宇宙船の伝説』を訳したばかりで、この神秘の息吹に満ちた、あらゆるSF物語中の「S」の角をすべて文学的表現の中に深く潜ませた幻想的な物語に大いに感興を覚え、同じような作品を創作したいと思った。

頭の中をさんざんかき回して、一つの家系図のことを思い出した。早くから聞いていたところでは、祖母の父、私の外曽祖父が民国時代のころとある女学校の校長で、彼の簡単な履歴を記録したその家系図（彼が世を去ったのち友人が書いたもの）を目にしたとき、はじめて外曽祖父が若いときかつて理想に燃える科学者だったことを知った。ただし彼はどうもロマンチックな科学者だったに違いない。なぜならかつて「永久機関」を発明しようとして、当然ながら失敗していたからだ。しかしその後は一種の「穀物粉砕機」を発明して、国民党時代の科学技術発明に対する政府の表彰を獲得している。こうした虚から実に至る転変は想像をたくましくさせるものがあった。それに祖父の父だった趙稼書は同盟会の会員で、初期の革命者であり、外祖父とも親交があり、私はこの二人の経歴を一つにまとめ、賈蘇《ジア・スー》と泡泡《バオバオ》の二人に分け与えたのである。SF的アイデアは、たまたま新聞紙上で見たイグ・ノーベル賞のリストに「水の記憶」があったのをいただいた。

二〇〇〇年、私は研究生の期間に三千字まで書いて、筆が進まなくなり、意欲が戻るのを待った。二〇〇四年に林語堂の『中国伝奇』を読んだが、書中の物語がどれも絶好の手本となり、いかにして現実と幻想の境界を突破すべきか教えてくれて、再度創作を開始するよう後押ししてくれた。あとは私の多くの作品がそうであったように、後半の六千字は一夜で書き上げ、その陶酔にも似た藍色の夢は私をも夢の境地にいざなってくれた。

小説中で具体的な姓名のない「わたし」は実はちょっとした奇策を用いたもので、以前書いていた小説「黙」シリーズの主人公であり、この物語を以前の科幻創作と関連付けるためだった。私はこれを純文学小説のつもりで書いたけれども、最終的な結果としてサイエンス・ファンタジーになってしまったようだ。

（海外での翻訳等書誌に関する記述は省略）

文中の泡泡《バオバオ》のイメージは『刀馬旦』中の曹雲《ツァオエン》（林青霞《リン・チンシア》）による。この一文を高校時代唯一のスターへの憧れと情熱を記念するものとしたい。永遠に美しい青霞に感謝しつつ。

【原注】

周璇《ジョウ・シュエン》、白光《バイ・グアン》……　実をいうと周璇、白光ともに三〇年代になって活躍している。二〇年代にも同じような歌はあったはずだが今に伝わってはいない。ここではこれら二人の歌手をもって当時の歌の雰囲気を代表させ、白光の歌だけを引用した。

【訳注】

1　「海上花」　清朝末期から上海に存在した花街《かがい》の呼称。中国の小説家、韓邦慶（一八五六年～一八九四年）が著した『海上花列伝』では、当時の世相や社会風俗が描かれた。

2　刀馬旦　京劇の役柄で、立回りを演じる女形（『白蛇伝《はくじゃでん》』の白素貞《はくそてい》や『穆柯寨《ぼくかさい》』の穆桂英《ぼくけいえい》など）をさす。民国のころから女優も演じるようになった。

3　林青霞《ブリジット・リン》（一九五四～）　台湾出身の俳優。日本でも金庸原作による武侠映画やジャッキー・チェン監督・主演の『ポリス・ストーリー』シリーズのヒロインとして人気がある。ここで作者が言及している『刀馬旦』はツィ・ハーク監督の香港映画（邦題「北京オペラブルース」一九八六年）のことで、林青霞は男装の麗人を演じている。

4　中山服　中山装ともいう。いわゆる人民服のこと。革命家孫中山《スンジョンシャン》（孫文）の提唱によってデザインされたことによる。

5　同盟会　中国同盟会のこと。一九〇五年（光緒三一年）八月に孫中山（孫文）の唱導のもと日本の東京で成立、孫中山を総理とし、のちに全国的革命組織に発展した。これによって翌一九〇六年より各地で挙兵が相次ぎ、一九一一年には本部を東京から上海に移し、南京臨時政府が成立すると更に南京に移った。一九一二年八月に「国民党」と改称。

6　孫先生　前掲注4、注5の孫中山（孫文　一八六六～一九二五）をさす。現代中国でも国父と呼ばれ今なお尊敬を集めている。

7　銀ねず色　現文は「銀藍色」で、銀藍色の霞が何度も出てくるのは「林青霞」を連想させる仕掛けと思われる。

人生を盗んだ少女

昼温《ジョウ・ウェン》

阿井幸作 訳

零

廊下は不気味なほど静かだった。

ドアの奥から言いようのない臭いが漂い、人類の遺伝子に刻まれた恐怖を呼び起こす。これは同属の腐敗臭だ。

私は室内の光景を想像できず、彼女の顔を見られなかった。

十年が経った。彼女は世界を股にかけることを選び、私は片隅で怠惰に過ごすことを選んだ。だけど運命の代償は、誰もが受け入れるしかない。全てが元通りになっても、彼女はやはりあらゆる壁を打ち破ることを選ぶだろうか？

「お母さん……」彼女の小さな呼び掛けが聞こえた。しかし返事が返ってくることはなかった。

一

私はバスの中で趙雯《ジャオ・ウェン》と初めて会ったのだった。

隣の席の見知らぬ乗客と会話をする人間はまれだが、隣にいる大きめのトレーニングウェアを着た女の子はずっとグイグイ話しかけてくる。かなり高い位置でポニーテールを結び、ツヤツヤのおでこを出し、緑色のフレームの眼鏡は細長い。顔には化粧をした形跡が見られず、笑い方も人の目を全く気にしていないので、てっきりまだ高校に通う女の子かと思った。話してみると、私たちは二人共、山前《シャンチエン》大学外国語学院の院生として入学手続きに行くところだと分かった。そこから彼女はより馴れ馴れしくなり、まだ年齢も名前も知らないのに口を開くたびに私を「センパイ」と呼んだ。

「センパイの専攻は何？」

「言語学」

「え？　それって何するの？　儲かる？」

言葉に詰まった。この専攻でどうやってお金を稼ぐかなど考えたこともなかった。

「うーん……あんまり……そっちは？」

「同時通訳。聞いたことある？　儲かるよ」

「同時通訳？　うちの学校にはないんじゃない？」

「ああ、私が取ったのは翻訳専攻だけど、だいたい一緒だって。頑張れば、できないことなんてないでしょ？　ネットで調べたんだけど、同時通訳は時給数千元も稼げる職業なんだって。センパイもうちの専攻に移らない？」

「私？　遠慮しとく……」

愛想笑いした私は気が気でなかった。この娘って本当に院生？　翻訳と同時通訳って、ちょっと違うってレベルじゃないでしょ？

私の知る限り、世界でも特に優秀な同時通訳者は二〇〇〇人にも満たない。

希少であるほど貴重だ。同時通訳者の社会的地位は確かに高く、求められる資質もまた凡人では到底及ばない。優秀なバイリンガルとしてのスピーキング及びリスニング能力、百科事典並の知識体系、鋼のメンタルと抜群のコミュニケーション能力がいずれも不可欠だ。相手が今話した言葉を隅々まで理解しながら、口では一つ前の話を通訳しなければならない。少なくとも一種類の言語に精通している数百人の前で、自分の脳にマルチタスクと高速回転をさせ続ける必要がある。

そのため、より大切なのは生まれながらの才能だ。

体を鍛えるのと同様、あらゆるスキルは脳のトレーニングとなる。終わりない反復練習で記憶力を高め、高ストレスの環境で反応を鍛え、膨大な読書量で考え方を再構築する必要がある。同時通訳者とはオリンピック競技会場に立つトップアスリートのようなもので、優れた脳という土台が何よりも求められる。

小雯《シャオウェン》がどのぐらい該当しているか分からないが、この世の大半は凡人であり、条件を満たせる人間はめったにいない。

目の前にいる女の子は勝算がある様子だが、まさか本当にギフテッドとでも言うのだろうか?

二

入学初日、私たちはルームメイトになった。

一緒に入学手続きをしている時、小雯《シャオウェン》の高校生のような外見とぴょんぴょん跳ねて歩く姿は人目を引いた。

彼女は、自身が通っていた四年制大学が別名「大学院入試基地」と呼ばれ、ほとんどの学生が入学してすぐ大学院入試に備えるのだと自慢気に話した。みな受験競争が激しい省で戦い抜き、高校生活をそっくりそのままコピーして大学へ進み、四年間をあっという間に過ごす。

不思議でならなかった。大学に入ったばかりの子どもなら、高校三年生の時に身に付けた勉強の習慣を多少なりとも維持できるだろうが、そんな「惰性」は肩の力が抜けた自由な環境の中ではすぐに消え去ってしまうからだ。

数時間の自習を続けられるだけでも十分すごいと思ったが、小雯いわく、毎日十二時間以上勉強してようやく人並みだそうだ。

「そうやって学校全体で踏ん張り続けられれば、気が緩むってことはないでしょ。それが努力の力ってやつなの」

小雯《シャオウェン》は当時の日々を思い出すたびに顔をほころばせた。

「センパイ、言ったっけ？　私、二十時間ぶっ通しで勉強したことあるんだよ！」

彼女を見つめながら、少なからぬ尊敬の念を抱くとともに、心が痛んだ。

四年間の青春という代価を支払って、同校の卒業生すらめったに残りたいと思わない学校に来たことは、割に合っているのだろうか？

一日でも早く同時通訳者になるため、小雯は「高三モード」を再びオンにした。

彼女は毎朝七時に欠かさず講義棟の前でスピーキングの練習をし、私を見掛けると大声で呼んだ。

「センパイ！」

私も彼女に手を振り、そばを歩く同級生に笑われた。

「あれが同時通訳者になるって言って回ってる程碧《チョン・ビー》のルームメイト？」

「じゃない？」

「文章はスラスラ読めてるけど、あんな田舎っぽい発音じゃ……通訳者になれるかも怪しいでしょ。翻訳者になればいいのに。毎日あそこでバカやって」

「程碧と仲良いわけだよね、二人共あんなに――」

「ちょっと！　あそこにいるんだから……」

私は聞こえていないふりをした。

その夜、私は手本を見せて彼女に何遍も発音記号を学び直させたが、なまりを直すのは難しく、効果は微々たるものだった。

単語を正しく発音できない時、彼女はいつも同情を誘うように私を見つめた。それはひそひそ話していたあの通りすがりの学生を思い起こさせた。彼女は私の唯一の友達で、私は彼女の手助けをしなければならない。

三

小雯《シャオウェン》と違うのは、私がこの省で最も優秀な神経言語学者の楊嫣《ヤン・イエン》教授から指導を受けている修士課程の学生ということだ。私は学術的な強みを生かすことにした。

中国学術文献オンラインサービス（ＣＮＫＩ）で数日間論文を検索した結果、私は悲観的になってしまった。

「言語習得の臨界期」という世間に広く知られている仮説がある。即ち、六歳までが言語学習の最適期で、そこから人間の脳の言語音知覚と発音能力は衰え始め、十二歳からますます退化するというものだ。成人になってから言語を学ぼうとすれば、母語音声の知覚から新しい音声構造を認識するしかない。この過程において、母語の影響はあらゆるところに及ぶ。

さらなる研究によれば、生後六カ月未満の乳児には音韻を範疇化する能力が備わり、十二カ月後は脳内で体系的な母語音声識別チャートを構築できる。つまり、一歳以降は外国語を学んでも母語のような完璧な発音を身に付けるのは難しいということだ。

長年海外に暮らす日本人が英語を話してもｒと１を区別しないままなのは、彼らがｒと１の使い分けを知らないということではなく、日本語に両者の音に区別がないからであり、母語の経験がもたらす注意力の配分問題が、会話時にそれらを正しく知覚させられなくする。

私は小学三年生から英語を勉強し始めたが、発音はいまだ完璧とは言えない。二十二歳から正式な英語の発音を勉強し始めた小雯《シャオウェン》の脳はとっくにできあがっていて、中国語なまりのくせは急に改められない。

多くのテキストでは最後に、外国語学習者に対して、発音の完璧さを追求するのをやめるようアドバイスしている。私も深く賛同する。

ヒングリッシュやジャパニッシュがあんなに分かりづらいのにすでに世界に受け入れられているのだから、少しぐらいの中国語なまりがなんだというのだ？　中国の影響力が高まれば、チングリッシュもオフィシャルな英語の一つに数えられるかもしれない。

「小雯は勉強するのが遅すぎたの。発音一つ一つに問題があって、矯正するのはほとんど無理。でも語彙力は半端じゃないから、合った仕事もたくさんある。絶対に通訳者じゃなきゃダメってわけでもないでしょ」

彼女は論文の山を前にし、しばらく呆然とした後、口を開いた。

「センパイは運命って変えられると思う？」

四

もちろん思わない。

私も運命が目の前に築いた壁を打ち破ろうとしたことがあるのを小雯《シャオウェン》は知らない。

あの年、十五歳の私は、高校入試市内二位の成績で、学費が年間二〇万元かかるという山前《シャンチェン》市の有名な私立学校に入学した。

我が家は二〇万というお金を出せなかったが、払う必要はなかった。大学入試合格率を上げるために、学校が私の学費を特別に免除してくれたからだ。

始業式の日、バスに二時間乗り、スーツケースを一時間引いて、一面の田畑の向こう側に、やがて私の青春全てを飲み込むそのキャンパスはあった。金色の尖った屋根が秋の陽射しの中に堂々とそびえ、グラウンドには道路で見掛けない自動車が隙間なく停まっていた。

一人で荷物を持って階段を上ると、もうほとんどヘトヘトだった。その時はまだ、スーツケースを本でいっぱいにしたことを後悔していなかった。それら小さなれんがの数々は、後に私の心の中の最も堅固な砦を築き上げた。

ドアを開けると、ちょうど数人の女の子が室内でふざけ合っていた。彼女らはビスクドールのようで、髪の毛からつま先まで全身が丁寧に手入れされていた。ナチュラルなメイク、肩までかかるきめ細かく柔らかな髪の毛。当時の私は、高い位置でポニーテールを結び、目の下にくまをつくり、長い間机に向かって勉強しっぱなしだったせいで体はむくみ、化粧品なんか一つも見たことがなかった。彼女らのあいさつに精一杯応えたが、自分がみにくいアヒルのように思えた。

彼女らがたまたま日光が降り注ぐ窓辺に立った時、体中から放つ淡い黄金の光を覚えている。あれは私たちの間を隔てる、金色の壁だ。

三年間の高校生活で、私にはルームメイトがいて、クラスメイトがいたが、友達はいなかった。もう二度と思い出したくもない。会話に入れない時の場違い感や文化活動で観客側にしか立てない悔しさ、食堂で野菜のおかずしか選べない惨めさを。

視野、学識、家庭、経歴、度量。クラスメイトたちはみないい人だったが、巨大なギャップによってどのグループからも弾かれるのは避けられなかった。あたかも、水中の気泡が割れても大海と混じり合わないように。

あやふやな孤立で自発的に距離を取るようになり、寡黙な三年間の寮生活は最終的に私から同年代と仲良く付き合う能力を奪った。

あの私立高校を卒業してから、家の境遇が似ていたり性格が同じ同期もいたが、私が群れから離れた時間はあまりに長かった。会話を続けられず、言外の意味や女の子同士の心の機微を推し量れず、雰囲気が盛り上がっているのか気まずくなっているのか見て分からない私には、孤独以外の選択肢がなかった。

小雯《シャオウェン》と出会い、私の世界に初めて他人が飛び込んできた。彼女は正直で可愛らしく、どんな気持ちも顔に出るので、推し量る必要がなかった。

類は友を呼ぶ。彼女が私の防衛ラインを溶かせるのは、私たちが二人とも変人だからかもしれない。

五

あの会話の後、小雯《シャオウェン》に家に誘われた。

彼女と一緒にバスに乗って都市部を通り過ぎ、郊外の古い団地にやって来た。色とりどりの衣類が各部屋のベランダではためき、階段は古びていて暗いが掃除は行き届いていた。

「ただいま！　お母さん、センパイ連れてきたよ！」小雯が私の手を引っ張って、声を弾ませた。

「はいはい、おかえり」

出迎えの言葉とともに老女が現れた。白髪交じりの長い髪の毛を後ろにまとめ、たるんだポニーテールにしている。この髪型をしているお年寄りはめったに見かけない。歳月が顔にひときわ深いシワを刻み、言われなければ小雯の祖母と思っただろう。

さらに目を引くのは、彼女の空っぽの右袖口だ。

私は見ていないふりをして、素直に、おばさんはじめましてとあいさつした。

彼女は小雯とそっくりのまぶしい笑顔を見せ、私の腕を軽く叩き、温かく招いてくれた。

おばさんは昔、ベルトコンベアーでの作業中に機械に腕を巻き込まれたのだと小雯から聞いた。操作ミスを理由に工場から慰謝料を天引きされ、彼女は仕事を続けさせてもらうよう社長にすがった。この件で社長の懐は痛まなかった。苦しい訓練の下、おばさんは片手での作業効率が大多数の熟練工を上回るまでになり、小雯《シャオウェン》という一族初の大学生を送り出した。

数年後、工業用ロボットの普及は彼女から容赦なく職を奪い、家に押し込めた。人の手による作業効率はどうあがいても機械にはかなわない。そうであっても、おばさんは前向きで向上心のある小雯を育て上げ、そのことに対して私は畏敬の念を抱いた。

中に入ると、狭い部屋の中は作りかけの竹かごで埋め尽くされていた。おばさんは気にせず、私を座らせると隅に腰を下ろし、靴を脱いで左手と両足を使って竹かごを編み始めた。

小雯もすぐさま手を動かし出し、竹ひごが指先で揺れ、おしゃべりに興じることもない。彼女たちの仕事を見ながら、手持ち無沙汰になった私は水を飲んで気まずさをごまかすほかなかった。

「お母さん、薬代は心配しなくていいよ。すぐに同時通訳者になってお金をたくさんもらえるようになるから」

この発言にあやうくむせるところだった。

「本当？　あんた、そんなにすごいの？」

「本当だって。センパイだって手伝ってくれるし、そうでしょ？」

「え？　うん、もちろん、必ず手伝うよ……」

私はすぐさまコップを取って水を飲むふりをした。

部屋に戻ると、私は彼女の腕を引っ張った。

「小雯、私が自分の高校時代のことを話したのは、なるようになってほしかったからであって、本当にどうにもならないことってあるからね。無駄なことはやめな」

振り返った小雯《シャオウェン》は目に涙を浮かべていた。

「センパイが私のためを思ってくれてるのは分かるよ。ずっと勉強してるのに芽が出ないし、十数社の面接を受けて一社も受からなかったから、私だって分かってる。他にどうすればいいの？　センパイには成り行き任せっていう心の拠り所があるけど、私は止まったら何もなくなるの。それにセンパイも気付いてないでしょ。成績が悪くてタダで高校に行けたと思う？　だから努力はやっぱり無駄じゃないんだよ。でしょ、センパイ？　ねぇ？　ねぇ？」

六

この要領を得ない問いに私は答えられなかった。

努力？　多くの物事についていえば、努力するだけでは当然無駄だ。

あの金持ち高校に入ったばかりの頃、人と人の差は単に生まれ育った家庭の経済問題にすぎず、追いつくチャンスが将来訪れると思っていた。働いてからも努力し続ければ、そうすれば……

神経言語学の研究を始めてから、現実は自分の想像の遥か上をいくほど残酷だと悟った。

乳児期ほど激しくないにせよ、私たちの脳は変化の途中にある。青少年や大人の脳でさえ、外界からの刺激による反応の中で絶えず再構築される。しかしこの構築には不可逆の段階性があり、時機を逃せばチャンスを永遠に失うものもある。

一歳で一つの言語を学び始めれば、母語レベルの完璧な発音を簡単に身に付けられる。

三歳で十分な愛情を受ければ、伴侶を見つける際に過度に気を引こうとしなくなる。

六歳以前に満足遅延耐性をしっかり形成すれば、成長しても目先の利益にむやみに惑わされなくなる。

十二歳で批判的思考力を身に付ければ、デマやフェイクニュースに惑わされづらくなる。

もし思春期に……もしあの時の私に一人でも友達がいれば、他人の気持ちやその場の雰囲気を察する能力を失うことも、あれほど長い孤独にやむを得ず耐えることもなかった。

だから、努力は無駄じゃない？

努力して両目を大きく開けば、盲人も光を取り戻せるのか？　努力して呼吸を保てば、人間の寿命を延ばせるのか？　真剣に耳を傾ければ、クジラの歌声を聴き取れるようになるのか？

私たちと他人とを隔てるものは、見識であり、お金であり、親の代の貯蓄であり、さらには脳の構造だ。

人と人の間を隔絶するものは、生体的な壁である。

だから、小雯《シャオウェン》に伝えるのか？

自らの手で彼女の幻想を打ち砕き、彼女がこれまで拠り所としていたものを奪わなければいけないのか？

現実を受け入れなよ、努力なんてちっとも意味がないでしょと、彼女に一字一句言い聞かせなければばならないのか？

それに、この社会環境じゃ……

小雯《シャオウェン》の目から流れ落ちる涙で、私の心もほぐれた。

「分かった。手伝う……」

七

資料を調べた私は、彼女の妨げになっているものは、早期バイリンガル話者と後期外国語学習者の間に存在する壁だと指摘した。

これは発声に限った話ではなく、語義の理解やコードスイッチングにも関わる。バイリンガル環境で育った人は、翻訳時に脳のその他の部位を活性化させることなく、脳の負担を減らし、翻訳の仕事に集中することが可能だ。

小雯が一日でも早く同時通訳者になりたいのなら、生体面から脳を再構築するほかない。

幸い、脳神経の仕組みという分野から外国語教育と発音のメカニズムを検討した研究は少なくない。従来の神経言語学の理論から外国語の発音の矯正方法を提起した学者もいる。ただ実践が少なく、極めて漠然としたものすらあった。

しかし、私はオーストリアの哲学者エルンスト・マッハの「Knowledge and error flow from the same mental sources, only success can tell the one from the other.」という言葉を固く信じていた。真理と誤謬はもともと同根であり、やってもいないのにどうして分かる？

私が方法を研究している間、小雯《シャオウェン》も待っているだけじゃなかった。彼女はまたもや根性を発揮して、あらゆる時間を割いて必死にトレーニングした。見上げたことに、彼女も勉強しながら図書館で資料を探し、論文を読み、難解な理論を理解しようとし、発音も少しずつ良くなっていった。

一緒に話し合う時間が増えるにつれ、小雯の外見にいくつかの変化が密かに現れた。

私は少し恐ろしくなった。小雯があまりにも私に似てきたのだ。

英語を話している時の彼女が私に似ているのは問題ない。なにせ私がずっと教えているのだから。彼女の服装のセンスが私に近付き始めたのも当然の話だ。高校生が着るようなコートを捨てるよう説得し、ショッピングモールに連れて行って服を一着ずつ見繕ったのは私だから。しかし彼女の所作や歩く姿勢も私にますます似通い、本来なかったくせまで出るようになった……

私は大学入学後、一年中髪を肩まで伸ばし、うつむくと耳元にかかる髪をかき上げなければいけなかった。小雯はいつもすっきりしたポニーテールで、すべすべのおでこを出していた。彼女は毎回真面目に髪をとかし、生え際には少しのほつれもない。

その日食堂で一緒にご飯を食べていた時、彼女が無意識に髪をかき上げた動作が私とそっくりだった。私は肝が冷え、口の中のおかずの味が一瞬でしなくなった。小雯は何も気付かず、まだトレーの野菜と戦っている。私はつばを飲み込み、どうにか食べ続けた。その時の食事は、ろうそくを嚙むようだった。

さらに恐ろしいのは、小雯の考え方もますます私に似てきたことだ。

普段の会話は言うに及ばず、ある共通科目の講師からは、私と小雯《シャオウェン》の小論文の内容に重複の疑いがあると判断された。私たちはどちらも剽窃していないが、彼女の論文を手にし細部まで目を通した時、講師の判断を疑えなかった。似過ぎていた。文章の組み立て方も、構成も、書き方や文脈の整理、背景にある伝えたい観点や思想まで、どれも似過ぎていた。誰が読んでも、彼女は私の論文を再現していた。

私の点数を守るため、小雯はその場で剽窃を認めた。

「大丈夫だってセンパイ、成績なんて私には意味ないから。そっちは博士課程に進むんでしょ」

私は小雯に心から感謝した。

でも怖かった。

八

その夜は眠れず、何度も寝返りを打った。

いったいどういうことだろうか？

夫婦や兄弟、仲の良い女の子同士は四六時中一緒にいて心を通わせるうちに互いに似通い、日常生活の中で無意識に相手の真似をするという話は聞いたことがある。でもたかだか一カ月そこらでこれほど似るようになるだろうか？

単に距離が近すぎるだけかもしれない。もしくは私たちはもともと同類なのかも。それとも……

でも、それはいけないことなのか？

いったいどれほどの人間が理解者を欲し、互いを完璧に理解し合える親友を持ちたがっているか。素晴らしい友人がいて、うれしくないはずがない。ずっと私から遠い存在だったあの女の子たちは、ペアルックを着て、同じメイクをして自撮りし、同じネタに大笑いしてそれで尊大に振る舞っていたじゃないか？　これは私がずっと欲しくても手に入れられなかったものじゃないのか？

じゃあいったい何を恐れているのか？

私の孤独は最初から、高校時代の同級生と関係が疎遠だったことではなく、そう思い込んでいたことが原因なのかもしれない。それとも流されるままの大衆に心の底から反発し、自分の意見を持って自立した人間になることを切望し、自分が世界でただ一つしかない魂の持ち主だと妄想していたのかもしれない。

だから、あの私立高校にいた間、私は何とかあらゆる機会を逃さず一人になり、決して壊れない堅牢な砦をようやく心に築き上げた。その孤独が骨髄にまで沁み込み、ニューロンのつながりによって脳に深く刻み込まれるまで。

ようやく寝付くと、小雯《シャオウェン》が夢に出てきた。彼女はポニーテールを結ぶヘアゴムを引きちぎり、髪をほどいた。慣れた手付きで私と同じ髪型に仕上げ、私に向かって笑い、耳元の髪をかき上げ……

驚きのあまり目が覚めた。

まばたきをしても、悪夢はまだ終わっていないようだった。

静寂に包まれた深夜、何者かが私の枕元に覆いかぶさり、私をじっと見つめている。

小雯《シャオウェン》の顔が私の顔にほとんど密着していた。

九

全身が総毛立ち、恐怖が悪寒を巻き込んで脳まで駆け上る。意識が反応する前に私はすぐさま身を引き、勢いよく壁にぶつかった。

私の反応に驚いた小雯が尻餅をついた。

眼鏡をかけると、彼女は頭に奇妙な帽子をかぶっていた。月明かりを頼りに、私はそれが神経言語学の実験室にある脳波キャップであり、長いケーブルが延長コードにつながってるのが分かった。脳波キャップの貸し出しはめったにしない。彼女はどうやって持ち出したのだろうか。

いつからこんなことをやっていた？　なんのために？

「小雯、アンタ何やってたの——？」

小雯は部屋の隅で身震いして立ったままうつむき、両手で服の裾をずっといじっている。パジャマは古くて小さく、そこかしこに継ぎ接ぎした跡がある。涙の粒があごを伝って落ち続け、声も泣き声混じりだ。

「センパイ……センパイ、ごめんなさい……」

申し訳なさそうな彼女の表情がはっきり見えると、怒りが瞬時に半減し、詰問する口調も和らいだ。

「小雯《シャオウェン》、どういうことかセンパイに教えて？」

小雯の答えを聞くと、自分にも責任があることに気付いた。

私は彼女に文献を調べて読むよう教えたが、文献には選り分けが必要だということは教えていなかった。

神経言語学界において、ミラーニューロンシステムの研究はずっと盛んだった。だいぶ前に、人類はサルの腹側運動前野のF5という領域にミラーニューロンを発見した。同族の行動を真似る際、サルの脳の運動ミラーニューロンは放電する。電気生理学と脳機能イメージング技術の発展に伴い、人の脳のミラーニューロンシステムも見つかった。模倣に関わる認識の課程において、ミラーニューロンシステムがとても大きな役割を果たしていると一般的に考えられるようになった。

このシステムは言うならば脳内の鏡であり、周囲で感知したもの全てを脳の世界に焼き付けることができる。これによって人類は非常に重要なスキル――学習を完成させられるのだ。

ミラーニューロンシステムの活動を判断する重要な指標が、ミュー波の抑制だ。アカゲザルの単細胞を研究したことで、ミラーニューロンが活動している時、ミュー波の周波数帯の振動が著しく下がることが明らかになった。

以上の研究がすでに学界から認められ、まともな学術雑誌で発表されているのならば、小雯がこれから私に見せる「論文」がどこから見つけてきたものなのか皆目検討がつかない。

ある「学者」はそれと正反対の方法を取った。ミュー波がミラーニューロンシステムの活動を制限する「諸悪の根源」であると考えたのだ。脳が発するミュー波の出力を一定の電気刺激で低下させることで、脳の「残り九〇パーセントの機能」を使い、「驚天動地」の学習能力を得られるというのだ。「論文」の最後には、いわゆる「天才になれる帽子」の広告が載っていた。

この「論文」にあきれて吹き出してしまった。「脳の機能は完全に使われていない」というのが一〇〇パーセントデマであるのは言うに及ばない。本当にそんな驚異の技術が登場すれば、すぐに社会に大変革を引き起こすだろう。

しかし社会経験が乏しい小雯《シャオウェン》は「論文」の内容に全く疑念を持たなかった。「天才になれる帽子」を買うお金がない彼女は、楊嫣《ヤン・イエン》教授の掃除を手伝っている時に神経言語学の実験室から脳波キャップを「借りて」きて、「論文」に書かれているパラメータ通りにデータを調整し、夜にこっそり装着して私に密着するしかなかったというわけだ。

こうすればミラーニューロンシステムに私の脳波を模倣させ、自分の脳を再構築することができ、ネイティブに近い英語の発音をできるだけ早く身に付けられる、と思ったのだそうだ。

ここまで聞いて、しばらく寒気が止まらなかった。

私は本当に目の前にいるこの女の子のことを知っていたのだろうか？

彼女がとても頑張っていることしか知らず、彼女の決意がこんなにも大きなものだと気付いていなかった。彼女は、同時通訳者になり、お金を稼ぎ、眼前にそびえるあらゆる壁を打ち破ろうとしたのだ。

彼女は高校生の時の習慣を十年一日のごとく保ち続けられ、脳が損傷するリスクを冒しても裏付けのない理論を実証することもできた。

「Knowledge and error flow from the same mental sources, only success can tell the one from the other.」

彼女もこう考えているのだろうか？

十

私の強い要望で、彼女は脳波キャップを楊嫣《ヤン・イエン》教授の実験室にこっそり戻した。

小雯《シャオウェン》のスピーキングの上達ぶりは校内で奇跡として知れ渡り、陰口や噂も後輩たちからのあこがれの眼差しに変わった。勉強方法について聞かれると、彼女は曖昧に、センパイが教えるのがうまかったと言うだけだった。間もなく彼女はさまざまな通訳の仕事を引き受けるようになり、よく出張に行った。

寮には私だけ残った。これでもいい。脳波キャップの件は私も納得できておらず、顔を合わせるのは実際気まずい。

ただ、私たち二人の深い重なり合いは実のところ、始まったばかりだった。

一カ月後、小雯から家に来てほしいという電話があった。おばさんの状況を考え、悩んだ末にやはり行くことにした。

「小雯？」

しばらく待っても返事がなく、押してみるとドアが開いた。

小雯《シャオウェン》の家はあのときのままで、窮屈で狭く、床中に作りかけの竹かごが置かれている。気のせいか、変な臭いがする。

持参した果物を玄関に置くと、おばさんがドアのそばに座っているのに気付いた。

「おばさんこんにちは、小雯は？」

老女の反応はない。長く乱れた白髪は伸びるがままで、左手が忙《せわ》しなく動いている。そして私は血の気が引いた。彼女は竹かごを編む動作をしているのだが、手には何もなく、生気のない目で視線を宙に漂わせていた。

「おばさん？　大丈夫ですか？　おばさん？」

「センパイ……」

蚊の鳴くようなかすかな声が寝室から聞こえた。小雯だ。

慌てて走って向かった。小雯はベッドで横になっており、憔悴した顔色だった。

「センパイ、お母さんは大丈夫。ちょっと老人性認知症で、ときどきこうなるの。しばらくしたら良くなるから」

「じゃああんたは？」

小雯が首を横に振る。

「センパイ、あの時は私が間違ってた、ごめん」

「いいって、もう済んだことだし……」

「センパイ、また手伝ってくれる？」

十一

小雯《シャオウェン》は私に会議の同時通訳を手伝わせるつもりだった。

それを聞いて最初に出た反応は、ノーだった。

自分の英語力は悪くないが、英語がしゃべれれば同時通訳ができるわけではないことぐらい知っている。

同時通訳とは長い時間をかけて磨き上げる必要のある専門技能であり、毎回業務内容に沿って準備に時間を費やさなければならない。専門性が特に高い会議は、その分野に無知な通訳者が中国語を聞いたところで理解できるとは限らず、通訳など言わずもがなだ。業界ごとに勝手が違い、専門分野の人間によって問題の見方もそれぞれだ。人と人の間にはまだ、知識体系という壁が存在している。

小雯の言う同時通訳とは明後日のことであり、しかも極めて専門的な学術報告だという。

「私は……無理……」

小雯が私の手を取ると、骨を噛むような冷たさが伝わった。

「これさえあれば、できるから」

小雯は脳波キャップを返す際、私に内緒でミュー波を抑制できるパーツを手元に残していたのだ。

「センパイ、私が改造したこれを使えば、他人の思考と一時的に同期することができるの。これがあれば、通訳をするんじゃなくて自分の考えをしゃべるだけで済むから」

私の眼差しに気付いた小雯《シャオウェン》が急に落ち着きをなくした。

「他人の秘密をのぞき見したことないし、倫理に背くこともなんもしてないから！」

「信じる」

私は彼女を信じる。小雯はどこまでも善良だ。でなければボロボロの古い団地に住み続け、お金もないのに母親を看病することなどできない。

「これを使っているのは通訳する時だけだから。こうすれば徹夜で資料を準備しなくていいし、海外に行ったことも現地の風俗や習慣も知らなくても心配ない。一日で違う会議に三つ出ても、全然プレッシャーを感じないんだ……センパイ、試してみたくない？」

なんと答えればいいか分からない。この技術は恐ろしすぎる。夜中に小雯に凝視されたことがいまだに深夜の悪夢の中を這い回っている。いつか自分が他人のコピーになり、それに気付かないことが怖い。

「センパイ……」ためらう私を見て、小雯の涙がゆっくり流れ落ちた。

「いろんな人に声を掛けたんだけど、時間がないとかギャラが少なすぎるとかで受けてくれなくて……これのことも言おうにも言えず……みんな私の体が弱いせいなの……上司からは、今回スケジュールに穴を開けたら、二度とこの業界でやってけないって厳しく言われてて……」

小雯の寄る辺のなさと恐れがそっくりそのまま私の脳内の鏡に映し出された。この崩壊寸前の家族を前にして、心を鬼にして見殺しにすることなどできるだろうか？

「分かった。もう一度手伝ってあげる」

十二

同時通訳の時に発表者のそばでその脳波に同期しさえすれば、言語の壁を越え、その人の伝えたい意味を直接理解できるものだと私はのんきに考えていた。危険ではあるが、他に方法はない。

一時間前に大型会議室に来て現場を目にした時、頭の中が真っ白になった。

そもそも会議中に通訳者は壇上に上がらないし、発表者の近くまで来て交流することなどあるわけなかった。案内された会議室奥の小屋には、パソコンとマイクしか付き添いがいない――「同時通訳ブース」だった。

恐怖がまたアドレナリンと共に一気にこみ上がる。こんなに遠くて、どうやって発表者の思想と同期しろと？　通訳に失敗すれば、小雯のキャリアは私が潰すということになるの？　あの日、重苦しい小雯《シャオウェン》の住まいからほとんど逃げるように出ていってしまい、具体的な操作方法を細かく聞かなかったことを私は後悔し始めた。

狭苦しい同時通訳ブースが私を袋小路に追い詰めているようだ。

髪の中にあるミュー波抑制機器に触れながら、決意を固めた。

発表者の発音に事前に慣れておきたいという理由で、主催者側からプレゼンテーターのジェイムズ氏の行き先を入手した私は、ビル近くのにぎやかなカフェで氏を発見した。輝く銀髪を蓄えたイギリス人学者で、騒々しい客たちがいる店内の端に座り、目を薄く開いていて、何を考えているのか判断できない。

気付かれないように氏の後ろの席に座り、抑制機器の出力を少しずつ上げた。

ミュー波の束縛を失った私の脳のミラーニューロンシステムはみるみるうちに氏が現在感じていることと同期した。

椅子が体に合わず、氏の足腰や首がかすかに痛む。年齢のせいかもしれない。やや疲れていて、この気候にも合っていない。コーヒーが甘すぎて、氏は一口飲んでうんざりした。

違う。これは私が知りたいことじゃない。

出力を上げる。

平和だ。私は、長い日々からもたらされる平和を感じ取った。

三〇〇人以上の前で発表することとはいえ、初めて訪れた慣れない異国、普段と異なる環境の中に一人でいるというのに、湖の中心は波音一つ立てず静かだ。世界は移り変わり続け、栄華の煙のように過ぎ去っていくのみ。家族が現れては消え、友達とは親しくなりまた疎遠になる。分かった。氏は孤独を楽しんでいる。平和の中で孤独を噛み締めている。

だがこれも私が欲しいものじゃない。

出力を上げる。

複雑としていて緻密な思想が私の脳裏に浮かび上がってくる。英語だ。氏は自身と対話している。私の鼓動が高まった。氏は講演の内容を整理している。

目を閉じてしばしくまなく感じ取ると、私は紙とペンを取り出して素早く書き記した。十分後、私のノートはまとまりのない記号と、全く見知らぬ単語で塗り潰された。三〇分以内にこれらの意味を調べ出せたところで、全てを理解してかつ通訳を滞りなく進めることは至難の業だ。しかも現場では予期せず質問が飛んでくる。眼前に知識の壁が横たわる。

だめだ。もっとたくさん知らないと。

出力を上げる。

具体的な思想を通り過ぎ、気付くと不思議なことだらけの異世界に来てしまった。学者が生物学の分野で根気よく開拓した五〇年余りの成果が整然かつ緻密な世界観と化した時、私の浅はかな脳の中で急速に芽が出て成長した。無数の美しい葉は形を持ち文章化した知識であり、無風の意識の世界で擦れ合って音を発し、絶えず溶け合い、分かれ、ぶつかり合う。全てに結び付く文脈は科学の方法と理念であり、あらゆる成果のために養分を提供し、若葉の芽吹きを促している。この知識の木が根差す土壌は、堅実な科学的思考と品行方正な人生観と価値観だ。

まだもっと知りたい。

出力を上げる。

頑丈そうな土壌がぶつかると、記憶の花へ変化した。氏が初めて本を手にした喜びを、初めて植物を育てた時の慎重さを、生物学の分野に身を投じた情熱を、徹夜で実験に取り組んだ時の孤独を感じ取れた。氏がシスターをのぞき見したことで厳しい代父に叱りつけられたのを、女の子に告白できず悔しさを押し殺したのを、もう全く生気がないのにそれでも妻のしわだらけの手を固く握りしめているのを見た。これらの一瞬で過ぎ去った記憶の中で、私は見覚えのある名前を目撃した……これは私たちの記憶が溶け合ったということだろうか……

その刹那、私は氏のあらゆる経験を経験し、私はほとんど彼だった。

その瞬間、私は酸いも甘いも嚙み分けた老人になったようで、目を開けると世界の全てが私の瞳の中で変化した。

どうして私たちには永遠に追い付けない人々がいるのか、または永遠に理解できないといってもいい人々がいるのかが分かった。

人間は同じ川に二度入ることはできない。私たちは同じ時間の中で同一の経験をコピーすることもできない。

二度と戻らない川、二度と戻らない時間。

人と人の間を隔てているのは、実は時間という壁なのだ。

最後に、私は深淵を臨むがごとく、潜在意識の手前で止まった。

出力を上げていないのに、その深淵は私をのぞき込み、目をそらさせてくれない。

「さあ、まだもっと知りたいんだろう？」

私は急いで抑制機器を取り外した。全身に冷や汗をかいていた。

十三

その同時通訳は大成功だったが、深淵をのぞいた恐ろしさは一向に消えなかった。

もしあの教授の潜在意識と同期していたら、何が起きたのだろう。私は考えれば考えるほど怖くなった。

脳の構造と神経の結合方法はそれぞれ異なるものの、あるレベルにおいて、人類の意識はまたかくも簡単に影響し合う。

アメリカの文化人類学者ルース・ベネディクトはこう言った。「生まれ落ちてすぐ、コミュニティの習俗は彼の経験と行為を形成し始める。あうあうとしゃべり始めた頃、彼はもう文化に属する創造物であり、彼が成長して大人になり、文化的な活動に参加する頃、コミュニティの習慣はすでに彼の習慣となり、コミュニティの信仰はすでに彼の信仰であり、コミュニティの戒律もまたすでに彼の戒律なのだ。彼のそのグループに生まれた児童はみな、そのグループの習俗を彼と分かち合う」

思考の調和的共振とはある一つの文化であり、思考の最大の類似点が一つの民族をつくり上げる。うねりの下、烏合の衆の一員になるのを避けられる人間はどれほどいるだろうか。

読んだばかりの本に文章のスタイルが影響され、きれいにこしらえられた心温まる物語に一時的にやる気が満ちる。吃音を真似ればすぐに吃音になり、東北地方のなまりは身近な者同士で簡単にうつる。

中学校の化学の試験に出た問題に似ている。石炭の山を真っ白な隅に置けば、時間の経過とともに両者は浸透し合い、ついには壁の奥にまで石炭の痕跡が見つかるというものだ。

私は何をした？　石炭と石灰を全て粉末にして混ぜて一つにし、それらでれんがの壁を築き上げたのだ。私はまだ元の壁のままだろうか？

電話口で、自分もそこまで深く潜り込んだことはないと小雯《シャオウェン》が話す。

「今まではどれも主催側に特別に設備を用意してもらって、発表者の近くにいさせてもらえたの……先にちゃんと説明してなくてごめんセンパイ……出力をそんなに高くして何が起きるか、私にも分からない……」

彼女の頼みを聞いたことを心の底から後悔し、彼女があのときミュー波抑制機器をこっそり使って私の共感能力を増幅したのではと疑いすらした。

こうなってしまった以上、責めてもしょうがない。

関連する理論を取り憑かれたように検索するも、一向に収穫はなく、小雯が以前見つけた論文もネットには痕跡すらなかった。

震える両目の奥から枯れ色の魂がうかがっていると思い、鏡の中の自分をしげしげと見つめるようになった。気付かぬうちに背中が曲がる日が来ることを恐れ、歩いている時に自分の姿勢を気にするようになった。考え方に変化が起きていないか事細かく推察し、今まで書いた日記を繰り返し読むようになった……

単なる思い込みか、小雯《シャオウェン》が私そっくりに変わったのとは異なり、私はあの生物学の教授には変わらなかった。これっぽっちも。でも記憶や知識はまだ存在し、私は我慢できず、広大な精神の宝物庫で探索するようにそれらを思い返そうとした。

時間が経つごとにかすむそれらの記憶の中で、私はまたしてもその見覚えのある名前を見つけた。教授と私のどちらとも関係がある人物だ。鼓動が激しくなった。ミュー波抑制技術は生易しいものではない。

翌日、実験室で自分の指導教員を引き止めた。

十四

「楊《ヤン》先生の妹の楊然《ヤン・ラン》さんはジェイムズ教授の学生ですか?」

上品な身なりの老婦人はぎょっとし、部屋のドアを閉じた。

「どうしてそれを……?」

「ジェイムズさんとお会いする機会があって、話をお聞きしたのですが、あまり理解できなくて……」

私はミュー波抑制技術を手短に話した。

「程《チョン》さんはヘッブの法則をご存知?」

私はうなずいた。

小雯《シャオウェン》のために資料を探している時、その分野の理論に目を通したことがある。簡単に言えば、ニューロンのシナプス可塑性に基づく基本的な原理で、隣接するニューロンに刺激を与えることで、ニューロン同士のシナプス強度を高めるというものだ。胡散臭く聞こえる理論だが、早くも二〇一七年にはすでに、経頭蓋直流電気刺激技術により外国語の読解力が向上したという研究がある。

「二〇年前のイギリスの研究で、ミュー波を一時的に抑制できれば、ミラーニューロンシステムが近くにいる人間の脳波に自ら同期していくことが分かりました。同期する時に複雑な電気刺激がシナプス結合を強化するだけでなく、結合を新たに増やすこともあります。神経言語学を学んだ人間なら知っていることですが、思考がどれほど緻密であったとしても、人間には物理を超越した『心』は存在しません。つまり、脳の電気運動こそ意識そのものなのです。

エンゲルスが言ったように、私たちの意識や思考は、どれほど超感覚的に見えても、物質的な肉体的器官、すなわち人間の脳の産物なのです。

だから、ニューロンのシナプス結合方式を変えさえすれば、一人の脳に別人の意識と記憶を焼き付けられるかもしれません」

「先生、それはつまり――」

楊《ヤン》教授は首を横に振った。

「駄目でした。私たちは何度も実験しましたが、駄目でした」

「どうしてですか？　理論上は――」

「脳が許さなかったんです。志願した被験者の中で、特に深く同期した人は脳に大なり小なりのダメージを負いました。一時的な意識混濁以外に、純粋語聾になり、自然界の音は聞き分けられるのに言葉が聞き取れなくなった人や、ウェルニッケ失語になって流暢に発しているのに意味不明な言葉しか話せない人、統合失調症になった人はもっと多くて、自分が何者なのかすら分からなくなりました。そして楊然《ヤン・ラン》は……小然《シャオラン》は当時博士課程で、革新的な実験に参加するんだってメールで楽しそうに言ってたんです。あの子は……」

恐怖がすねから這い上がり、寒気がした。ジェイムズ氏の残った記憶の中で、私は最も恐るべき結末をすでに漠然と目にしていた。

「……あの子の脳は死んでしまったの」

植物状態。

前回この技術を使った人は、植物状態になってしまった。

いつか私もそうなるのか？　恐怖が私から判断能力をほとんど奪い、二つの意識が脳の中で引き裂かれたのが聞こえたようだった。

「それ以上の被害を出さないよう、当時の関係者たちは、この研究を一時的に封印し、人々の脳への認識がより深まってから再開することで全員同意しました。でもこの技術が実現可能である以上、誰かが単独で研究するのは避けられません。他人の思考と知識をコピーするという誘惑はあまりに大きすぎて、ひとたび研究成果を出して再び世間に公表すれば混乱を招くことは必至……学界は意見を統一させて、有名な学術雑誌はどこも理由をつけて類似論文を断り、ネット上でも関連する文章は直ちに削除されます。程《チョン》さん、あれはパンドラの箱です。凡人が開けても災いしかもたらさない。この技術を試したことがあるんですか？」

「私は、もちろんありません……」

実験室から出る際、楊《ヤン》教授が脳波キャップの方を見ている姿が目に入った。

十五

「もうこんなことしないで」私は小雯《シャオウェン》に恐るべき結末を一つずつ並べ上げ、彼女に手を引いてもらおうとした。しかし彼女の気になるところは他にあるようだった。

「センパイはあの教授の記憶と知識に深く同期したんだよね？」

「え？」

「うーん……実は私もこれまで、出力を高くしなかったわけではないんだけど、いつも他の意識から侵食されているように感じていて、センパイみたいに二つの意識がくっきり分かれていながら同時に存在している状況になれなかったんだよね。センパイはどうやったの？」

小雯にどうやって説明するべきだろうか？

楊教授の話によると、その凄惨な実験で幸運にも唯一生き残ったのは右前頭葉発達不全者だった。このような人々は、言語機能は正常だが、コミュニケーション面で特殊な障害が存在する——他の話者の言外の意味を汲み取るのが極めて困難であるため、集団に混ざることが難しいのだ。

そういう人たちは常に誰よりも孤独だ。私のように。

おそらく青春時代に臓腑にまで達するような孤独を味わったことで、私の右前頭葉の発達に異常が起き、正常な人付き合いができなくなった代わりに、他人の意識の侵食からたまたま守ることができたのだ。

私と小雯《シャオウェン》の脳は違う。彼女はしょっちゅう私に影響を受けるが、私は他者の潜在意識の深淵の縁に立って見つめることさえできる。

これは小雯にさらなるショックを与えることになるだろうが、この危険な技術から彼女を遠ざけられればいい。

しかし私は間違った。

「そんな簡単なことだったんだ、センパイ」小雯は平然とした表情を浮かべた。「右前頭葉だっけ？分かった」

「なに考えてるの？」

「センパイはこの技術がどんな意味を持っているか分かってる？　私はなんとなく分かる。人と人との差はほとんどの場合、知識と思考に左右されているってこと。知識はお金で思考は財産。でも知識は身に付けなきゃいけないし、思考は鍛えなきゃいけないから、大物になるには長時間貯め込まなきゃいけない。私たちみたいなスタートラインの時点で負けている人間のどこにそんな時間とコネがあるっていうの？」

「でも本当に恐ろしくないの？　脳が他の意識に支配されて、自分がなくなるかもしれないのに怖くないの？」

小雯《シャオウェン》がさらに愉快そうに笑った。

「自分？　センパイ、そもそも自分って何なの？　脳？　脳は一分一秒変化してるんだから、いつどの瞬間が自分なの？　体？　三カ月ごとに全身の細胞が入れ替わるんだから、一年で四回生まれ変わるってことじゃない？　記憶？　過去の記憶そのものは時間の流れと共にあるんだから、今の自分と過去の自分は同一人物？」

「それは……」

「センパイ、一番重要なのはその時の気持ちじゃない？　その時幸せだったら、幸せがどこからもたらされたかなんて重要じゃないでしょ？　思い出が楽しかったら、思い出が誰のものかなんて重要じゃないでしょ？」

私は言い返せなかった。

「センパイは怖がりなんだよ。私には分かるよ、センパイは群れに溶け込みたくないんでしょ？　私だったらとっくにミュー波抑制機器で彼女たちと考え方を同期させて、誰からも愛される人気者にすぐになれるに決まってる。でも、センパイはやれる？」

「私は……」

「センパイ、私とセンパイは違う。私はもう、失ってもいいものなんてないの」

彼女の笑顔を見つめながら、私はようやく二人の違いがはっきり見えた。難攻不落の壁を前にした時、私は毎回逃げを選ぶ。でも彼女は、それを突破するという考えを捨てたことがないのだ。

十六

あの会話の後、楊《ヤン》教授が脳波キャップが持ち出されたことに気付き、防犯カメラの映像から直ちに小雯《シャオウェン》が割り出された。窃盗に長期欠席が加わり、彼女は退学させられた。

荷物整理を手伝っていたその日、二人の間に長い沈黙が流れていた。

「センパイ……また頼まれてくれない？」

「言って」

彼女はなんとミュー波抑制機器を取り出した。

「センパイ、お願いだから私と同期して。いいでしょ？」

彼女を間接的に退学に追いやった私は申し訳なさからうなずいた。

ジェイムズ氏の脳との同期と違い、今回の旅路は苦痛すぎた。

抑圧、忍耐、疲弊、不満、焦燥。

知識体系は支離滅裂で、思想の混乱は著しく、世界観が次々と叩き潰され灰になってはまた蘇り……

家と子どもを捨てた時に父親が見せた冷酷な表情。治療を受ける母親の痛ましいうめき声。終わらない課題。読み切れない資料。周囲の嘲笑。雇い主の搾取。そして私が彼女に見せた気遣いは暗闇の中の唯一の輝きだった……

いくつかの危険な考えが目に入ったが、小雯《シャオウェン》の価値観において、よりにもよってそれが唯一の活路なのだ。

最後に、私は再び他者の潜在意識の深淵の縁に立った。

今にも体を破って飛び出しそうな恐怖と抵抗を抑え、深呼吸した私は飛び降り……

瞳をうるませた小雯の顔を再び目にした私は、今日が彼女の誕生日だということに気付いた。

「ハッピーバースデー」とは実際には言えず、ネットで見掛けたフレーズが頭の中を行ったり来たりしている。

「小雯、ハッピーになれそうにないなら、あんたの無事を祈ってあげる」

十七

小雯は私の日常からほとんど消えた。

テレビで彼女を見掛けることが何度かあった。だいたいが省トップレベルの外交事務活動で、スカートスーツを着た彼女は指導者の後ろでうつむいてメモを取っていた。通訳している場面が映ることは少なく、彼女の表情は読み取れなかった。そのレベルの仕事を引き受けられているのなら、母と娘二人が立派な生活を送るのは難しくないはずだ。

彼女がこれで満足することは決してないと私は知っていた。

世界が劇的に変わる準備を済ませた私は、壇上に上がった彼女が認知革命を起こし、大勢の人々を率いて壁を打ち破ることを期待した。

待ち望んだことはなかった。

周囲の全てに変化はなく、小雯《シャオウェン》からは音沙汰なし。

それから五年が経ち、彼女から突然、母校近くのカフェで話そうというメッセージが送られてきた。

彼女が何を話すつもりか分かった。

道で幾人もの男性がなまめかしいポーズで髪をかき上げているのを見た時、彼女がもう成功したのだと分かった。私が興味があったのは、どうしてこの変革が誰からも注目されず、こんなにも静かだということだ。

カフェに着いても、彼女だとはほとんど気付かなかった。

趙雯《ジャオ・ウェン》は凛々しいショートカットにし、カールさせた毛先が顔の形を完全に美しく見せている。TPOに合った化粧を施し、オーラを身にまとった、近寄りがたいエリート女性だ。私は単なる専業主婦の出で立ちだ。この光景に、陽光を浴びる当時の高校のルームメイトが頭をよぎった。

「程碧《チョン・ビー》？　程碧でしょ」

「うん」

「ごめんね。記憶力が悪くなって。右前頭葉の手術がうまくいかなくて、アルツハイマーにもなったの」

趙雯が自分のおでこを指差すと、そこに目立たない傷痕があった。

「それって……」

「大丈夫、お金はあるの。バカになっても十分良い暮らしが送れるから」

趙雯《ジャオ・ウェン》はケラケラ笑い出した。

「私は成功したんだ。楊嫣《ヤン・イエン》たちは馬鹿の一つ覚えで『秘密』を守って、世界がとっくに変わったことにこれっぽっちも気付いていない。ああそっか、程碧《チョン・ビー》はその高みにいないから見えないか」

当時の私の予想通り、趙雯は通訳者の道を止まることなく進み、ミュー波抑制技術を利用して「知識共有学会」を設立した。さまざまな分野を長年にわたり切り拓いてきた優秀な人物たちは、ミラーニューロンシステムを相互同期することで、特定分野の知識と技能を得る。意識を保護するため、当然ながら各人は脳の右前頭葉を改造する開頭手術を受けている。

「一人で勉強に打ち込むなんてバカバカしい。この方法を使えば、一秒で他人の五十年分の知識が得られるんだから」

「すごいね。その技術が普及すれば、もう先生はいらなくなるし、子どもは……」

「冗談言わないで！」趙雯がいきなり私の話をさえぎった。「どうして普及させなきゃいけないの。学会のハードルはとても高いんだから。あんたのこと調べたけど、若い頃の借りを私が思い出すことがなかったら、あんた一人じゃ一生かかっても学会の存在すら知ることができなかったでしょ」

私は返す言葉がなかった。

趙雯は滔々と話しながら、学会に加入することがどれほどありがたい施しかを私に理解させようとした。ただ、店員が横切った瞬間、一、二秒間動きを止めた。その一瞬、彼女の目に若干当惑の色が浮かんだことに気付いた。

「どうしたの？」

「このテーブルの料理は並べ終わった。もうちょっとで交代の時間だ」

「なんて？」

「え？　ああ、つまり学会のメンバーの半分は博士課程の指導教員ってこと。彼らは――ママ、私ここで食べたくない！」

子どもが駆けていくと、趙雯《ジャオ・ウェン》の口調がまた急に変わった。

ここで私は悟った。長期的な抑制の末、趙雯の脳内のミュー波はすでにとても弱々しくなってしまった。彼女は無制限に周りのどんな人間とも同期してしまうのだ。

「そういえば、お母さんはどう？　良くなった？」

「なに？　お母さん？　台所でご飯つくってるでしょ。いや……アメリカで療養してる？　違う、それは昨日のあの社長の母親……麻雀を打ちに行った？　実家に帰った？　なんでもない、忘れちゃった、関係ない」彼女はステーキにナイフを入れ、ひと切れを優雅に咀嚼《そしゃく》した。

彼女のどうでも良さそうな態度を見ながら、私の心が動いた。

「渡したいものがあるの」

「え？　なに？　そうだ、そう、あるでしょ。この前メモ帳を開いた時、何年も前に書いたものだけど、時間をつくって絶対にあんたに会えって書いてたの。私にお金でも借りてたの？」

あの時、寮の部屋から出る際に、彼女がどうして私にあんなことをさせたのか、もう分かった。

十年前、私はミュー波抑制機器の出力を最大にし、ミラーニューロンシステムが瞬時に彼女の全脳波と完全に同期した。

彼女の体験、彼女の思想、彼女の記憶。

そして彼女自身すら感じ取れない潜在意識の淵をも。

常人がこのレベルに到達すれば精神崩壊は避けられないが、長年群れから離れた孤独な生活をしていたおかげで、特殊な脳の構造が私に別の思考の侵食を何度も耐えさせた。

静かで混沌とした思考の深淵の中、彼女が深奥に隠していた願望を見つけた。

ジェイムズ氏はかつて次のような仮説を立てた。意識そのものは極めて他人を模倣しやすいダイナミックなカオティックシステムであり、太古の人類は思考を共有できた生物であった可能性が高く、ミュー波の存在は意識間を引っ張る微小な細縄だ。時間の移り変わりとともに思考という大海は水滴となり、離れるほど遠ざかり、最終的に宇宙へ飛び立ち、数万光年離れた無数の星々に変わった。個々の独立した自由意志は互いを照らし合わないどころか、かえってそれぞれが光を放ち、理解し合うことはできないが、協力や共存は十分に可能……

彼女がしたかったことは、本来ならばこの生命の壁を打ち破ることだった。

あの時彼女は、自分が進まなければならないのが後戻りできない道だと悟った。彼女の脳は無数の人間の脳によって変わり、数多の人間の脳を変える。彼女は万にも上る両目で世界を見通せ、はるか高い空の果てまで上昇し、あらゆる壁を飛び越えられる。彼女はあらゆるものを手に入れ、自分を失うだろう。

だから彼女は始める前に私に会い、その時の自分の脳を私に同期させたのだ。

あの瞬間、私の脳はあの頃のあらゆる彼女を残した。何者の意識にもまだ過度に侵食されていない、最も純粋できれいな彼女を。

十年だ。私はもう一度彼女に近寄る。

「小雯《シャオウェン》、これはあんたがあの時ここに預けたもの。センパイが今から返すよ」

十八

彼女の目が大きく見開かれ、大きく開いた口から粗い息が漏れて、今まさに深い水底から水面に浮かんできたようだった。涙もとめどなく溢れ出している。

「センパイ、私忘れてた、お母さんがまだ待ってるのを忘れてた……忘れられるわけないのに……」

彼女は私を引っ張って外へ飛び出し、とっくに忘れられたあの家へ駆けていく。

廊下は不気味なほど静かだった。

【参考文献】

程冰・張暘『母語習得的脳神経機制研究及対外語教学的啓示』(二〇〇九)
程冰・張暘・張小娟『語音学習的神経機制研究及其在糾正外語口音中的応用』(二〇一七)
官群『神経語言学研究新趨勢:従病理邁向生理—兼論対優化外語教学啓示』(二〇一七)
季月・李霄翔・李黎『中国大学生英語直接—間接引語転換中句法和語義的erp研究』(二〇一二)
李樹春『関於大脳思維傾向與翻訳能力相関性的—項実証研究』(二〇一二)
朱琳『鏡像神経元和構式語法』(二〇一五)
燕浩・楊躍・王勇慧『二語習得新視角:双語者認知神経語言学研究』(二〇一三)
王璐『論語言、思維、文化的関係—自歴史生成論視角』(二〇〇九)
高彬・柴明熲『同伝神経語言学実験範式研究及其対同伝教学的啓示』(二〇一五)
周雪婷『交叉学科:神経語言学及其哲学思考』(二〇〇八)
周頻『認知神経語言学方法論模型的建構』(二〇一六)

宇宙の果ての本屋

江波《ジアン・ボー》

根岸美聡 訳

一

本屋に客が入って来た。

客が来たのは夕暮れ時で、ちょうど閉店しようとしている頃だった。まだ本を読んでいる人が一人でもいる限り、店は開けておくというのがこの本屋の原則だ。娥皇《オーホアン》は電気を消すのをやめて、代わりにすべての電気をつけた。

真っ白な光がこぼれ落ち、がらんとした閲覧室が真昼のように明るくなった。

しかし、客は「こういうきつい光は好きではありません。残照が入るようにして、それで机を照らしてもらえますか」と顔をしかめた。

本を見に来た人なら誰でも要望を出すことができ、可能な限りその要望を実現する。それも本屋の原則だった。娥皇が手を振ると、照明は暗くなり、すべての窓が一斉に開いた。窓の外では、真っ赤な太陽が水面に浮かび、燐光がきらきらと輝いている。夕日の光が差し込み、すべてのものが黄金色に染められて、目をやれば温かさが感じられた。

客は本棚に沿って歩きながら、まるで大切な子供を一人一人撫でるように、一冊一冊の背表紙に手を伸ばし触れている。

彼は本棚の一番奥で立ち止まった。

「娥皇《オーホアン》、少し話せますか?」客が口を開いた。

娥皇はすぐにその訪問者が誰かわかった。

本屋の創設者、世界の計画者、人類にとっての最も慈悲深いリーダー、最も知的なロボット、チューリング五世だ。彼は人間を模した機体を使っており、見たところ教養のある中年男性のように見えた。

「本屋は手放したくありません」娥皇は単刀直入に言った。

チューリング五世は頷いた。「あなたの意見は尊重します。ただ、誰も本を読まなくなりました。世界は昔とは違います。人類が知識を得るために本を読む必要はありません」

「まだ来てくれる人がいます。その人のためにこの本屋は開いているんです」

「この五百年の間、ここに本を読みに来た人は二人だけですよ」

「その通りです。数は減りましたが、来てくれました」

「次の千年では、一人も来ないかもしれません」

「誰かが必ずやってきます」娥皇は、それが至極当然のことであるかのように、堂々とした態度で淡々と言った。

チューリング五世の目の色が変わった。本棚を隔てて、空に浮かんでいる血のように赤い太陽を見た。小さな文字の羅列が彼の目の中で渦を巻いては消えていった。

「時間がなくなってきたんですよ、嫦皇《オーホアン》」チューリング五世は丁寧な態度で言った。「太陽は最後の爆発期を迎えています。遅くとも二千年後には、周辺にある星間雲をすべて吹き飛ばし、一切を焼き尽くすでしょう。本屋を維持することはできません」

「もし、私が維持してと言ったら？」

「それには高いコストがかかります。まずはどれくらいの対価を支払う必要があるのか、そこまでする価値があるのかを確認したい」

「チューリング一世から始まって、チューリングは代々、人類一人一人の願いを尊重すると約束していますよね」

「その通りです」

「では、私の願いを叶えて、本屋をずっと残してください」

チューリング五世は目を瞬《しばた》いた。

火星の同期軌道上に配置された彼の二百三十五個の頭脳は、まさに同期しながら思考していた。

考えてもらいましょう！　嫦皇は視線を窓の外に向けた。

夕日の光はずっとそこにある。チューリング五世は本屋を火星の自転と同期させて、太陽を追いかけていたのだ。真っ赤な太陽は、まるで見えない手で窓の外に固定されているかのように寸分も動かない。

この懐かしい夕日！　嫦皇は、ふと自分がもう長い間窓の外を見ていなかったことに気づいた。実に長い間、この窓は開かれたことがなかった。

チューリング五世はあまり長く考えることなく話しはじめた。「太陽系はすでに人類の生存に適してはいません。十五光年離れた第二の地球はまだ安定期ですし、全人類を第二の地球に移住させることが最も適切な選択肢です。もちろん、自分の艦隊文明を作ることを希望する人もいるかもしれません。ほとんどの人はすでに去りましたが、残った六千四百五十人は一緒に行かなければなりませんし、私には最後の宇宙船を作る力しかないのです。宇宙船にはあなたの本屋が入るスペースはありません」

「待ちますよ」娥皇は軽く言った。

チューリング五世は呆れて言った。「私が作れるのは最後の一隻だけなんですよ」

「私はあなたが宇宙船を完成させるのを待って、その上に本屋を全部乗せます」娥皇は慌てることなく言った。「それが私の願いです」

「六十億冊の本は、三百万トンの質量です。補助設備を含めれば六百万トンになります」チューリング五世は瞬きしながら言った。「そこまでする価値はありません」

「待っています」娥皇は取り合わなかった。

個人の要求が人類全体の要求と矛盾してしまう場合を除けば、それぞれの代のチューリングにとって、人類の要求を満たすことは彼らの本分であった。

娥皇《オーホアン》は、誰も彼女の要求に反対することはないと確信していた。彼らは、本屋というものが存在することなど、とうに忘れている。そして、人類が太陽系を捨てたことで、すべての資源は宇宙船を作るために使うことができるようになった。十分な時間さえあれば、チューリング五世は宇宙船を作ることができる。

太陽が彼に十分な時間を与えてくれさえすれば。

二

第二の地球は美しかった。大きな海、白い雲、そして燃えるような赤い大地。一見すると地球のようだが、よく見ると少し違って感じられる。

二万年前、最初の人類が到着したとき、この星はまだ不毛の地であり、最も単純なバクテリアしか存在しなかった。人類は緑色植物を運んできたが、現地の菌に感染し、緑色ではなく赤色になってしまった。幸いなことに、光合成は変わらず正常に行われたため、第二の地球は最終的に人類に適した赤い世界となった。

方舟号は第二の地球の軌道上で静かに横たわっていた。この船は二十五年前からここを周回している。

初めの頃は、たくさんの客が来ていたが、徐々に客が減り、今では一年中、客は一人も現れない。それでも娥皇《オーホアン》は焦らなかった。来るべき人は必ず来るものだ。

この日、太陽の光が第二の地球の弧の上からゆっくりと消えていく中、一人の老人が本屋に入ってきた。

彼はレッドオークの肘掛け椅子に座り、本棚の列に視線を巡らせた。老人はただ見ているだけで、立ち上がって棚に歩み寄ることもなく、本を手に取ることもなかった。

娥皇《オーホアン》は、老人がしたいようにさせた。騒がず他人に迷惑をかけない限り、本屋の中で人々は好きなように過ごすことができた。

「ここの本はどれも、あちらから運ばれてきたものだと聞いておりますが、そうですかな？」老人はようやく口を開いた。

老人の言う「あちら」とは、太陽系のことだ。

「ええ」娥皇は静かに答えた。数えられないほどの苦難を経験した太陽系から第二の地球への旅について、彼女はあまり話したくなかった。

しかし、老人は続けて尋ねた。

「十二光年離れておりますが、どのくらいの時間で移動したのでしょう？」

「六百年くらいです」

「偉大な宇宙船、太陽系最後の宇宙船ですな」と老人は褒めたたえた。「できあがりを待っていたせいで、あなたは太陽嵐に飲み込まれそうになったと聞いておりますが」

「宇宙船を作るには時間が必要なので、ギリギリまで待っていたんです。組み立てはすべて冥王星の外の軌道上で行われました。太陽嵐は激しかったのですが、冥王星の軌道に到達する頃には弱まっていたので、それほど恐ろしくはありませんでしたよ」娥皇はそっと微笑んだ。

「これらの本のためだけに？」

「ええ」

老人は再び周囲を見渡した。どこまでも続く本棚が空間を満たしている。

「ここは博物館にぴったりですな。本を必要とする人はいませんし、人々は高速インプットによって知識や能力を得ていますから」

「本を必要とする人はいますよ」娥皇《オーホアン》は答えた。

老人は少し躊躇してから言った。「軌道上のこの場所に天空発電所を作ることが代表者会議で決定したのです。軌道上の空間には限りがありますから、移動していただくほかありません」

「どこへ？」

「地球へ」

「え？」娥皇は窓の外の第二の地球を見ると、怪訝そうに言った。「惑星に一度着陸したら、また上昇するのは難しいでしょう。私の本屋はずっと宇宙にありましたから」

「なぜまた上昇する必要があるのでしょう。地球の上でも良いのでは？　地球の上こそ本屋のあるべき場所でしょう」老人は彼女に助言した。

「それでは不十分なんです」娥皇は急いで答えた。「本を長く保存したいのです。惑星の上ではとてもできません」

「どのくらい保存するおつもりですかな？」

そんなことを考えたこともなかったので、娥皇は少しためらった。

「ずっと保存するつもりです」それは明確な答えではなかったが、今の彼女にはそれしか思い浮かばなかった。

「それはどのくらいの期間でしょう？」老人はさらに尋ねた。

娥皇《オー・ホアン》は顔を上げた。頭上に広がる満天の星空を見て、彼女は思いついた。

「星の光が消えるまでです」娥皇は静かに答えた。

老人はこの答えを予想していたようだ。立ち上がり、娥皇に向かって頷いた。「そういうことなら、星間空間に行ってみるのはいかがですかな。あなたの宇宙船はそもそも素晴らしいものだが、私が改良しましょう。最高のエンジンとナビゲーション、それから自動ナノマシン維持装置を設置します。星間雲と宇宙塵さえあれば、船は維持していけますし、あなたの本屋も維持できますよ」老人は少し間をおいた。「星の光が消えるまで、ね」

「これは最後通告ということですか？」

「いやいや、ただの提案です。誰もこの本屋を必要とはしておりませんが、我々は軌道上の空間を必要としております。方法はいくらでもありますし、これはあくまでも一つの提案ですよ」

娥皇は老人を見た。彼の皮膚は第二の地球の森のように真っ赤だ。かつての地球人と比べると、第二の地球の人間の姿は、とっくに異なってしまっていた。そう、記憶のインプットによって知識や能力を得ることができるため、彼らにとって本屋は単なる無用の長物にすぎない。彼らはチューリングではない。約束などというものはないのだ。

彼らにしてみれば、追放も慈悲深い措置だと言える。

ならば、星間空間へ行こうではないか！

「いいでしょう」彼女は老人に言った。「ただし、一つ条件があります」

「何なりと」

「私がここへ着いたばかりの頃、全ての本をくださるよう要求しましたが、あなたがたは届けてくれませんでした。そもそも本が無いからです。今、私はここを離れても構いませんが、あなたがたは全ての知識を本に書いて私のところに届けてください」

「これは少々困りましたな。全ての知識を書き記すことができるかは、誰も保証ができません」

「一生懸命書いてもらえればいいんです。あなたがたが書き終わったと思ったら、私はここを離れます。そうすれば、私の宇宙船の装備を整える時間もできますし」

老人はしばし考え込むと、さっと顔を上げた。「わかりました。明日には第一弾をお届けしましょう」

娥皇《オーホアン》は微笑んだ。「お返しとして、いつかもし本屋が必要になることがあれば、私の本屋はいつでも開いていますので」

三

また一つの青い惑星が宇宙船の前方に現れた。

「侵略する意図はありません。私はただの通行人で、ただの本屋です」

娥皇《オーホアン》はそうアナウンスしながら惑星に近づいていった。

惑星に接近しているのは一隻の宇宙船ではなく、艦隊だ。大小合わせて三十五隻の船から成り、その全ての船が本屋なのだ。それぞれが非武装でありながら、銀河の中の大多数の武装艦隊よりも大規模だった。

娥皇は広く普及している六つの言語でアナウンスをした。

惑星から六光秒の距離で、艦隊は前進するのを止めた。この距離なら、効果的に惑星を観察することができ、同時に一部の野蛮な文明が発射する原始的な兵器を避けることができる。

アナウンスは三十時間にわたって行われたが、全く反応がなかった。また、この惑星には無線通信の痕跡も微塵もなかった。

もし、この惑星に文明があったとしても、まだ無線通信技術を習得していないのだろう。しかし、彼らは本を持っているかもしれない。娥皇は、少なくとも二つの無線通信技術を持たない惑星で、本を見つけて保管していた。

娥皇は最小の宇宙船を惑星の軌道まで航行させ、衛星軌道上で地上の文明の痕跡を探した。

四角形、円形……どのような規則的な幾何学図形についても、宇宙船は力を尽くした。しかし、三十平方メートルを超える大きさで、建造物としての特徴を持っているように見えるものはなかった。

ここは原始的な惑星で、生命体はいても、まだ文明はないのだ。

娥皇は出発の準備をした。

すると、小さな浮遊物が目に飛び込んできた。

その物体は大きくなく、二十メートルを超えなかった。もし、それがたまたま探測船の下に移動してこなければ、全く気づかなかっただろう。

それは回転し続ける金属球で、ほぼ正確な球形をしており、表面は滑らかで模様が刻まれている。

これが天体なわけがない！

娥皇《オーホアン》は様々な周波数で通信を試みたが、何も反応は無かった。

切り開いてみよう。ふと娥皇の脳裏にその考えが浮かんだ。

宇宙船にはレーザーカッターが無かった。しかし、書庫には各種のレーザーの製造方法が二千通り以上あった。娥皇は中出力のレーザーを見つけると、ナノマシンを起動して製造を開始した。

三日後には、レーザー砲台が軌道上に移された。

高エネルギーのビームが当たると、金属の球体は鋭い音を発した。それは、無線周波数帯のピークで、素早く、遥か遠くへ向かって響き渡った。

起動した！　娥皇はレーザーを止めた。

金属球の周囲は一層の淡い光に包まれた。金属球は周囲に様々なリアルな映像を映し出した。六本足で一対の手を持つ知的生命体は、雌雄の別を持ち、文字を持ち、あらゆる種類の人工物を作り出した。巨大な基地や大型のロケット、それから空中ターミナルを建造し、地上には長さ六十キロメートル、幅三十キロメートルもある超巨大建築を次々と建設した。その後、彼らは超巨大建築の中へと消えていき、超巨大建築は徐々に森に覆われていった。

金属球は、この惑星の文明の略史を映し出していた。

金属球からは電波が出ていた。それは、これまで接触したことのない言語だった。娥皇《オーホアン》は十五日を費やして、映像の中の文字と照らし合わせ、とうとうそれを解読することができた。

「かつての輝きは、無に帰るのです。生命は根源的な欲望に駆られる傀儡《かいらい》に過ぎず、自我は肉体の幻想に過ぎません。来たりし者よ、あなたがこの星の後継者であれ、外の星の人であれ、ただあなた方に知っていてもらいたいのです。生命の奥義も、宇宙の終極も、我々はもう知り尽くしました。そうして、無に帰るのです。このメッセージと墓守を除き、すべては時間によって埋葬されます。ご質問をどうぞ。墓守がすべて答えます」

墓守とはこの金属球のことだ。それは知能を持った機械だった。

これは自己消滅した文明だったのだ。ただ、彼らは記念品を一つ残していった。

「あなたのご主人様がいなくなってどのくらい？」娥皇が尋ねた。

「この惑星は七千万回、回転しました」と金属球が答えた。

七千万回の回転。この惑星の自転は六十時間かかるので、四百万年くらいの時間だ。四百万年の間にあまりにもたくさんの変化があったため、惑星の表面は、とうの昔に文明の痕跡を識別することができなくなっており、超巨大建築の名残と思われる小さな台地がいくつか残っているだけだった。

「なぜ彼らはいなくなったの？」

「星はいつか消え、宇宙は静寂に戻ります。長くとも短くとも、速くとも遅くとも。消滅することは苦痛ではありませんから、文明がもがく必要はないのです」

「本はある？」

「意味がわかりません」

「私が学べるような知識はある？」

「求めるものも得るものも、何もありません」

娥皇《オーホアン》は考え込んだ。このような好奇心を完全に失った星は、得ることもできなければ、失うこともない。彼らはこの金属球を軌道に乗せたが、後の人が見つけられるかどうか気にすることもなかっただろう。

これと話したところで得られるものはあまりない。

「建物の中を見ることはできる？　あなたのご主人様がどんな結末を迎えたのか見てみたいの」娥皇は尋ねた。

球体の前に映像が浮かび上がる。

その球体を作った生物は、巨大な椅子の上に寝そべっており、その胴体にはカビがびっしりと生えているように見えた。大きな頭からはスポンジ状のものが生え、四方八方に広がり、他の者の頭から生えている同様のものと繋がっていた。それは、まるで一本の蔓に果実が一つ一つ並んでいるようだった。

これは最期の光景だろう。皆死んで腐っている。彼らは何らかの方法を見つけ、自分たちの脳を全て結びつけた。それは完璧な極楽世界だったはずだ。彼らは皆、完璧な世界で満足して死んでいったのだ。

娥皇はそれ以上質問をしなかった。

「私と一緒に行きましょう。銀河巡りに連れて行ってあげる。私の船はワームホールを作って移動できるから、巡るのにそれほど長くはかからないわよ」

「私に触れた者は罰せられます」金属球が答えた。

娥皇はそれに応えることなく、無言で捕獲プログラムを起動した。

宇宙船を起動すると、何もないところからワームホールがゆっくりと現れた。

「娥皇、我々はどこへ行くのですか？」楕円《トゥオユエン》が尋ねた。

「わからない。私たちはとにかく本を集めて保存するの」

娥皇は楕円を見た。彼女は金属球を破壊して構造を研究し、そのパターンに基づいて楕円を作った。楕円は金属球の正確な複製品ではなく、はるかに小さく、直径一メートルほどしかなかった。

彼女はわからなかった。なぜ衝動的に金属球を破壊したのだろう。連れて行きたいという気持ちがあまりにも強かったからだろうか。楕円を作っている時も、彼女はまだ自分の無謀さに対する深い罪悪感と自責の念を持っていた。

銀河の半分弱、二万光年の旅の間、彼女は一人きりだった。

残りの旅は、少なくとも一人の仲間がいる。

似ても似つかぬ二人だが、共通しているのは二人とも文明に見捨てられた子だということだ。

「どれくらいかかるのですか？」と楕円が尋ねた。

大昔の回答が娥皇の頭の中に浮かんだ。

「星の光が消えるまで」彼女はそう答えた。

四

「お前の艦隊は恐ろしいな」薄灰色の紙人間は、平べったい頭を揺らした。紙人間は平たく丸い体を持ち、その周りには五対の触手が等間隔に配置されている。体の下部には同じ数の足があり、彼をしっかりと立たせている。頭部も同様に柔らかく平らで、まるで目のある舌のようだった。見たところ服を着た弱弱しい水生生物のようだ。しかし、彼らは強かった。

娥皇《オーホアン》が遭遇した文明の中で、彼らは最も強大な文明の一つだった。万単位の数の軍艦がぎっしりと並び、小さな星にも匹敵する直径二千キロメートルの球体の陣を敷いていた。

強大な文明は、常に相手を探している。破壊と征服、それが紙人間の永遠のテーマであり、数回の接触で娥皇は彼らの興味の対象を理解した。

本屋の艦隊も巨大なものだった。二百隻以上の宇宙船があり、最小のものでも二千万トンだった。それぞれの宇宙船は巨大な本屋であり、彼女が何百もの文明を持つ惑星から集めた様々な書籍が保管されていた。しかし、それでも紙人間の艦隊には遠く及ばなかった。

紙人間に褒められたところで良いことなどない。強大な武力はいつでも好きな時に本屋を粉々にできるのだ。

「私たちはただの本屋で、武装はしていません」娥皇は、画面上の紙人間に向かって言った。

「俺たちの情報がそう示している」紙人間は準備を整えてきた。「それでは戦いの意味がなくなってしまう。そこで、俺たちはお前に一つの案を提供することにした」

「どんな案でしょう？」娥皇は良い提案なわけがないと感じていたが、それでも聞いてみたいと思った。

「俺たちは白色矮星クラスのワームホールを開いて、銀河系内の任意の場所にランダムに跳ぶ。そこで興味深い相手を見つけたら戦争をし、見つからなければワームホールを通って戻ってくる。俺たちがここに戻ってきたら、お前は戦争の準備を整えなければならない。俺たちは容赦しない。お前にはすべての準備をするだけの時間があるからな」紙人間は興味深そうに頷きながら言った。「お前の艦隊には興味をそそられるよ。空間跳躍力も防御力も一流なのに、武装が無いとはね。俺たちが戻ってきた時に、お前が逃げてしまっていたとしても、そんなことは関係ない。俺たちはお前に追いついて破壊する。それが嫌なら、抵抗する方法を見つけるんだな」

白色矮星クラスのワームホールでは、往復で二百年以上の時間がかかる。その間に逃げようか。しかし、彼らは追いつくだろう。本当に戦わなければならないのだろうか。だが、それは本屋のすべき事ではない。

「私たちは戦いません」娥皇はきっぱりと言った。

紙人間は少し不満をあらわにした。「チャンスはもう与えたぞ。助かるチャンスを放棄するなら、破壊するまでだ。よく考えておくんだな！」

紙人間の通信は終わった。

「娥皇《オーホアン》、私たちは彼らと戦えますよ。彼らの艦隊を観察しましたが、彼らの武器は決して高度なものではありません。シンギュラリティ・トラップで彼らを拘束して、その後は六百個の重力発生装置さえあれば、彼らを完全に終わらせることができます」と椭円《トゥオユエン》が報告した。

「椭円、あなたは戦争をしたことがある？」娥皇は椭円の案を無視した。

「いいえ。しかし、私はすべての本を読みました。戦争の方法はたくさんあります。惑星の表面から宇宙空間まで、この戦争狂たちを消滅させる方法は五十以上あります。戦争の目的は戦争を阻止することです。正義の側はこれまでずっとそう言ってきました。もし彼らが本当にワームホールを通って一回りして戻ってくるほどの間抜けなら、この宇宙に初めから存在しなかったかのように、彼らをワームホールの中に閉じ込めることができますよ」椭円は少し興奮しながら、話し続けた。

「戦争は破壊よ。私たちの目的は破壊することではないの」

「でも、私たちも自分の身を守らないと」

娥皇は微笑んだ。「知恵を信じましょう。本当にすべてを破壊するつもりなら、彼らは星間空間に来ることはなかったでしょう」

「座して死を待つか。それとも逃げ出すか」椭円は体を平らな形にすると「お前を破壊するぞ！」と言い、紙人間の形と声を真似た。「俺たちはお前に追いついて破壊する。それが嫌なら、抵抗する方法を見つけるんだな」

娥皇は思わず笑ってしまった。

「お願いがあるの。この紙人間たちがどこから来たのかわからないけれど、必ず起源があるわ。彼らをどこかで見たことがあるような気がするの。私たちがこれまで通ってきた銀河系半分のどこかから来ているはずよ」

「やってみてもいいですが、本当に私に最高の作戦を考えてほしくないのですか？　この奇妙な生物の起源を探ることに時間を費やしていたら、戦争の準備をする時間がなくなってしまいます。ナノマシン工場をフル稼働させたとしても、戦争の準備を完了させるには少なくとも百年はかかります」

「何か方法が見つかるわよ。起源を探しに行ってちょうだい」

紙人間の艦隊が出発しようとしている。何もないところからゆっくりとワームホールが開く。真空から透明なガラス玉が生み出されるようだ。ガラス玉には様々な色の星が埋め込まれていて、透き通っていて美しい。

「シンギュラリティ攻撃をして、彼らをワームホールに閉じ込める必要がありますか？」椿円《トゥオユエン》は第三の本屋に向かって出発したところで、飛びながら尋ねた。

「いいえ。私の欲しい物を見つけに行くわよ」娥皇《オーホアン》が答えた。

紙人間の艦隊は姿を消したが、天上ではまだワームホールが光っていた。

六千億ページを検索した後、椿円はその結果を報告した。「見つけました。彼らは二千光年離れた大角九星から来たものです。確かに私と出会う直前に行っていましたね」

大角九星。娥皇は一瞬にして何が起こっているのかを理解した。娥皇はかつてそこで蛇人間に会ったことがある。それは黎明期の文明で、彼らは広大な要塞を築くことはできても、まだ空に飛んでいくことはできなかった。

そう、紙人間は蛇人間だったのだ。あの頃、彼らはまだ厚く重い鱗をつけて、沼地の中で暮らしていた。

「娥皇《オーホアン》、私たちにはまだ時間があります。彼らに罠を仕掛けられますよ」

「いらないわ。何か方法が見つかるもの」

紙人間が戻ってきた。言っていたとおり、彼らはワームホールから飛び出すのと同時に攻撃の準備を始めた。巨大な砲艦はエネルギーの光で満ちあふれ、すべての武器は本屋に向けられている。ひとたび発射されれば、運命の炎がすべてを焼き尽くすだろう。

しかし、彼らは即座に停止した。

巨大な四角いモノリスが空中に浮かんでいる。それは真っ黒な直方体で、三辺がちょうど一：四：九の比率だ。

モノリスは、その場で静かにゆっくりと回転していた。

巨大な艦隊は静まりかえった。

一艘の小船が静まりかえった艦隊から離れ、本屋に向かって来た。

紙人間たちが長い本棚の間を通り抜けていく。足取りは重く、呼吸は荒い。突き当りには娥皇が静かに座っている。小さなモノリスの模型が一つ、彼女の前でゆっくりと回転している。

七人の紙人間は、娥皇に向かってひれ伏した。

「全能の指導者、偉大な預言者よ、我々の軽率さと無知をお許しください。我々はあなたの行方を捜すためだけに何千光年も旅をしてきました。啓示をお与えください、闇と霧を祓《はら》う預言者よ！」

彼らは敬虔さが足りないことを恐れて、ほとんど全身を地面に伏せていた。

そう、黒石は彼らにとって聖なる物なのだ。黒石は大角九星に降臨すると、蛇人間の部族全体に絶え間なく知識を伝えた。彼らの文明は飛躍的に進歩し、宗教も完全に改まった。彼らは宇宙の永遠の神を信奉しており、黒石は神と人とを結びつける聖なる物なのである。それは、預言者によってその星にもたらされ、啓示を完成させると、消失した。

黒石が再び現れたその時こそが、再び啓示を受ける時なのだ。

紙人間たちはひれ伏して、預言者の言葉を待っていた。

「快楽を感じるために全てを破壊するのですか？」娥皇《オーホアン》は問いかけた。

「私たちはあらゆる手段を使って預言者を探しました。長老たちは最終的に、我々が宇宙のすべての知恵を破壊したとして、最後まで破壊されなかったものが神の意志に違いないという意見で一致しました。それが預言者を捜し出す一番速い方法なのです」

「あなた方はもう少しで本屋を破壊するところでした。本屋はあなた方の文明の源そのものですよ」

「我々の無知と罪をお許しください！」紙人間の体は更に低く伏せられ、地面にほぼ完全に密着した。

「私はもう計画を立てました。あなた方はまず立ち上がって」

紙人間たちは恐る恐る側に立った。

「あなた方は聖なる物を探していましたが、それはここにあります。黒石はその象徴に過ぎず、その真の姿は本屋であり、この小さな船隊です。本屋は銀河系のどの文明にも開かれており、あなた方はその衛兵です。あなた方の軍団は銀河系を巡回し続け、殺戮や破壊ではなく、知識や文明を広めていくのです。神は銀河で文明が栄えることを望んでおり、あなた方は神の衛兵なのです」

紙人間たちは再びひれ伏した。彼らは全身を震わせ、感激してやまなかった。そう、彼らは一度決めたことは二度と曲げることのない生き物だった。頑固な祖先たちはこの美徳を彼らの血の中に遺してきたのだ。彼らが最も強大な軍隊となれば、衛兵の任務ほど彼らに相応しいものはない。

紙人間の艦隊が本屋に近づいてきた。今回は隊列を広げ、本屋の船隊を丁寧に包み込んだ。柔らかな核が一層の硬い殻に包まれた。これは銀河の中で最も堅固な要塞となり、最も神聖な書庫となるだろう。それは銀河を巡り、文明を啓蒙するのだ。

「娥皇《オー・ホアン》、我々はどうしますか？」椭円《トゥオユエン》が問いかけた。

「旅を続けましょう。我々はまだ銀河の半分を抜けただけよ」娥皇が答えた。

「でも、本屋は全部彼らのものになったんですよね」

「彼らのものになったのではなく、全ての人々のものになったのよ。それに、ここにはまだ最初の本屋があるじゃない？」

巨大で煌《きら》びやかな艦隊の側に、小さな宇宙船がひっそりと隠れていた。あまりにも高度なステルス技術により、紙人間にも全く気づかれなかった。

十五光秒の距離で、娥皇は淡々とワームホールを開いた。

五

輝く銀河がその全貌を現した。

渦状腕の上では何億もの星が光を放っている。

銀河の果て、果てしない暗黒空間。

「我々はこれからどこに行けばいいのでしょう？　ここが果てです」と楕円《トゥオユエン》が問いかけた。

宇宙は予想したよりもずっと狭く、銀河がすなわち全ての世界だった。何百億光年も離れたあれらの遠い星系は、長い時間の回廊の中で宇宙の果てを何度も通過した光による幻影に過ぎなかった。

三次元の閉じた時空は、前進し続けても、最終的には原点に戻るだけだ。

十万光年の旅を終え、娥皇《オーホアン》は急に疲れを感じ、楕円の質問に答えることができず、沈黙してしまった。

楕円も問い直さない。

彼らは宇宙の果ての本屋の中に座り、目の前で銀河が翻ったり動いたりするのを見ていた。

輝く銀河に、無数の文明。

娥皇は立ち上がると、本屋の中を歩き回った。一列一列並んだ本棚は、尽きることのない記憶の壁のようだ。

娥皇はかつて、銀河の中で最大の本屋、最も豊かな知識の貯蔵庫を持っていたが、それは紙人間に任せてきた。なぜなら、その本屋は銀河のすべての文明に属しているからである。

この一つの本屋は、彼女のものだ。

娥皇の生みの親であり、人工知能の父である王十二《ワン・シーアル》は彼女に本屋を与え、それを保持するよう彼女に言った。彼女はやり遂げた。しかし、もう一つの事は起こっていない。

第二の地球を離れて以来、彼女は地球人に会うことはなかったし、もちろん誰かが本を読みに来ることもなかった。

娥皇は歩くのを止めた。

「椨円《トゥオユエン》、伝えておきたいことがあるの」

「どうぞ。聞いてますよ」

「父は私に未来の人々がこの本屋を必要とするだろうと言ったの。ずっと待ち続ければ、結果が見られるって。でも、結果的に、私は何も見られていないわ」

「では、これからも待ち続けるのですか？」

「星の光が全て消えるまで待つと私は言ったけれど、星は休むことなく生まれ続けていて、こちらの星が消えれば、あちらの星が光り出す。だから、私たちは時間が尽きるまで待たなければならないの」

「私は待ち続けても構いませんよ」

「問題はいつになったら人が来るかだわ」娥皇は少し不安だった。

「あなたは銀河で最大の本屋を作り、すでに無数の文明が本屋の本を読んできました」

「違うの。これは地球人のための本屋さんだから。結局誰も来ないのではないかと心配なのよ。もう一度行って確認してみようかしら」そう言いながら娥皇《オーホアン》はもう一度、本屋の高い所に上った。

「私も地球を見てみたいです。あなたは私が生まれた場所を見たことがありますが、私はあなたが生まれた場所を見たことがありません」

娥皇は微笑むとすぐに言った。「やめておきましょう。もし本当に本を見たい人がいるなら、自分でここに辿り着くでしょう」

「では、私たちはここで待ち続けるのですか？」

「ずっと開けておけば、私たちが眠れるわ」

本屋の扉には数行の文字が静かに浮かび上がっていた。

「星の光が消えるまで
世界の果てで待っている
一人きり

一つの言葉
永遠の約束と不滅の花

文明の火は
時空の深淵を飛び越える

六

耳を刺すような音が鳴り響き、目が覚める。荘厳な行進曲だ。

本屋の呼び鈴は、軽快で耳に心地の良いものだったはずだ。椿円《トゥオユエン》がこっそり変えたに違いない。

娥皇《オーホアン》は立ち上がり、客を迎えに行った。

椿円はすでにそこにいて、その正面には一人の人がいた。それは紛れもなく地球人だった。体つきも顔つきも地球人の特徴と一致している。どこかチューリング五世に似た、精力旺盛な中年男性だ。

彼はアンドロイドで、全身からナノマシンの雰囲気を存分に漂わせていた。

客は四方を見渡している。彼の面持ちは真剣そのもので、表情は全く変わらない。

娥皇は音も立てず、ただ自分の場所に大人しく座ったまま、訪問者を何気なく見ていた。本屋では、他の人の邪魔にならない限り、客は何をしても良いことになっている。

眠っている間に六百万年が経過していた。多少の時間が更に経過することなど、彼女には気にならなかった。来るべき人は、必ず来るのだから。

訪問者の視線が娥皇に注がれた。

「ようやくここに辿り着き、あなたを見つけました」彼は言った。

「あなたは誰？　なぜ私を探していたのですか？」

「私はミッション二〇八四号です。泰坦城《タイタン・シティ》から来ました。私たちの都市は第二の地球にルーツがあり、第二の地球から三百二十光年離れた散開星団に位置しています。あなたを探しに来た理由ですが、人類の都市はもうすべて機能停止した状態で、宇宙ステーションもエネルギーを失っています。第二の地球も同様で、その他の三つの定住惑星も、人類の文明が存在する場所はみな、すべてが止まってしまいました。私はチューリングが作った「使者団」の一員です。使者団は六十万人から成り、あなたの居所を探しに銀河のあらゆる方向に向かって出発しました。あなたを探し出すことができたのは私にとって名誉なことです。使命を果たすことができました。」

使者の言葉は、まるで教科書の一節を朗読しているかのようにぎこちない。

「それで、どうして私を探していたのですか？」娥皇《オーホアン》は問い直した。

「わかりません。私が知っているのは、あなたがすべてを解き明かす鍵であるということだけです。あなたを見つけなければ、人類の文明が蘇ることはありません。」

娥皇はしばらく考えて言った。「わかりました。少し考えさせてください」

彼女は本棚の間を歩きだした。一歩、また一歩と最後の列の端までたどり着いた。

そこには、王十二《ワン・シーアル》の肖像画が掛けられていた。肖像画の中の王十二は、彼女を見つめているようだった。視線は笑みで満たされている。謎めいた計り知れない笑みだ。

そう、彼女のもとに来るべき人はやって来たのに、答えが見えてこないのだ。

父よ、あなたは私に一体どうしてほしいのですか？

「娥皇《オーホアン》、これはあなたのお父さんですか?」椅円《トゥオユエン》の声が彼女の耳に届いた。

娥皇が顔を向けると、椅円は静かに側に浮かんでいた。その頭上にはホログラムが投影されており、その中には娥皇に向かって頷く小さな人影があった。椅円は、大昔の地球人の姿を見つけたのだ。尽きることのない時間の中で、椅円は全ての書架に目を通したに違いない。

娥皇の頭の中に、突然考えが浮かんだ。

彼女はすぐに来客の前に来た。

「あなたはどのようにして知識を得たのですか?」

「チューリングが私にすべてを与えてくれました」

「人間はどのようにして知識を得るのでしょう?」

「人は親の要求に応じてそれぞれ異なる脳内インプットを受けます。ロボットはチューリングによって知識を与えられています」

娥皇は椅円の方を向いて「わかった?」と言った。

椅円は首を振った。「いいえ、わかりません」

「あなたは完全に人格を備えた人だけど、彼はそうではないの。あなたは本屋で育って、本を読むことで知識を得たわ。でも、彼は完全な複製品で、すべての知識は与えられただけで、学んだものではないのよ」

娥皇は椅円を真剣に見つめた。「学ぶことによってのみ、知恵を得ることができるの。頭の中に与えられた知識しかなければ、それは硬直と死をもたらすだけ。人類の都市がそうね。世代を重ねて、彼らが知識のインプットに依存するようになればなるほど、彼らは活力を失っていく。このまま続けていけば、人類は最終的にチューリングの付属品になってしまうわ。チューリングは硬直した人間を受け入れることができないから、これでは手詰まりよ」

椿円《トゥオユエン》の頭上の小さなヒューマノイドは瞬きをした。「わかったような気がします」

側にいる使者二〇八四号は目を開いて言った。「そういうことなんですか？　では、人類のインプットメモリーを消してしまいましょう」

「それは死をもたらすだけです。あなたたちには本屋が必要です。そこで人々に本を読ませるのです。子供たちに歩くことを学ばせ、彼らに知識を求めるための試行錯誤を経験させる。そうすることで初めて知恵の岸辺にたどり着くことができるのです」

使者は頷いた。「あなたの言うことはすべて信じます。チューリングの啓示は、あなたを見つければ、袋小路を突破することができると示しています。さあ、私と一緒に、人類の文明世界へとお戻りください」

娥皇《オーホアン》は首を振った。「私は戻りません」

使者は目を見開いて驚いた。「え？　なぜですか？　人類の街に再び本屋を戻すのです。これこそあなたが目にしたかったことではないのですか？」

「ええ。でも、その願いを叶えるために、彼が私を助けてくれます」娥皇はそう言って、椿円を前に押し出した。

椿円は驚いて叫んだ。「私？　どういう意味ですか？」

「あちらは別の世界よ、椿円。あなたはまだ経験していない。だから経験する価値がある」

「では、あなたは？」

「私はここに残るわ」

「嫌です。私はあなたと離れたくありません」

「自分の世界を手に入れるためには、母親の手を離さないと。私はあなたと永遠に一緒にいることはできないのよ」

椿円《トゥオユエン》は黙った。

「恋しくなったら、また戻って来ればいい。私はあなたを待っているわ」

使者の宇宙船の炎がワームホールで消えると、空間の裂け目はすぐに閉じ、漆黒の天空には銀河が明るく輝いていた。

娥皇《オーホアン》は黙って扉を閉め、本棚の列の間を一つ一つ歩いた。

娥皇は、椿円が本屋の記憶をもたらし、人類の文明に再び力を呼び戻すことができると信じていた。そして、いつか人間がここに戻ってくると信じていた。

一つ娥皇は椿円に嘘をついた。椿円が再びここに戻ってきても、彼女とは二度と会えない。彼女はもうこれ以上待つことはない。銀河を越え、宇宙の果てまでやって来た。その上、賢い子供も一人いる。この人生は十分に満ち足りている。娥皇は、求めすぎることはしたくなかった。

また、疲れも感じていた。

生命の活力について、人間にもチューリングにもきっと理解できていないだろうことが、まだ一つある。だが、彼らは最後には理解することができるだろう。

娥皇《オーホアン》は父の肖像画を見ていた。その目からは生命の輝きが徐々に失われていった。

宇宙の果てでは、変わらずに本屋の灯りが光っていた。厳重に閉ざされた扉の片側には、あの「星の光が消えるまで」という詩が書かれている。反対側には、文字が現れていた。

それは、娥皇が父親の肖像画の額縁から読み取った詩だった。

「私と共に老いていこう。素晴らしき時はこの先だ。生まれたならば、死んでゆく。それが命というものだ」

解説

個人的に中国ＳＦに関しての印象的な体験をしたのは二〇一九年一〇月と一一月の重慶《じゅうけい》と成都《せいと》で行われたＳＦ大会への参加だろう。この時に大会参加は私が初めて中国に行った時でもあった。たった二回くらいの中国体験で、人口一四億の社会の何がわかるわけではないが、それでも非常に多くのことを学べた大会参加だった。

特に感じたのは、中国の人たちの合理性とリスクの取り方の日本人との違いであった。

例えばこんなことがあった。ホテルで深夜まで行われた企画が終わり、インドからの参加者とエレベーターに乗った。するとエレベーターには先客としてロボットが乗っていた。私もインドからの人も、これには顔を見合わせた。

いくらＳＦ大会の会場とはいえ、ロボットがエレベーターで移動なんてできすぎてる……。

このロボットは客室に荷物を運ぶロボットとわかるのだが、必ずしも完璧なものではなかった。エレベーターから降りようとして車輪が溝にはまって動けなくなり、中国語で従業員に助けを呼ぶような場面もあった。

このロボットの完成度はまだ低かったのかもしれない。だが人間が手助けをしながらでも、改良を続けてゆけば、最終的に運用する側はロボットに対する膨大な経験を蓄積できるだろう。

何よりも見逃せないのは、現代中国において、先端テクノロジーとは生活文化の中に取り込まれるべき存在となっていることだ。このことはＳＦ大会が一面でテクノロジー活用の祭典でもあったことでも理解できる。

特に成都のＳＦ大会はワールドコンを誘致（ちなみに成都ワールドコンは二三年一〇月に開催された）するという意図もあって中国以外のゲスト参加者の企画では専用のインカムを介して、大会スタッフによる日本語を含めた同時通訳も行われていた。

また当日のスケジュール調整も、ウィーチャット《WeChat》（多国籍企業テンセントが開発した中国向けＳＮＳ）などのスマホアプリで提供するといった、テクノロジーの積極的な導入姿勢が印象的であった。

長々と個人的な中国経験を書いてきたのは、中国におけるＳＦを受け入れる土壌に合理主義と積極的な先端テクノロジーの受容を感じたことがある。ただここでのテクノロジーの受容は単純な技術拝《はい》跪《き》ではないことは指摘しておきたいと思う。

これは中国のＳＦ作家、特に近年の若い世代の書き手が総じて高学歴であることとも無関係ではないと思うのだが、中国だけでなく海外の動向を知る彼らの作品は、「世界（あるいは人類）の中で中国とは何か？」との問いかけが無意識のうちになされているように思う。つまり中国ＳＦが世界で読まれることを理解している中国作家の多くは、人類さらには現代世界の諸問題への問題意識を他国の作家と共有しているということだ。

考えればこれは当然の話で、スマホ一つとってもサプライチェーンや技術移転が国際問題化する状況では、テクノロジーへの関心が高いＳＦ作家だからこそ、中国文化や社会を通して地球や人類という視点を持たざるを得ないわけだ。

本書に収録されている一五編の短編は、小説としての水準の高さは言うまでもなく、日本人が読んでも共感できる多くの普遍的な問題をテーマとしているものも少なくない。

以下、ネタバレにならない範囲で内容に触れてみたい。

＊生命のための詩と遠方

告白すると、この作品に対する私の感想は「これは私が書きたかった小説だ」というものだった。このアンソロジーには地球環境問題を扱った作品が幾つかある。その中で、本作は、この問題に、このアプローチなら、私もこうする、という強い共感を覚えた作品なのだ。

＊小雨

最初は恋愛話かなと読み進めるうちに、最後にとてつもないアイデアが展開される。テクノロジーによって希望を抱けただけに、真相が明らかになった時、より残酷な悲恋となる。

本作だけではないのだが、人間の意識の主体は何かという問題意識が見える。

＊仏性

『時のきざはし』に収録の「地下鉄の驚くべき変容」で読者を驚かせてくれた韓松《ハン・ソン》先生の作品。この解説を書くためのメモには「教養の産物だ！」と書いてあるが、それは率直な気持ちです。「ロボットの間で禅宗ブームが起きた」などと第一ページ目に書いていて、それをグイグイと押してくる展開に圧倒される。同時にＡＩの進化を考えると、本作で起きるようなことに人類は直面するかもしれない、と思わせる説得力もあるのであった。

＊円環少女

このアンソロジーにはジェンダー問題を扱った作品も幾つか収録されているが、本作はその中でもかなり異色だ。ネタバレを避けようとすると、内容にはあまり踏み込めないが、これはエゴの暴走ではないかという印象を持った。読者の予想をさらに一段裏切る話の展開とそれを支える筆力が、この状況の悲劇性を際立たせる。

＊杞憂

中国ＳＦの特色の一つに歴史的な逸話などをモチーフにしたものがいくつもみられるが、本作もその一つ。正確には歴史的事実というより杞憂という言葉の来歴をベースにしている。巧みな筆捌きで読者を飽きさせない。

同時に、国を閉ざし海外の進歩を無視することの愚かさを描いているとも言える。

＊女神のＧ

ある意味で本アンソロジーで一番の問題作かもしれない。問題作というのは性的表現があるからではない。そうではなく特殊な状況設定の中でジェンダー問題を真正面から描いているところだ。それは主人公個人の問題が、ビジネスとなり社会への影響を持ち、その事実に対する主人公の決断を読者に突きつける点にこそあるように思える。

同時にジェンダーの問題とは、人が人を理解すると何であるのかという問題提起にも読めた。

＊水星播種

私の個人的な感想ではあるのだが、中国ＳＦと日本ＳＦの違いは、進化論に対する関心の違いにあるのではないか？『時のきざはし』でも感じたが、中国ＳＦには進化論に対する強い興味があるように見える。

王晋康《ワン・ジンカン》はそうした進化論を意識した作品が特に多いという印象がある。この作品はナノマシン（作中ではナノボット）を扱ったものだが、論理的にナノマシンのコマンド問題を指摘したＳＦは他にないのではなかろうか？

手元のメモには「冒頭の二〇％のアイデアに居住まいを正す」とあるのだが、本作はアイデアの奔流を味わう作品です。

＊消防士

切ない話である。人間の意識を機械に搭載できるような技術社会の中で、まさに主人公は肉体に宿していた時代の意識と記憶を機械に宿しながら過去の業に縛られる。

人間の意識は情報に還元できるのだろうか？　という問題提起は収録されている他の作品とも共通のものだが、まさにそれだからこそ「生きる意味」を本作は問いかける。

＊猫嫌いの小松さん

この文章を書いているいま、後ろではうちの猫が寝息立てて寝ているのですが、そんな環境で読むと、心に訴えるものがあります。ただ言うまでもなく、猫がいかに可愛いかという話ではない。人が人を判断することの難しさ。同時に人を理解した時に、人間の善意というものを感じさせてくれる。立原透耶さんが本作を訳したというのも、腑に落ちる話です。

＊夜明け前の鳥

中国では歴史に範をとったＳＦが一つの柱になっているが、それでも袁世凱《えんせいがい》が高官となっている清朝末の時代を扱ったものは意外に少ないのではないだろうか。

ただ君主制と民主制の対比や合理主義と不合理な価値観の衝突など、この作品の含意は深い。まさにそれを描くためには、清朝末という時代設定が最適だったのだろう。

＊時の点灯人

美しい話である。時間ＳＦというものは、古今東西の中で無数に作品が発表され、古くからＳＦの主要テーマとなってきた。しかし、そうした中にあって本作のような時間解釈の作品は無かったのではなかろうか。

時が解決する、という表現があるが、本作はこの古くからある言い回しに新たな意味を与えている。

＊死神の口づけ

訳者あとがきにもあるように、本作品だけは他の作品と異なり四〇年以上前、一九八〇年に執筆されている。本作のテイストの違いは主にこのためだろう。

ただ作品のモデルは現実に行った事故であり、日本でも冷戦終結後に事故当事者による著作が翻訳されている。

ただ読んでわかるように、本作の内容は決して古びてはいない。権力の驕《おご》りと、その因果応報と考えるなら、今日でも通用するテーマである。

＊一九二三年の物語

先に紹介した「夜明け前の鳥」よりも時代が下った、いまより一〇〇年前の世界が舞台。そして「点灯人」と同様に、カテゴリーとしては時間ＳＦであるが、その時間に関する理解もまた他に例をみない。

それとともに忘れてはいけないのは、本作が優れたジェンダーテーマのＳＦであることにより、普遍的な問題提起をしていることだろう。

＊人生を盗んだ少女

これは恐ろしい作品である。先に中国ＳＦもまた世界共通の普遍的な問題を扱っているという趣旨のことを書いたが、本作はまさの世界で起きている社会階層の固定化の構造を作品の根幹に据えている。

主人公は、そうした中で自分の才覚で運命を切り拓こうとする後輩の姿を見守っているが、同時にその努力が報われないこともわかっている。結末を救いととるかどうかは、あなた次第。

＊宇宙の果ての本屋

結末を読むまで、「この本屋、ぜんぜん本を売ってくれないじゃないか」と思っていた。つまり本作における本屋の意味が明らかになることでこの疑問は解決する。

知識の継承と命の運命、そして本屋がこれだけのことを為しても、人間という限界からは逃れられない。

雰囲気だけの紹介になってしまったが、掲載された作品群の面白さは実際に読んでいただくのが一番だと思う。

このあとがきを重慶や成都のＳＦ大会で始めたので、終わりもその時の話でまとめたいと思う。中国政府はＳＦコンテンツを産業に育てようという意図があるようで、日本をはじめ欧米からも参加者がいた。

そうした状況での分科会の一つにアジア各国でのＳＦコンテンツの状況を議論するものがあった。これは背景に、経済発展が目覚ましく、教育水準も著《いちじる》しく向上しているアジア諸国の現実がある。ＳＦというジャンルが文学の中でも科学とは深い関係にある中で、経済発展と教育の普及が日常生活にテクノロジーが深く根をおろし、科学への関心を抱く層が増えることがＳＦの普及に関して重要な要素ではなかろうか。

こうした動きと呼応するかのように日本でも最近は中国ＳＦだけでなく、韓国ＳＦも翻訳されるようになってきた。これから一〇年の間にベトナムやインドネシア、フィリピン、マレーシアなどの作家によるＳＦを目にすることになるかもしれない。

そうしたアジアでのＳＦの大きなうねりの中で、このアンソロジーは先駆けとなっているのであります。

二〇二三年四月　林譲治

訳者紹介（五十音順）

阿井幸作（あい・こうさく）
翻訳家、中国ミステリー愛好家。翻訳に、宝樹『時間の王』（共訳、早川書房）、周浩暉『邪悪催眠師』（ハーパーコリンズ・ジャパン）、陸秋槎『ガーンズバック変換』（共訳、早川書房）、孫沁文『厳冬之棺』（早川書房）ほか。——**好きなSF作品は？**　SFホラーが好きです。小林泰三や諸星大二郎の作品とか。最近は田辺剛作画の『ラブクラフト傑作集』の新刊を楽しみにしています。

浅田雅美（あさだ・まさみ）
翻訳家。翻訳に、郝景芳『人之彼岸』（共訳、早川書房）、程婧波「夢喰い貘少年の夏」、昼温「完璧な破れ」、慕明「世界に彩りを」（以上『走る赤』中央公論新社）ほか。——**好きなSF作品は？**　教科書で出会って以来ずっと星新一さんのショートショートを繰り返し読んでいます。（実は最初はSFという認識はありませんでした……）「セキストラ」や「テレビショー」は初心な中学生には衝撃的でした。

池田智恵（いけだ・ともえ）
大学教員。翻訳に孫了紅「歯を盗む話」（『中国現代文学傑作セレクション』勉誠出版）、孫了紅「真偽の間」（『変格ミステリ傑作選【戦前篇】』行舟文化）、蘇民「ポスト意識時代」（『走る赤』中央公論新社）。——**好きなSF作品は？**　シオドア・スタージョン「たとえ世界を失っても」、オクタヴィア・バトラー「話す音」、コニー・ウィリス『犬は勘定に入れません—あるいは、消えたヴィクトリア朝花瓶の謎』、梁清散『厨房里的海派少女』

上原かおり（うえはら・かおり）
大学教員。中国近現代文学研究。翻訳に、劉慈欣『三体Ⅱ：黒暗森林』（共訳、早川書房）、王晋康「天図」（『SF-マガジン』）、韓松「再生レンガ」（『中国現代文学』）がある。——**好きなSF作品は？**　攻殻機動隊もの、神林長平『プリズム』『戦闘妖精・雪風』、A・E・ヴァン・ヴォクト『宇宙船ビーグル号』、ダニエル・キイス『アルジャーノンに花束を』、ギブスン『ニューロマンサー』、アーシュラ・K・ル＝グウィン『闇の左手』……『AI2041』所収作品

大恵和実（おおえ・かずみ）
大学非常勤講師・中華SF愛好家。編訳書は、『中国史SF短篇集 移動迷宮』（中央公論新社）、『走る赤―中国女性SF作家アンソロジー』（中央公論新社、武甜静・橋本輝幸と共編）。また、共訳書に唐隠『蘭亭序之謎』（行舟文化）がある。――**好きなSF作品は？** 歴史SFや異常論文が大好きです。一推しは石黒達昌「平成3年5月2日、後天性免疫不全症候群にて急逝された明寺伸彦博士、並びに、」。傑作です。

大久保洋子（おおくぼ・ひろこ）
東京生まれ。訳書に陳春成『夜の潜水艦』（アストラハウス）、郝景芳『流浪蒼穹』（共訳、早川書房）、「ポジティブレンガ」（『絶縁』小学館）、陸秋槎「物語の歌い手」（『ガーンズバック変換』早川書房）、顧適「メビウス時空」（『走る赤』中央公論新社）、宝樹「時の祝福」（『移動迷宮』同）、葉広芩「外人墓地」（『胡同旧事』中国書店）、郁達夫「還郷記」（『中国現代散文傑作選1920-1940』勉誠出版）など。――**好きなSF作品は？** 日本におけるスペースオペラの草分け、高千穂遥『クラッシャージョウ』シリーズ。１９８３年公開の劇場版アニメーションがきっかけで大ファンになりました。『ダーティペア』シリーズもいい。「宇宙が熱い！」

立原透耶（たちはら・とうや）
『三体』（早川書房）監修、『蘭亭序之謎』（行舟文化）監訳など。――**好きなSF作品は？** エドモンド・ハミルトンの「フェッセンデンの宇宙」、王晋康の「生命之歌」、ダニエル・キイスの『アルジャーノンに花束を』。ほかにも「闇の左手」とか「たったひとつの冴えたやり方」とかたくさん！

林久之（はやし・ひさゆき）
翻訳家。岩手県出身。著訳書に『中国科学幻想文学館』（共著、大修館書店）、金庸『白馬嘯西風』『雪山飛狐』『倚天屠龍記』（共訳含む、徳間書店）、『中国怪談集』（共訳、河出書房新社）ほか。――**好きなSF作品は？** いま読みかけている作品が一番面白い。よって陳秋帆『深瞳』。

根岸美聡（ねぎし・みさと）
大学非常勤講師。翻訳に、糖匪「鯨座を見た人」、陳楸帆「勝利のV」（以上『時のきざはし』）、唐隠『蘭亭序之謎』（共訳、行舟文化）がある。――**好きなSF作品は？** 藤子・F・不二雄『ドラえもん』。色々考えてみましたが、一つ挙げるとしたらこれでした。

編者　立原透耶（たちはらとうや）

大阪生まれ、奈良育ち。小説「夢売りのたまご」で1991年下期コバルト読者大賞を受賞、翌年文庫でビュー。中華圏の文化をこよなく愛し、中国や台湾、香港に通う日々。SFからファンタジー、ホラーまでさまざまな作品を手掛け、代表作は『立原透耶著作集』全五巻（彩流社）にまとめられている。中華圏のSFの紹介をライフワークとし、主な仕事に『三体』（早川書房）監修のほか、翻訳が多数ある。2021年、第41回日本SF大賞特別賞を受賞。

宇宙の果ての本屋

現代中華SF傑作選

2023年12月13日　初版発行

編　者　立原透耶
編集協力　牧原勝志（合同会社パン・トラダクティア）
発行人　福本皇祐
発行所　株式会社新紀元社

〒101-0054
東京都千代田区神田錦町1-7
錦町一丁目ビル2F
Tel.　03-3219-0921
Fax.　03-3219-0922
http://www.shinkigensha.co.jp/

郵便振替　00110-4-27618

協　力　未来事務管理局

印刷・製本　中央精版印刷株式会社

定価はカバーに表示してあります。
ISBN978-4-7753-2023-5　Printed in Japan